KB009803

배송 준비 중

배송 준비 중

1판 1쇄 찍음 2016년 1월 27일
1판 1쇄 펴냄 2016년 2월 3일

지은이 | 언재호야
펴낸이 | 고운숙
펴낸곳 | 봄 미디어

기획 · 편집 | 정수경, 박혜진

출판등록 | 2014년 08월 25일 (제387-2014-000040호)
주소 | 경기도 부천시 원미구 소향로17, 304(두성프라자) (우)420-864
영업부 | 070-5015-0818 편집부 | 070-5015-0817 팩스 | 032-712-2815
E-mail | bommedia@naver.com
소식창 | http://blog.naver.com/bommedia

값 9,000원

ISBN 979-11-5810-178-7 03810

※파본은 구입하신 서점에서 교환하여 드립니다.

배송 준비 중

언재호야 장편 소설

contents

프롤로그

"에이씨!"

공허한 방 안에 여자의 괴성이 울렸다.

"어제 결제를 했는데 왜 아직도 준비 중이냐고!"

여자는 괴성을 지르며 연신 클릭하더니 결국 고객센터 창을 열었다.

……폭풍 생리 중이거든요. 얼른 안 보내 주면 선혈이 낭자한 채로 인증샷 보낼 겁니다!

"힝, 이러면 보내겠지. 썩을. 배고파라."

일어선 여자는 어느새 땀이 흥건해진 헐렁한 민소매 티를 쑥 걷더니 등 뒤로 낑낑대며 팔을 놀렸다. 그리곤 얼마 지나지 않아 늘어난 브래지어를 바닥에 던져 버렸다.

"에이씨. 먹으면 다 살이 일루 가네."

남들에겐 축복일지도 모르겠지만 그녀에게는 골 아픈 현실일 뿐이었다.

"배고파."

그러나 여자는 연신 배고프다 투덜거리면서도 컴퓨터 화면 속 즐겨찾기한 쇼핑 창들을 볼 뿐이었다.

"배송 준비 중……. 배송 준비 중……. 아, 배송 중? 이건 오겠구먼. 이게 뭐지……."

여자가 산 것은 오리 훈제 세트였다. 56,000원에 여섯 마리인데 타임 찬스로 무려 5,000원이나 할인을 받아 51,000원에 득템한 것이었다. 그거면 한동안 기운을 쓰겠지 싶어 그녀는 어느새 기분이 좋아졌다.

"오리 냉채, 오리 구이, 오리 무침……."

노랫소리가 절로 나왔다. 물론 그녀의 성격상 프라이팬에 데우는 것도 귀찮아 기름이 잔뜩 튄 전자레인지에 돌려 먹을 게 뻔했지만.

그때 전화 벨소리가 울렸다.

"엽떼요?"

—여보세요는 무신. 야, 나야.

"누구?"

—넌 발신자 번호도 안 뜨냐? 나 영숙인데 내 택배 좀 받아주라.

"무신! 니 택배를 왜 내가 받아."

—그거 회사에서 받기 좀 그래서 그래. 이따 퇴근할 때 찾아

갈게.

"뭔데? 계집애야, 또 뭘 샀는데?"

—아, 있어. 뜯어보지 마라. 후회할 거다. 으흐흐흐.

"썩을! 내 집에 온 거니까 내가 쓴다!"

—그러든지. 생각해 보니 너한테 필요한 거구만. 하여튼 바빠. 받아 줘. 알랍!

친구 영숙의 전화를 끊은 그녀는 혼자 중얼거렸다.

그녀의 집은 커다란 원룸 건물의 꼭대기 층이었다. 사무실이 잔뜩 밀집한 커다란 빌딩이 바로 뒤에 있어 집값도 꽤 나갔다.

그녀의 부모님은 은퇴 후에 시골로 내려가면서 총 열두 가구가 살 수 있는 원룸의 맨 위층을 그녀에게 주었다. 4층짜리 원룸 열두 개로 이루어진 신축 건물은 그 주변에 있는 원룸들보다 훨씬 세련됐고 깨끗했기 때문에 빈집을 찾기 힘들었다. 여자는 그 원룸의 꼭대기 층, 주인용으로 지어진 넓디넓은 공간을 혼자 쓰는 호사를 누리고 있었다.

노브라에 숏 팬츠를 입은 여자는 긴 머리카락을 둘둘 말아 주방용 튀김 젓가락을 꾹 꽂고 있었다. 비녀를 매번 사긴 했지만 산 날 이후로는 당최 다 어디로 가 버렸는지 모를 노릇이라, 손에 잡히는 긴 작대기라면 연필이건 붓이건 젓가락이건, 심지어 세탁소 옷걸이도 펴서 머리에 꽂을 판이었다.

여자는 제 본업인 글을 쓰기 위해 한글 파일을 켜 놓긴 했지만, 아침부터 열 줄도 쓰지 않은 채였다. 대신 무시무시하게 넓은 컴퓨터 화면에는 온갖 인터넷 쇼핑 창들이 가득 떠 있을 뿐이었다. 그러다가 클릭한 것은 부동산 커뮤니케이션 사이트.

"에이씨. 하나도 없네. 이 정도면 무지 싼 건데……."

그녀는 게시판에 룸메이트를 구한다는 글을 올렸지만 상당한 조회수에 비해 전화는 하나도 오지 않고 있었다.

방배 4동 메르시앙 빌딩 뒤 4층. 방 두 개 룸메이트 구합니다. 직장인 여성분 환영합니다. 보증금 500에 월세 30만 원 안에 공과금 포함입니다. 성격 무던하신 분 찾습니다.

이 얼마나 대박인 조건인가! 그러나 아무런 연락이 오지 않았다.

바로 저번 주 여자의 룸메이트라고 쓰고 세입자라고 읽는 여자가 게으른 그녀의 만행을 참지 못하고 계약 기간 3개월은커녕 보름 만에 나가 버린 터였다. 아래층은 한 층마다 네 개의 원룸들로 나눠져 있었지만 그녀가 사는 4층은 주인집용이라 넓디넓은 거실과 두 개의 욕실, 그리고 방이 세 개나 됐기 때문에 혼자 살기에는 턱없이 넓었다.

사실 혼자 살아도 별문제는 없었다. 그러나 아래층 월세나 보증금 같은 것은 바로 부모님 계좌로 연결되어 있었기에 허울만 좋지, 그녀는 실은 글을 쓰고 그게 책으로 나와야 돈을 손에 쥘 수 있는 로맨스 소설 작가였다. 그놈의 필이 통해야 글을 쓰는 판이니 아무리 인기가 있는 작가라 할지라도 그걸로 먹고살기는 힘들었다.

걸어 놓은 전자책들 덕에 인세가 들어오긴 하지만 매일 앉아서 쓸데없는 인터넷 쇼핑을 즐기는 게 그녀의 유일한 취미이자 생활 그 자체이므로 다달이 부모님이 온갖 잔소리를 하며 보내주는 용돈으론 택도 없었다. 그런 그녀의 유일한 수입원은 바로 부모님 몰래 놓는 월세였다. 그러니 룸메이트가 필요한 거지.

그러나 문제는 그 룸메이트들이 그녀와 사는 기간이 너무 짧다는 것이었다.

"아니, 전기 절약을 위해 세탁물을 일주일씩 모아서 빠는 게 뭐가 나쁘냐고. 날이 습하니까 곰팡이가 좀 필 수도 있는 거지. 설거지야 그릇이 없을 때 하면 되는 거 아냐? 웃겨. 만날 먹고 나서 설거지하면 식후의 여운을 즐길 시간이 없잖아……."

근처에는 이미 소문이 파다하게 난 상태였다. 두 달 전에 이 집에 잠시 살았던 여자가 참지 못하고 게시판에 올린 글 때문이었다. 유난히 깔끔을 떨더라니……. 그 뒤로 그녀의 룸메이트 광고에는 '성격 무던한 분'이라는 말이 덧붙여졌다. 그러나 방이 빈 지 벌써 한 달이 다 되어 가는데 전화가 한 통도 없었다.

내가 뭐 어때서!

텅 빈 댓글란을 보고 열이 오른 여자가 냉장고를 열자 그 안에는 정체불명의 팩들이 가득 담겨 있었다.

"음……. 떡은 해동하려면 한참 걸릴 거고. 에이씨, 고들빼기 김치는 벌써 쉬었네. 두유나 마셔야지."

인터넷 쇼핑 중독의 경지에 이른 그녀는 원래부터 있는 집에서 태어나 명문대를 다니고 직장 생활도 잠깐 했었다. 지금은 책을 꽤 내고 고정적인 팬들도 가진 저명한 로맨스 소설 작가로, 이런 노른자위 땅에 망망대해 같은 집을 가진 정말로 골드스러운 미스였다.

물론 거울 따위는 잘 보지 않지만 고등학교 때 잰 키로는 167cm, 그렇게 먹을 것을 사시사철 시시때때 24시간 입에 달고 살면서도 50kg 이상을 넘지 않는, 축복받은 몸매를 가진 여자였다. 그런데 뭐가 문제인가.

넌 성격이 문제야!

뭐가 어때서! 옷가게에 가면 들러붙는 점원이 무서워서, 새 옷은 뭐가 묻기 전에는 빨기 싫고, 머리는 길어서 감기 귀찮으니까 정말 가려우면 감을 뿐이고, 미용실은 갔다 하면 서너 시간이 걸리니까 패스할 뿐인 자연인 아닌가. 그래도 새벽 3시쯤 되면 이름이 쓰여진 라벨을 다 뜯은 박스를 가끔씩 내다 버리러 나갔다.

그러나 그녀도 예전엔 이런 성격이 절대 아니었다. 맞벌이를 하느라 늘 바빴던 부모님을 대신해서 살뜰하게 할 줄 아는 요리 가짓수도 꽤 되었고, 항상 교복도 스스로 다려 입던 그녀였다. 그러나 그녀의 그런 성격이 문제를 만들었고 그녀의 인생에 한 획을 긋게 된 사건 뒤로는 삶의 방식을 바꿔 버렸다. 뭐 그렇게 하지 않아도 세상은 돌아가기 마련이란 걸 깨달았으니까.

그런 그녀의 쇼핑 목록은 당연 먹는 것 위주였다. 당장 밖에 나가려면 세수라도 해야 하는데 그게 싫으니까 생수부터 시작해서 라면, 김치, 과자, 간식거리까지……. 이 얼마나 행복한 세상인가. 슈퍼에 가지 않아도 먹거리를 살 수 있다니. 물론 그 와중에 책도 간간이 사고, 아까처럼 생리대니 세제니, 가끔 곰팡이가 피면 새로 이불도 사고 일주일을 가지 않지만 귀여운 슬리퍼도 샀다.

이번에 산 건 뭐였지? 이제 곧 도착할 오리 세트와 배송 중비중인 생리대, 아, 그리고 멋진 의자를 하나 샀다. 동그란 프레임에 든 새 둥지 모양의 의자는 푹 파묻혀 앉아서 넷북을 하면 딱 일 거야.

물론 인터넷 쇼핑의 단점은 그만큼 실패도 있다는 것이었다. 박스를 뜯지도 않은 냄비 세트라든지, 이제는 다릴 옷도 없는데 산 증기다리미나, 할 재주도 없는데 산 세팅기 등. 온갖 물건이 잔뜩 든 채 배송받은 그 상태 그대로인 박스가 한 방을 차지하고 있었다.

수입에 비해 턱없이 지출이 많았지만 그녀는 뒤늦게 얻은 무남독녀 외동딸답게 부모님에게 애교를 떨어 용돈을 타 내 가면서 탱자탱자 행복한 하루를 지내고 있었다. 그래도 모자란 돈을 위해선 빨리 룸메이트가 나타나길 바라는 수밖에!

"아이씨. 왜 안 와. 오리가 와야 밥을 먹지."

문제는 밥을 해야 한다는 거였다. 그녀는 슬금슬금 난장판인 주방으로 갔다. 그릇이란 그릇은 다 나와 있는 넓은 일자 모양의 주방 싱크대는 이미 밥그릇 하나 올려놓을 공간이 없을 정도였다. 게다가 여섯 개짜리 세트로 된 머그컵이 두 세트나 나와 있는데도 설거지를 하지 않아 물 마실 컵이 없어 종이컵을 꺼내 들었다.

종이컵에 생수를 따라 마시고는 밥통을 열었더니 밥알이 말라비틀어져 있는 것이 보였다. 그녀는 그것을 꺼내 물을 붓고는 옆에 올려놓은 쌀 봉지에서 대충 후루룩 쌀을 부어 휘휘 저었다.

요즘엔 날이 더우니까 그나마 찬물에 손을 담그지 추울 때는 숟가락이나 거품기로 대충 휘휘 저을 때가 많았다. 두어 번 물을 갈고 나서는 희끄무레한 쌀 물을 가뿐하게 무시한 채 밥솥 밑에 뚝뚝 떨어지는 물기를 본 척도 하지 않고 취사 버튼을 눌렀다.

밥을 담을 그릇이 있나 싱크대를 열었더니 위쪽에 접시가 두어 개 남아 있는 게 보였다. 우선 밥은 저기다 담으면 되고……. 그나저나 오리는 왜 안 와!

삐리리리리리리리리리~

그녀가 제일 좋아하는 '엘리제를 위하여'다. 다다다다 소리가 날 만큼 인터폰 쪽으로 뛰어갔다.

—택배 왔습니다.

대부분 그녀의 집에 오는 택배 기사들은 전화를 하지 않고 방문했다. 현대, 경동, 옐로우 캡, 우체국, 대신…… 모든 택배 기사들이 이곳에 사는 여자가 매일같이 물건을 배달받는다는 것을 알기 때문이다. 게다가 당연히 집에 없는 법도 없었다.

"아싸, 배고픈데 잘됐다!"

벌써부터 입에 고이는 침을 닦으며 문가로 뛰어갔지만 이 삼복더위에 4층 계단을 올라와야 하는 택배 기사는 쉬이 올라오지 못하고 있었다.

"빨리! 빨리! 빨리 뛰어!"

주문처럼 외우고 있는데 딩동 소리가 울렸다. 기다렸다는 듯 문을 활짝 연 정원의 눈앞에 깜짝 놀란 표정으로 서 있는 택배 기사가 보였다.

그녀는 씨익 웃음을 지었다.

"고정원 씨 되십니까?"

"네, 그런데요……."

대답하는 그녀의 이마가 찌푸려졌다. 내 오리는!

계단을 올라오느라 열이 오른 택배 기사의 손에 들린 것은 오리가 든 스티로폼 냉동 박스가 아니라 조그마한 상자였다.

"오리는요?"

"네?"

"오리가 와야 되는데……."

"방배 4동 만천 뒷길 234호 명신 빌딩 4층 고정원 씨 아니세요? 여긴 전화 안 해도 된다고 하시던데……."

모자를 쓴 남자가 곤란한 표정으로 말했다.

"맞긴 맞는데……."

"받으세요."

그런데 상자를 내미는 남자의 시선이 수상했다. 뭐가 문제지? 그제야 늘 오던 현대 택배의 인상 좋은 아저씨가 아니라 처음 보는 젊은 남자라는 걸 알 수 있었다.

키가 훤칠한 데다 모자를 눌러쓴 남자는 하얀색 면 티에 택배 직원용 조끼를 입고 있었다. 반팔로 드러난 그을린 팔뚝은 마른 듯 했지만 잔근육이 잡혀 있었다.

"사인해 주십시오."

어쭈, 목소리도 좋네. 정원은 남자가 내민 PDA에 오랜만에 사인을 해 봤다. 대부분 그냥 물건만 던지고 가는데…….

이내 남자의 의미심장한 시선을 좇아가던 그녀는 의아한 표정을 지었다. 그사이 남자는 히죽 웃더니 인사까지 하고 다다다다 소리를 내며 계단을 내려가기 시작했다.

"별……!"

그래도 뭔가 새로운 물건이 배송됐으니 금세 기분이 좋아졌다. 드라이어가 들어가기 알맞은 크기의 택배 상자.

그녀는 상자에 쓰여 있는 배송 요청 사항을 본 순간 이마를 찌푸렸다.

바이브레이터니까 겉면에 아무것도 쓰지 말고 보내 주세요.

헐? 웬 바이브레이터…… 바이브레이터라면…… 바로 그, 그것? 아니, 저 녀석이 이걸 보고 웃은 거야?

정원은 그제야 아까 영숙이 히죽거리면서 했던 전화를 기억해 냈다. 얼굴이 화끈거리긴 했지만 그건 3초도 지속되지 않았다. 그녀의 관심은 오로지 상자 안의 담긴 물건뿐이었다.

이런…… 아니, 이딴 걸 산단 말이지!

말로만 듣던 물건에 대한 호기심이 발동한 정원은 닦지 않아 찐득거리는 바닥에 주저앉아서 열심히 상자의 테이프를 뜯기 시작했다.

계단을 내려온 남자는 벌렁거리는 심장을 달래기 위해 애써야 했다. 전에 일을 하던 분이 인수인계를 하면서 저 집 여자한테는 거의 매일같이 가야 한다고, 전화 따윈 안 해도 늘 집에 있다고 하더만.

늘씬한 여자를 보는 게 한때 일이었던 적도 있는 남자였다. 그러나 위험스러우리만큼 짧은 핫팬츠와 목이 늘어난 민소매티를 입고, 그 목이 조금 많이 늘어난 데다 적나라하게 드러나는 노브라

차림이라니……. 게다가 얼굴도!

삐질삐질 흘러나오는 땀을 닦던 그가 PDA를 들었다. 어디서 많이 본 주소다. 룸메이트를 구한다던 원룸 4층? 혹 저 여자인가?

그때, 남자가 요란하게 울리는 전화를 받아 들었다.

—야! 한승우. 거기 어디야, 인마. 빨리 집하장으로 안 와!

"가요, 갑니다."

1
엄지 척! 역시 택배 총각!

"이봐요. 정신이 있는 거예요, 없는 거예요?"

"물론 있습니다."

정말로 땀이 삐질삐질 흐르다 못해서 뚝뚝 떨어지는 날씨였다. 멀쩡하게 있는 에어컨의 씌워 놓은 커버를 벗기기 귀찮은 게 가장 큰 이유였지만, 전기 요금이 많이 나오고 에어컨 바람을 좋아하지 않는다는 이유 같지 않은 이유로 방치한 터였다. 대신 하루 종일 켜 놓은 대형 컴퓨터의 열기를, 새로 산 USB에 꽂는 앙증맞은 꽃잎 모양의 선풍기와 최신형이라는 날개 없는 선풍기, 그리고 얼음을 넣어 두면 에어컨 바람이 나온다는 냉풍기를 돌려 식히고 있는 건 제 실험 정신 때문이라 변명하고 있었다.

전혀 소용없는 세 기계는 이 더위에 보람도 없이 전기 요금만 날름날름 잡아 드시고 있었다. 씻는 걸 귀찮아하는 그녀지만 일어나자마자 마치 수영장에서 나온 것 같은 질척함에 대충 찬물 샤워까지 해야 했다. 그런데 이게 무슨 스팀 다리미에 스팀 연속 분사하는 소리인지!

"저기요, 아저씨. 저 혼자 사는 여자거든요? 그리고 분명히 직장 여어어어성 룸메이트 구함이라고 쓰여 있잖아요!"

'여성' 이라는 단어에 강조와 강조를 더한 정원의 말에 전혀 동요를 보이지 않은 남자는 날름 대답했다.

"알고 있습니다."

정원은 제 앞에 선, 자세히 보니 꽤나 잘생긴 젊은 남자를 째려봤다.

"그리고 저, 아저씨 아닙니다."

아저씨가 아니란 말의 꼬리가 묘하게 굴러가고 있는 것 같은 느낌이 든 건 깊이 눌러쓴 모자 사이로 삐뚜름한 남자의 입술이 삐죽 올라갔기 때문이었다. 왠지 날도 더운데 어제부터 받았던 스트레스 지수가 확 올라가는 것 같은 느낌이었다.

"아저씨든, 오빠든 제가 상관할 바 아니고요. 그거 제 택배 맞죠?"

남자가 바닥에 내려놓은 상자를 보고 정원이 빽 소리를 질렀다.

아침부터 푹푹 찌는 하루였다. '씬' 못 쓰기로 자자한 정원은 어제 편집자로부터 받은 전화 탓에 왕 고민을 하느라 밤을 꼴딱 새고 어스름할 때 잠이 들었었다. 그러다 너무 더워서 깨어난 뒤 영 컨디션이 말이 아니었다.

"아니, 그냥 두 사람의 감정선이 부드럽게 넘어가서 아침이 된 거면 다들 뭔 일이 일어난 줄 알잖아요."

—알죠, 다 알죠. 그러나 그 뭔 일을 어떻게 시시콜콜했느냐가 중요하다고요. 작가님 왜 이러세요.

"전 빨간 딱지 작가도 아니고요. 제가 이런 식으로 쓰는 거 제 독자들은 다 알거든요?"

—기존 독자만 가지고 그러시면 안 되죠. 이제는 좀 '씬' 도 넣어 주셔야 합니다. 평이 좋지만 별 하나 덜 받는 이유가 '씬' 이 없어서예요. 요즘 쏟아지는 책이 얼마나 많은 줄 아세요? 19금만 찾는 사람도 엄청 많아요. 기본적으로 들어가 줘야 하는 19금 장면 하나 없이 책을 내시면, 그건 독자들을 무시하는 거예요. 그러려면 동화를 읽지, 로설 안 보거든요. 그냥 좀 묘사라도 해서 넣어 주세요.

아니 무슨 동화까지 들먹여? 있는 대로 상한 정원의 마음과는 달리 편집자의 말이 이어졌다.

—보세요. 두 번째로 보내 주신 원고 말이에요. 여기 두 사람 처음 같이 보내는 밤, 요 장면 말이에요. 앞에서 내내 정 교수 짐승남이다 그렇게 강조를 해 놓고, 겨우겨우 200페이지 만에 합방 장면이라구요. 그런데 대뜸 아침에 일어나서 여주 몸에 키스 마크만 범벅이다, 이렇게 써 버리면 기운 빠져서 책 볼 맛 나겠어요? 편집하는 저도 열 받더라고요. 읽는 사람을 생각해 보세요. 좀 바꿔 놓고 생각해 보시라는 거예요. 독자로서 기대치가 있는데 그걸 그렇

게 무참하게 박살을 내시면 안 되죠.

열불이 난다는 건 이런 거겠지. 정원은 주섬주섬 주변을 더듬었다. 아무거나 잡히는 걸로 거칠게 부채질을 하면서 겨우 대답했다.

"아니, 전에 손 편집장님은 안 그러셨거든요. 충분히 재미있다 하고 제 스타일 존중해 주셨다고요."

그러나 손에 잡힌 건 플라스틱 접시였고, 그 접시는 어젯밤 냉동고에 있던 마지막 브라우니를 꺼내 먹을 때 받친 것이어서 남아 있던 부스러기가 사방에 날려 떨어졌다.

'에이씨~' 하는 소리가 절로 나려는 걸 꾹 참아야 했다.

—아는데요, 그러니까 책 열 권 팔릴 거 아홉 권 팔리는 거예요. 저희도 책을 파는 곳이라고요. 그 한 권을 로설의 백미, '씬'으로 채워 주셔야죠. 작가님!

"아, 몰라요!"

열이 뻗쳐 냉장고로 뛰어갔을 때 시원한 생수라도 한 통 남아 있었다면 이렇게까지 열이 올라 있지는 않았을 것이다. 비어 있는 생수통 사이에 며칠째 찌그러져 있던 두유는 분명히 제가 생각하기에도 유통기한이 지나 있었다. 생각을 안 하려 해도 속이 니글거려 그녀는 이참에 어제 방송하던 정수기를 주문할 걸

하고 후회하다 없어진 월세 수입 덕에 펑크 난 카드값이 생각나 이내 마음을 접어야 했다.

그런데 이런 아침 댓바람부터 찾아온—물론 10시가 넘었으나 그녀에게는 이른 아침이었다—남자가 하는 이 헛소리는 대체 뭔가.

"룸메이트 구하신다고요. 방 보러 왔습니다."

남자는 천연덕스럽게 이야기하며 서 있었다. 아니, 택배 기사면 택배 물건이나 주고 가지.

방을 보여 주기도 심히 난감한 상태였다. 물론 세 줄 방은 비어 있었다. 전 세입자가 나간 뒤로 열어 보질 않아서 모르겠지만 깔끔 떠는 여자였으니 머리카락 하나 남기지 않고 모조리 제 것을 가져갔을 터였다. 그러나 문제는 그 방까지 가는 길이었다. 미리 전화를 하고 와야 방까지 가는 길을 내놓지…….

"저, 그런 여자 아니거든요? 여자 혼자 사는 집에 와서 계속 이러시면 경찰 부르겠어요!"

실은 아는 남자였다.

어제도 이 눈앞의 남자가 엄청나게 큰 금속제 흔들의자를 컴퓨터 옆까지 날라 줬기 때문이었다. 푹신한 원형 방석이 있는 둥근 철제 흔들의자는 마치 새 둥지처럼 공중에 매달린 독특한 디자인을 갖고 있었다. 겨울부터 내내 찜했지만 너무 비싸 사지 못하고 있다 50% 할인이라는 대박 찬스를 등에 업고 과감하게 질렀다.

하지만 푹푹 찌는 날씨 탓에 푹 파묻히는 쿠션 속에 흐뭇한 마음으로 앉았다가 소복하게 엉덩이에 땀띠가 돋는 것을 느끼고는 가을을 기약하며 옆으로 밀어 놓고 바로 후회를 했다.

물론 '오호, 요 근래 본 택배 총각치곤 잘생겼네~' 하고 휘리릭 혼자 휘파람을 불긴 했었다. 게다가 호리호리한 남자가 그 무거운 의자를 4층까지 번쩍 들어다 놓는 것을 보곤 내심 감탄하기도 했었다. 그러나 택배 기사가 짐을 옮겨 주는 것과 남자 룸메이트를 받아들이는 것은 천지 차이였다.

'씬' 도 못 쓰는…… 요 근래에는 연애도 안 한 이 젊은 순백의 처자를 뭘로 보고!

"한 달이면 됩니다. 딱 한 달만 지내게 해 주시면 됩니다. 저를 남자라 생각하지 마시고……."

아까 삐죽이 올라갔던 남자의 입술이 생각나서였는지 정원은 다시 빽 소리를 질렀다.

"아니, 미쳤어요? 그걸 어떻게 믿어요? 썩은 호박에 임플란트도 안 들어가는 소리 하지도 마시라고요. 그거 제 택배죠? 그거나 줘요!"

"진짜 급해서 그럽니다. 그리고 전 목숨 같은 약혼녀도 있습니다. 사진 보여 드릴까요?"

남자는 급기야 주섬주섬 주머니를 뒤지기 시작했다. 정원은 그런 남자의 말투가 영 마음에 들지 않았다.

"싫거든요! 내가 왜 댁의 약혼녀 사진을 봐야 하는데요!"

문을 닫으면 그만인데 너무 더워서 탈이었다. 남자가 떡하니 버티고 서 있는 저 문을 통해서 들어오는 자연풍이 가장 시원했고, 문을 닫으면 질식할 것 같았다. 그리고 남자가 우락부락하고 나쁜 사람 같았더라면 초장에 경찰을 불렀을지도 모르겠으나 워낙에 귀티가 흐른달까?

여기까지 생각하고 정원은 제가 더위를 먹었나 싶었다. 무신 택배 아저씨가 귀티는…….

주머니를 뒤지고 있는 남자는 우선 훤칠한 키만큼은 알아줘야 했다. 키 큰 남자야 여럿 봤지만 다들 비율이 안 좋아서 거구로만 보였었는데 이 택배 총각은 머리가 작아서 그런지 늘씬해 보이기는 했다.

다들 꽉 끼는 택배 직원용 조끼가 헐렁할 만큼 잘빠진 데다 볕에 새까맣게 그슬린 팔뚝엔 잔근육이 잘 드러나 있었다. 그리고 푹 눌러쓴 모자 밑에 드러난 얼굴도 그다지 나빠 보이지는 않았다. 너무 깊이 눌러써서 턱 근처만 보이긴 했지만, 키가 워낙에 커서 이런 난처한 상황이 아니라면 '오호~' 하고 절로 휘파람이 나올 만했다.

잠시 정원이 남자의 외모를 스캔하는 동안 그는 주섬주섬 가죽 지갑에서 사진 한 장을 꺼내 들었다.

"에일…… 아니, 유은주라고 지금 영국에서 유학 중이에요. 예쁘죠? 유학 끝나고 돌아오면 결혼할 예정이에요. 그리고 전 제 약혼녀를 정말로 사랑하고, 약혼녀한테 한 점 부끄러움 없는 남자입니다. 믿어 주시죠."

아니, 영국에 유학 중인 약혼녀가 있는 택배 직원? 택배 직원들은 대부분 계약직이고 이직이 많으며, 그 이유가 낮은 급료와 고된 일 때문이라고 알고 있었다. 사진 속의 여자는 영화배우라고 해도 믿길 만큼 대단한 미모의 여인이었다. 물론 뽀샵이라는 현대 기술의 쾌거가 있어 과하게 아름다운 여자의 사진은 신빙성이 없어 보였지만.

그러나 거기서 끝났으면 괜찮았을 것이다. 약혼녀의 사진에 상대의 마음이 흔들렸다고 제멋대로 판단한 남자의 입에서는 점입가경의 소리가 쏟아져 나오고 있었다.

"다른 정신 멀쩡한 사람들이 굳이 이 집에 세 들어 살 것 같지도 않잖습니까? 그런데 저 아무렇지도 않거든요. 제가 보기보다 비위가 강해요. 그리고…… 제가 당장에 목돈이 없어서 그런데 한 달 선월세 먼저 드릴 테니까, 보증금은 몸으로 때우면 안 될까 싶네요."

"네? 뭐라고요?"

정말로 어이가 없어진 정원은 이제는 더위에 소리칠 기운도 남아 있지 않았다.

"제가 보증금 대신 힘 좀 쓰죠. 솔직히 말해서 정신이 하나도 없는데 집 정리를 해 드릴게요. 요 며칠 봤는데 바닥에 떨어진 거 하나 안 주우시는 분 같은데……. 이거 원 쓰레기장도 아니고……. 이왕 이렇게 된 거 어차피 저도 살아야 하니까 정리를 좀 해 드리죠. 쓰레기도 치워 드리고요. 그리고 뭐 그 밖에 일을 부탁하시면 100% 성심 성의껏 도와드리겠습니다. 시켜만 주십시오. 제가 진짜 고급 인력이라 그쪽이 손해 보는 거 하나도 없으실 겁니다!"

이건 또 무슨 멍멍이 소리?

물론 보증금은 월세를 안 내면 거기서 까고 돌려주는 의미니까 받는 거고, 또 집에 세 든 사람이 뭔가 손해를 끼치면 제하고 주면 되기에 받는 것인지라 솔직히 집주인에게는 큰 의미가 없었다. 전세 보증금같이 큰 금액도 아니고, 어차피 맡아 놨다 방을 뺄 땐 돌려줘야 하니까 마구 손을 댈 수도 없는 돈이었다. 그렇지만 어떻게 이렇게 뻔뻔스러울 수가 있지? 택도 없는 소리였다.

게다가 내 집이 어때서!

"하! 기가 막혀서. 됐거든요. 제가 쓰레기 더미에서 살든지 말든지 무슨 상관이에요? 택배 기사면 물건이나 던져 놓고 가든지! 당장 고객센터에 전화해야겠어요. 정말이지 기분 나빠서!"

그때 전화기가 요란하게 울리지 않았더라면 그녀는 고객센터에 전화를 했을 것이다. 감히 내 이 아름다운 보금자리를 쓰레기장이라니! 전화가 널 살렸다. 그녀는 남자를 향해 얼른 나가라는 듯 손짓하고는 전화기를 찾아 들었다. 남들은 다들 거창한 전화 벨소리를 쓴다지만 기계치인 데다 전화와 문자밖에 쓰질 않는지라 지극히 기본적인 차임벨 소리가 울리고 있었다.

"저기……."

무의식적으로 전화를 받은 그녀는 인상을 찌푸릴 수밖에 없었다. 왜 하필 이럴 때……. 받지 말걸! 발신자 번호를 보고 전화를 받는 습관 같은 게 있을 리 없는 그녀는 마음속에 쓰나미처럼 밀려오는 후회를 할 수밖에 없었다.

—야! 너 또 지금 일어났지? 당장 미용실로 뛰어가.

"엄마! 나 지금 바빠, 누구 왔단 말이야!"

어떤 전화인지 뻔히 아는 그녀가 한 번 더 손짓을 하며 나가라는 표시를 했지만 문 앞의 남자는 꿈적도 하지 않았다.

—거짓말인 거 다 알아. 그 쓰레기장에 누가 와? 당장 미용실 가서 머리하고 옷 챙겨 입고 6시까지 프레스티뉴 호텔 커피숍으

로 와.

아니! 하필 엄마까지 쓰레기장이라고 하다니! 이마가 절로 찌푸려져 신경질적으로 말했다.

"엄마, 나 원고 마감이거든."

—그까짓 푼돈 필요 없어. 엄마 돈 많아. 당장 차려입고 와. 박 사장 부모님도 오실 거니까 예쁘게 하고 나와.

"엄마아!"

저도 모르게 괴성을 지르자 앞에 있는 남자가 움찔했다. 전화 통화가 길어질 것 같은 데도 남자는 나갈 생각이 전혀 없어 보였다. 문이라도 닫아야 했지만 저 문을 닫으면 바람구멍이 막혀서 숨이 턱턱 막힐 지경이라 그럴 수도 없었다. 얼른 전화나 끊어야겠는데 전화기 저편에서는 그럴 생각이 없는 듯했다. 게다가 웬 박 사장? 이것이야말로 총체적 난국임에 틀림없었다.

—너 사주에 올해 남자 못 만나면 평생 혼자 살아야 한다고 법륜 스님이 말씀하셨어. 박 사장 딴 데 선본다는 거 내가 말려서 데려왔다. 한 시간 후에 비행기 뜬다. 6시까지 나와!

"엄마! 박 사장 숏다리라서 싫다고 했잖아! 나보다 키도 작다구!"

박 사장이라니! 다른 사람도 아닌 박 사장이라니! 젊은 나이답지 않게 탐욕스러움이 뚝뚝 떨어지고 선명한 'M' 자를 그리고 있는 번들거리는 넓디넓은 이마가 제일 먼저 떠오르는 그 숏다리 박 사장이라니……. 뭐 좀 크긴 하지만 슈퍼마켓 주인을 사장이라고 불러야 하나? 그러다 슈퍼마켓 사장의 사모님이 되어서 뭐 하루 종일 바코드 찍고 돈이나 계산하라고?

—남자 키 잡아먹고 사는 거 아니다. 그 나이에 그렇게 큰 마트 가지고 있는 거 드물어. 너처럼 게을러빠지고 제 밥벌이 못하는 애한테는 박 사장도 감지덕지야! 지금 박 사장이 좋다고 쫓아 다닐 때 얼른 잡아야 해! 그리고 결혼해서 네가 내 눈앞에서 사는 거 봐야겠다. 서울 집 관리는 돈 주고 맡기면 된다. 안 되면 뭐 팔아 버리든지! 그러니까 당장 준비하러 나가!

청천벽력이라는 게 바로 이럴 때 쓰는 말이 아니던가. 아니, 이 집을 팔다니! 내 이 아름다운 보금자리이자 은신처를 내주고 그 갑갑한 제주도에서 만날 바다만 보고 살라고? 화려한 도시의 불빛을 사랑하는 차도녀 고정원을 뭘로 보고…….

"어……. 엄마 잠깐만, 난 진짜로……."

너무 기가 막혀 화려한 말발의 그녀가 말을 다 더듬을 지경이었다.

—뭐 다른 남자라도 있어? 나오기 싫으면 모시러 갈 테니까 집이라도 치우든지! 들어서 너 끌고 갈 테니까 5시까지 준비 마쳐!

"잠깐 엄마!"

이건 절벽에서 떼밀려 급류에 빠진 것보다 더 끔찍한 일이었다. 아니, 이대로 수장돼 아름다운 차도녀의 화려한 솔로 생활을 저버릴 수는 없었다. 어디 지푸라기라도 잡아야 할 지경이었다. 그때 고개를 젓던 정원의 눈에 띈 건 멀쩡하게 생긴, 그리고 저를 뻥하니 쳐다보고 있는 잘생긴 남자였다. 더웠는지 택배 기사 총각은 모자를 벗어 손에 들고 있던 장갑으로 이마의 땀을 닦았다.

오 마이 갓!

이건 누구? 쌍꺼풀은 없는 것 같은데 반듯한 콧대와 마치 그린 것 같은 입술이 자리 잡은 남자의 얼굴은 이마 위의 짧은 머리카락이 모자에 짓눌리고 땀 때문에 쫙 들러붙었음에도 불구하고 외국 잡지에서 볼 만한 외모였다. 게다가 훤칠한 키까지! 이게 웬 그리스신화에나 나오는 남신 포스인지! 아까 저 남자의 입에서 나온 것이 분명했던 껄렁한 대사는 순식간에, 방바닥에 쏟아진 아세톤처럼 증발해 없어져 버렸다.

평소에 키 큰 남자에 대한 동경이 하늘에 닿아 있는 그녀였다. 그렇기에 머릿속에 스치는 4년 차 로맨스 작가다운 상상은 당연한 거였다.

"엄마! 잠깐만, 나 남자 있어!"

오히려 놀란 건 전화기 속 박 여사가 아니라, 저를 보고 빽 소리를 지르는 걸 본 남자였다. 막 모자를 다시 쓰려다 정원과 눈이 마주친 남자는 모자를 어정쩡하게 들고서 쌍꺼풀이 없지만 커다란 눈을 끔뻑거릴 뿐이었다. 물론 그사이 남자가 히죽 웃은 것까지는 눈치채지 못했다. 정원은 재빨리 전화기를 막고 남자한테 소리쳤다.

"거기 잠깐 있어요!"

물론 전화 통화가 끝나고 좀 더 애원을 해서 어떻게든 여기에 남아야겠다고 생각하고 있던 남자로서는 당연히 한 시간 동안 서 있으래도 기다릴 판이었다.

—무슨 멍멍이 소리야. 네가 남자가 어디 있어? 있으면 데려와 봐라.

"데려온다고요. 진짜로. 그러니까 박 사장과의 미팅은 삼가줘요. 5시? 오케이. 5시에 집에 와요. 그 남자 데려다 놓을 테니까."

―왜? 어디 뭐 알바라도 부르려고? 지나가던 택배 기사라도 꼬셔서 갖다 놓게?

쩌렁쩌렁 전화기 안에서 울리는 목소리에 헉! 한 건 둘 다였다.

"엄마는! 날 뭘로 보고. 오라고요. 우리……."

눈치 백 단의 남자가 택배 직원용 조끼 주머니에 꽂혀 있던 신분증 사진을 꺼내 그녀의 코앞에 들이밀었다.

"승우 씨 보면 엄마 반할 거야. 내가 진짜 추석 때나 밝히려고 했는데, 이왕 이렇게 된 거 다 터뜨리겠어! 완전 써프라이즈지? 오호호호."

대화를 하다 보니 의기양양해진 정원은 엄지손가락을 번쩍 치켜들었다. 그러자 승우가 하얀 이를 드러내며 씩 웃더니 같이 엄지손가락을 치켜들었다.

―정말이야?

전화기 저쪽에서는 미심쩍은 목소리로 말끝을 흐리고 있었다. 번번이 맞선을 펑크 내는 이유를 잘 알고 있었지만 남자가 있다고는 한 적이 없는 딸이었기에 약간 의아한 감이 드는 건 어쩔 수 없었다. 물론 시간이 많이 지나긴 했다. 이번에도 싫다고 우기면 어쩌나 했다. 그런데 남자가 있다니? 저렇게 자신 있게 큰소리치는 걸 보면 진짜로 만나는 사람이 있는가 싶기도 하고…….

"진짜라고요. 5시? 5시 완전 좋아. 엄마도 맘에 들 거야. 엄청 잘생겼거든. 우리 근사한 데서 밥이나 먹자고요. 그때 봐요!"

—진짜?

"박 사장네는 그쪽 식구끼리 맛있는 저녁이나 드시라고 해요. 여기 올라올 필요 없다고. 비행기 티켓 환불해서 그걸로 갈비 사 먹으라고 해요. 박 사장 갈비 엄청 좋아한다며. 그렇게 육고기 좋아하니 배만 나오지. 알았죠? 박 사장 나이도 만만치 않은데 괜히 우리 승우 씨랑 마주쳤다가 상처 받아서 심장마비 걸리면 안 되니까 엄마가 미리 이야기하라고요. 우리 승우 씨가 박 사장보다 못하다 싶으면 그쪽이랑 날 잡으라니까요. 내가 진짜 시집간다, 가! 알았죠? 이따 봐요. 알라뷰 마덜!"

전화를 끊은 그녀는 두 손으로 엄지손가락을 치켜들고 저를 향해 의미심장한 미소를 짓는 남자를 보고는 갑자기 푸르르르르 하고 바람이 빠져 버리는 것 같은 느낌이 들었다.

아니, 대체 내가 뭘 한 걸까…….

미친 거 아냐?

2

피 묻은 슈트, 아니 양복

제주도는 절대 안 된다!

스스로 차도녀, 즉 '차가운 도시 여자'라고 외치긴 했지만 도시의 공기를 쐬러 미친 듯이 싸돌아다니고 도시의 화려함을 누리며 다니는 건 결코 아니었다. 아니, 그렇게 하라고 옆에서 빌어도 그럴 생각이 없었다. 그러나 도시가 좋은 점이 무엇인가? 서울 한복판에 산다는 게 그녀에게 무슨 의미인가?

바로 배송비 무료! 당일 총알 배송의 해택을 맘껏 누릴 수 있다는 거 아닌가?

제주도?

으……. 어떤 사이트에서 주문하든 간에 붙는 것은 '산간 도서 지방에는 배송이 원활하지 않을 수 있으며 제주 지방에는 배송비 이외에 추가 비용이 발생할 수 있습니다'라는 끔찍한 경고 문구였다. 같은 대한민국이면서 배달민족의 무궁한 기상을 절대 원활하게 누릴 수 없는 그곳. 자칫 태풍이라도 덮친다면 며칠째 '배송 준비 중' 이라는 글자는 움직일 생각이 없었다. 그 때문에 제 속이 바작바작 타들어 가지 않았던가!

그녀에게 있어 다리가 심히 짧은 데다 배까지 나온 남편과 슈퍼마켓에서 삑삑거리는 바코드 찍는 소리보다 더 끔찍한 것은 배송 준비 중이라는 단어였다. 그러니 결코 이 아름다운 자신만의 파라다이스에서 쫓겨날 순 없었다.

"갑시다!"

"어딜요?"

"내 생애 첫 부모님 참관 하의 미팅이라고요. 설마 그 차림으로 가겠다는 건 아니겠죠?"

"아, 그런데 비용은 그쪽이 부담하시는 거죠?"

정원은 이를 악물었다. 그렇다, 부대 비용보다 비싼 건 무조건 인건비였다.

"당연하죠."

그녀의 이 사이로 새는 불분명한 발음을 들으면서 남자가 씨익 웃더니 말했다.

"그런데 설마 그쪽도 그런 차림으로 나가겠다는 건 아니죠?"

"아니, 내가 뭐가……."

그녀는 중요한 사실을 잊고 있었다는 것을 인식하고 말았다. 잘난 남자가 히죽 웃고 있는 게, 아까 샤워를 마치고 민소매티가 세탁기 속에서 안 좋은 향기를 풍기며 부패 직전에 있더라는 사실을 직면하곤 할 수 없이 어제 라면을 먹다 심하게 튄 국물이 사선을 이루며 아름다운 무늬를 남기고 있는 옷을 입고 있기 때문이라는 것을 깨달았다. 그리고 입술을 깨물며 돌아선 순간 더 큰 낭패감에 천하의 두꺼운 얼굴을 가진 고정원도 잠시 기절하고 싶다는 생각을 하고 말았다.

그제 벗어 던진 제 브래지어가 컴퓨터 책상 밑에 뒹굴고 있었고 제 축복받은 흉부는 마음껏 자유를 누리고 있었다. 그녀는 자신도 모르게 빛의 속도로 방으로 뛰어 들어가고 말았다. 그때, 뒤통수에서는 카운터펀치가 날아오고 있었다.

"예쁘게 하고 나오십시오!"

제가 너무 더워서 순간적으로 판단이 흐렸었다는 걸 다시금 느끼고 있었다. 시원한 에어컨 바람이 빵빵한 옷가게에 들어와 물결치던 감정 밑으로 이성이 착 가라앉자 수십 가지 후회가 다시 쓰나미처럼 밀려들었다.

"그거로 해요."

"나 이 색깔 싫어하는데."

"줘요!"

승우의 구시렁거리는 말을 일언지하에 두부 자르듯 싹둑 잘라 버린 정원은 넥타이를 집어 들었다.

"그걸로 줘요. 그리고 이거 5천 원밖에 안 하는데 그냥 끼워 주면 안 돼요?"

옆에 있는 묶음으로 된 넥타이 뭉치에서 제일 튀는 걸로 꺼내든 그녀가 심통 맞게 물었다.

"아우, 안 돼요. 이거 특가로 90% 세일 상품이라 우리가 밑지는 거라고요. 이게 원가가 100만 원이 넘어요. 상표 봐 봐, 이거 진짜라니까. 그런데 이월을 좀 많이 해서 말이에요. 재고 처리 때문에 파는 건데 거기다 그걸 끼워 달라면 안 되죠."

어울리지 않는 새빨간 립스틱을 바른 거대한 몸집의 주인 여자는 배에 전대같이 보이는 허리쌕을 하고 시원한 에어컨 바람 속에서도 번들거리는 얼굴을 한 채 정색을 하며 손을 내저었다. 그러나 그런 데에 굴할 정원이 아니었다.

5천 원이라니! 5천 원이면 생수가 몇 병인데!

"그럼 놔둬요. 저쪽에도 폐업 정리하는 데 있더라 뭐."

콩알만큼의 미련도 없이 돌아서는 정원을 보고 오늘 개시를 빵빵하게 해야겠다, 마음먹었던 주인 여자가 급 어조를 바꿨다.

"아우, 아가씨. 아니 이렇게 잘난 애인한테 좀 더 써 봐요. 이게 물론 원단이 좋긴 하지만 유행이 좀 지났잖아요. 요기 요거 이 색이 훨씬 이분 얼굴에 잘 받아요. 이걸로 해요. 남자 양복이 얼마나 유행 타는데……."

한눈에 봐도 정원이 들고 있는 유행 지난 양복보다 번듯한 옷이 옷걸이에 그럴듯하게 걸려 있었다. 아마 가격표에는 한 자릿수가 더 늘어나 있을 게 분명해 보였다. 택도 없지.

"됐어요. 넥타이 그냥 주면 사고 안 주면 딴 데 갈게요. 그리고 애인 아니에요."

고용인일 뿐이지! 그 말에 더 화가 났는지도 몰랐다.

"아, 진짜…… 너무하네, 아가씨!"

아무리 초특가, 재고 정리, 눈물의 폐업전이라고 해도 여름 양복이었다. 정가가 얼마인지는 모르겠지만 무려 99,000원이나 주고 저 이름밖에 모르는 불한당한테 옷을 사 입혀야 한다는 것도 억울한데, 나중에 머리끈으로도 재활용할 수 없는 넥타이까지 사야 한다는 건 불행한 일이었다. 가진 옷이라곤 아무것도 없다고 배 째라는 남자 덕에 구두에다 와이셔츠도 사야 했다. 설사 노팬티라도 상관없으니 겉만 번지르르하면 되는 거였다. 이렇게 손해가 막심하니 월세 30만 원을 받는다 해도 이미 반은 날아가 버리게 되었다.

아무리 발등에 떨어진 불똥이라지만 왜 그런 소리를 했는지, 차라리 숏다리 총각하고 비싼 밥을 먹다 토사곽란하는 쇼를 할 걸 하는 생각에 애꿎은 제 머리통만 쳐 대고 있을 뿐이었다.

"저기 총각, 바지 기장 좀 보게 옷 갈아입고 나와 보세요. 기장 자르려면 봐야 하니까."

"아, 귀찮은데……."

옆에서 제 의견을 피력했다가 일언지하에 거절당한 뒤로 꿔다 놓은 보릿자루처럼 공간을 차지하고 있던 승우에게 주인 여자는 드디어 고난이도의 임무를 부여했다. 하지만 승우는 여전히 머리를 긁적거리면서 투덜거리고 있었다. 그러자 뜻밖의 지출 때문에 후회막심인 정원이 저도 모르게 소리쳤다.

"시키는 대로 해요. 시간도 없는데!"

정원이 빽 소리를 지르자 어쩔 수 없이 그는 손에 양복을 주섬주섬 들고 커튼만 쳐진 간이 공간으로 들어갔다. 옆에서 슬쩍 본다면 속이 훤히 보일 만큼 허술한 피팅룸이었지만, 남자는 조신하게 들어가 부스럭거리며 옷을 갈아입었다.

몇 달을 집어넣다 뺐다를 반복하던 재고를 털어 볼 요량으로 주인 여자는 심기가 불편한 정원의 옆에서 어떻게든 분위기를 업시켜 보려고 특유의 입담을 늘어놓기 시작했다.

"어머, 아가씨. 그런데 저 총각 진짜 잘생겼다. 어쩜 저렇게 훤칠해요? 나라면 저런 거 안 사고 진짜 근사하게……."

"애인 같은 거 아니거든요!"

다시금 소리를 빽 지른 그녀의 얼굴을 보고 무안해진 주인 여자는 대체 이 두 사람의 사이는 뭘까 하고 고민했다. 그러다 마침 다른 손님의 부름을 들은 주인 여자가 날듯이 사라지자 정원은 또다시 머리가 아팠다. 아니, 저런 남자랑 한 달을 어떻게 살라고…….

몇십 년 만에 오프라인 매장을 나온 정원은 이 더위에도 북적거리는 매장이 신기했다. 물론 작렬하는 햇볕 탓에 피서 차원에서 들어온 사람들이 대부분이었다. 쌓인 옷이나 옷걸이에 걸린 것들을 뒤적거리기만 할 뿐 선뜻 사는 사람은 없었다. 유행 지난 창고 정리용 옷들이라지만 상자에 마구 쌓여 잘 골라야 하는 옷들을 빼고는 매장의 허술한 인테리어와 어울리지 않게 가격이 만만치 않은 브랜드다. 시원한 에어컨 바람 덕에 집에 있는 먼지 덮인 에어컨을 열어 봐야 하나 생각하고 있던 참에 뒤쪽에서 소리가 났다.

"이거 허리가 좀 큰 것 같은데……."

너무 싸구려라 싼 티가 줄줄 흐르면 더 비싼 걸 사야 하나 고민하면서 그녀는 고개를 돌렸다. 그렇게 자신만만하게 잘생겼다고 큰소리를 쳤는데 너무 아닌 사람을 데리고 가는 것이 무리수라는 걸 처절하게 깨닫고 있는 중이었다.

"오메! 이게 누구요?"

"어머나……. 모델인가 봐!"

"야, 이런 데 무슨 모델……. 그런데 진짜 죽인다."

그녀보다 옆에서 구경하던 사람들의 반응이 더 빨랐다.

제가 가격표만 보고 고른 양복은 물론 싸구려가 틀림없었다. 다만 짙은 색이라 그 싸구려틱한 재질감과 뒤처진 디자인이 제대로 잘 보이지 않는다는 게 선택의 이유였다. 사이즈도 딱 저것밖에 없었고……. 그리고 그걸 들고 간의 탈의실에 들어간 남자는 목 뒷덜미와 반팔 밑 부분부터 팔목까지 새까맣게 탄, 키만 멀대같은 남자였다. 물론 얼굴이 조막만 하고 콧대는 필러라도 맞은 듯 반듯하기에 나쁜 인상은 아니었으나 속은 팔뚝만큼 시커멓게 보이는 남자였다.

하지만 허름한 커튼 뒤에서 나온 남자는 패완얼, 그러니까 패션의 완성은 얼굴과 거기에 더해서 기나긴 다리라는 걸 여지없이 보여 주고 있었다.

"음메! 단 정리할 것도 없네. 잘랐다가는 깡총했을 뻔했어요. 와, 진짜 사진 한 장 찍어서 걸어야겠네. 봐 봐요. 아가씨, 우리 옷이 저렇게 죽인다니까!"

"어머, 진짜 여기서 파는 옷이에요? 어떤 건데! 와, 진짜 너무 멋지다!"

옆에 있던 여자들이 난리가 났는데도, 정작 본인은 그 수많은 시선을 한 몸에 받고 있어도 아무렇지 않은 표정이었다.

"더우니까 넥타이는 안 매 봐도 되죠?"

정원은 굳어진 얼굴이 경련을 일으키는 것 같았다.

아니, 정말 저렇게 생긴 사람이 현실에도 존재하는구나 싶었다.

"그, 그래요. 저기 기장은……."

"수선비는 5천 원이에요. 한 시간 정도 걸릴 건데……."

그러나 단돈 5천 원이 그녀의 정신줄을 잡아당겼다.

"무슨! 나 집에 수선 테이프 있으니까 그거 붙이면 될 거예요. 벗어요. 빨리 가야 하니까."

정원은 잇새로 삐져나오려는 웃음을 경련을 일으킬 만큼 눌러 가면서 사납게 말했다. 제게서 새어 나오는 웃음의 정체는 적어도 이따 볼 엄마에게 외모로는 큰소리를 칠 수 있을 거라는 자신감에서였다.

"저기 나, 허리가 크던데……."

"벨트도 없어요? 노끈으로 묶든지. 누굴 봉인 줄 아나?"

작렬하는 햇살 아래의 불타는 아스팔트에서 뿜어져 나오는 열기가 정원의 정신을 멍하게 만들고 있었다.

"참, 내!"

그녀가 급한 걸음걸이로 제 아지트로 향하는 골목에 들어서자 승우가 말했다.

"가게에 들렀다 갑시다."

"됐어요."

쓰러지기 직전인 정원이 심통 맞게 대답했다.

"거기 쓰레기 치우려면 100리터짜리 쓰레기봉투 몇 개는 필요하겠던데 안 삽니까?"

"저기, 그 정도는 아니거든요!"

"어른들 오신다면서요. 아주 돼지우리 같던데!"

"이봐요!"

"만 원만 줘요. 적어도 두 개는 사야겠더만. 나도 의리는 지키는 남자라니까!"

아, 이런…… 역시 돈이 문제였나. 정원은 머리에서도 스팀이 폴폴 솟아오르는 느낌에 지갑에서 만 원짜리를 꺼내 들었다. 그리곤 생각난 김에 한 장을 더 꺼냈다.

"오는 김에 물도 좀 사다 줘요. 큰 거 여섯 개 든 거 저쪽 가게에서 세일하거든요."

살짝 새초롬한 웃음을 짓는 것도 잊지 않았다. 그 물 무게가 얼마던가! 4층까지 한번 들고 와 봐라, 하고 돈을 내미는데 승우가 번개같이 손에 들린 돈을 채 갔다.

"아, 그리고 남는 돈은 내가 가져도 되죠?"

"아니요."

"아따, 치사하네."

치사한 게 누군데! 그녀는 줄줄줄 흘러내릴 것 같은 땀을 얼른 씻고 싶었다. 잡히는 대로 입고 나온 칠부바지 때문에 거의 질식할 지경이었다. 그러나 그런 자신과 달리 택배 직원용 조끼를 입고 옷이 든 가방까지 든 승우는 땀 한 방울조차 흐르는 기색이 없어 보였다.

"안 더워요?"

"글쎄요. 뭐……. 이 정도는 참을 만한데."

'좋겠다, 짜샤.'

정원은 승우의 비웃는 듯한 표정을 보고는 흥 하고 콧방귀를 뀌며 돌아섰다.

"아, 정원아……. 이쪽이……."

쇼크이긴 쇼크였나 보다 싶었다. 청산유수의 언변을 지닌 박 여사님께서 할 말을 잃은 걸 보면. 눈에 넣어도 아프지 않던 외동딸이 큰일을 겪고 나서 나이만 든 노처녀 반열에 오르는 걸 보고만 있어야 하는 부모의 심정이 오죽이나 했겠는가. 게다가 이 무섭다는 서울 한복판에 혼자 내버려 둬야 했다는 사실은 더욱더 그러할 만했다.

그걸 아는지 모르는지 옆에 선 승우는 기세 좋게 인사를 꾸벅 했다.

"안녕하십니까, 아버님, 어머님."

정말 넉살 하나는 끝내주는 남자인 듯싶었다. 5시에 집으로 쳐들어오겠다는 선전포고가 살인적인 서울의 교통 체증에 의해 공중에 흩어진 게 천만다행이었다. 점심도 못 먹고 난리를 치면서 초대형 쓰레기봉투 세 개 분량의 쓰레기를 1층까지 기를 쓰고 날랐지만, 집 안은 여전히 손님을 맞이할 수 없을 정도로 폐허였었다. 그러다 결국 두 사람은 정신이 쏙 빠질 만큼 난리에 난리를 피우며 겨우 외출복을 입고 호텔까지 왔고, 때는 벌써 6시 반이 넘어 있었다.

"저 죄송하지만 잠시 화장실에 다녀오겠습니다."

승우가 하얀 이를 드러내며 미소 지은 채 말했다. 다들 엉거주춤하게 엉덩이를 들썩거리는 사이 그는 우아하게 걸어서 화장실로 향했다. 뒤태마저 돋보이도록.

아니, 다 구겨진 면바지 입었을 때는 그냥 어기적거리더니 굽

있는 신사화를 신어서 그런가…….

정원은 저도 모르게 그의 뒷모습을 쳐다보고 있었다. 그 우아한 뒤태의 실상은 헤어젤 따위가 집에 없어 급하게 편의점에서 왁스를 사 머리를 손질하고 미처 손을 씻지 못해 그 끈적거림을 참을 수 없어 화장실로 달려간 것이었다. 그러나 그건 오로지 정원만이 알고 있는 사실이었다.

"야, 진짜야?"

눈이 커진 엄마가 누가 들을세라 낮은 목소리로 딸에게 물었다.

"아니 그럼 내가 애인 대행 알바라도 써요? 진짜 딸내미를 그렇게 못 믿으셔."

어깨에 힘이 들어갈 만했다. 잘 꾸미고 예쁜 여자를 옆에 끼면 남자의 어깨가 으쓱해진다더니 이게 그 상황인가. 남자의 양복은 분명히 90% 세일에 들어간, 저렴한 원단에 유행이 너무 지나 이월에 이월을 따따블로 한 상품이었다. 게다가 바짓단 정리용 테이프를 분명히 산 것 같은데 찾을 수 없어서 굴러다니는 시침 핀과 포장용 비닐 테이프로 안을 붙이고 다리미로 눌러 버려 언제 어찌 될지 모르는 지경이었다.

"어디서 저런……."

뒤에 생략된 말은 여러 가지로 유추할 수 있었다. 아이돌이나 꽃미남 배우들을 좋아해 트렌드 드라마를 즐겨 보는 박 여사님의 눈에서 하트가 퐁퐁 튀어나와 떨어지는 걸 보니 관상용 풀들 사이를 헤치고 나오는 승우가 외양은 정말로 그럴듯하다는 게 확실해졌다. 아까는 편의점에서 난리 블루스를 추느라 생긴 걸 제대로 못 봤는데 지금 보니 낯설었다. 역시 패션의 완성은 헤어스타일이었다.

"그래, 우리 정원이하고는 언제부터……."

"네, 올해 초에 만났습니다. 원고 때문에요."

로맨스 소설 작가답게 정원은 호텔로 오는 택시 안에서 근사한 소설 한 편을 썼다.

"아, 그래요? 그럼 뭘 하시는지……."

"네, 출판사에서 편집 일 하고 있습니다. 직접 마케팅도 하고요."

모델은 제가 처음에 출판사에 드나들면서 본 전(前) 편집자였다. 물론 이 남자처럼 허우대가 멀쩡하지는 않았지만, 나름 괜찮은 스펙에 저하고 손발이 잘 맞았었다. 그러나 열악한 환경 탓에 일을 때려치우고 사업을 하겠다나? 게다가 그녀를 멘붕에 이르게 한 것은 줄곧 총각인 줄 알았는데 그만두는 날 애가 셋이나 있는 유부남이라는 것을 고백해 버렸다는 거다. 한때 저도 모르게 두근거렸던 마음이 싸늘하게 식긴 했지만, 머릿속에 떠오르는 사람이 그 남자뿐이라 승우에게 그의 이력을 열심히 암기시켰다.

"저기…… 선친께서는……."

"네. 유통업을 하십니다. 지방에서 제지업이요."

"아, 그래요? 그게……."

"엄마는, 들어도 잘 몰라요. 승우 씨네 아버님이 하시는 일이 좀 복잡해서 말이지."

더 물어볼까 봐 선수를 친 것이었다. 실은 그녀도 편집자의 집안 사정에 관해서는 들은 풍문만 있었지 자세히는 몰랐다.

"아. 그런가? 저기, 나이가……."

"올해 서른넷입니다."

"아, 딱 좋군요. 우리 정원이랑 다섯 살 차이라니. 그럼 앞으로 결혼을……."

정원이 또 희죽 웃으면서 끼어들었다.

"그럼, 해야지. 그런데…… 음, 우리 승우 씨가 좀 이따가 다른 곳에 파견 근무를 갈 것 같아서. 갔다 온 다음에 하려고. 내년이나 후년쯤?"

솔직히 지금 이 자리만 모면하면 됐지만, 최대한 기간을 넉넉하게 잡았다. 다시는 솟다리 박 사장 따위를 들이대지 않게 하기 위해서.

"……우선 고마웠어요."

"별말씀을…… 짐은 바로 옮겨 가지고 오겠습니다."

큰 이모네 집으로 가기 위해 택시를 탄 부모님을 웃는 얼굴로 배웅하느라 얼굴근육에 경련이 인 정원이 내키지 않게 말했지만 승우는 아무렇지도 않은 표정이었다.

"저기…… 어? 그거 무슨 얼룩이에요? 오늘 새로 산 옷이구만. 어머, 혹시 피 아니에요?"

승우의 과도하게 잘생긴 얼굴을 보지 않기 위해서 고개를 돌리다가 바짓단에 묻은 얼룩을 보고 정원이 소리쳤다. '아니, 아무리 그래도 새 옷인데 이 남자 뭐야' 라고 생각하다 색이 이상한 것을 발견한 터였다.

"아…… 피."

승우가 아무렇지도 않게 돌아보더니 바짓단을 걷어 올렸다. 바짓단에 묻은 얼룩은 흥건한 핏자국이 맞았고, 그 원인은 살에 상처를 낸 시침 핀들이었다.

"아니, 안 아팠어요?"

낭자한 선혈을 보고 놀란 정원이 되물었다.

"아, 뭐 그저…… 연기에 전념하느라 몰랐네요."

승우는 희죽거리면서 시침 핀을 빼 들었다. 게다가 저는 에어컨이 빵빵한 레스토랑에서 나와 줄줄줄 흐르는 땀 덕에 얼굴을 세수한 뒤 안 닦은 느낌인데, 그는 와이셔츠에 양복 재킷까지 입고서 땀 한 방울 흘리지 않고 발목을 파고든 핀을 빼 들고 있다니……. 이건 호러가 따로 없었다. 피로 물든 시침 핀을 든 남자가 히죽 웃었다.

"저기 택시 오네요."

아……. 뭔가 잘못된 게 확실했다.

3
주인 여자의 정체는……

“엄마, 그게 우린 아직…….”

—잡아! 꽉 잡아! 남자는 인물 뜯어먹고 사는 거야!

“아니, 그런 소리가 어디 있어?”

—꽉 잡아라. 응?

“바빠. 하여튼 박 사장은 커트야! 알았지?”

—당연하지! 암! 파이팅이다, 우리 딸!

엄마가 외모 지상주의자인 줄은 처음 알았다. 박 사장 같은 숏다리 아저씨를 들이밀기에 현실주의자인 줄 알았다. 그런데 이게 뭔가……. 공항에서도 전화라니. 그 남자랑 같이 사는 줄 알면 당장 혼인신고라도 하라고 불호령이 떨어질 것만 같았다. 이게 웬일이래!

정원은 100리터 쓰레기봉투 세 개 분량의 쓰레기가 빠지고 난 제 아지트가 낯설었다. 그는 힘들어 도무지 더 이상은 치울 수 없다고 투덜거렸지만 그녀는 이 삼복더위에 썰렁함이 느껴지는 것만 같았다. 늘 가득 차 있던, 그녀가 사랑하는 홈쇼핑 물건을 담은 박스들이 대거 사라진 거실은 바닥이 드러나 있었다. 컴퓨터 책상은 좁은 게 싫어서 널찍한 것으로 샀더니 들어가질 않아 거실에 나온 채였다. 항상 컴퓨터 앞에서 살아야 하는 그녀의 삶은 점점 그 주위로 옮겨 왔다. 그 때문에 주변에 물건들이 쌓이면서 거실이 그녀의 주생활 공간이 되어 버린 것이다. 간이 침대는 그 옆에 떡하니 자리 잡게 되었고 멀쩡한 침실이 있었지만 그녀의 침실은 거실이 되었다. 그러니 룸메이트들이 보기엔……. 그녀는 고개를 절래 저었다. 그래도 방값은 이 주변 최고로 싼걸.

정원은 제 물건들이 어디로 다 갔나 보려고 세 개의 방 중 제일 작은 방의 문을 열었다. 아까 박 여사를 만나러 가는 바람에 정신이 없었는데 지금 보니 그래도 차곡차곡 잘 쌓여져 있는 게 다행이다 싶었다. 택배 기사라 물건을 잘 쌓나? 게다가 힘도 좋아서 그 무거운 쓰레기들을 잘도 치워 대는 것 같았다.

날씨가 조금만 덜 더웠으면 그럭저럭 잘 먹은 화장을 이리 일찍 지울 생각이 없었겠지만 도저히 치덕치덕한 화장을 얼굴에 덮어쓰고 있을 만한 날씨가 아니었다. 샤워에 머리까지 감고 나오니 아까 에어컨 커버를 벗겨서 꼭 시원한 바람을 쐬리라 굳게 했던 다짐이 또 스르르 사라져 버렸다.

다행히 승우가 물을 사다 날라 줘서 힘센 남자가 셋방에 살면 이런 것이 좋은 점이구나 느낀 그녀는 흥얼거리면서 제 컴퓨터 앞으로 가 사방에 포진한 선풍기들을 켰다.

"아, 어떻게든 되겠지. 한 달은 금방 갈 거야!"

또다시 인터넷 쇼핑몰 창을 켜려다 짐을 가지고 오겠다는 그의 말이 생각났다. 그래도 명색이 첫날밤인데, 유명 작가인 자신의 이미지를 위해서 도 닦는 마음으로 워드 창을 열었다. 그러다가 또다시 낮에 '씬' 때문에 설전을 벌인 일이 떠올랐다.

"아니 뭐가 어때서! 이렇게 애틋하고 정겨우면 자기네들이 상상해서 물고 빨면 되지! 왜 만날 세세하게 써 줘야 하는 건데!"

그녀는 아직도 축축한 제 머리카락을 쥐어뜯어야만 했다.

"왔습니다!"

뭐가?

한참 떨리는 손으로 남녀 주인공이 열심히 씻고 있는 장면을 쓰던 그녀가 화들짝 놀랐다.

"으악, 깜짝이야!"

"아니, 여자 혼자 있는 집에 이렇게 문을 열어 놓으면 어쩌려고 그럽니까?"

늘 구겨진 면바지에 하얀색 반팔 티 차림인 그가 등에 가방 하나를 짊어지고 둘둘 만 이불을 넣은 비닐봉지 하나를 들고 들어섰다.

"밑에 CCTV 좋은 거 있거든요."

괜히 아까 낮에 본 멀끔한 양복 차림의 잘난 남자 얼굴이 떠오른 그녀가 다시 획 고개를 돌렸다. 이 남자랑 한집에 있어야 하는 게 현실이라는 생각에 머리가 찌근거렸다.

"여기 방충망이 구멍투성이라 제가 사무실에서 방충망 때우는 거 슬쩍 가져왔죠. 짐 넣어 두고 구멍 손질 좀 하겠습니다. 이거 원 방충망이 있으나 마나니……."

마치 자신의 집인 양 이야기하는 게 어이없었지만 방충망에 구멍이 숭숭 난 건 사실이었다.

"저도 방충망 구멍 메우는 도구 있거든요?"

분명히 제 똘똘한 머리로 작년에 인터넷에서 뭔가를 사고 사은품으로 받은 기억이 있었다. 그러나 그게 어디 들어가 박혀 있는지는 의문이었다. 그리고 그게 눈앞에 있다 하더라도 일일이 구멍을 찾아서 본드로 메우고 붙일 생각은 하지 못했을 그녀였다.

"아이고, 잘됐습니다. 이따 모자라면 좀 꺼내 봐요."

얼마 후 방 청소를 하겠다고 걸레를 찾는 남자의 투덜거리는 소리가 났다.

이건 정말 아니었다.

"저기요, 박 팀장님……."

—'씬'을 넣어 주세요. 네? 제발 좀요. 못 믿겠으면 지금 연재하시는 데다 한번 써 보세요. 아마 조회수, 댓글 폭발일걸요. 딱 지금 분위기 무르익었던데…….

"아, 그거 보고 계세요?"

—당연하죠. 저 봐야 할 글이 산더미 같은데도 챙겨 보고 있어요. 진짜 한번 써 보시라니까요. 완전 달라질 테니까.

"아…… 이런."

—부탁해요. 네?

“아, 젠장…….”

전화를 끊은 후에도 정원은 내내 모니터만 째려보고 있었다. 하루에 두 번이나 전화가 오다니. 그냥 둘이 아름다운 밤을 보내면 되는 건데! 왜! 물고 빨고를 써야 하는 건가! 막 마음을 먹고 소설 속 남자를 정성껏 씻기고 있던 그녀는 되레 심술이 났다. 거기다가 문제는 이 정신 통일을 해야 하는 순간에 돌아다니고 있는 타인의 모션이 심히 거슬린다는 것이었다.

“아예 누더기네. 누더기.”

저도 그걸 인정하기에 꾹 닫아 놓은 맞은편 창문을 손보면서 승우는 제가 들으라는 듯 제법 큰 소리로 중얼거리고 있었다. 그러나 거기에 대꾸할 시간이 없었다. 지금 모니터에는 제가 가장 좋아하는, 거사를 치르기 전 벗은 남자의 샤워 ‘씬’이 펼쳐져 있었기 때문이었다.

여자야 씻든 말든 상관없었다. 현실에 존재하지 않는, 순수하게 그녀의 머릿속 100%의 창작물인, 정우상의 등짝과 조연성의 탄력적으로 올려 붙은 엉덩이, 다니엘 하니의 기나긴 다리, 유재태의 넓고 넓은 어깨를 가진 미지의 남자가 올 누드인 채로 여주인공의 심란한 마음을 어찌 달래야 할까를 고민하면서 샤워기의 포말을 온몸으로 받고 있었다. 자, 이제 나가야 해…….

“와, 이 창틀의 먼지. 이건 지금 도저히 안 되겠네요. 내일 퇴근하고 와서 해결하겠습니다.”

“됐거든요. 이제 그만하고 좀 사라지라고요!”

정원은 또다시 제 이미지 관리를 잊어버리고 소리를 빽 지르고 말았다.

"알겠습니다. 좀 씻긴 해야겠네요. 욕실 저쪽이죠?"

그제야 흘끗 모니터 뒤쪽으로 시선을 돌리니 땀으로 범벅이 된 승우가 보였다. 언제 샀는지 기억도 안 나는 밀대를 든 그가 그새 바닥을 반짝반짝 광이 나도록 닦은 모양이었다. 그러고 보니 좀 미안한 생각이 문득 밀려왔다. 어느 순간 제 공간을 둘러보니 낯설 지경이 아닌가? 매끌매끌 얼굴이 비칠 것같이 깨끗한 바닥, 한쪽에 잘 치워진 커다란 둥지 모양의 흔들의자, 각 잡힌 채 놓인 간이침대, 갑갑했던 창은 모양은 누더기 같았지만 열려서 바람이 잘 통하고 있다는 사실이 무서워질 지경이었다. 여긴 대체 어디?

"하, 좀 수고를 하셨군요. 네. 저쪽이에요……."

생각해 보니 화장실도 별로 양호하지 않은 것 같은데……. 그러나 정원은 두 눈을 꾹 감고 다시 모니터로 고개를 돌렸다. 오늘은 기필코 쓰고 말리라는 생각으로…….

"으악!"

승우의 비명 소리가 그녀의 명치끝을 뜨끔하게 만들었다. 뭐 그래도 휴지통은 그저께 비웠으니 그걸 다행으로 생각해야 했다. 아마 실리콘에 핀 곰팡이 꽃 때문이리라 생각하고는 다시 모니터 속의 남자를 씻기는 데 열중했다.

열심히 상상의 나래를 펴고 있었지만 그게 잘되지는 않았다. 한참 시간이 흘렀지만 원래 글을 쓰다 보면 시간 감각이라는 게 모호해지기 마련이었다. 몇 번이고 제가 쓴 걸 다시 읽어 보고 고치는 버릇을 가진 터라 샤워 후에 글은 진도를 나가지 못하고 있었다. 고민을 하던 그녀는 생각에 잠겼다. 아, 요즘 새로 나온 영화라도 다운받아야 할까? 그 효녀 심청인지 뭔지 하는 영화에서 정 모 배우의 엉덩이가 실하다던데…….

그녀가 불법으로 영화를 다운받아 보는 사이트를 클릭하려 할 때였다. 등 뒤에서 달칵하는 소리가 났다. 늘 혼자인 데다 음악 같은 걸 잘 틀어 놓지 않는 그녀가 마침 시원한 바람이 불어오기에 세 개나 되는 선풍기에게도 잠시 휴식 시간을 줘 그 소리가 청천벽력같이 들렸을 수도 있었다. 반사적으로 그녀는 고개를 돌렸다.

뭔가 의도한 것은 전혀, 네버, 결코 아니었다.

"으아악!"

"미안해요. 깜빡 잊고 갈아입을 옷을 안 들고 와서……."

그녀의 비명 소리가 너무 컸기 때문이었을 것이다. 그가 얼어붙은 듯 서 버린 건.

그러나 곧 자신의 방으로 뛰어 들어가려 하는데 정원이 다시 소리쳤다.

"스톱!"

더 큰 목소리 덕에 그는 그녀의 말대로 할 수밖에 없었다.

"네?"

승우의 눈이 커졌다. 그러나 정원의 눈이 더 컸다.

"거기 가만히 서 있어요!"

그가 엉거주춤하게 허리춤에 수건만 두른 채 물을 뚝뚝 흘리며 당황스러운 얼굴로 간신히 말했다.

"죄송하지만, 정말 실습니다……."

"아니, 그냥 서 있으라고요. 전에 그랬죠? 내가 하라는 대로 하겠다고."

"아……. 그게."

승우는 정말로 너무 청소에 열중한 나머지 갈아입을 옷을 가지고 화장실에 가는 걸 잊어버렸을 뿐이었다. 화장실의 곰팡이와 물때가 너무 심해서 곰팡이 제거 세제 세트를 찾아 열심히 청소를 하고 흠뻑 젖어 버린 옷을 벗고 샤워를 했다.

그러다 아뿔싸, 깜빡 잊고 갈아입을 속옷과 옷을 두고 온 것을 깨닫고는 마지막으로 하나 남은 수건으로 몸을 가린 채 최대한 조용조용 화장실 바로 앞에 있는 제 방으로 가려 했을 뿐이었다.

으헐!

정원은 막 욕실에서 나온 남자의 누드에 감탄하는 여자의 심리를 쓰는 중이었으나 짜깁기한 이미지가 잘 잡히지 않고 있었다. 아, 이거 뭐 그런 경험이라도 있어야지. 살색 영화를 한 편 때린 다음에 캡처라도 해 놓고 써야 하나 고민을 하고 있었다. 그때 제 신경을 긁는 소리에 고개를 돌렸다.

그리고 눈에 들어온 건, 완벽한 십일자 복근이 자리 잡은 웬 건장한 남자의 누드였다! 이게 웬 떡!

물론 자세히 보면 반팔에 드러난 팔뚝 부분만 구릿빛으로 타버려 마치 하얀색 반팔 티를 입은 것같이 우스꽝스럽긴 했지만 물기가 뚝뚝 떨어지는 새까만 머리카락이 이마에 들러붙어 있는 남자의 매끈한 몸은 딱…… 소설 속에 나오는 남자 주인공이었다.

"저기……."

정밀 스캔을 끝낸 그녀가 소리쳤다.

"잠깐 돌아봐요."

"네?"

당황한 남자가 딸꾹질이라도 할 듯 놀래 되물었다.

"잔말 말고 돌아서라고요."

그가 허리에 두른 수건은 딱 얼굴을 닦을 때 쓸 만한 사이즈였다. 아슬아슬하게 허리춤을 겨우 감싸고 있는데 돌아서라니…….

"빨리 돌아서 봐요."

그는 그제야 생각해 냈다. 이 여자에게 처음으로 배달한 물건이 바로 바이브레이터였다는 걸. 이 주인 여자는 그 말로만 듣던…….

그의 얼굴이 창백해진 것에 반해 정원은 비실비실 새어 나오는 웃음을 참지 못하고 있었다.

185는 더 되어 보이는 남자는 헐렁하고 구겨진 면바지와 티셔츠, 주머니가 주렁주렁 달려 축 늘어져 있는 그물망 조끼를 입었을 땐 비썩 말라 보였었다. 그러나 벗은 몸은 완벽하다는 말이 절로 나올 만큼 근사했다. 무리하게 웨이트 따위를 하지 않아도 4층까지 무거운 생수 박스를 지고 올라오는 일을 매일 한 덕에 생긴 잔근육은 한눈에 봐도 근사하게 자리 잡혀 있었다. 딱딱하고 단단해 보이는 가슴 근육, 팽팽한 목 근육 밑에 자리 잡은 근사한 쇄골, 식스팩 대신 보일락 말락 하는 십일자 복근,

그리고 여자들이 환장해 마지않는 치골이라 잘못 알려진 뚜렷한 장골까지……. 아깝다, 저 수건만 아니면 탱탱한 엉덩이도 보일 텐데.

정원은 꿀꺽 침을 삼키면서 마치 스캔을 하듯 돌아서는 남자의 뒤태를 훑었다. 쫙 뻗은 척추, 균형 잡힌 어깨와 비파골, 팽팽한 허벅지와 쭉 이어진 단단한 종아리, 그리고 아킬레스건.

"저, 저기."

"가만히 있어 보라니까요!"

한 번도 이런 상황에 처해 본 적이 없었다. 제 옆에 벗은 여자들이 서 있었던 적은 있어도 제가 벗고 여자 앞에 서 본 경험은 없었다. 이 여자 이러다가…….

"모델이 필요한 거라고요. 모델! 그러니까……. 까악!"

"으악!"

둘 중 누가 더 놀랐는지는 알 수 없었다. 엉거주춤하게 있던 남자의 허리에 매달려 있던 애처로운 수건이 저도 모르게 기운을 잃고 추락한 건 누구의 잘못도 아니었지만, 그것이 초래한 결과는 엄청났다. 남자는 번개같이 제 방으로 뛰어 들어갔고, 여자는 소리를 질렀다. 그러나 남자의 비명은 분명히 놀란 소리였지만, 여자의 비명은 그게 아닐 수도 있었다.

"오……."

정원은 회전의자를 휙 돌리곤 미친 듯이 키보드를 두드리기 시작했다. 지금 본 걸 잊어버리지 않기 위해서.

놀란 승우는 저도 모르게 문을 잠그고 말았다. 마치 100m 달리기라도 한 듯 숨이 들썩거렸다.

아, 이럴 수가. 지저분한 바깥을 정리하느라 이 방은 닦지도 못했는데……. 문이 꾹 닫혀 있는 방 안은 찜통이 따로 없었다. 그러나 지금은 더위가 문제가 아니었다. 가방을 뒤져서 얼른 옷을 꺼내 입은 그는 저도 모르게 기운이 딸려 주저앉고 말았다. 그사이에도 다리에 버석거리는 먼지가 느껴졌다. 방도 닦아야 하고 옷도 빨아 널어야 하는데…….

아, 저 여자는 저렇게 여신 같은 얼굴을 한 채 집 안에서 대체 뭘 하는 걸까.

택배 기사들은 자기들이 배달하는 물건이 뭔지 따위에 관심이 없었다. 그러나 그는 신참이었다. 들고 가다 보면, 그리고 문을 열고 전달하다 보면 정말 이상하고 요상한 물건들이 많았다. 그리고 이상한 사람도…… 그중에 가장 이상한 사람은 저 여자가 아닐까.

기회를 봐서 한 달이 아니라 두어 달쯤 더 눌러 살까 생각했었는데 한 달도 위태로울 듯해 보였다.

그나저나 어떻게 밖에 나가지.

"아, 대박! 대박!"

제가 상상력이 뛰어나다는 것은 스스로 늘 감탄하고 있었지만 상상화와 사생화는 달랐다. 그리고 그 모델이 현실에서 보기 힘들 정도로 뛰어나다면 그건 더한 시너지 효과를 낼 수 있는 거였다.

"으흐흐. 흐흐."

정원은 입에서 나오는 소리를 주체하지 못하고 미친 듯이 키보드를 두드리다 갑자기 손을 멈추었다. 제가 썼지만 남자가 욕실에서 나와 여자가 감탄하는 장면이 너무도 리얼하고 근사했다. 특히 올려 붙은 엉덩이가……. 그런데 그다음은? 그놈의 물고 빨고……를 써야 하는데. 이 근사한 앞부분에 맞춰서 정말 근사하게 이어 가고 싶었다.

"아…… 아깝다. 이걸 어쩌지?"

그녀는 재빨리 영화 다운로드 전용 사이트에 들어갔다. 현찰로 지르는 게 아니라 매일매일 출석을 하면 받는 보너스 포인트로 영화나 만화, 혹은 음원을 다운받고 있었는데 대부분의 살색 영화는 보너스 포인트로 결제할 수 없었다. 이 김에 현질을 해야 하나…… 고민하던 그녀의 눈에 확 띄는 제목이 보였다.

정우상, 송승언, 조연성 등 최신 한국 영화 베드신 엑기스, 다섯 시간 격렬 떡…….

게다가 보너스 포인트로 결제 가능이라니!

"아싸, 오늘은 이거다!"

그녀가 신나서 소리를 지르는 동안 몰래 방에서 나온 그는 창고 방에서 청소 도구를 꺼내 들고 욕실로 가 땀에 젖은 옷을 빨았다.

그녀의 관심은 온통 다운받은 영화에 가 있었다. 눈에 불을 켜고 봐야 했다. 그러나 막 플레이 버튼을 클릭한 순간 소리가 너무 크다는 걸 안 정원은 그제야 이 집에 다른 사람이 더 있다는 것을 생각해 냈다. 물론 그 사람이 있는 방 쪽에서 모니터가 보일 리는 없지만 그래도 리얼한 소리를 들으면서 연구를 하고 싶었다. 정원은 주섬주섬 서랍을 뒤져서 이어폰을 찾기 시작했다.

꼭 찾으려면 없는 것들. 분명히 핫딜가에 10만 원이 넘는 고성능 이어폰을 단돈 만 원에 주고 질렀었는데.

"찾았다!"

마치 첩첩산중에서 산삼이라도 발견한 듯 그녀는 자랑스럽게 꼬일 대로 꼬인 이어폰을 낑낑거리면서 풀고는 컴퓨터 이어폰 잭에 끼워 넣었다. 그리고는 볼륨을 있는 대로 올렸다.

"오늘 아주 죽이는 씬을 쓰고 말 거야. 이대로 19금 작가로 거듭나든지!"

혼자 실실 새어 나오려는 웃음소리를 참아 가면서 첫 장면부터 송승언의 앤티크하면서 말 그대로 격렬한 씬을 매의 눈으로 쳐다보기 시작했다.

방을 닦은 승우가 소리 죽여 욕실에서 걸레를 빨아 놓고 방으로 들어가려던 찰나였다.

—음, 아……. 아…… 아악. 좀 저…… 음…….

서라운드로 들리는 소리에 놀란 그가 시선을 던졌다. 듣기에도 민망스러운 목소리에 살갗이 부딪치는(?) 요란한 소리가 거실에 가득 찼다. 제가 듣기에도 당혹스러웠지만 창문이 사방으로 열린 채였다. 땅값 비싸기로 유명한 동네이기에 옆에도 이만한 층고의 빌라와 원룸이 가득한데. 아, 정말 주인 여자는…….

그는 귀를 틀어막고 제 방으로 들어갔다. 그러나 역시 방 안에까지 민망한 소리가 울려 퍼지고 있었다. 다시 방을 구해야 할까.

그의 눈에 벽에 걸린 양복이 보였다.

저 여자의 애인인 척하는 건 일회용이겠지?

머릿속이 아득해졌다.

정원은 단지 컴퓨터에 마이크 잭과 이어폰 잭이 두 개 있다는 것을 몰랐을 뿐이었다. 그리고 밤새 그 사실을 모르고 있었다.

4

택배 총각 운전도 짱!

“거봐. 내가 이럴 줄 알았다니까!”

그녀는 저도 모르게 삐질삐질 웃음이 새어 나오는 걸 참을 수 없었다. 단지 소제목 옆에 빨간 동그라미 하나가 들어가게 만들었을 뿐이었다. 물론 그 동그라미 안에 ‘19’라는 숫자가 쓰여 있긴 했지만 이렇게 조회수가 폭발적인 건 처음이었다. 댓글도 난리였다.

작가님이 이렇게 리얼한 씬을 쓰실 줄은 몰랐어요.

작가님 짱!

어머나, 남새시려라……. 그러나 따봉입니다요!

“으흐흐흐…….”

정원은 막상 써 보니 별거 아니다 싶어 앞으로 씬이 난무하는 글을 써서 떼돈을 벌어야겠다는 원대한 꿈까지 꿨다. 물론 어느새 날은 훤하게 밝아 있었고, 집은 텅 비어 있었다.

이렇게 집을 말끔하게 청소해 준 남자는 출근을 한 모양이었다. 나름 마음에 들었다. 이렇게 모델 겸, 도우미 겸, 보디가드로 든든한 남자가 한집에 있다는 게 도움이 될 줄은 몰랐으니까.

그러나 깔끔한 집 안을 둘러보던 정원은 갑자기 머리가 욱신거리는 걸 느꼈다.

"아니, 괜찮아……. 괜찮다구."

벌써 몇 년이나 지났는데…….

괜히 다시 택배 박스 같은 걸 꺼내 놓고 싶은 마음을 간신히 억누르면서 그녀는 주섬주섬 주방으로 다가갔다. 아직 여기까지는 치우지 못했는지 여전히 어수선한 싱크대 위를 보고 그나마 울렁거리는 속을 참아 낸 그녀가 막 냉장고를 열려는데 갑자기 요란한 벨소리가 울렸다.

"아니, 식전부터 웬 전화야."

너무 말끔한 집 안이 신경에 거슬리는 것 정도야 제가 씬을 써 냈다는 대견함에 희석되어 안정을 되찾은 정원은 발걸음도 가볍게 전화기를 향해 다가갔다. 그러나 발신자 번호에 뜬 정체불명의 명칭에 인상을 찌푸리다 이내 목소리를 가다듬었다.

"여보세요?"

—거기 '이름 모를 선물' 작가님이시죠?

"아, 네. 그런데요."

이름 모를 택배 상자를 받는 게 낙인 그녀의 닉네임이었다.

저번에 쓴 책이 재판을 찍으려나? 괜한 상상을 하던 정원은 대답을 하면서도 이상했다. 출판사가 아니면 제 닉네임과 번호를 알 리가 없는데…….

—다름이 아니라요.

"그래, 방은 무사히 구했고?"

"네, 덕분에……."

승우는 말끝을 흐렸다. 사무실 한 귀퉁이에 놓인 휴게실 간이침대에서 보름이나마 지내게 해 준 영업 소장님에게 감사할 따름이었다.

"우리도 사정을 봐주고 싶은데 수군거리는 소리가 많아서. 그래도 우리 승우가 워낙에 일을 잘해서 그나마 조용한 거야. 여기 기사들 정말 말도 많고 탈도 많아. 일이 험하니 사람들도 각박해. 그러니 제발 오래오래 일을 해 줬으면 좋겠어. 알지?"

"네."

"오늘도 푹푹 찌겠네, 찌겠어. 긴 옷 입고 안 더워?"

택배 영업소의 소장이 손부채질을 하면서 물었다.

"괜찮습니다."

그는 그냥 꾸벅 인사를 하고 돌아섰다. 이 정도의 더위쯤이야.

영업소 안에는 산더미 같은 각양각색의 상자들이 쌓여 있었다. 아득하긴 했지만 또 하다 보면 일은 금방 줄어들었다. 다만…… 일이 끝나고 나서가 문제였다.

그 무서운 여자 때문에…….

"오호호호…… 이럴 줄 알았다니까!"

샤워를 하고 나온 정원은 선풍기 앞에서 요란하게 드라이어로 머리를 말리면서도 비어져 나오는 웃음을 멈추지 못했다.

3천이라니! 3천만 원이라니!

물론 제세공과금과 세금을 제외하면 2천 얼마겠지만, 그게 어딘가? 이제 드디어 그런 닉네임 따위가 아닌 고정원 이름 석 자를 걸고 나설 때가 됐다.

다름 아니라 아침나절부터 온 전화는 정원이 꾸준히 도전하고 있던 공모전에서 그녀의 작품이 대상을 탔다는 낭보였다. 그동안 입선이니, 가작이니 한 적은 몇 번 됐지만 대상은 처음이었다. 그러나 문제는 대상 따위가 아니라 상금이 아니던가!

무려 3천만 원!

전혀 생각도 안 하고 있었기에 결과를 검색해 볼 생각도 없었던 정원은 오후에 시상식이 있으니 오라는 전화를 받고서야 알게 되었다. 시상식이라니! 게다가 기자들 인터뷰도 있을 예정이라고 했다.

드라이어의 뜨거운 바람이 코끝에 송글송글 땀을 내게 만들고 있었지만 지금 그것이 문제가 아니었다. 이번 달의 어마어마한 적자를 어찌 메꾸나, 그러려고 들인 룸메이트의 방값도 이미 옷값으로 반을 지출해 버린 터였다. 그러니 이건 가뭄 속의 단비 정도가 아니라 가뭄 속의 태풍, 사이클론, 윌리윌리, 허리케인이었다.

"으하하. 하하!"

당장 사고 싶은 물건들이 머릿속에서 삐용삐용 튀어나오는 것에 행복해 저도 모르게 새어 나오는 웃음을 터뜨리면서 정원은 옷을 찾으러 안방으로 향했다. 옷장도 그 방에 있으니까.

그러나 기쁜 건 기쁜 거고, 좋은 건 좋은 거였지만 그녀에게 현실의 무게는 당혹스럽게 다가왔다.

뭔가 오타쿠적인 취미가 있지는 않았지만, 히키코모리로 몇 년을 산 그녀에게 제대로 된 옷이 있을 리가 없었다. 엊그제 강제 맞선을 본다고 그나마 하나 있던 여름 외출복으로 꺼낸 옷은 아직도 세탁기에 들어가 있는 채였다. 그날 흘린 땀이 한 바가지였으니까. 주섬주섬 뒤져 꺼내 보았지만 너무 구겨져서 향기는 그렇다 치고 최신식 스팀 다리미로도 살릴 수가 없을 만큼 상태가 좋지 않았다. 그녀의 보물 창고인 택배 상자들이 쌓인 곳에 가서 박스째로 있는 것들 몇 개를 뒤져 보니 모두 간단한 트레이닝복 세트 따위였다.

"아, 젠장. 이게 다 뭐야."

그나마 작년에 산 블라우스 세트는 봉지도 뜯지 않았는데 문제는 다 긴팔이었다. 이 더위에 이렇게 살에 치덕치덕 붙는 재질의 블라우스를 입고 나갈 용기가 없었다.

"반팔…… 반팔은 없는 거야?"

시상식은 오후였지만, 꽤 되는 거리였다. 빨리 나가야 할 텐데 화장은커녕 옷이 없다니.

하는 수 없이 봉인해 둔 것이나 마찬가지인 장롱을 열어야 했다. 적어도 몇 년 전에는 깔끔하고 패셔너블한 그녀였으니까.

"으악!"

퀴퀴한 냄새는 둘째 치고, 제대로 환기를 시키지 않아 옷장 안은 그야말로 무시무시했다. 총천연색의 옷을 아름다운 무늬로 둔갑시킨 곰팡이의 습격에 끔찍해질 지경이었으니까.

"으아. 아아악……."

그녀의 목소리가 차츰 기운을 잃어 갔다.

"왜, 커피라도 한잔하고 가지."

"아, 괜찮습니다. 바로 출발하겠습니다."

점심으로 시킨 자장면을 급하게 먹은 승우가 일어서는 걸 본 영업 소장은 우려하는 마음으로 말렸지만, 옆에 같이 있던 기사들은 서로를 쳐다보며 수군거렸다.

"새끼, 저렇게 해서 뭐 천금 만금 벌겠다고."

"그러니까. 며칠이나 가나 두고 보자."

승우는 그 말을 귓등으로 흘렸다. 빨리 일을 시작하면 그만큼 빨리 끝낼 수 있다. 이번에는 기필코 그 여자의 싱크대를 정리하겠다고 굳은 결심을 한 바였다. 이상한 여자긴 하지만 그래도 비위생적인 곳에서 먹고살아야 하는 걸 막아야 한다고 생각하는 게 인지상정 아닌가. 물론 골이 아프긴 했다. 정말 이상하니까.

그래도 나이가 어리고 방까지 저렴하게 하사했으니 제가 할 수 있는 일은 해야 했다. 그리고 솔직히 택배 일이 고되긴 하지만 그것 가지고는 모자랐다. 더 일을 해야 지쳐 쓰러져 잘 수 있을 것 같았다. 아침에 배달 일 같은 거라도 찾아봐야 할 듯했다. 우선은 그 집을 치우는 일에 한 일주일은 매진할 수 있을 것 같아 어떤 점에서 보면 다행이기도 했다. 정신이 이상한 여자 하나 살리는 셈 쳐야겠다 싶지만, 여자의 정신 상태만큼은…… 어쩔 수가 없어 보였다. 그러나 그건 뭐 개인의 취미이자 사생활이니까. 잘 때 문이나 잘 잠그고 자는 수밖에.

그는 요란한 엔진 소리가 나는 담당 트럭 위에 올랐다. 소리가 요란한 것으로 보아 팬벨트와 클러치 패드를 교환해야 하고 브레이크 패드도 손봐야 할 것 같았지만, 그래도 아직 그럭저럭 다닐 만했고 다른 차들은 더한 것 같아서 며칠 더 두고 보리라 생각하고는 손에 든 PDA를 확인했다. 그리고는 힘차게 액셀러레이터를 밟았다.

"아, 어떡해! 어머, 어째!"

그녀는 실제로 이렇게 사랑스러운 비명을 지르는 스타일은 아니었다. 으악, 젠장, 제기랄 같은 의성어가 터져 나와야 했지만 그러지 않은 건 거울에서 본 제 모습 때문이었다. 거울 속의 여자한테 어울리는 비명은 딱 저 정도였다. 그녀는 제 나름대로 본판은 그럴듯하다고 여기고 있었다.

더운 날씨를 감안하여 산 그녀가 잘 써먹고 있는 왕 똥머리용 철사 핀을 겨우 찾아내 긴 머리를 돌돌 말아 예술적으로 잘 올리고 깔끔하게 업스타일로 만든 뒤, 같이 동봉되어 있던 진주 핀을 꽂아 기가 막히게 완성한 헤어스타일은 완벽했다. 그리고 시스루 스타일의 여성스러운 반팔 블라우스 하나가 기적적으로 완전한 상태로 있는 것도 발굴해 내었다. 다만 그 과한 시스루를 막기 위한 끈 나시 속옷을 찾는 데 한참 시간을 까먹은 건 어쩔 수 없었다.

하늘하늘한 치마는 제가 대학생 때 입던 것이었고, 살짝 곰팡이 기운이 있긴 했지만 무늬가 워낙에 복잡해서 자세히 보지 않으면 보이지 않을 정도라 열심히 물티슈로 닦아 낸 뒤에 입고 나왔다. 그에 맞는 가방도 물론 대학생 때 들고 다니던 것이었지만 유행은 돌고 도는 것이라 믿는 그녀는 전체적으로 사랑스러우면서 이지적이고, 약간 가슴이 끼긴 하지만 여성스러운 실루엣을 보여 주는 샤방한 로설 작가의 차림이 되었다.

그럭저럭 화장도 완벽하게 하긴 했는데 문제는 4층에서 내려오면서부터 찐득찐득하게 들러붙는 하늘거리는 치마와 블라우스였다. 하다 보니 자꾸 획을 더한 화장도 미끌거리고 있었다. 게다가 작렬하는 태양 아래 택시라곤 자취도 없이 주변에 포진한 불법 주차 차량만 가득이었다.

"아, 젠장."

하도 출몰한 지 오래되어서 요즘은 메신저로도 택시를 부를 수 있다는 사실을 알 리가 만무한 그녀였다.

과한 차림새를 하느라 잔뜩 시간을 허비해 점심도 걸렀는데 시간은 다가왔다. 지하철을 타고 가려면 지하철역 입구까지라도 가야 하는데 택시는커녕 멀쩡한 차는 지나가지도 않았다. 애꿎은 불법 주차된 차들만 땡볕에 서서 주변 온도를 더욱더 상승시키고 있었다.

그저 지나가는 게 택배 차량뿐이라니…….

끼이이이익!

요란한 소리를 내며 택배 차가 제 앞에 섰다. 그러느라 내뿜어진 지독한 매연과 열기에 'ㅅ'으로 시작되는 육두문자를 뿜기 직전인 그녀의 앞으로 택배 차가 비실비실 후진하기 시작했다.

"어?"

뭐라 한마디 하려는데 차에서 나온 건 익숙한 얼굴이었다.

"어디 가요?"

그리고 의아하다는 눈빛.

오늘도 집주인인 고정원의 앞으로 온 택배는 세 개나 됐다. 참…… 대단하다. 내용물이 뭔지는 확인하지 않으려 했다. 하나는 냉동 박스인 걸로 보아 먹는 게 분명했다. 막 그가 구역으로 들어왔을 때였다. 땡볕 덕에 사람 하나 없는 골목에 웬 여자가 서 있었다. 하늘하늘한 스커트와 블라우스, 늘씬한 키, 잠깐의 스캔으로도 숨길 수 없는 볼륨감, 게다가 괜찮은 외모까지……. 그냥 그런가 보다 하려다 그는 멈춰 서고 말았다. 유난히 눈썰미가 좋은 그의 눈에 띈 건…… 왠지 사람다워 보이는 주인 여자가 아닌가? 게다가…… 당혹스럽게도 그 엉뚱한 맞선 때보다 훨씬 훌륭한 외모로 업그레이드되어 있었다.

"어디 가요?"

이 좁은 원룸 촌에는 차들이 잘 들어오지 않았다. 워낙에 땅값이 비싸고 층고를 올려 지어진 원룸과 빌라촌이 가득한 곳이라 주차장이 턱없이 부족했다. 길가에 촘촘하게 주차돼 있는 차 둔덕에 그도 늘 아슬아슬하게 지나쳐야 하는 곳이었다. 그러니 택시도 다들 웬만하면 큰길에서 차를 세워 주는 게 일상이었다. 차림새를 보니 어딘가를, 그것도 아주 중요한 곳을 가는 모양이었다. 이틀 동안의 관찰만으로도, 아니, 그동안 택배를 배달하면서 절대 저 여자가 나돌아 다니는 걸 본 적이 없으니 확실했다. 게다가 날씨도 가장 더운 점심때를 막 지난 시간에.

"그게……. 좀 멀리 가야 하는데 택시가 안 보여서……."

오늘은 물건이 좀 적긴 했다. 얼추 시간이 될 것 같아서 그가 말했다.

"타요. 어디까지 가는지는 모르겠지만."

정말…… 정말 너무 더워서였다. 1분만 더 있으면 제 얼굴과 화장이 완벽하게 분리될 것 같았다. 단지 그래서였지 그렇지 않았다면 매연이 풀풀 나는 저런 트럭 옆에 탈 생각은 안 했을 것이었다.

"에어컨 좀 틀어 줘요."

이 땡볕의 날씨에 에어컨도 안 튼 남자에게 그녀가 애원하듯 말했다.

"으악!"

"꽉 잡아요."

그러나 그녀는 비명을 멈출 수 없었다. 위잉, 하는 요란한 소리와 함께 쏜살같이 달리는 차 앞에는 이미 황색 신호가 켜지고 있었다.

"아…… 아악!"

"조심!"

남자가 끼익하는 소리와 함께 사이드브레이크를 올리더니 브레이크를 밟고 핸들을 돌렸다. 그러자 굉음과 함께 트럭이 핑그르르 돌더니 바로 그 좁은 공간에서 유턴을 했다. 짐칸에서 우당탕하는 소리가 요란했다. 그 요란한 급회전 탓에 아마 주변에 있던 사람들과 차가 다 놀래 쳐다보았을 것만 같았다.

"아, 난 살아서 가고 싶다고요."

"알았어요. 꽉 잡기나 해요. 그 시간 전에 도착할 테니까!"

"으어!"

살기 위에선 무엇이든 잡아야 할 것 같았다. 다시 무시무시한 차들 사이로 불쑥 끼어든 트럭 뒤로 심한 경적 소리가 나는 것을 듣고 눈이 커질 대로 커진 정원은 제가 무엇을 잡고 있는지도 모를 지경이었다.

"아, 정말……."

"아직 시간 안 지났죠? 얼른 들어가요."

고마운 건 고마운 거였다. 출판사 시상식이 있는 곳이 그렇게 멀 줄 몰랐으니까. 아마 택시를 탔든 지하철을 탔든 제 시간에는 절대 못 왔을 것이다. 이 난폭 과속 운전의 대가인 택배 기사 차를 탔기에 망정이지.

"우엑."

먹은 게 없어서 넘어올 것은 없었지만 속은 이미 뒤집어진 상태였다.

"아, 차 라이닝 패드가 엉망이라서 더 심했을 거예요. 쇼바도 다 나가서. 하여튼 뭐, 빨리 왔으니까. 들어가 봐요."

"아…… 하여튼 고마워요."

그건 사실이었다. 이 중요한 자리를 참석 못 하면 큰일 날 뻔했으니까. 그러나 다리가 풀릴 대로 풀린 정원은 하마터면 하이

힐의 균형을 잡지 못하고 무릎이 꺾일 뻔했다.

"으악!"

"조심하세요!"

그가 소리쳤다. 그리곤 덧붙였다.

"저기, 치마 접혀 올라갔어요."

"에구……."

형편없이 구겨진 치마가 뒤쪽 허벅지 위까지 말려 올라간 걸 겨우 안 정원은 저도 모르게 얼굴을 새빨갛게 물들였다.

"이따 봐요."

그러나 음흉한 저 택배 총각은 엄지손가락을 척 하고 올리더니 아무 일도 없다는 듯 길을 가 버렸다.

젠장. 제기랄.

하지만 정원은 이내 아무 일도 없었다는 듯 치마를 잘 내리곤 후들거리는 다리로 시상식장으로 향했다.

5

삼겹살, 상추, 파절이, 고추, 마늘……

그리고 키스

산다는 건 이렇게 신나는 거였다. 시원하게 샤워를 마치고 냉장고를 쳐다보니 스스로가 뿌듯해졌다. 귀찮으니까 자랑 전화는 내일 하기로 하고 그녀는 금상첨화격으로 여전히 댓글이 폭발 중인 연재 글을 열면서 히죽거리고 있었다.

배가 고프긴 했지만 아직 손님이 도착하지 않았다. 난폭 운전인지 뭔지 해도 그 트럭 덕에 제 시간에 도착해서 우아하게 상장을 받고, 사진도 찍고 인터뷰도 했으니까 삼겹살 파티쯤 주최하는 건 당연한 거 아닌가? 세상이 얼마나 좋은지 삼겹살도 불판까지 다 배달이 되었다.

삼겹살은 제주도 집에나 가면 모를까 혼자서는 먹기 힘든 음식 중 하나였다. 1년에 한두 번 친구들을 만나도 다들 깨작거리며 스파게티니 스테이크니 뭐 그딴 것들만 먹어 대는지라 삼겹살을 먹고 싶어도 혼자선 먹지 못했다. 그러나 오늘은 넉넉히 주문했고, 거기에 어울리는 소주도 추가 요금을 내고 시켰다. 이제 일꾼이 와서 불판만 세팅해 주면 좋겠는데…….

그러나 뭐 늦어도 상관은 없었다. 그동안 글을 쓰면 되니까.

"하여튼, 진짜 다들 야한 것만 좋아한다니까. 왜 로설을 보는 거야. 걍 야설을 보지……."

투덜거리긴 했지만, 뭐 본인도 쓸 줄 몰라서 그렇지 보는 건 좋아하니까.

한참 정신 통일을 하고 선풍기 바람을 쐬면서 열심히 타자를 치던 그녀의 손이 멈췄다. '씬' 이야 어제 본 화사한 엉덩이를 가진 송승언이 침대에 앉은 채 묘기를 부리던 것을 적당히 각색해서 쓰긴 했는데 옷을 다 입은 다음에 헤어지는 키스 신이 문제였다.

두 사람의 봇물이 터진 애정 '씬' 뒤에 아쉬움이 밀려드는 에로에로하면서 격한 감정을 드러내는 그런 키스 신이었다. 어떤 분위기인지는 팍팍 느낌이 오는데 그걸 어찌 써야 할지가 난감해졌다. 갑자기 혀를 어떻게 돌리는지가 궁금해졌다고나 할까. 매번 쓰면서 혀를 빨고, 치열을 더듬고 뭐 목구멍까지 왔다 갔다…….

"음, 아니야…… 아니라고. 이게 아닐 텐데."

기억을 더듬어 봤지만…… 하지 않는 게 나았다. 좋은 기억 따윈 없으니까. 다시 막 머리를 잡아 뜯으려는데 발소리가 났다.

"늦었습니다."

피곤해 보이는 목소리, 정원은 발딱 일어나서 고개를 내밀었다.

"얼른 와요. 굶어 죽을 뻔했잖아요."

"네?"

한눈에 봐도 폭염 속 땀에 푹 젖어 버린 옷을 입은 채 피곤에 지친 오늘의 일꾼은 모자를 벗었다. 착 달라붙은 머리카락은 마치 물에 빠졌다 나온 것 같았다.

"어휴. 힘들었나 봐요. 빨리 씻고 와요. 오늘 내가 한턱 쏘는 거니까!"

상대의 지친 모습보다 불 피울 일꾼이 온 게 반가운 정원이 자랑스럽게 말했다.

마음이 맞는 사람은 성별의 차이 따위는 문제가 아닌 모양이었다. 물론 상대방이 제 마음하고는 안 맞는다고 외치고 있는 게 보이긴 했지만 그거야 그쪽 사정이고. 만날 신경질적이거나 인상을 쓰고 있는 여자 룸메이트보다야 백배 나았다. 뭐 좀 먹자고 하면 살찐다, 다이어트 중이다, 입맛에 안 맞는다고 투덜거리는 것들보다야 훨씬 좋았다. 게다가 불을 지피는 일 따위 시킨다고 할 턱도 없었다.

여전히 팔뚝만 새까맣게 탄 남자는 정원이 낑낑거리면서 스티로폼 상자를 꺼내는 것을 보고는 코웃음을 치면서 바닥에 온통 신문지를 깔더니 같이 배달된 불판을 세팅했다.

"에이, 이거 상추 다시 씻어야겠네요. 흙이 막 있네……."

정원이 고기 익는 게 더뎌 상추라도 먹으려 하자 그가 그걸 휙 뺏어 개수대로 가 버렸다. 어금니 사이로 새는 신음 소리가 다 들렸을 텐데도 남자는 끄떡없이 상추를 씻더니 와 앉았다.

금방 샤워를 하고 젖은 머리를 한 남자에게선 싸한 비누향이 풀풀 풍겼다. 그러나 그 비누향은 곧 익어 가는 고기 냄새에 가려지고 말 것이다. 그걸 아는지 모르는지 열심히 고기를 굽는 상대를 보니 그래도 할 말은 해야 할 것 같았다.

"오늘 덕분에 고마웠어요."

"뭐 우연히 지나가서 다행이었던 거죠. 무슨 일 있었어요?"

그제야 남자는 무심하게도 그녀의 경사에 대해 삐죽한 관심을 드러냈다.

"아, 제가 뭐 상을 좀 타서 말이죠. 상금이 빠방해서……."

"그래요?"

시답잖게 고기를 뒤집는 것을 보고 정원은 괜히 심술이 났다. 아니, 니깟 게 3천만 원이나 탄 이 작가님을 무시하냐…….

"상금이 3천이에요. 끝내주죠?"

이런 이야기까지는 하지 않으려고 했다. 실제 받는 돈은 제세공과금이 제해져 더 줄어들었지만 오늘 자랑스럽게 들고 사진을 찍은 패널에는 분명히 '3' 하고 동그라미가 일곱 개나 있었다. 물론 통계로 찍힌 제 수입은 그것보다 많았으나 이렇게 한 방에 그런 돈을 쥔 적은 없었으니 그녀의 어깨에는 뽕과 함께 빠닥빠닥한 깁스가 팍 자리 잡았다.

"3천 불?"

"네?"

정원이 당황해서 되물었다.

"아…… 아니에요. 3천만 원?"

"네에……."

뭔가 좀 이상했다. 웬 달러.

"아, 축하해요. 고기 다 익었네요."

영 시답잖은 반응에 정원은 핑 하고 콧김을 내뿜고는 먹음직스럽게 익은 고기를 향해 시선을 돌렸다. 뭐 이런 돈을 한 방에 쥐어 보기나 했겠어, 그러니 저런 헛소리나 하지.

상대는 술에 약한 모양이었다. 두어 잔 자신과 짠을 하고 나더니 금방 취기가 새빨갛게 돌았다. 그것도 짠을 한 뒤에 반 잔이나 한 모금만 꺾어 마시는 더러운 술 예절을 지니고 있었다. 택배 기사들 사이에서 왕따인가? 몸 쓰는 사람들은 글라스로 팍팍 마셔 줘야 하는 게 정석 아니던가?

정원이야 정공대로 짠 하면 팍 하고 잔을 털어 주는 술 범절을 잘 지키고 있었다.

"캬! 달다."

안주가 좋으니 술이 술술 잘 넘어갔다. 그녀가 애용하는 술은 맥주였지만 삼겹살에는 소주였고, 소주가 필요한 날도 있는 법이었다. 오늘따라 기름기가 좔좔좔, 고소고소를 외치는 삼겹살은 정말이지 입에서 슬슬 녹아 없어지는 경지였다.

"아우……. 술이 넘어가니 더워서."

그러나 이 재수 없는 파트너께서는 고개를 두리번거리면서 슬슬 자리를 파하고 도망갈 모양새를 보였다. 그러자 눈치 백단인 정원이 엄포를 놓기 시작했다.

"고기 남았어요. 술도 남았고. 아니 무슨 남자가 그렇게 쥐똥만큼 먹어요? 이거 자리 펴서 기름 튄 만큼 뽕을 뽑아야죠. 주인 아줌마가 쏘는 거 다 먹어야죠!"

"저기 좀 취하신 거 같은데……."

그때였다. 우연히 고개를 든 정원의 눈에 남자의 매끈한 입술이 보인 게. 정말 그의 말대로 그녀는 취한 게 틀림없었다. 그게 아니라면 돼지비계 기름 덕에 번질거리는 남자의 입술이 매끈하게 보이진 않았을 테니까.

"아, 맞다. 그쪽 약혼했다 그랬죠?"

뭔가 '그쪽'으로 이야깃거리를 꺼내야 했다.

"그…… 약혼식을 한 건 아니지만, 조만간 그러기로 했다는 거죠."

"그 약혼녀 엄청 예쁘던데……."

"감사합니다."

갑자기 제 여자 이야기가 나오자 남자의 표정이 바뀌었다.

오호……. 하긴 뭐 그렇게 예쁘장하면서 영국에 유학까지 하고 있는 여친이라면 입이 귀에 걸릴 만하긴 했다. 물론, 외모만 따지자면 이쪽 남자도 그리 빠지진 않으니. 왜 저 얼굴과 몸으로 얼굴을 파는 다른 일을 하지 않는가 갑자기 궁금해졌다. 그러나 지금 따져야 할 것은 그게 아니었다. 정원의 머릿속에는 지금 딱 세 가지가 들어 있을 뿐이었다.

그동안 장바구니에 넣었다 뺐다만 해 왔던, 상금 2천여만 원으로 살 수 있는 갖가지 보물들, 그리고 치사량의 소주가 만들어 내는 정체불명의 용기 및 똘기, 마지막으로 제가 지금 써야 할 키스 신!

"서로 결혼하기로 했는데…… 물론, 뭐 두 사람 매우 친밀한 사이겠죠?"

대놓고 해 봤느냐 묻고 싶었지만 아직 거기까지 취한 건 아니었다.

"그야…… 당연하죠."

어떻게 해야 제가 원하는 것을 얻어 낼 수 있을까만 가득 찬 정원의 눈엔 남자의 얼굴이 어두워진 것 따위는 보이지 않았다.

"연인이면 스킨십은 기본이겠죠?"

막 소주잔을 들었던 승우가 캑 하는 소리를 내며 쏟을 뻔한 술잔을 겨우 다잡고 어이없다는 듯 정원을 쳐다보았다.

"그렇죠? 요즘은 연인 사이가 아니어도 잘만 하잖아요. 해 봤죠?"

"그거 성희롱 아닙니까? 상대에게 성적 수치심을 주는 건 성희롱이라고 뉴스에 나왔었습니다."

"아니 무슨, 성적 수치심이 느껴져요? 지금?"

너무 뻔한 표정으로 쳐다보는 정원의 얼굴을 보고 기가 찬 그가 대답했다.

"그, 그건 아니지만 그런 질문을 한다는 것 자체가……."

"이봐요. 자자, 그 술 마저 마시고 들어 보란 말이에요. 내가 뭐하는 사람 같아요?"

그제야 승우는 쓰디쓴 술을 마시려던 행동을 접고 커다란 두 눈을 굴렸다. 뭐지? 이 여자는…… 매번 컴퓨터 앞에 앉아서 야한 동영상이나 보는 이 여자의 정체는. 아, 전에 뭐라 했던 것 같은데.

"웨, 웹디자이너?"

야동이나 보고 있는 여자를 위해 컴퓨터 앞에서 할 수 있는 직업이 뭘까 하고 찾다 겨우 생각해 낸 단어였다. 전화를 자주 하지 않는 걸로 봐서 재택근무 사원 같지는 않으니.

"오호. 호호호! 웹디자이너라니!"

떠나갈 듯 웃는 여자의 목소리가 심상치 않았다. 얼른 술자리를 파하고 들어가 자야 할 것만 같았다. 그래야 내일 새벽에 있는 상하차 작업에 시간 맞춰 갈 수 있을 테니까.

"그, 그게 아니라면……."

막 다른 생각을 해 보려는데 정원이 외쳤다.

"땡! 오늘 제가 어디 간 줄 알아요?"

"음……. 서초동 프레아 빌딩이잖아요."

주소만 기억하고 있을 테지. 흥!

정원이 어깨를 쫙 펴면서 말했다.

"빛나리 로맨스 문학상의 대상을 타러 간 거라고요. 저 이래봬도 이 업계에서는 알아주는 '저명한' 로맨스 소설 작가예요!"

거창하게 말했지만 상대는 별 감흥이 없는지 커다란 눈만 끔뻑대고 있었다.

"네?"

아, 이런 젠장. 택배 기사 따위가 알 리가 있을라나.

그러나 정원은 제 성질대로 폭발하지 않고 조신하게 설명하려 애썼다.

"거 있잖아요. 남녀 간의 사랑을 아름답게 기술하는 로맨스 소설 작가라고요. 오늘 거기는 상을 받으러 간 거고, 거기서 제가 대상을 먹었다 이거죠."

“아…… 그랬군요. 축하합니다.”

이런 센스쟁이 같으니라고.

그는 바로 술잔을 채우더니 내밀었다. 마다할 그녀가 아니었다. 정원은 가득 찬 제 잔을 들어 경쾌하게 짠 하고 소리를 내고선 원샷을 외쳤다. 어째 저쪽은 인상을 찌푸리면서 잔을 꺾어 대고 있었지만, 지금은 그게 문제가 아니었다.

“그래서 말인데 그쪽이 날 좀 도와줘야 할 것 같아요.”

“네? 제가 무슨…….”

정원이 웃었다. 입가에서 씨익 하는 소리가 들릴 지경이었다. 당황한 듯한 남자가 귀엽게까지 보였다.

여전히 불판에서 지글거리는 삼겹살을 공략 중인 남자의 천진한 모습에 정원은 저도 모르게 침을 삼켰다.

“약혼녀니까 키스 정도는 해 봤겠네요?”

도와달라더니 웬 개인사에 대한 질문? 승우는 주인 여자가 술에 취했나 보다 하고는 못 들은 척했다.

아니, 이것이 이 중요한 질문에 딴청을 피워? 머리 위에 빠직 하고 반창고 표시가 올라왔지만 그래도 글을 위해선 참아야 했다.

암, 꼭 리얼하고 좋은 키스 신을 쓰고 말테야 하는 마음가짐으로 다시 물었다.

“해 봤죠?”

“그렇겠죠.”

주인 여자하고 별로 말을 섞고 싶지 않은 승우는 불판에 남아 있는 고기를 클리어하고 사라질 생각으로 정원의 질문에 건성으로 대답할 뿐이었다.

"요즘은 어떻게 합디까?"

참, 어이없는 질문이었다. 뭐 예전하고 다르나? 승우도 술김이었다. 술에 약한 그가 마신 독주가 혈관을 콸콸 흘러 다니고 있어서일 뿐이었다.

"다 똑같겠죠. 누군 뭐 다르게 합니까? 그냥…… 입을 맞추고 그다음에 혀를……."

이라고 말하면서도 황당했다. 이게 대체 무슨 노릇이래.

"그런가? 누구나 다 똑같나?"

"그렇겠죠."

"그럼 나하고 키스나 좀 해 봅시다."

"네에엑?"

남자는 저도 모르게 뒤로 물러서고 있었다.

"미쳤습니까? 술 취했어요?"

이 경우 '우리 심심한데 뽀뽀나 할까' 하는 대사는 저쪽에서, '아니, 미친 거 아니에요?' 하는 대사는 이쪽에서 하는 편이 어울리는 거였다. 그러나 지금 정원에게 필요한 건 실전이었다. 정말 좋은, 리얼한 글을 쓰고 싶은 작가의 열정뿐이었다.

"안 취했다고는 말 못 하겠지만 그런 거 아니에요. 내가 지금 딱 키스 신에서 막혔단 말이죠. 자자, 이리 와서 앉아 봐요, 도망가지 말고. 내 말을 들어 보라니까요."

"저기……."

그러나 남자는 말을 듣지 않으려 했다.

"내가 필요한 건 마우스 투 마우스에서 나오는 정확한 각도.

혀를 휘둘렀을 때 닿는 면적. 혀가 엉키는 속도와 강도…….”

“저기 죄송합니다만, 제가 좀 피곤해서…….”

마음이 급한 정원이 덥석 남자의 팔뚝을 잡았다. 아직도 불판에서 피어오르고 있는 돼지 지방이 섞인 열기와 함께 독한 도수의 알코올이 만들어 내는 인체의 급속한 혈액순환 덕에 뜨끈뜨끈해진 그의 팔뚝에서 오롯이 소름이 돋고 있는 것 따윈 정원이 알 바 아니었다.

“딱 한 번만 리얼하게 해 보라니까요. 내가 그쪽 약혼녀다…… 3년 만에 영국서 온 약혼녀를 만나 그녀를 위해 열과 성을 다해서 내 마음을 내보여 보자, 하는 그런 열의로다가…….”

“으악, 안 됩니다!”

그러나 그건 말뿐이었다. 과하게 달려든 여자에 의해 바닥에 대자로 넘어진 그는 제가 있는 곳이 불판 위가 아닌 것이 천만다행이라고 생각했다.

“제대로 안 하면 밤새 해야 할지도 모르니까 딱 한 번만 제대로 해 보라고요. 알았죠?”

어느새 남자 위에 올라탄 정원이 히죽히죽 웃으면서 말했다.

“레디?”

“아, 저…….”

“각도! 순서! 머릿속에 각인하고. 내가 나중에 책 내면 작가 후기에 셋방 총각 땡큐 베리 마치라고 넣어 준다니까요. 자자, 열과 성을 다해서!”

“미, 미쳤어요? 소리 지를 겁니다!”

“뭐, 경찰이라도 부르게요? 경찰이 누구 말을 믿을 것 같아요? 이 가녀린 여인네와 당신처럼 장신의 건장한 남자가 술 먹었다고 하면 무슨 일이 있었을 거라 생각할지 뻔할 뻔자지!"

그건 맞는 말이었다. 그러나 그게 문제가 아니었다. 숏 팬츠에 헐렁하다지만 얇은 반팔 티셔츠만 입은, 글래머러스한 데다 100% 쌩얼인데도 불구하고 화장을 떡칠한 여자보다 훨씬 괜찮은 페이스를 가진 여자가 멀쩡한 남자 위에 올라타고 있었다. 게다가 고기에 술까지 들어간 상황. 더 기가 막힌 건!

"딱 한 번만 제대로 하자니까. 주인 여자라 생각하지 말고 내 약혼녀다, 생각하고. 그게 아니라면 이 작가님의 소설을 위해서 한 몸 바쳐 살신성인하겠다, 라는 취지로다가."

"정말 미안합니다만…… 그게……."

"약혼녀한테는 비밀로 해 줄게요. 자, 기억을 잘 더듬어서 혀를 어떻게 했었는지, 혀로 어디서부터 어디까지 더듬었었는지, 혀끝에 느껴지는 느낌이 어땠는지, 혀가 과연 잇몸이나 어금니까지 더듬었었는지…… 내가 제일 궁금한 게 이거예요. 그냥 혀와 혀끼리 어찌 저찌 했다, 라고 쓰면 되는데 꼭 썩을 것들이 소설에 치열을 더듬었다든지 뭐 어쩌구저쩌구하니까. 아니, 상대가 충치가 있으면 뭐 그것도 느껴지나? 그렇죠? 그럴 수도 있을 거 아냐. 구강 구조를 탐색하는 게 아니라 혀에서 느껴지는 감정이 중요한 거 아닌가? 그러니까……."

여자의 횡설수설이 이어졌다. 그러나 그게 문제가 아니었다.

"저기, 시키는 대로 할 테니까. 제발 좀 제 위에서 내려가 주시겠습니까? 제발……."

남자의 목소리는 울 것만 같았다. 그러나 정원에게 들린 건

시키는 대로 하겠다는 말뿐이었다.

"아! 당연하죠. 맞다. 내가 필요한 건 누운 게 아니라 앉아서. 아니, 뭐 서서 하는 게 필요한데 다리 아프니까 앉아서라도. 자, 일어나요."

뭔가 아주 많이 잘못됐다. 겨우 여자의 매끈한 둔부와 다리 사이에서 빠져나온 그는 시뻘게진 얼굴을 하고 머릿속으로 그녀를 생각해야 했다. 사랑스러운 에일리, 제게 수줍게 이야기하던 에일리, 그 하이델베르크 호텔에서의 밤…….

"자! 준비되셨습니까? 열과 성을 다해서! 레디!"

적어도 이라도 닦고 나서 해야 하는 거 아닐까. 방금 전에 이 여자도, 자신도 배달 삼겹살집에서 성의 없이 슬라이스 한 비썩 마른 마늘 조각을 잔뜩 집어넣고 파절이까지 꾹꾹 쑤셔 넣은 쌈을 하나씩 먹은 게 기억났다.

우엑……!

……매끄러운 입술이 부딪쳤다. 애절한 그녀의 입술이 그의 속으로 파고들었다. 아까까지만 해도 맹렬하게 제 속을 열고 달려들던 그는 바싹 말랐지만 어디선가 물 냄새를 풍기고 있었다. 그 맹렬했던 열정은 욕실에서 깨끗이 씻어 버린 모양이었다.

단 한 톨도 그때의 감정 따위는 남지 않은 듯 새하얗게 날선 와이셔츠의 딱딱한 넥타이 위로 남자의 싸늘한 얼굴이 저를 내려다보고 있었다. 그래서…… 그래서 그녀는 매달렸다. 아까의 당신으로 돌아와 달라는 듯. 이제 저 문을 나서면 남자는 완전히 타인이 될지도 몰랐다. 파고든 남자의 속은 여전히 식지 않았다. 그래서 다행이었다.

그녀가 애원하듯 매달리자 싸늘한 남자의 속은 감췄던 열기를 쏟아 냈다. 두 사람의 혀가 뜨겁게 엉켜들었다. 제게 닿는 게 무엇인지 느껴지지 않았다. 울컥하는 열기가 제 속에 녹아들어 시간이 멈춰 버린 듯했다. 무슨 일이 있었던 걸까. 어느새 빠져나간 남자는 문밖으로 사라졌지만 후들거리는 그녀의 속은 무슨 일이 있었는지 알아채지 못한 채였다. 제 입가에 남은 남자의 다디단 흔적 덕에 방금 전을 되짚어 보려 했지만, 멍한 머릿속은…… 아무것도 생각해 낼 수 없었다…….

컴퓨터 화면 속의 커서는 거기서 깜빡거리고 있었다.

오래도록.

6
저 총각은 아프리카에서 배 밑창을 닦다 탈출했단 말인가?

정말 너무 애절해요…….

우리 작가님 진짜, 글 끝내주신다!

너무 마음이 아파요. 그런데 진짜 이번 편 예술!

연재 작가는 댓글을 먹고사는 거였다. 물론 그녀는 밥도 먹고, 술도 마시고, 어마어마하게 군것질도 했다. 그러나 그녀가 이 더위에 선풍기 세 대와 함께 예술혼을 불사를 수 있는 힘이 있는 건 자고 일어나면 잔뜩 달려 있는 댓글들 덕분이었다.

정원은 힐끗 뒤를 돌아보았다. 무슨 일이 있었는지 전혀 알 수 없는, 낯설도록 깨끗한 바닥에는 돼지기름 한 방울조차 튀어 있지 않았다. 저렇게 완벽하게 치우자면 분명히 무슨 소리라도 났을 텐데……. 밤새 글을 쓰다 어스름할 때 잠든 그녀는 아무 소리도 듣지 못했고 일어나니 해가 중천에 떠 있었을 뿐이었다.

부지런도 해라.

아직도 얼떨떨했다.

키스란 건 참…… 묘한 거였다. 그렇게 주구장창 써 댔던 건 정말로 '소설'이었다. 당장 뭐라 묘사를 해야 할지 말해 보라 하면 막상 할 말이 없었다. 그렇지만 나쁘진 않았다. 아니, 그 반대였다. 상대에 따라서 다른 거구나. 제 기억에 남아 있던 키스는 전혀 그렇지 않은데. 문제는 그 상황에서 '관찰'을 했어야지 '느끼고' 있으면 안 되는 거였다는 점이었다.

"헤유후우우우……. 내가 미쳤지."

아직도 지끈거리면서 제 핏속에 떠다니는 아세트알데히드를 원망해야 했다. 그냥 저렇게 대충 뭉개서 써 버리면 되는 건데! 왜 그런 짓을 해 가지고…… 어차피 세세한 안쪽 사정은 쓰지도 못했으면서.

"아, 젠장. 앞으로 얼굴을 어떻게 보냐."

모니터 옆에 있는 해바라기 모양의 선풍기에게 물었지만, 선풍기는 대답할 기운도 없이 헉헉거리면서 간신히 돌아가고 있을 뿐이었다.

"아, 제엔장."

"승우 점심 먹었나?"

"네."

"좀 쉬엄쉬엄해. 그러다 병나겠다. 오늘 저쪽 큰 차에서 감자 100박스 혼자 내렸다면서?"

"뭐, 10kg짜리라 괜찮았습니다. 그리고 90박스였고요."

"야, 진짜 여름엔 그놈의 감자 때문에 고생이고, 이제 가을 돼 봐라. 쌀이 문제다. 하여튼 좀 쉬어. 그늘에서 한잠 자고 나가든지."

"네."

어깨가 좀 욱신거리긴 했다. 졸리기도 했지만 애써 참았다. '집'에 가서 쓰러져 잘 예정이니까. 아무래도 그 집에서 정신을 차리고 있다가는 점점 더 큰일이 날 것만 같았다.

여전히 하늘은 쨍쨍 소리가 날 만큼 해가 쏟아지고 있었다. 그나마 아까 경리 아가씨가 슬그머니 내민 팔 토시를 했더니 좀 시원해졌다.

사내 녀석이 이딴 걸 왜 하나 생각했지만 진한 화장으로도 갓 고등학교를 졸업한 나이를 속일 수 없는 앳된 경리 아가씨가 정성스럽게 내민 선물을 무시할 수 없어서 착용한 팔 토시는 나름 시원했다. 진작 하나 살걸 그랬나 싶을 정도로. 그리고 다른 직원들도 마치 유니폼처럼 전부 다 팔 토시가 하나씩은 있었다. 심지어 영업 소장님까지도. 그러니 그가 한다고 해서 새삼 튈 것도 없었다.

승우는 아까부터 휴대폰을 쳐다보다가 영업소 입구에 있는 공중전화로 눈을 돌렸다. 요즘 정말로 찾기 힘든 물건이었다. 한동안 망설이던 그는 손에 쥔 100원짜리 몇 개를 들고 다가갔다.

마침 해가 쨍쨍하게 내리쬐는 방향에 있는 공중전화 박스는 먼지가 뽀얗게 쌓여 있었고 열기로 인해 후끈거렸다. 묵직한 플라스틱 수화기를 들자마자 뜨거운 기가 확 전해졌지만 그는 모른 척 동전을 넣었다. 그러자 금방 뚜뚜 하는 소리를 내며 죽어 있던 것 같은 전화기가 제가 아직 생존하고 있음을 알려 주었다. 그는 뜨거운 금속으로 된 버튼을 꾹꾹 눌렀다. 긴 번호를 다 눌렀음에도 불구하고 한참이나 있다가 신호가 가기 시작했다. 그러나 상대는 쉬이 전화를 받지 않았다. 시간이 꽤 흐르고 나서야 삐리릭 소리가 났다.

—누구세요?

잠시 망설이다 그가 대답했다.

"형이다."

—누구…… 감독님?

"그래."

—어딥니까? 아니, 왜 지금 연락하는 겁니까? 형!

전화기 저쪽에서 빽 하고 소리를 지르는 게 들렸다.

"진정해, 인마. 그쪽 괜찮지?"

—아니, 형이 없는데 뭐가 괜찮겠습니까? 형, 대체 어디예요? 지금 여기 난리 났어요!

난리는 무슨, 다 잘 돌아가고 있고만. 휴대폰으로 봤었던 인터넷 기사를 떠올리며 그가 말했다.

"하여튼 난 잘 있으니까 걱정 말라고. 또 연락할게."

—형! 은주 씨 귀국한 거 알아요?

막 전화를 끊으려고 했을 때였다.

—은주 씨 귀국했다고요.

"……."

왜, 라고 물어봐야 했다. 그러나 그는 그러지 못하고 전화를 끊고 말았다.

"덥다. 덥다. 덥다. 더워 죽겠다……."

가족이 아닌 타인하고 산다는 건 여러모로 불편한 일이었다. 게다가 그 누군가가 특히 이성이라면. 여자끼리라면 충분히 이해를 해 줄 만한 일이 남자와 사니 애로 사항으로 변했다. 갑갑해라.

정원은 먼지로 뽀얗게 덮여 있는 불투명한 비닐 케이스 안의 에어컨을 노려보고 있는 중이었다. 저 불편한 옷을 훌렁 벗겨 줄 일꾼을 기다리고 있었지만 그 사람은 쉬이 나타나지 않았다.

맨 꼭대기 집은 이게 안 좋았다. 넘어가는 해가 내내 작렬한다는 거. 그나마 앞에 큰 빌딩이 있어 다행이지만 딱 거실 반쪽이 하지를 지나서부터 해가 쏟아지는 위치에 있었다. 8시가 다 되도록 지지도 않는 햇살이 이글이글 타는 거실이라니……. 매일 눈을 뜨면 바닥이 드러나 있어 낯선 거실에 드는 햇살이 괜히 없던 살기까지 돋게 만들고 있었다.

아까도 에어컨이 시원치 않다고 제게 인터폰을 해 대는 2층의 까칠한 여자와 대판 싸운 상태였다. 아니, 지네 에어컨을 왜 내가 어째야 하는데?

하긴 그 덕에 지금 버티고 있는 커다란 에어컨을 어찌해야겠다는 생각이 들었는지도 몰랐다. 에어컨을 켜려면 케이스도 문제지만 문이란 문은 다 닫아야 했다. 그것도 큰일이었다. 해야 하나 말아야 하나.

"에잇. 배고파."

새벽에 했는지 아니면 어젯밤에 했는지 싱크대 위도 말끔하게 정리된 상태였다. 물론 정원이 몇 번이나 왔다 갔다 하면서 한 번 쓰고 올려놓은 머그컵 덕에 다시 어지러워지긴 했다. 하지만 그걸 보고서도 그녀의 인상은 찌푸려지고 있었다.

"밥은 하면 되고. 오리가 있으니까. 김치도 있고, 저녁은 대충 그렇게 먹으면 되겠네……."

이제껏 남의 식사 따위는 생각해 본 적이 없는 그녀였다. 꾹 닫혀 있는 저쪽 방이 괜히 신경 쓰이는 건 어제 주책을 부린 탓이리라 생각하며 다시 한 번 소주는 끊어야겠다 마음을 먹었다.

"늦었습니다."

"저기 식사는……."

"먹었습니다."

쿵!

제기랄, 젠장, 제엔장!

배가 고파도 참고 있었던 제가 다 무안해질 지경이었다. 그러나 막 뭐라 하기도 전에 휙 하고 열린 문에서 나온 남자는 곧바로 욕실로 들어갔다.

열대야라고 떠들어 대는 인터넷 뉴스가 아니라도 오늘이 열대의 밤 못지 않다는 걸 뼈저리게 느끼고 있었지만 머리 위로 더욱더 스팀이 더해지는 기분이었다.

괜히 씩씩거리고 있는데 요란한 물소리 끝에 물을 뚝뚝 흘린 채 반바지와 반팔 티셔츠까지 갖춰 입은 남자가 1초 만에 휘리릭 나와 방 안으로 향하더니 쿵 하고 야멸찬 문소리와 함께 자취를 감췄다.

"아니, 내가 뭘……."

저를 잡아먹기라도 하나? 다정스럽고 정중하게 반찬을 권하면서 밥을 먹기를 바란 건 아니었지만, 적어도 그러고 나서 에어컨이나 좀 어쩌자고 해 볼 심산이었다.

"언제 먹어도 맛있는 오리네!"

늘 전자레인지에나 데워 먹던 걸 오랜만에 프라이팬까지 꺼내서 기름을 온 산지사방에 튕겨 가며 구워 싱크대에 선 채 먹은 정원은 도저히 가스레인지의 화기까지 더해져 달아오르는 열기를 참을 수가 없었다.

"으엑. 캑캑!"

요란하게 기침까지 해 가면서 뽀얗게 쌓인 먼지를 대충 치워 내고 에어컨 커버를 벗겼다. 잘 싸 놓았으니 안은 괜찮겠지 하는 생각을 하면서 스위치를 켰다.

띠리링. 우아한 소리를 내면서 순식간에 냉기가 쏟아져 나왔다. 이전비가 더 들어서 제주도로 싸 가지 못한, 살 때는 매장에서 가장 고가였던 럭셔리한 에어컨에서는 시베리아의 냉기가 폭사되고 있었다.

"와, 진짜 이런 걸 두고 왜 그냥 있었던 거야."

정원은 저 혼자 중얼거리면서 부지런히 문들을 닫으러 다니고 있었다. 저 셋방 총각이 없었으면 아마 문을 닫기도 힘들 만큼 어마어마하게 먼지가 쌓여 있었을 게 분명했다. 정성껏 기워진 방충망을 뒤로하고 문을 닫은 정원은 저절로 숨통이 트이는 것 같았다.

"와, 대박 대박!"

그동안 헉헉거리느라 힘겨워했던 선풍기 따위들을 모조리 참수해야 할 것만 같은 기분이었다. 문을 다 닫아서 적막해진, 에어컨에서 나오는 바람 새는 소리만 가득한 넓은 공간에 혼자 서 있던 정원은 흘끗 꾹 닫힌 방문을 쳐다보았다. 이 더위에 방문을 닫고 자다니. 분명히 남자의 짐에 선풍기 같은 건 없었다.

단지 이 넓은 거실에 가득 찬, 등골이 오싹해질 정도의 찬바람이 아까워서였다. 저 방도 방금 전까지의 이 거실과 다름없을 것이 분명했다. 방향이 똑같으니까. 따로 창문을 열어 두었다 하더라도 후끈거리는 열기가 가득할 게 뻔했다. 그래서였다.

"저기요……."

똑똑 문을 두드려 보았지만 아무 소리도 나지 않았다. 혹시 안에서 뭔가 이상한 일을 하고 있는 건 아닐까?

예의상이었다. 혹 무슨 불길한 장면이라도 목도할까 봐. 방문에 귀를 대 보았지만 안에서는 아무런 소리가 나지 않았다. 살그머니 문고리를 비틀자 문은 달칵 소리를 내면서 열렸다. 문이 열리자마자 쏟아져 나오는 것은 후끈한 열기였다.

"으엑!"

컴컴한 방 안에서 쏟아지는 열기는 흡사 사우나 문을 연 것만 같았다. 한참이나 나오는 열기를 빼고 어둠에 눈이 익자 그 어두운 한증막 속에서 쪼그리고 누워 잠든 남자가 보였다. 가져온 여름 이불은 둘둘 말아 베개로 쓴 채 아까 욕실에서 나온 그대로 긴 사지를 잔뜩 오그리고 이 더위 속에서 땀을 뻘뻘 흘리며 잠들어 있었다.

세상에나, 불쌍하다는 생각을 넘어서 무슨 병이 있는 게 아닐까 싶었다. 다행히 시베리아의 바람은 거실을 지나 남자의 방까지 도달했다. 그제야 제 숨도 좀 쉬어지는 것 같았다.

정말이지 불쌍해서였다. 그래서 문을 열어 놨을 뿐이었다.

저 남자, 아프리카에서 무슨 배 밑창이라도 닦다 온 걸까?

✿ ✿ ✿

이틀째 열렬한 독자들의 댓글에 끗발이 오를 대로 오른 정원은 글빨신 덕에 훤해질 지경이 돼야 잠이 들었다. 그래서인지 남자와는 마주치지 않고 지낼 수 있었다.

밥은 먹고 다니냐.

그녀는 방금 전 무덤덤하게 제가 시킨 인간 사료, 벌크형 소라 과자가 잔뜩 든 박스를 건네주고 뒤도 안 돌아보고 도망치듯 사라진 셋방 총각에게 묻고 싶었다.

짜식……. 제가 덮친 것도 아니고 술김에 실습 좀 하자 한 걸 가지고 뭘 그렇게 좀스럽게!

잔고가 두둑한데 이놈의 글빨신 덕에 행복한 인터넷 쇼핑에 집중하지 못하는 게 아쉬웠다. 그 대상빨 때문인지 지금 쓰고 있는 글조차 덜컥 두둑한 인세로 계약이 되는 바람에 얼른얼른 글을 써야 할 이유가 생긴 게 원인이었다. 하지만 더욱더 손에 모터를 단 듯 글을 써야 할 이유가 제 눈앞에 툭 떨어져 내린 건 생각지도 못한 곳이었다.

"……내가 대상을 탔단 말이지. 상금이 자그마치…… 500만

원이나 되는!"

본의 아니게 상금 규모가 엄청나게 축소된 건, 매사에 계산이 너무나 정확하신 박 여사께서 다달이 여기저기서 찔끔찔끔 들어오는 전자책 인세 외에 뭉텅이로 들어오는 종이책의 계약금이나 인세에 대해서 칼같이 십일조를 받아 가기 때문이었다. 자그마치 280만 원이나 뜯기고 살 순 없었다. 자식은 내리사랑이라 지밖에 모른다는 옛말은 딱 맞는 말이었다. 앞으로 몇 년 간 룸메이트 따위 구할 필요도 없이 흥청망청 살고 싶었다.

—그래, 잘됐네. 축하.

간단하게 떨어지는 박 여사님의 축사에 불길함이 배어 나오고 있었다. 500의 10%면 자그마치 50만 원이었다. 그러나 일언반구 돈 이야기가 없다니. 무슨 일일까.

"아, 엄마……."

—한 서방은 잘 있지?

"누구?"

되묻던 그녀는 얼른 저도 모르게 입을 막고 말았다.

—뭐?

날카로운 박 여사님의 칼침을 피하기 위해 정원은 저도 모르게 크게 웃었다.

"아이, 엄마는…… 당황했잖아. 무슨 벌써부터 한 서방이야."

—엄마는 한 서방 본 다음부터 마음속으로 바로 사위 대접하고 있다. 그래서 말인데 이번 주말에 내려와. 토요일 오전 비행기 표 끊었다. 휴대폰으로 티켓 보내 줄 테니까.

"엄마!"

경악에 찬 그녀의 목소리 따위는 들리지도 않는 듯했다.

—조촐하게 바비큐 파티하기로 했어. 돼지 통구이 반 마리 맞춰 놨으니까 와. 한 서방 뭐 따로 좋아하는 거 있어?

"엄마! 물어보지도 않고 그게 뭐야. 미리 이야기를 해야지……."

—지금 하잖아. 뭐 좋아하는 거 있냐고. 이번 주 제주 귀향 모임 우리 집에서 주최야. 일부러 한 서방 때문에 돼지 맞춘 거니까 와.

"아니 지금 돼지가 문제가 아니잖아."

—와라. 좋은 말 할 때. 뭐 문제 있어? 한 서방이 싫다고 해? 내가 직접 전화해? 번호 대 봐. 박 사장이 우리 펜션 거래하는 거 알지? 도무지 말이 안 통한다고. 너 만나러 가겠다는 거 겨우 말렸어. 그러니까 한 서방이 와야 한다고. 안 그럼 서울로 날아가겠대. 알았어?

"엄마아!"

—바로 표 보낸다.

아, 무슨 이런 또 스펙터클한 주말을 선사하시는 걸까. 대체 입을 어찌 떼라고.

젠장, 젠장. 제기랄…….

불행한 건 내일이 바로 토요일이라는 점이었다. 아니, 이런 경우가 어디 있단 말인가. 택배 기사들이 토요일에 쉬던가? 생각해 보니 저번에 그 당황스러운 맞선을 본 게 토요일이었다. 일요일은 하루 종일 집을 치웠고……. 그러니 토요일에 쉬긴 쉬는 모양이었다.

"저기 잠깐만요!"

흥건하게 땀에 젖은 남자가 욕실로 들어가다 발길을 멈추고 저를 쳐다보았다. 이번 주 정말 덥던데, 얼굴이 반쪽이 된 듯해 보였다.

돼지고기 바비큐라니……. 흐미, 그 맛난 것. 그거라도 먹여줘야 하는 건가. 그래서 용기를 냈다.

"할 말 있어요."

❁ ❁ ❁

"옷이 하나도 없네."

전에 봤던 곰팡이들은 더운 날씨에 더욱더 창궐하고 있었다. 몽땅 버려야 할 것만 같았다. 젠장, 대체 집을 어떻게 지었기에 이 모양인지. 생각해 보니 집을 지은 건 부모님이었다. 아, 어디다 공사를 맡긴 건지.

"저기 시간 다 돼 가는데."

"알아요. 안다구요. 밑단은 다 손봤어요?"

"네."

남자가 바지를 들고 와 흔들었다. 저는 어림도 없는데 스팀다리미로 줄까지 빳빳이 세운 걸 보면 저런 잡기에는 능한 사람인가 싶었다. 저번에 피투성이로 만들었던 시침 핀을 박은 밑단을 기어이 박스 더미에서 찾아낸 수선 테이프로 고정하고 다리미로 제대로 만져 놓다니.

"얼룩은 어때요?"

"얼룩 지우는 세제로 다 지웠습니다."

그런 것도 샀었나? 택배 물건이 잔뜩 들어 있는 제 작은 방은 보물 창고인 듯했다. 다만 그 안에 뭐가 들었는지 주인이 정작 모른다는 게 함정이었다.

"왜 그래요?"

"아, 옷이 마땅한 게 없어서……."

불볕더위라지만 저 남자는 예비 사위였다. 그는 당연히 저번에 입었던 정장 바지와 와이셔츠 넥타이를 코디했고 저녁에 급조해서 당일 배송으로 산 반바지와 티셔츠를 받아 짐을 쌌다. 그런데 거기에 맞춰 입을 제 옷이 없었다. 목 늘어진 티셔츠와 반바지뿐, 저번에 입었던 스커트와 블라우스는 생각하기도 싫었다. 이 더위에 그런 옷이라니. 왜 남자 옷을 살 때 제 옷을 살 생각은 안 했을까.

머리를 쳐 봤지만 벌써 시간이 다 되어 가고 있었다. 공항에 팔까? 제주도에 내려서 마트를 갈까. 그러나 우선은 공항까지 뭘 입고 가야 하냐가 문제였다.

그러나 역시 하늘이 무너져도 솟아날 구멍은 있는 건지!

"여기 이렇게 예쁜 옷이 있는데요?"

보다 못해 보물 창고 수색에 나선 남자가 상자 더미에서 불쑥 옷을 꺼내 내밀었다.

샛노란 꽃무늬가 창궐하고 있는 민소매 원피스라니!

"잉? 그게 어디 있었죠?"

"맨밑에 깔린 찌그러진 상자요. 몇 년 돼 보이는데 상태는 괜찮으니까. 구겨진 거야 지금 다리면 될 거고. 여기 카디건이랑 샌들도 있네요."

생각해 보니 한 2년 전 한겨울에 이월 풀세트를 단돈 만 원에 판다고 해서 무조건 긁었던 것 같다. 유행이야 뭐……. 저 자체가 담 쌓고 사는 여인네이니!

"아우! 님 좀 짱이신 듯!"

뭐 좀 사이가 어색하긴 했지만 그래도 흔쾌히 가 준다는 게 어딘가. 그렇게 되면 저를 찾아올 거라는 박 사장쯤이야 바퀴를 박멸하듯 바로 퇴치될 것이고.

그러나 중요한 건…….

열심히 이 삼복더위에 화씨 212도의 고열 스팀을 팍팍 뿜어가며 제 원피스를 열심히 다려 주는 저 남자와 조금쯤 친해져도 상관없을 것 같았다.

단지 저 남자의 입술이 근사해서는 절대! 절대 아니었다. 그러나 다른 이유를 대라면 잠깐 머뭇거려야 할 것 같았다.

7
제주의 깊고 푸른…… 통돼지 바비큐

"아우. 엄마는 돈 좀 쓰지, 꼭 이런 쬐끄만 비행기로……. 그렇죠? 땅콩 비행기로 끊지 이게 뭐람. 금방이라도 떨어질 것 같잖아요."

"네? 아…… 네."

별 감흥도, 감정도 없이 대답하는 굳은 그의 얼굴을 보니 비행기 멀미라도 하나 싶었다. 건성으로 대답하는 남자를 힐끗 본 정원은 창밖으로 시선을 돌렸다. 시퍼런 바다만 보이니 곧 도착할 모양이었다.

택배 기사는 전형적인 블루칼라 직업군에 속하는 업종이었다. 뭐, 직업적인 차별을 하자는 건 절대 아니었다. 그러나 엄연하게 화이트칼라와 블루칼라에 거리감이 존재한다는 게 아직까지 대한민국의 정서였다. 그러나 전형적인 블루칼라에 종사하시는 이님은 화이트 칼라가 빳빳한 와이셔츠가 너무나 잘 어울렸다. 물론 반팔 와이셔츠 밑에 드러난 팔이 좀 새카맣게 탔다는 게 흠이라면 흠이겠지만 너무 완벽한 외모 때문에 색이 다른 팔뚝 따위가 잘 보이지 않을 지경이라는 건 분명히 대단한 장점임에 틀림없었다. 예쁘게 매야 하는 게 아니라 지퍼로 쭉 밀었다 당기는 5천 원짜리 넥타이가 분명한데도 남자의 목에 걸려 있다는 것 하나만으로도 고가의 명품 같아 보이는 착시 현상은 남자의 바탕이 명품 모델에 가깝기 때문에 일어나는 것일 터였다.

참 잘났다.

그를 힐끗 보기만 해도 절로 터져 나오는 대사였고, 그건 저 혼자만의 착각이 절대 아니었다.

"뭐 불편하신 거 없으신가요?"

청바지에 경쾌한 폴로 티, 캡 모자를 쓴 스튜어디스가 꼭 집어 이 남자에게만 괜한 질문을 하는 것도 아마 그 이유 탓이리라.

"아니, 괜찮습니다."

절대 나, 고정원은 박 여사님처럼 남자의 외모 따위에 혹하는 그런 가치관을 가진 여성은 아니었다. 그러나 가치관이라는 게 각박하고 험난한 삶을 살면서 시시각각 변하는 것임을 이 날아가는 비행기 안에서 새삼 깨닫게 되는 게 참 아이러니했다.

이 무서운 여자가 길을 떠나자 했을 때 왜 허락한 걸까?

그녀가 왜 왔을까, 왜 저한테 아무런 연락도 없이 왔을까. 하긴 번호를 바꿔 버렸으니 연락할 방법이 없었을 것이다. 잠수를 택한 건 저였고, 연락 수단을 없애 버린 것도 자신이었다. 그러나 아무리 생각해도 지금 돌아올 이유가 없었다. 그럼 물어보면 되는 거 아닌가? 왜 그러지 못했지. 머릿속이 헝클어지고 있었다.

그래서 얼결에 이 주인 여자의 말에 대답했을지도 몰랐다. 같은 서울 바닥이니까 혹시 절 찾아낼지도 모른다는 생각을 했는지도. 하지만 다녀 봐서 알지 않은가. 그 좁은 곳에 얼마나 많은 사람들이 복작거리면서 사는지. 재수가 좋다면 평생을 숨어 살 수 있을지도 모른다. 물론 그럴 이유는 없지만.

그는 지끈거리는 관자놀이를 눌렀다. 다 잘 돌아가고 있으니까. 굳이 저가 거기 있을 필요는 없으니까. 그러니까 된 거 아닌가.

"이제 거의 다 왔네요."

옆에 앉은 여자가 화사하게 웃었다. 집에 있을 때와 괴리된 모습이었다. 본바탕은 괜찮은 여자였다. 좀…… 행동이 위협적이지만.

그 와중에 거처를 마련해 준 사람이니까 맡은 역할에 충실하기로 했다. 낯선 남자에게 그렇게 싼 방을 선뜻 빌려줄 사람은 드물 테니까. 세상살이가 만만치 않다는 걸 깨달았으니 제 역할에 더욱더 충실할 수밖에.

문득 그녀가 보고 싶어졌다.

갑자기 전화해 '나야' 라고 말하면 그녀는 놀랄까.

"아이고, 한 서방. 멀어서 힘들었지?"

"아닙니다. 금방 왔습니다."

"딸내미는 보이지도 않아?"

"당연하지."

저런 대답이 나올 줄은 몰랐다. 그런데 왜 그 대답에 서운함보다는 뿌듯함이 먼저 드는 건지 더욱 이해할 수 없었다.

"아휴, 날도 더운데 이게 뭐야. 이 긴 옷을 입고 오다니. 얼른 들어가서 옷 갈아입게. 얘는 아주 사람 잡으려고 그러니?"

박 여사는 근사한 외모에 흐뭇해하면서도 제게만 타박이었다.

"아니, 그래도 그렇지……."

"얼른 방으로 안내해!"

박 여사님이 얼마나 '한 서방'을 총애하는지는 익히 짐작하고 있었지만 막상 보니 더 대단했다. 그러나 그것에 대해 이의를 제기할 수 없는 건 이 남자가 기가 막히게 와이셔츠와 정장바지가 잘 어울린다는 치명적인 단점이자 장점을 가지고 있다는 사실을 무시할 수 없다는 데서 온다. 아니, 무슨 택배 기사가 정장 모델핏이란 말인가.

"갈아입어요. 엄청 덥죠?"

"아니. 괜찮은데……."

말꼬리가 흐려지는 걸 본 정원이 기회는 이때다 싶어 물었다.

"어디 아프리카에서 살다 온 거예요? 아님 동남아에서 살았나? 어떻게 이 더위에 땀도 안 나요?"

"그럴 리가요. 저기, 저 옷 갈아입을 건데 거기 그냥 계실 건가요?"

"흥! 저야말로 그럴 리가요."

방문을 닫은 정원은 시야에 남자가 사라지자 그제야 사방을 열어 놓은 창문 밖으로 퍼지고 있는 은은한 향기를 맡을 수 있었다.

제주의 깊고 푸른 밤 따위는 저와 상관없었다.

오로지 관심이 있는 건 제주의 깊고 푸른 밤에 구어야 그나마 덜 더운 통돼지 바비큐뿐.

저를 산 넘고 바다 건너 서귀포까지 오게 한 것의 정체는 바로 저 냄새를 피우는 돼지 반 마리 바비큐였다. 식당 따위에서 절대 맛볼 수 없는 그 신비의 맛. 가끔 비스무리하게 얼토당토않은 접두사를 붙인 각종 축제 야시장에서 빙글빙글 돌고 있는 돼지 반 마리하고는 차원이 다른 그 오묘한 맛. 비용이 만만치 않아서 잔치 때나 먹을 수 있는 통돼지 바비큐를 준비해 콜하신 박 여사님이라니! 제가 포기한 오늘내일의 시간에 대한 기회비용은 저 통돼지가 단단히 치러야 할 것이었다.

"빨리 나와요!"

이미 번개처럼 간편복으로 갈아입은 그녀는 머쓱해서 괜한 소리를 지르고 있었다.

제주로의 귀촌 모임은 총 다섯 집이었다. 다들 은행장이니, 대기업의 상무니, 잘나가던 자영업자니 하는 전직을 달고 있던 축들이라 심심풀이로 펜션이나 카페 등을 경영하면서 제주의 전원생활을 맘껏 누리고 있었다. 그중에 그나마 부동산 임대업을 하고 있는 정원의 부모님이 제일 빠지는 축에 속했다. 그러나 아까 인사를 한 '한 서방' 덕에 이미 박 여사님과 고 사장님은 어깨에 잔뜩 힘이 들어간 모양이었다.

솔직히 그녀가 제출한 프로필상의 직업인인 출판업도 저쪽 세계에선 그다지 내놓을 만한 것이 아니었다. 다만 2세들 중에 외모만 그럴듯한 저와 한층 더 업그레이드된 출중한 외모를 지닌 그는 외모 지상주의자로 변신하기로 마음먹으신 박 여사님의 눈에는 물론, 모여든 다른 분들의 눈에도 충분히 긍정적인 모양이었다.

"아유, 정원이라고 했지? 어쩜 저렇게……."

잘난 놈을 물었냐, 라고 묻고 싶은 게 뻔히 보였다.

"아, 네……."

어물쩍 대답하면서 입이 귀에 걸린 박 여사님을 본 정원은 점점 사태가 심각해진다 싶었다. 나중에 어떻게 수습을 하지? 저 잘난 놈이 얼굴값 하느라 결혼을 파토 냈다고?

그러나 스토리가 깊어지기 전에 일어나야 할 사단이 일어나고 말았다.

"장모님!"

우렁찬 자동차의 굉음과 함께 놋 세숫대야가 콘크리트 바닥에 떨어지는 듯한 쇳소리가 들려왔다.

"아, 그게 박 사장. 아니, 내가 딸을 외지에 혼자 둔 게 죄야. 얌전히 있을 줄 알았더니 얌전한 고양이가 부뚜막에 먼저 올라간다고, 글쎄 저게…… 내가 진짜 면목이 없게 됐어."

이야기를 듣자 듣자 하니 뭐 이미 사고라도 단단히 친 것 같은 분위기가 되고 있었다. 저번에 봤을 때보다 훨씬 더 확장된 선명한 'M' 자와 함께 반짝거리기 시작한 광활한 이마가 시뻘겋게 물들어 있었다. 오늘따라 더욱더 짧아 보이는 다리를 한 노총각은 제 딴엔 잘 차려입는다고 펜션 바비큐장에서 쓸 야채를 배달하면서 체크무늬 와이셔츠와 면바지를 갖춰 입었다. 하지만 급조한 반바지와 브이넥 티셔츠 차림의 이 택배 총각의 훤칠한 자태와는 격이 달랐다.

"아니, 뭐 저런 비리비리한 놈을……."

그러나 그 자리에 있는 모든 사람들이 통돼지 앞에 서 있는 정원과 승우의 그림 같은 자태에 대해 찬사를 보내는 만큼 그도 어쩔 수 없는 모양이었다.

하지만 아직 결정적인 한 방은 남아 있었다.

"여기 보십시오. 여기, 요게 고압 펌프입니다. 이거 뒤에 보이시죠? 여기 있는 브랏켓이 나갔습니다. 이 케이블 이름이 브라켓인데 거의 부서지기 직전이네요. 큰일 날 뻔했어요. 가다가 부서졌으면 그 자리에서 섰을 겁니다. 우선 제가 응급조치 해 드릴 테니까 서비스 센터에 가시든지 아니면 서비스 부르세요."

막 멱살잡이까지 갈 뻔한 험악한 분위기를 일소한 건 박 여사님의 중재와 야채를 실은 박 사장의 육중한 픽업트럭 시동이 갑자기 꺼진 덕분이었다.

일명 개장수 차라고 불리는 엽기적인 라이트와 뒤에 짐칸이 있는 트럭을 보고 그것조차 마음에 안 들었던 정원은 고것 참 잘됐다 싶었다. 아무리 그냥 그런 척하기로 했지만 아주 쬐금, 그러니까 쥐똥만큼이라도 이 잘난 택배 총각에게 마음이 기울고 있는데 거기다 대고 고래고래 난리를 치는 숏다리 노총각을 보니 저런 남자와 커플이 될 뻔했다는 생각에 모골이 송연해졌다. 그에 반해서 이 택배 총각에게 더욱더 호의가 무럭무럭 들었다.

겨우 저 숏다리 박 사장이 퇴장을 하나 싶었는데 마침 그 무식한 트럭이 사달이 나 버렸다. 제주도의 콜 서비스는 그야말로 토요일이 피크였다. 돌아다니는 렌터카가 제주도민 차보다 더 많을지도 몰랐으니까. 그런데 차가 고장이 났고, 마침 그 원수 같은 택배 총각이 자리를 털고 다가간 것이다.

"제가 차를 좀 볼 줄 아는데 한번 볼까요?"

묵묵부답인 서비스 센터 탓에 어쩔 수 없이 백기를 든 박 사장은 순순히 본인 차의 내장을 공개할 수밖에 없었다. 차 보닛을 열고 휴대폰 플래시를 켜 이리저리 살피던 승우는 금방 뭔가를 찾아낸 듯했다.

"이 고압 펌프가 하는 일이 차 연료에 있는 고압부와 저압부를 연결하는 역할인데 커먼레일에서의 급격한 압력 상승과 원활한 시동을 위해 연료를 비축하는 기능도 있거든요. 고압 펌프는 분사와 상관없이 독립적인 시스템 압력을 계속적으로 생성하는데 이걸 고정하는 브라켓이 지금 파열 직전이에요. 여기 보세요, 금 갔죠? 그러니까 전자장치가 이상을 감지하고 시동을 걸지 못하는 거예요. 이걸 그냥 두면 차가 멈추는데 지금 임시로 철사를 묶어 놨으니까 서비스 센터로 가세요. 한 1~2km는 버틸 텐데 그 이상은 장담 못 해요. 그리고 꼭 속도 60 이상 올리지 마시구요. 한 30~40 정도면 좋습니다."

"흠흠. 알겠습니다."

길에서 차가 멎을 뻔했다는 데 놀란 박 사장이 겨우 대답을 하고 있었다.

"아휴, 어쩜 이런 걸 다 알고 그래. 자네가 아니었으면 박 사장 가다가 큰일 날 뻔했네. 안 그래?"

"아…… 네. 그럼 가겠습니다."

박 사장이 어금니를 깨물면서 대답하는 사이 원수를 은혜로 갚은 택배 총각의 얼굴은 더욱더 빛이 나고 있었다.

"아니, 어째 이런 것도 다 알아? 사무실에서 책상물림만 하는 줄 알았는데."

'엄마, 사실은 그 사람 사무실이 아니라 외근 전문이거든……' 이라고 말을 해야 하나 싶은데 그가 대답했다.

"아, 제가 차 정비에 관심이 많아서 전에 좀 공부를 했었거든요. 그리고 저건 금방 알아볼 수 있는 거라서 말이죠."

"아우, 박 사장이 우리 정원이를 맘에 두고 있었거든. 맘 상했을지도 모르는데 다행이네. 암튼 고마워. 자자, 가서 좀 먹자고 응?"

"네."

"오늘 고마웠어요."

"별말씀을."

아무리 제주도라 할지라도 불볕더위를 모면할 수 없었다. 그러나 밤이 깊어지자 시원한 바닷바람이 불어왔다. 분명 바삭한 바비큐 돼지고기엔 열심히 알코올을 드링킹해 줘야 하는 거였지만 부모님을 위시해서 점잖은 어르신들이 잔뜩 포진한 자리였다. 그러니 알코올은 제 잔에 채워진 것 외에는 더 이상 손댈 수가 없었다. 전엔 파티 뒤처리를 하기 싫어 도망을 가려 하면 바로 머리채를 휘어잡더니 이렇게 든든한 짝이 있으니 박 여사님은 웃으면서 정원을 떼밀었다.

"여긴 우리가 치울 테니까 둘은 어디 가서 바람이라도 쐬려무나. 정원아, 바닷가라도 좀 안내해. 우리 한 서방 힘들었을 거야. 자리가 자리인데 차까지 고쳤으니까. 힘들었지? 좀 쉬어."

좋구나……. 진짜 시집이라도 가 버려야겠다는 생각이 무럭무럭 들려고 했다. 이렇게 쉬는 시간을 마련해 준 룸메이트에게 절로 감사 인사가 나왔다.

"우리 엄마가 좀 오버하시는 감이 있긴 하죠."

"아닙니다."

서귀포의 법환동은 항포구가 있는 곳이라 분위기 있는 해변과는 거리가 좀 멀었다. 저도 자주 와 보는 곳이 아니라 기억을 더듬으면서 발길을 옮기다 보니 시커먼 물이 보이기 시작했다.

어쩐지 좀 시원한 분위기다 싶었는데 바로 용천수가 흘러나오는 곳이었다. 사회 시간에 그렇게 배웠던, 제주도는 암반 지형이라 해안 지방에 물이 솟아난다는 것을 여실히 보여 주는 곳이었다. 그 용천수를 시멘트와 자연석 등으로 메워 마치 커다란 욕조처럼 만들어 놓은 곳이었다. 민물이기 때문에 주로 이 동네 널린 펜션에 놀러 온 아이들의 물놀이 터가 되는 곳이었고, 바닥에서 솟아 나오는지라 물이 매우 차서 주변에만 있어도 시원했다.

"여기 시원하죠?"

"그러네요."

승우를 힐끔 쳐다본 정원은 여전히 제 시선을 받을 생각이 없어 보이는 그가 약간 신경에 거슬렸다. 차를 고친 이후 계속 뭔가 생각에 잠긴 듯한 표정이었고, 제 물음에도 건성으로 대답하는 듯했다.

왜? 뭣 때문에?

아까부터 모락모락 솟아나던 호감이란 놈의 목을 잡아 비틀어 버려야겠다는 생각이 울컥 솟을 듯한 건, 제 조울증 탓인가? 그러나 머릿속과 달리 혓바닥은 그렇지 않은 모양이었다. 괜한 맛을 보아서인지.

"택배 기사 일은 한 지 오래된 거 아니죠? 그럼 전에 정비소 같은 데 있으셨어요?"

바람 속에 네모난 용천대 위를 스친 뜨뜻미지근한 바람이 금세 식어 목덜미를 서늘하게 만들고 있었다.

"아, 시원하다."

대답을 하기도 전에 내뱉은 그녀의 말을 듣고 있던 그가 대답했다.

"네, 원래 하던 일이 자동차 정비였거든요."

"아, 그렇구나."

택배 기사에다 전직 자동차 정비공이라…….

제 꿈이 화이트칼라의 남자를 만나는 것이라곤 생각하지 않았지만, 그래도 이런 직업의 사람은 아니었지 않은가. 물론 제 인생에 또 다른 남자가 생길 거라 생각한 것은 그 사건 이후로 없었다. 그러나 제가 주구장창 써 대는 남자 주인공도 다들 재벌이니, 의사니, 변호사니 하는 그런 것들이 아닌가. 물론 그런 걸 써야만 인기 있는 로맨스 소설이라는 장르의 특성 탓이기도 했지만.

아니, 자동차 정비공이니 혹은 편의점 알바니 하다가도 멋진 외모 때문에 인기 연예인이 되기도 하지 않던가. 그러나 옆에서 잠자코 제 걸음걸이에 맞춰 걷고 있는 남자는 하늘에서 벼락을 맞아도 그럴 것 같지는 않아 보였다.

뭔가 말을 해야 할 것만 같은데 막상 말이 나오지 않고 있었다. 옆에 있는 사람이 깊이 생각에 잠겨 있어서일까.

가로등이 있긴 했지만 어둑한 계단을 저도 모르게 내려가고 있었다. 굳이 저 물에 들어갈 건 아니지만 여기까지 왔는데 물 옆에는 가야 하는 거 아닐까 하는 생각에서였는지도 몰랐다. 더운 데다 주말 밤이라 밤중에도 물가 근처에는 사람이 많았다. 네모난 목욕탕 모양으로 만들어 놓은 용천대 뒤쪽으로 바닷물이 들어오고 있었지만 그곳은 조금 깊어서 낮에도 물놀이객이 잘 들어가지 않는 곳이니 밤에는 아예 사람이 없었다. 다만 야트막한 민물에는 제법 사람들이 있었다.

그는 그야말로 일행에게 걸음걸이를 맞추고 있을 뿐이었다. 여기서 조금만 더 가면 써전트 힐이 있는 곳이었다. 젠장, 어차피 여기 조용히 있다가 내일 오후 비행기로 올라갈 거긴 하지만, 그래도 너무 가까웠다. 피곤하니 그냥 들어가 자야겠다 말해야 할 것 같았다.

"저기……."

"여기 너무 시원하죠? 아, 진짜 시원하다. 이러니 제주 제주 하지."

마침 시원한 바닷바람이 불긴 했다. 주인집 여자는 기분이 좋아 보였다. 아까 그 이마 끝까지 새빨갛게 변해서 가 버린 반 대머리 아저씨하고 커플이 될 뻔한 모양인데 그걸 막아 줘서 고마운가 싶었다.

아무렴 누가 이런 여자를 데려갈까. 그는 처음 봤을 때 경악했던 여자의 집 안을 생각해 내고서는 미미하게 이맛살을 찌푸렸지만 어둠 속에선 잘 보이지 않았다.

그러나 제법 잘 어울리는 노란색의 하늘거리는 민소매 원피스를 입은 여자는 나풀나풀 춤이라도 추듯 차가운 물이 흐르는 마치 목욕탕처럼 생긴 곳의 난간을 걸어가고 있었다. 번들거리는 물기가 미끄러워 보였다. 손이라도 잡아 줘야 하나?

이곳은 밤중인데도 불구하고 아이들을 동반한 부모나, 혹은 커플들이 꽤 몰려 있었다.

"여기 시원해요. 이리 와 보세요."

"아, 괜찮습니다."

원래 더위하고는 거리가 멀었다. 게다가 허전하게 반팔과 반바지를 입었기에 물에서 풍기는 차가운 기운이 잔뜩 제 사지를 휘감고 있었다.

"원래 그렇게 무뚝뚝해요?"

"네?"

정원은 주변에 있는 다정한 커플들 때문에 제 목소리 톤이 올라갔다는 걸 깨닫지 못하고 있었다.

누군가와 같이 이 밤중에, 그것도 남자 사람과 밖에 나와 본 건 아버지 빼고 적어도 5년이 넘었다. 그리고 그 5년 전에 별로, 아니, 별로가 아니라 아주 안 좋은 엔딩을 겪었기에 적어도 저는 향후 10년 이상은 이런 일 따위가 없을 거라 생각했었다. 아마 박 여사님도 그걸 알고 그랬을지 몰랐다. 저보다 훨씬 더 고단수이시니까.

아무 죄 없는 이 택배 총각이 제 쇳소리를 들어야 할 이유는 없었다. 다정하게 두 손을 잡은 채 맨발의 발끝을 그 찬 민물에 밀어 넣고 '아, 차가워!' 하고 가증을 떠는 마빡에 피도 안 마른 한 커플이 눈에 심히 거슬렸기 때문이라 말할 수도 없었다.

기껏해야 대학교 1, 2학년밖에 안 돼 보이는 것들이 여기까지 와서!

"승우 씨."

"네?"

제 목소리에 무슨 일이 있나 싶어 그가 다가왔다.

"우리 자기 발 시려워쪄요?"

바로 옆에서 들리는 저 혀 짧은 소리만 아니었다면 이런 짓은 안 했을 것이다.

"여기 엄청 차요. 발 좀 담가 봐요."

가로등 불빛 사이로 늘씬한 8등신의 자태가 언뜻 드러났다. 물가에 모인 사람들이 모두 다 힐끗 돌아볼 만큼 잘난 모습이었다. 저 남자가 나랑 일행이거든? 괜히 그런 자랑을 하고 싶었는지도 몰랐다. 그래서 목소리가 커졌다.

"이리 오라니까요. 나처럼……. 까악!"

"정원 씨!"

전혀 의도한 건 아니었다. 그냥 저 남자가 이쪽으로 왔으면 해서 손짓을 하다 좀 과해져서 균형을 못 잡은 것뿐이었다.

8
그것은 그와 그녀의 착각

삼복더위 속에 시원한 물속이라면 돈을 퍼 들여서라도 일부러 뛰어드는 게 인지상정이었다. 그게 밤이라고 해서 예외일 리는 없었다. 연일 열대야에 폭염 경보가 발령 중이었으니까. 게다가 깊은 물이 아니었고, 서너 살짜리 꼬맹이들도 지들에게 착용시켜 준 부력 만땅의 튜브니 구명조끼가 하등 필요가 없다고 느껴질 만큼 형편없는 깊이의 도랑이었다. 거기 빠졌다면 물에 빠졌다는 두려움보다 저 아줌마가 왜 저러나 하는 시선을 더 무서워해야 할 판이었다.

"괜찮아요?"

"아하……. 그럼요……. 악!"

이건 결코 오버스러운 비명이 아니었다. 어둠 속에서 시선이 한곳에 몰리는 게 발목보다 더한 통증을 느끼게 했다. 아니 저 어린것들은 왜 눈앞에서 알짱거려서! 지금도 저를 쳐다보고 있는 게 느껴졌다. 에비! 얼른 사라져 버려!

"어디 다쳤어요?"

첨벙거리면서 다가온 남자가 번쩍 그녀를 일으켰다.

"악!"

"꺄아!"

"저 아줌마 소리 질러."

주변에서 놀던 아이들의 목소리가 귓가에 들렸다. 그러나 첨벙 젖은 그녀는 자신을 번쩍 안아 올린 남자 덕에 갑자기 눈앞에 불똥이 튄 것 같았다.

"아니…… 저기."

"우선 이리 와 봐요."

"우왕. 얼레리꼴레리!"

"이히히. 저 아줌마 애기 같다!"

아이들의 웃음소리가 파도 소리 사이에서 또렷하게 들렸다.

"발목 삔 것 같아요?"

분명히 묻는 소리가 들렸는데 왜 제 입은 아무 말도 못 하는 걸까. 아까 맥주 두어 잔밖에 안 마신 것 같은데. 후덥지근하다고 생각했는데 너무 차가운 물에 갑자기 빠져서 그런가. 아니면 너무 가까이 있는, 조명빨 100%인 것같이 보이는 이 과하게 잘난 얼굴 때문인가.

아, 잘생겼다.

"괜찮아요? 걸을 수 있겠어요?"

"그럼요. 아악!"

저도 모르게 소리가 튀어나왔다.

"병원 가야 되지 않겠어요?"

미끄러지면서 균형을 잡으려다 발목을 비끗하고 말았다. 아, 젠장. 알코올성 치매인가? 아니, 왜 심장은 이렇게 두근거리지? 단지 홀라당 젖은 제 발목을 눌러 보고 있는 남자의 손 때문에?

"아…… 괜찮아요. 살짝 접질린 것 같아요. 에구, 다 젖었네. 그만 들어가요."

이제야 정신을 차린 정원은 용천대에서 나오는 찬물이 만들어 내는 서늘한 기운 덕에 열대야 속에서 으스스함을 느끼는 묘한 체험을 하고 있었다.

"그럼 저 잡고 일어나 보세요."

"아…… 좀."

남자가 예쁜 여자에게 막연한 호감을 가지듯이 자신도 그럴 뿐이었다. 아니……. 그동안 옛 상처를 빌미로 너무 아무것도 안 보고 살아서일 것이다. 요즘 텔레비전만 봐도 잘나고 예쁜 남자들이 넘쳐 나지 않은가. 그러니까…….

하지만 정원의 머릿속을 뒹굴거리는 구시렁거림은 커다랗고 힘 있는 손이 그녀의 손을 잡아 일으키는 덕에 뚝 끊어지고 말았다. 왜 또 호흡이 거칠어지는 거야.

"아…… 아."

호흡과는 별개로 발목이 과하게 시큰거렸다.

"안 되겠네요. 우선 업히세요."

"아니, 괜찮은데……."

말과는 달리 몸이 먼저 기울어지는 건 뭘까.

"미안해요. 옷 다 젖겠네요."

"괜찮습니다."

아주 짧은 시간이었다. 펜션에서 바닷가까지는 가까운 거리였으니까. 단지 옆에서 부축하기 힘드니까 무거운 물건도 번쩍 들어다 옮기는 택배 기사가 직업이니 저 하나쯤 번쩍 업어다 주는 게 어렵지는 않을 것이다.

두 팔을 어디에 둬야 할지 몰라서 최대한 살그머니 어깨에 둘렀다. 그는 제가 뒤로 넘어지지 않게 앞쪽으로 등을 기울인 채 걷고 있었지만 그래도 좀 불안했다. 누구에게 업혀 본 적이 있었던가? 열대야가 틀림없는 후덥지근한 날씨인데도 불구하고 찬물에 빠져서인지 몰라도 남자의 매끈한 등짝에서 풍기는 열기가 나쁘지 않았다. 아니, 그 반대였다. 저도 모르게 살그머니 얼굴을 갖다 댄 건 스스로 제 행동을 인식하지 못하고 있어서일 것이다.

"저기요……."

무슨 이야기를 하려고 했는지 머릿속으로는 맴도는 것 같은데 입에서는 나오지 않았다.

"아까 고마웠어요. 더우면 에어컨 켜요."

막 샤워를 마치고 옷을 갈아입고 나온 방문 앞에서 정원의 목소리가 들렸다.

"네."

그는 짧게 대답하고는 입을 닫았다. 에어컨을 켜는 대신 위로 열리는 나무 창문을 열었다. 후덥지근한 바람과 함께 아직도 잠들지 못하고 휴가를 즐기는 사람들의 웃음소리와 방마다 틀어 내는 에어컨의 실외기 돌아가는 소리가 윙윙거리며 흘러 들어왔다.

여자가 칠칠치 못하게 그런 데서 넘어지다니. 그는 혀를 찼다. 그러나 왜 제 머릿속에는 다른 것들이 남아 있는 걸까. 키가 커 보였는데 의외로 업힌 여자는 가뿐했다. 흠뻑 젖어서 질척거리며 제 옷까지 다 젖게 됐다면 기분이 좋지 않아야 했다. 그런데 그렇지 않았다. 그 여자의 괴팍한 성격과는 달리 조심스럽게 제 목을 감아 오는 손까지…….

아니, 뭐 떨어지지 않으려고 그랬겠지. 그는 젖은 머리를 마른 수건으로 털어 냈다. 사춘기도 애도 아니고 물에 빠진 여자를 업어다 준 게 무슨 큰일이라고.

그는 얼굴과 몸만 멀쩡한 주인 여자를 머릿속에서 털어 내려고 애썼다. 그러자 자동적으로 다른 여자가 떠올랐다. 하루 종일 잊어버리려고 애쓰다 정말 잊어버린 여자.

늘 어떤 짓을 할지 모르는, 괜찮은 얼굴 밑에 무슨 마음을 가지고 있는지 알 수 없는 주인 여자 덕에 그는 낯선 곳에서 잠을 자게 되었다. 휴대폰을 두고 와서 다행이었다.

—은주 씨 귀국한 거 알아요?

우석의 한마디가 승우를 내내 괴롭히고 있었다. 토요일 오전엔 대신 상하차 당번을 해 주고, 일요일 밤에도 일이 있긴 했다. 하지만 토요일 밤과 일요일 오전, 내내 무엇을 해야 할지 알 수 없었을 것이다. 정원이 아니었다면. 아마 몇 번이고 고민을 하다가 전화를 하거나 그녀의 앞에 불쑥 튀어 나갔을지도 몰랐다.

은주는 대체 왜 왔을까.

그리고 그녀와 함께 떠오르는 건…… 또 다른 사람이었다.

잘 있겠지? 유명한 병원으로 갔다니까…… 괜찮아지겠지?

승우는 두 손으로 제 젖은 머리카락을 북북 문질렀다. 그냥 지금 이 생활에 충실하자. 겨우 보름이 지났을 뿐이었다. 한 6개월쯤 흐르면……. 그러면 다 괜찮겠지. 분명히 나아질 거야.

이 생활의 종지부를 그녀의 귀국에 맞춰 놓고 있었다. 그런데 왜 왔을까.

그는 밤새 뒤척거려야 했다.

내가 왜 이러지…….

아직도 얼굴이 화끈거려 정원은 젖은 머리를 수건으로 감싸고 있다가 훅훅거리는 열기를 참지 못하고 에어컨 스위치를 켰다.

삐리링.

경쾌한 소리와 함께 찬 공기가 쏟아져 내렸다. 박 여사님은 오랜만에 좋은 시간을 보내는지 문 여는 기척이 없었다. 평소 같으면 이런 성수기에 방을 두 개나 빼 줄 리가 없을 텐데 어지간히 저 가짜 사위가 맘에 든 모양이었다. 아니, 다른 이유가 있을지도 모르겠지만. 솔직히 박 여사님의 저 성화가 이해 가긴 했다. 그만큼 제 이런 모습에 안심이 되는 거겠지.

남자한테 업히다니…….

정원은 제 발목을 내려다보았다. 조금 부은 것도 같은데. 참 내, 그 도랑물에 자빠지다니. 또다시 얼굴이 화끈거렸다. 그러나 그건 결코 창피해서가 아니었다.

"에휴……. 미쳤나 보다."

머리카락이 다 마르지 않았지만 그녀는 에어컨 냉기를 피해 오랜만에 이불을 푹 뒤집어써야 했다.

✿ ✿ ✿

"잘 지내고. 또 오게, 한 서방!"

"네, 몸 건강히 잘 계십시오!"

승우는 시원스럽게 인사를 하고 반찬과 진공 포장된 생선들이 한가득 든 캐리어를 받아 들었다.

"우리 정원이 잘 부탁해. 자주자주 들러서 밥도 같이 먹고 하게."

"엄마는!"

아니, 과년한 딸이 아직 결혼도 안 했는데 매일 드나들라고 하는 게 무슨 소린가. 그러나 자기가 맡은 역할은 충실하게 해내겠다는 정신이 투철해 보이는 '한 서방'은 굽신굽신 인사도 잘했다.

"걱정 마십시오!"

휴가지의 밤은 그 느슨한 분위기 탓에 사람이 이상해지는 게 분명했다. 해가 쨍쨍 나는 대낮이 되자 어젯밤에 있었던 흐늘흐늘하고 말랑말랑한 생각은 쩍쩍 말라붙어 증발되고 있는 듯했다. 다행이지! 암.

"아휴. 비행기 시간 늦겠네. 박 여사님 앞으론 꼭 1~2주 전에 통고하시라고요. 저희도 나름 스케줄이 있거든요?"

"알았어! 알았다고!"

어지간히 기분이 좋으신 모양이었다. 상금에 대한 십일조를 받는 것도 슬쩍 잊은 척하는 걸 보니. 아…… 정말 어디 가서 이런 총각 하나 물어다 줘야 하나 싶었다. 그런데 어디서? 대체 누굴?

"가시죠. 발목은 괜찮죠?"

힘이 장사인 택배 총각은 바리바리 짐을 들고 게이트로 향했다.

뭐, 우선 지금은 무사히 넘겼으니까! 그럼 장땡이었다.

"또 나가요? 금방 왔는데?"

제주도는 서울과 극과 극이었다. 물론 그 먼 거리를 뛰어온 건 아니지만, 그 좁은 비행기에 구겨져 있었던 것도 그렇고, 내려서 짐을 찾아 혼잡한 공항을 나온 것도 그렇고, 지하철에 택시를 타고 집에 와서 4층이나 되는 빌라 계단을 쨍쨍하게 달궈진 오후의 작렬하는 햇볕 속에서 오르는 것은 중노동임이 틀림없었다. 그나마 파스를 붙이고 자고 나니 발목의 붓기가 빠지고 걷는 데 지장이 없게 된 게 다행이긴 했다.

하지만 역시 서울은 찌는 듯한 날씨였다. 덕분에 입었던 노란색 민소매 원피스는 다 구겨지고 땀투성이가 되어 있었고, 땀 안 흘리기로, 더위 안 타기로 소문난 이 택배 총각의 새 티셔츠도 얼룩이 져 있었다.

"오늘 저녁 하차 담당입니다. 작업을 해 놔야 내일 아침에 배송을 하죠. 월요일 아침부터 택배가 안 오면 얼마나 속상하겠습니까?"

아무렇지도 않다는 듯 옷을 갈아입고 나온 승우가 대답했다. 아까까지만 해도 휴가지에서 막 올라온 연예인 같던 포스가 다시 택배 총각으로 돌아가 있었다.

"그거야 당연히 그렇지만……. 저녁은 먹고 가야 하지 않아요?"

배가 고팠지만 시장통같이 혼잡하고 비싸기만 한 공항에서 뭘 먹을 것도 아니었고, 중간에 식당에 가기도 그랬다. 그땐 무조건 집에만 가자는 생각뿐이었다.

"괜찮습니다."

분명히 아까 비행기를 타고 올 때까지는 러브러브한 분위기 아니었나? 그러나 짐을 들여놓고 헐렁한 본인의 옷으로 갈아입자마자 이 남자는 또다시 건실하다 못해 징그럽기까지 한 택배 총각으로 변신해 완벽하게 연기를 끝낸 듯 부산스러웠다.

"다녀오겠습니다. 늦습니다. 문단속 잘하십시오."

다다다다, 뛰는 소리를 내며 남자는 급하게 계단을 내려가 버렸다.

"헐!"

옆에 내내 붙어 있던 사람이 사라져서일까? 넘어가기 시작하는 해가 작렬하는 후덥지근한 제 은신처가 이상하게 퀭하고 썰렁해 보였다. 이글이글 넘어가는 석양이 열기를 푹푹 내뱉고 있는데도 불구하고.

이 집에 혼자 살았던 기간은 짧았다. 부모님이 계셨었고, 제주도로 가신 뒤에는 낯선 여자들이 늘 있었다. 가끔 그녀들이 남자를 데려오는 경우도 있었지만 제 흉한 꼴을 보고는 금방 나가 버리곤 했었다. 방값 비싸기로 소문난 동네여서 안 좋은 평판이 퍼지기 전에는 늘 방이 빈 적이 없었다.

깔끔 떠는 여자, 유독 친해지려고 안달 난 여자, 바쁜 여자, 우울한 여자……. 아무리 종류가 많았어도 정원은 늘 덤덤했었다. 상대가 괴로웠지 제가 괴로웠던 적은 없었으니까. 그런데 남자여서일까? 해될 게 전혀 없는데 아니, 해가 아니라 오히려 득이 되는데 묘하게 신경이 쓰이고 정신이 사나운 건…….

별거 없다. 그냥 저 안면의 균형이 훌륭해서, 그래서일 뿐이다. 아마 전에 다니던 택배 총각같이 흉측스러운 외모였다면 우선 집에 들일 일도 없었거니와 이런 상황에 빠져도 아무렇지도 않았을 테니.

"으이구, 이 외모 지상주의!"

라고 말해 보지만, 그래도 밥도 안 먹고 나간 게 좀 맘이 걸렸다. 잔뜩 먹을 것이 든 캐리어를 분해하면서 깔끔해진 냉장고를 채워 넣는 정원의 손길이 가끔씩 멎고 있었다.

상하차 시간이 되려면 조금 더 있어야 했다. 아직 터미널에서 짐을 실은 큰 차가 도착하지 않고 있었다. 그 여자와 단둘이 그 집에 있는 게 불편했다. 아니, 불편할 이유는 없었다. 얼굴은 예쁘지만 이상한 주인집 여자일 뿐이다. 저렴한 방값 대신 이것저것 제가 할 수 있는 일을 해 줬을 뿐이다.

그런데 제주도라니…….

시간이 남아서였다. 그래서 또다시 미친 사람처럼 공중전화박스로 다가갔을 뿐이었다.

한동안 그 누구도 쓰지 않았는지 먼지가 가득 쌓인 공중전화는 망가진 게 아닐까 싶었다. 그러나 먼지 낀 수화기를 들고 동전 몇 개를 집어넣자 부활이라도 한 듯 수화기 저편에서는 전자음이 들렸다. 익숙한 번호를 누르자마자 저쪽에서 소리가 들렸다. 아마 수화음이 몇 번 더 갔다면 중간에 끊었을지도 모를 일이었다.

"여보세요?"

—감독님이죠?

마치 기다렸다는 듯 다급한 목소리가 들렸다.

"감독은 무슨…… 잘 지내지?"

—어디세요? 번호 보니까 아직 한국에는 있는 거죠? 지금 엉망진창이라니까요.

"무슨……. 나도 보는 눈이 있어. 잘 돌아가던데 뭐."

실은 묻고 싶은 말이 있었지만 입에서 쉬이 나오지 않고 있었다.

—은주 씨 때문에 전화한 거 맞죠?

자식, 눈치가 백 단이었다.

"우석아…… 그게."

—은주 씨 혼자 온 거 아니에요. 잘은 모르겠는데 하여튼 한승수 씨랑 같이 왔다고 들었어요.

"뭐?"

저도 모르게 버럭 소리를 지르고 말았다.

"아니야, 아니라구."

어두워진 지 오래였다. 그녀의 공간은 제주도에서 바리바리 싸 들고 왔던 짐들이 널브러져 있었다. 다행히 냉장고에 들어가야 하는 것들은 잘 넣어 둬서 보이지 않았지만, 최대한 적게 싼다고 했던 그녀의 옷이나 남자의 새 옷 보따리, 그나마 겨우 있던 선크림이 담긴 화장품 가방, 나갈 때 썼던 드라이어, 심지어 뒤집어진 슬리퍼도 한 짝 널브러져 있었다.

그녀의 컴퓨터는 윙윙 돌아가고 있었다. 환기를 한다고 승우가 사방으로 열어 놓았던 창문을 닫기 귀찮아 동시에 풀가동 중인 세 개의 선풍기 사이에서 정원은 으르렁거렸다.

샤워를 하고 늘 입던 반팔에 반바지로 갈아입은 그녀는 들고 있던 수건을 바닥에 던져 놓았다. 그나마 시야에 보이던 바닥의 면적이 줄어드니 조금 안정이 되는 것 같았다. 이런 식으론 한 달을 버티기 힘들 것 같았다.

"안 돼, 위험해."

며칠 불청객 때문에 저답지 않은 생활을 했다.

'알콩달콩 맛난 것을 이 남자와 맛나게 먹어야겠다'와 같은 착각 따위를 한 게 얼마나 어리석은 일인 줄 막 깨달은 그녀였다. 통장 잔고도 넉넉한데 월세 따위 돌려주고 내쫓아 버려?

그러나 그런 생각을 마저 하기도 전에 제 연재에 달린 엄청난 댓글을 보고 망연하게 서 있어야 했다.

작가님 다음 편은 언제 옵니까?

이러고 그냥 가시기예요?

으악. 절단 신공!

퇴고고 뭐고 생각하지도 않고 즉흥적으로 글을 써서 올리곤 나중에 한꺼번에 정리를 하는 정원의 스타일상 솔직히 이 글의 다음은 저도 궁금했다. 제 글에 자빽해서 다음이 궁금하니까 쓰는 작가라니.

해골이 복잡했다. 자유로운 영혼을 만끽하면서 너무 자유로워 더럽기까지 했던 제 소굴을 청결이라는 무기로 절단 낸 외딴 침입자 때문이었다. 인간 남자에 대한 흥미와 관심은 이미 몇 년 전 쓰레기통에 다 넣고 삭제해 버리지 않았던가. 월세에 눈이 어두워, 박 여사님의 잔소리가 성가신 데다, 그 박 사장의 번들거리는 시선이 끔찍해서 제가 이런 절망의 구렁텅이에 빠진 것이다.

아무렴, 혼자 독야청청하며 살아야지.

그나마 우리 남주의 야무지고 탄탄한 엉덩이를 제대로 건진 것 하나로 그동안의 맘고생을 퉁 치기로 하고 정원은 아까 냉장고서 꺼낸 1리터짜리 생수의 남은 것을 드링킹하고 빈 페트병을 바닥에 휙 던져 버린 후 괴성을 지르면서 키보드를 두드려 댔다.

……아무렇지도 않았다.

그가 자신을 스쳐 가고 있었다.

아무렇지도 않다. 그와 나는 별개였다. 그의 입맞춤이 아무리 강렬하게 제 영혼에 생채기를 남겼다 해도 그건 그 순간에 지나지 않았다. 생채기는 피가 나고 곪고 부풀어 오를 테지만 결국 언젠간 울퉁불퉁한 상처만 남긴 채 사그라들 것이다. 그리고 또다시 수많은 시간이 지나면 그 상처마저 깎이고 떨어져 나가 희미해질 것이다.

그도 그럴 것이다. 그의 저 오만하고 빛나는 외모도, 날이 베일 듯한 성정도, 싸한 시트러스 같은 체향도 언젠간, 그 언젠간 희미해질 것이다. 그때까지만 견디면 된다. 그 수많은 시간들이 순탄치 않고 피가 날 듯 아플지라도 그때까지만 견디면 된다.

그럼 제 눈을 멀게 한 저 아름다운 사람은 사라질 것이다.

그를 더 이상 그리워하며 아프지 않을 것이다…….

자뻑이 깊어지면 병이다.

정원은 알고 있었다. 제 자뻑은 거의 불치 수준임을. 저도 모르게 여주인공의 쓰디쓴 아픔을 함께하면서, 어둠 속에서 푸르스름하게 빛을 뿌리는 모니터를 들여다보면서 눈물을 글썽이고 있었다. 제 외모 지상주의나 너저분에 대한 강박 따위를 잊어버리는 유일한 시간이었다. 아마 스스로도 제가 이런 글을 쓰지 않았다면 정상적인 삶—물론 남이 보면 전혀 정상적이지 않지만—을 사는 게 불가능했을 것이다.

"아하하하, 역시. 역시 이름 모를 선물 님은 좀 짱이심!"

그러나 정원의 어이없는 웃음은 윙윙거리는 선풍기들의 헐떡거림 속에서 공허하게 메아리 쳤고, 그 덕에 그녀는 정신을 차릴 수 있었다.

"아, 젠장. 배고프네."

밥 먹는 것도 잊어버리고 거실을 어질러 놓은 채 글을 쓴 게 몇 시간이었다. 이미 시간은 자정을 넘어 있었다. 생각해 보니 제 룸메이트는 해 지기 전에 나갔는데 소식이 없었다. 뭐, 다 큰 남자 어른을 걱정하는 건 아니었지만 그래도 힐끗 빈방을 쳐다보다 제 빈 위장을 채울 무언가를 찾아 헤매려고 막 일어나는 순간이었다.

우두둑거리는 제 등뼈의 아우성과 함께 누군가의 발소리가 들렸다.

"아니 왜 이렇게 늦어요? 사람이 늦으면 늦는다고……. 어? 어디서 다친 거예요?"

정원의 목소리가 날카로워졌다.

9

한여름 밤의 과다 출혈, 그리고 과한 군만두

“야, 오늘도 끝내준다. 월요일이라 많기도 하네. 주말엔 다들 쇼핑질만 하나. 승우 괜찮겠어?”

“네, 걱정 마십시오.”

말은 그렇게 했지만 오른팔 뒤꿈치가 찌릿거리고 있었다. 오랜 시간이 지났지만 피곤하거나 무리를 하면 은근한 통증에 시달렸다. 뭐, 이런 막일이야 이골이 났지만 일이 많긴 많았다. 신참들은 사흘이면 도망간다고 제가 언제쯤 꽁무니를 빼려나 사람들이 내기 중이라는 것을 잘 알고 있었다. 그러나 거기에 질 제가 아니었다.

제일 커 보이는 상자를 번쩍 들었다. 침구인지 의외로 가벼웠다. 이럴 때 기분이 풀린다고나 할까. 그는 복잡해지는 머릿속을 털어 버리려고 발걸음을 더욱더 빨리했다.

“와, 어떤 새끼인지. 역기는 좀 매장에 가서 사라…….”

뒤통수에서 욕설이 터져 나오는 게 들렸다. 대신 옮겨 줄 건 아니지만 욕이라도 해 주는 게 이 바닥에서 의리라면 의리였다.

일을 할 때는 일에 집중을 해야 했다. 특히 단순한 일일수록. 머릿속에 딴것이 들어 있다면 귀신같이 알고 탈이 났다. 그걸 모를 리가 없는 그였다. 그러나 그의 생각은 계속 제 주머니에 든 전화기에 가 있었다. 그걸 안 순간 일이 일어나고 말았다.

"으윽!"

"어? 승우야!"

"어디서 다친 거예요? 어머. 이 피 좀 봐!"

늦은 시간이라 조용히 들어가 자려고 했다. 안 보일 거라 생각했는데 저 주인 여자는 눈이 귀신같이 좋은 모양이었다. 승우는 정원이 저를 기다리고 있었다는 사실을 알지 못했다.

"아…… 괜찮아요."

괜찮지 않았다. 휴지통에 처넣었던 휴지가 한가득이었으니까.

일을 할 때 정신이 나가는 건 화를 자초하는 근본적인 원인이었다. 모서리가 튀어나온 박스를 제대로 테이핑하지 않은 택배 주인도 문제였지만 조심성 있게 잘 잡고 옮겼으면 아무 일도 없었을 텐데 순전히 제 탓이었다. 부주의하게 돌아서다 모서리에 크게 긁혀서 베이고 말았다.

물론 그런 일은 더러 있는 데다 다른 사람들은 바쁘게 일이 쌓여 있었기에 다친 것을 보고도 그러려니 했다. 피가 좀 많이 나긴 했지만 얼추 대충 지혈이 된 것 같았고 그사이에 다른 사람들이 일을 끝내 미안함에 말도 못 하고 집으로, 그러니까 제 한 몸 누울 수 있는 공간으로 와야 했다. 잔뜩 쌓인 먼지와 땀을 좀 씻고 자면 될 것 같았다. 그런데 문제는 이 주인 여자가 저를 보고 경기를 하며 소리를 치는 거였다.

"괜찮습니다……."

"괜찮긴요! 병원 가야겠어요!"

괜찮다고 하려 했지만 바닥에 뚝뚝 떨어져 내린 핏자국을 보니 버럭 우길 수도 없게 되었다.

"진피층까지 긁혔고, 상처 끝쯤에는 근육층까지 상처가 생겼습니다. 게다가 상처가 길고 날도 더워서 염증이 생길 확률이 높아요. 상처 관리를 잘하지 않으면 2차 감염의 우려가 있으니 조심해야겠습니다."

"거봐요!"

콜택시까지 불러 부랴부랴 온 한밤중의 응급실은 소란스럽기 그지없었다.

"큰일 날 뻔했잖아요."

"……."

고맙다고 해야 하는데 막상 말이 나가지 않았다.

"아프진 않아요?"

사람의 선입견이란 건 무서웠다. 아니라고 했지만 늘 모든 이들은 선입견의 노예가 될 수밖에 없었다.

제가 관찰하기엔 꼼짝하기 싫어하는 여자였다. 왜 그런지 도무지 이해할 수 없는, 눈물이 글썽거리는 걸로 보이는 주인 여자가 제게 묻는 것에 대해서…… 당혹스러운 건 어쩔 수 없었다.

"괜찮습니다."

근처에 대형 병원이 있었다. 가장 상급 병원임에 틀림없었다. 응급실은 눈을 돌리면 경악을 금치 못할 만큼 끔찍한 환자들이 가득가득했고, 심지어 쉴 새 없이 몰려오고 있었다. 팔 뒤꿈치가 찢어진 환자는 환자 축에도 못 들 만큼 무시무시한 곳이었다.

정원은 제가 그토록 숭배하는 메디컬 로설을 못 쓰는 이유가 이런 병원에 대한 취재를 할 엄두를 못 내기 때문이라는 참으로 어처구니없는 이유를 가졌을 만큼 피를 무서워했다. 그러니 칭칭 동여맨 팔뚝에 시뻘겋게 피가 배어 나온 그의 모습은 그녀에게 있어서 어마어마한 대미지를 줄 만했다.

그러나 제게 이성이란 게 남아 있는지 전에 그 무시무시한 택배 차를 타고 거리를 질주했던 것에 정신적으로 충격을 받아 요즘 새로 나온 택시 앱을 깔아 놓았었다. 저러다 죽을까 봐, 제 방에서 송장을 치를까 봐 그래서 저도 모르게 병원까지 오게 된 거였다.

"생명엔 지장이 없는 거죠?"

"그냥 긁힌 거라 염증 관리만 잘하면 됩니다. 수납하고 가십시오."

환자가 꾸역꾸역 미친 듯이 몰려오는 한밤중의 대형 병원 응급실 의사는 아무렇지 않다는 듯 웃지도 않고 혼자만 심각한 정원에게 대충 대답하고는 돌아섰다.

"선생님!"

"아, 참. 전에 뼈에 이상이 있었던 것 같은데 시간 있을 때 엑스레이 한번 찍어 보길 바랍니다."

"네? 뼈에 문제라뇨?"

정원이 의사와 막 일어서려는 승우를 번갈아 보면서 되물었다.

"아, 그게……."

"상처가 엄청 컸던 거 같은데, 바깥쪽 열상은 드레싱만 잘하면 되는 거니까 안쪽이나 잘 확인하기 바랍니다. 지금은 괜찮지만 나중에 문제될 수 있어요."

"네……."

"뭐라고요?"

정원이 되물었지만 의사는 급하게 다른 환자에게로 가 버렸다.

"이거 피 나는 거 말고 또 문제가 있는 거예요?"

놀란 정원이 다시 물었다.

"괜찮다니까요."

승우가 말리자 바쁘게 사라져 버린 의사를 쫓는 데 실패한 정원이 물었다.

"저게 무슨 말이에요? 전에 다쳤었어요?"

당황한 기색이 역력한 승우가 말했다.

"괜찮다고요."

"으악!"

마침 요란한 비명 소리와 함께 머리에 피칠을 한 환자가 구급 대원들과 들어왔다. 그것을 보고 더 큰 소리를 지른 정원을 얼른 승우가 끌고 나가야만 했다.

"고맙습니다. 치료비는……."

막 응급실 원무과에서 나오는 정원을 보고 승우가 머뭇거리면서 말했다.

"괜찮아요. 제주도까지 가 준 거 고맙기도 하고, 또 제가 요즘 주머니 사정이 넉넉하니까 이 정도는 쏠게요. 그런데 왜 다친 거예요?"

"하차하다가 헬스 기구 박스에 긁혀서요."

"썩을 것들이 그딴 것도 택배로 산단 말이에요? 참 내, 원! 진짜 그만하기 다행이네!"

그러나 생각해 보니 택배로 별걸 다 시키는 건 그야말로 정원이 최강 아니었던가? 살림살이부터 생리대까지 모두 택배로 시켜 왔으니. 본의 아니게 말을 돌려야만 했다.

"아, 벌써 12시가 넘었네. 얼른 집에 가요. 오늘 엄청 피곤하겠어요."

승우는 집이라는 단어가 주는 모호한 어감이 어색했다. 집이라…….

급하게 나서느라 문만 닫고 나간 집 안은 후덥지근했다. 에어컨을 틀자니 또 문을 다 닫아야 할 것 같은데 그걸 할 사람이 다쳤으니……. 힐끗 피와 땀에 정신이 없는 승우를 본 정원은 난

감해졌다.

"좀 씻어야 잠을 잘 텐데 상처에 물 들어가면 안 되잖아요."

드레싱하고 칭칭 감아 놓은 붕대는 제법 큰 상처보다 컸다. 승우는 제주도행 비행기에서 내린 뒤로 일을 하느라 먼지와 땀에 젖은 채였다. 이를 어쩌나……. 불현듯 좋은 아이디어가 떠올랐다.

"어때요? 이쪽 팔은 빼고 살살 씻으면 될 것 같아요. 물 안 들어가겠죠?"

종이 랩을 사면서 받은 위생 비닐 팩의 바닥을 뚫어서 팔에 끼워 놓고는 종이테이프로 위아래를 꽁꽁 둘러 붙인 모양은 어설픈 팔 토시를 한 것만 같았다. 그러나 그가 생각해도 샤워를 안 하고 누울 수는 없는 노릇이었고, 이렇게 하면 물은 안 들어갈 것 같았다.

"고마워요."

열심히 땀을 흘리며 상처를 덮으려 애쓰는 정원이 진심으로 고마웠기에 나온 말이었다. 늘 어렸을 때부터 혼자였었다. 누군가가 저를 생각해 준다는 건 지금 이 나이를 먹도록 당혹스러울 만큼 낯설었다.

"빨리 씻기나 해요. 와, 다 쉬어 버리겠다."

제 몸에서 나는 땀 냄새를 느끼곤 얼굴이 새빨갛게 변한 그는 얼른 그녀의 시야에서 사라졌다.

승우가 눈앞에서 사라진 뒤에야 정원은 휴, 하고 한숨을 내쉬면서 자리에 주저앉을 수 있었다. 아침에는 제주도의 낯선 방에서 눈을 떴는데……. 정말 무리하도록 길고 다이내믹한 하루 아닌가.

이 너저분한 거실 겸 방에서 한 발짝도 나가지 않은 날이 부지기수였다. 쓰레기를 버리러 가는 것 외에는 밖에 나가 본 적이 없는 삶을 한 달 내내 지속한 적도 있었다. 저 요란한 물소리를 내는 남자가 열심히 청소해 놓았지만 다시 바닥이 거의 보이지 않을 정도로 정신없이 어질러진 것을 정원은 멍하게 내려다보고 있었다.

"넌 강박 장애야. 거기다가 애정 결핍이고……. 손 한 번 안 씻는다고 죽진 않아. 우리 몸에도 필요한 세균이 있는 거라고! 네가 그렇게 치를 떨고 난리를 쳐도 그게 득이 되는 게 아니란 말이야! 네가 원하는 건 깨끗한 게 아니라 너만 바라보고 너만 생각하라는 강요라고!"

정원은 고개를 세차게 돌렸다. 그런다고 흩어지는 건 제 머리카락뿐이었다. 제 머릿속에 든 오래된 상처 따위가 없어지는 건 아니었다.

내가 뭐, 내가 뭐가 어때서?

그때였다. 요란한 물소리 가운데도 기죽지 않고 요란하게 울린 제 배 속에서 들린 소리.

꼬르르르르르륵.

생존 본능에 충실하는 것. 그게 삶의 가장 큰 지표이자 방향 아닌가! 제 머릿속을 스멀스멀 기어 다니는 '나쁜 기억'을 없애는 데는 본능에 충실하는 게 가장 쉽고 빠른 방법이었다.

"아, 배고프다!"

공허한 거실에서 마치 산 정상에 올라 뿌듯하게 '야호' 하고 외치듯 한 번 소리쳐 준 뒤에 정원은 냉장고를 열었다. 마침 요란한 물소리를 내고 있는 저 택배 기사님이 배달해 준 먹을거리가 잔뜩 포진한 게 보였다. 참으로 다행이었다.

"이것 좀 먹읍시다!"

속이 허하긴 했지만 그건 과다 출혈 탓이라고 생각하고 얼른 척수액이 모자란 혈액을 만들어 내길 바라면서 잠들려고 했었다. 그러나 샴푸와 바디클렌저 냄새가 가득한 공간을 벗어나자마자 식물성기름과 동물성기름의 완벽한 조화가 풍겨 대는 기가 막힌 냄새를 대뇌는 무시해도 위장이 무시할 만큼의 여력은 없었다.

"아……. 괜찮은데……."

그러나 제 목소리보다 더 크고 우렁차게 울리는 위장의 허기진 비명은 당혹스러울 정도로 분명했다.

꼬르르르르르르륵.

"내가 암만 먹성이 좋아도 이걸 다 먹을 수는 없거든요. 물 안 들어갔죠? 이리 와요. 내가 그거 뜯어 줄 테니까."

노릇노릇 구워진 만두들이 저를 괴롭힌 식용유 덕에 왕창 돋아난 표피의 우둘투둘한 돌기를 참지 못하고 자글거리며 비명을 지르고 있었다. 게다가 그 옆에는 쉰내를 팍팍 풍기는 김치가 사발에 담겨서 '저 느글느글함은 내가 잡아 줄 테다' 하고 포진해 있었다. 한밤의 야식으로 모자람도 과함도 없는 기름진 만두

와 신김치의 완벽한 콜라보레이션이었다.

"드십시다! 과다 출혈 후에는 식물성기름과 탄수화물이 딱이죠!"

정신은 강렬하게 거부하고 있건만, 제 사지는 그러지 못하고 있었다. 저 커다란 접시에 포진한 튀겨진 만두가 너무 많아서……. 저 날씬해서 위도 작을 것 같은 여자가 몇 젓가락만 먹고 나면 고대로 남을 것 같아서……. 자원 낭비와 음식물 쓰레기 줄이기라는 국가적인 기조를 이어 받기 위해서. 그래서 다가갔을 뿐이다.

"먹어요. 먹고 죽은 귀신이 때깔도 좋다니까!"

이 예쁘장한 여자의 외침이 제가 젓가락을 드는 데 일조하고 있었다.

단 한 번도 혼자 있는 게 불만이었던 적은 없었다. 제 공간을 내준 건 그만큼 돈이 필요했기 때문이고 그건 때론 성가시기도 했다. 저한테 말을 거는 것이 짜증 날 때가 있었고, '오늘 일은 내일로 미루자' 라는 생활신조 덕에 너저분한 삶에 대해서 터치하고 신경 쓰는 타인이 증오스러울 때도 있었다. 단 한 번도 이 공간에 누가 있어서 다행이라고 생각해 본 적 따위 없었다.

제 인생에 가장 잘났을 거라 생각했던, 제게 그렇게 상처를 준 '그놈' 보다 훨얼 괜찮은 남자니까. 그러니까 그런 거였다. 이에는 이, 눈에는 눈이라고 잘난 놈으로 인한 상처는 더 잘난 놈이 약이었다. 물론 이 남자를 약으로 쓸 생각은 전혀 없었다.

"맛있죠?"

"네."

너무 허겁지겁 먹기만 해서 말을 붙여 보았을 뿐이다. 사람에게 마음이 기울면 먹는 것도 예뻐 보인다더니 허겁지겁 먹다 만두 속이 바닥에 뚝 떨어져 그걸 얼른 집어 먹는 것조차도 나쁘게 보이지 않았다.

"감사합니다."

택배 총각이 깍듯하게 인사를 했다. 덕지덕지 드레싱을 한 팔뚝을 매만지며…….

"괜찮아요. 가서 자요. 내가 치울 테니까."

그냥 놔두면 썩어 문드러져 냄새가 나니까 치워야 할 뿐이었다. 아니, 다음에 그릇이 없을 때나 억지로 설거지를 할 뿐이었다. 그래서 날파리가 풀풀 생기는 여름이 가장 싫었다. 그런데 제 입에서 이런 소리가 나왔다.

"그럼 들어가겠습니다."

"쉬어요. 오늘 힘들었을 테니까."

사람이 제가 하던 말 말고 다른 말을 하면 죽을 때가 된 거라던데……. 죽을 때가 다가온 건가? 새벽 3시가 다 되어 가는 시간이었다. 왜 이 시간에 기름기가 낭자한 접시를 씻고 있는 걸까. 그리고 저도 모르게 바닥에 떨어진, 제가 흩트려 놓은 옷가지며 상자, 가방 등을 주워 담고 있는 걸까.

훤한 바닥이 드러나 제 눈에 띄기 전에 정원은 얼른 불을 껐다. 오늘 하루 번잡했었다. 달리 나쁜 생각들이 떠오르기 전에 얼른 잠들어 버려야 했다.

✿ ✿ ✿

응급실에서 받은 한 무더기의 약을 삼킨 승우의 눈에 잠든 여자가 보였다. 이른 시간이지만 한여름의 해는 벌써 남보다 이른 아침을 시작하며 둥실 떠 있었다.

분명히 침실이 있었지만 그 방에는 택배 물건이 든 박스가 가득할 뿐이었다. 얼른 저 방도 정리를 해야 할 텐데 쉬이 시간이 나지 않았다. 그 방의 주인이 정리 정돈을 할 기미는 없어 보였다.

거실에 포진한 컴퓨터 책상 옆에 있는 간이침대에서 여자는 곯아떨어져 있었다. 간간이 코 고는 소리도 나는 것 같은데 반바지 밑으로 쭉 뻗은 늘씬한 다리와 짧은 반팔 티로 가리지 못하는 글래머러스한 완벽한 바디라인, 흐트러진 머리카락 사이로 보이는 화장기 없이 매끈하고 오목조목한 이목구비가 자연스러운 여자는 흉한 구석이 하나도 없었다. 아니, 그 반대일지도 몰랐다.

베개 겸 바디 필로우인지 우스꽝스러운 모양을 한 길쭉한 몸통의 토끼 인형을 안고 잠든 여자는 어제 그토록 무시무시한 양의 군만두를 먹었고 그전에도 어마어마한 양의 통돼지 바비큐를 먹성 좋게 먹었건만 마치 이슬만 먹고 사는 듯 늘씬하기만 했다. 늘 먹을 것 앞에서 다이어트니, 뭐니 하면서 깨작거리기만 하던 은주나 다른 여자들과는 달랐다.

은주, 제가 그 헬스 기구 박스에 긁혀 피가 나면서부터 잊고 있던 이름이 다시 툭 떨어져 내렸다. 온통 머릿속에 차 있던 그녀를 잠시 잊고 있었다. 그는 재빨리 몸을 돌려 문을 나섰다.

탁탁탁 발소리가 요란하더니 곧 사그라졌다. 잠결이었지만 제 등 뒤에 물끄러미 서 있던 누군가의 기척을 느끼지 못한 건 아니었다. 부스스 눈을 떠 혹시 말려 올라간 옷 조각이나 흉하게 흘러내린 침 자국 따위가 있는지 살피는 이유를 저도 모르겠다 싶었다.

"에이씨. 왜 남이 널부러 자는 걸 들여다보고 난리야……."

그러면서도 왜 깨어났으면서 잘 다녀오라고, 약 잘 먹고 상처 조심하라고 말을 하지 않았나 하는 마음이 들었다.

"승우, 괜찮아? 병원은 갔다 왔어?"

"네. 괜찮습니다."

"큰일 날 뻔했어."

"괜찮습니다."

작렬하는 해가 더 쏟아져 내리고 있었다. 아침 인사보다 욕지거리가 먼저 나올 만한 날씨였다. 어제 상하차한 물건들이 산더미처럼 쌓여 있었다. 송장을 준비하고 일찍 나가려는 주변은 전화를 하느라 바빴다.

제 담당 차에도 물건이 가득 쌓여 있었다. 날이 더워서인지 꿈쩍거리기 싫은 사람들이 더더욱 컴퓨터 앞에 앉아 클릭을 해 대는 모양이었다. 게다가 아이스 팩이 든 스티로폼 상자들이 오늘따라 많았다. 안의 내용물이 망가지기 전에 얼른얼른 배송을 해야 했다.

잔뜩 쌓인 짐들을 보고 안도를 하는 것은 저뿐인 듯 보였다. 물건이 조금이라도 적었더라면, 조금이라도 여유가 있었더라면 저는 또다시 다른 생각에 휩싸일 게 뻔했다.

—은주 씨 한승수 씨랑 같이 들어왔대요.

왜…… 승수랑이지? 아니, 승수랑 저랑 사촌 지간이니까……. 그러니까 같이 올 수도 있는 거 아닌가? 두 사람이 같이 오는 것은 자신이라는 매개체 때문이 아닌가?

"은주 너한텐 안 어울리는 여자인 거 알지? 착각하지 마라. 걔가 좋아서 네 옆에 있는 거 같아?"

승우는 저도 모르게 어금니를 악물었다. 그건 그냥 술김에 한 말이 틀림없었다.

"승우 씨, 내가 승우 씨 얼마나 사랑하는 줄 알죠?"

20년이었다. 20년 내내 그녀 하나만 바라보고 있었다. 제 앞에 아무리 예쁘고 대단한 여자들이 넘쳐 나더라도 그 어느 누구에게도 눈길 한 번 보내지 않았었다.

들판에 핀 한 송이의 백합처럼 주변의 공기마저 고요히 가라앉게 하는 그녀……. 아마 성모마리아가 환생한다면 그런 모습일 게 분명했다.

손끝 하나 뻗치기에도 죄스러울 것 같은 그녀……. 그런 그녀가 하이에나가 사람이 되면 딱 어울릴 것 같은 인간 말종인 승수와 같이 귀국하다니. 생각하기도 싫지만 그와 저는 사촌 간이니까. 그는 전화기를 들었다.

"승우, 이쪽으로 와 봐. 차에 다 안 실은 게 있네. 여기 있는 거 다 네 구역 거지? 확인해 봐."

"네!"

그는 우렁차게 대답을 하고 전화기를 얼른 주머니에 넣었다. 그리곤 제 머릿속에 있는 생각들을 털어 버리려 애썼다.

모니터에서 쉴 새 없이 커서가 깜빡거리고 있었다.

어제도 글을 올리지 못했다. 물론 어제까지 제주도에 있었으니까. 평소 같으면 주말에 장편으로 두어 편은 써 올렸을 게 분명했다. 작가를 소환하는 방에는 '이름 모를 선물' 님을 찾는 글이 쇄도하고 있었다.

그러나 정원은 멍하니 있을 뿐이었다. 저도 모르게 널브러진 방을 청소하고 나서 하얀 바닥을 드러낸 거실이 저를 어지럽게 하고 있었다.

문을 따로 잠글 일 없는 '남의 방'의 벽엔 며칠 전의 다이내믹한 추억을 되새겨 주는 99,000원짜리 여름 양복이 걸려 있고 홑이불과 옷가지가 든 게 분명한 커다란 싸구려 가방만이 덩그러니 놓여 있을 뿐이었다. 열린 적 없어 보이는 그 방의 창문을 열고 저도 모르게 방바닥은 물론 먼지 소복한 창틀까지 무엇에 홀린 듯 닦아 내고 나니 땀범벅이 되었다. 찬물에 샤워를 하고 나온 그녀는 제가 지금 잠깐 미친 게 아닐까 하는 생각이 들었다.

난…… 지금 살짝 맛이 간 게 틀림없어.

그때였다. 그녀의 휴대폰이 요란하게 울렸다. 출판사인가? 왜 제가 맛이 간 건지에 대한 고찰을 해 보기도 전에 그녀는 느릿느릿 전화를 받았다. 전화 속의 목소리는 전혀 의외의 인물이었다.

10
주인 여자는 왜 이 폭염 속에 호러 퀸이 되었나.

후덥지근했다. 아마 오늘도 열대야가 이어지고 있는 게 틀림없었다. 방금까지만 해도 그걸 느낄 새가 없었다. 그러나 훅훅 달아오른 열기를 뿜어내는 아스팔트 옆을 맥없이 걷다 익숙한 건물을 찾고 나니 맥이 풀린 모양이었다. 이 4층짜리 원룸 건물을 제 숙소로 고른 것은 어렵게 구한 일터가 가까이 있기 때문이었다. 그러나 오늘은 그 길이 참 멀게만 느껴졌다. 아마 충격 때문에 기운이 빠져서 그럴 것이었다.

잘못 들은 것일 수도 있다. 아니, 잘못 들은 게 확실하다. 다시 확인을 해 봐야 하는 걸까.

승우는 전화기를 꺼내 들었다. 그러나 전화를 걸 수는 없었다. 그게 잘못이 아닐까 봐 그게 더 겁이 났다.

그래서 멍하니 넋을 놓고 있다 저도 모르게 외쳤다.

"아니, 여기서 뭐하는 겁니까?"

"어? 지금 오는 길이에요? 하, 이거 우연이네. 팔은 괜찮죠? 내가 오다가 좋은 파스 샀어요. 파스가 아니라 밴드인가? 뭐라고 하던데……. 하여튼 엄청 비싼데 이거 붙이면 방수도 된다네요. 두 개 사면 하나 더 준다고 해서 세 개나 샀다니까요. 아, 지금 다리가 풀려서. 하하하, 집에 올라가려니 아득해서 잠깐 쉬고 있었던 것뿐이에요."

제가 더위를 덜 타긴 했지만 후덥지근한 날씨였다. 뇌는 더위를 그저 그렇게 느껴도 온몸에 덮인 피부는 끈적끈적한 땀과 열기를 뿜을 만한 온도였다. 그런데 눈앞의 주인 여자는 정상이 아닌 게 틀림없었다.

분명히 그 정신없는 상자들이 가득 찬 방에서는 본 적이 없는 옷을 입고 있었다. 열어 보기조차 무서운 그 침대 방의 옷장에 들었던 옷이었나?

사람이 있는 걸 쉬이 알아차리지 못한 건 무시무시한 주인 여자가 어둠과 완벽하게 동화된 시커먼 옷을 입고 4층으로 올라가는 계단에 주저앉아 있었기 때문이었다. 모르는 사람이 봤다면 제아무리 간담이 무쌍한 사내라 해도 헉 하는 비명이 터져 나올 만큼 무서운 광경이었다.

이 더위에 긴 머리카락까지 풀어 헤치고 새빨간 입술을 하고 있다니!

"저, 저기."

"아, 한잔했어요. 상갓집에서. 검정색 구두가 이거뿐이라 괜히 신고 나갔다가 발이 아파서……."

그제야 눈앞의 여자가 검은색의 반팔 원피스 차림인 게 보였다.

"아이고……."

일어나려다 휘청하는 걸 그는 저도 모르게 손을 내밀어 잡았다. 아니면 그대로 폭삭 고꾸라질 것 같았다.

"괜찮습니까?"

제 손에 잡히는 여자의 가느다란 손에 땀이 배어 나와 축축했다.

"아, 네. 주말에 삐끗한 걸 더 삐었나."

혼자 중얼거리는 여자는 반팔에 완만한 라운드형 네크라인인 상의 쪽은 타이트하지만 플레어 스커트가 무릎 밑까지 찰랑거리는 원피스를 입고 있었다. 여자의 분장이 무섭다는 건 알고 있었지만 나풀거리는 원색의 원피스가 아닌 검은색의 상갓집용 옷을 입고 있는 여자는 불빛이 비치는 쪽으로 나오자 조명발 탓인지 좀 다르게 보였다.

그러나 중요한 건 검은색 비닐봉지를 자랑스럽게 내미는 여자에게서 풀풀 알코올의 향이 흩어지고 있다는 것이었다. 술 취하면 더 무서운 여자인데…….

"오늘 더럽게 덥죠?"

저런 옷에 머리를 풀어 헤쳤으니 더 덥겠지. 물론 보는 사람들은 시원하게 해 줄 만했다. 아니, 시원 정도가 아니라 아주 모골이 송연할 만했다.

"글쎄요. 이만 올라가요. 다리 괜찮아요?"

또 이 여자를 들쳐 업고 가야 하나 싶어 그가 물었다.

"아, 더운데……. 우리 시원한 데 가서 생맥 한 잔만 딱 하고 가요. 네? 내가 살게요. 에어컨 바람 빵빵한 데서 시원하게 한 잔만 하자구요."

"이미 좀 마신 것 같은데, 그냥 올라가는 게……."

머리가 복잡했다.

"에이. 딱 한 잔만 하자니까요. 내가 진짜 좋은 데 알거든요!"

실은 지금 필요한 건 맥주 따위가 아니라 독주였다. 아주 독해서 이 의심병을 활활 태워 버릴 만한 그런. 문제는 제 수중에 돈 한 푼이 없다는 거였다. 살다 보니 이런 날도 오는구나.

"그럼 딱 한 잔만입니다."

제가 말해 놓고도 의심스러웠다.

점심을 먹고 다들 널브러져 잠이 들어 있었을 때 잠을 잤어야 했다. 그러나 머릿속은 오로지 하나의 생각으로 꽉 차 있었다. 다들 앞에 놓인 음식들을 그야말로 폭풍 흡입하고는 5분 만에 그릇을 비우더니 그나마 시원한 빌딩의 그늘이 지는 곳으로 가 드러누웠고 채 30초도 지나지 않아 코를 골기 시작했다.

택배라는 게 일찍 나가면 일찍 일이 끝날 텐데도 불구하고 다들 약속이나 한 듯이 이렇게 드러누워 잠을 자고는 정확하게 점심시간이 끝나는 시간에 일어나 덜 깬 잠을 쫓으면서 일을 나서곤 했다. 그러니 거기다 대고 저 혼자 일찍 먼저 나가기도 그랬고, 그렇게 일을 먼저 끝내고 집에 일찍 들어가는 것도 맘에 걸렸다. 다 같이 있다 느지막이 들어가야 했지만 쏟아지는 잠을 자려고는 하지 않았다. 그래야 집에 가서 쓰러져 잘 테니까.

그러니까 문제는 이 40분 남짓한, 아무것도 할 수 없이 남아도는 시간이었다.

나무는 보이지도 않는데 어디선가 찢어질 듯 매미가 울고 있었다. 요란한 차들의 소리보다 발악하듯 울고 있는 매미 소리가 사람을 미치게 하는 것 같았다.

이럴 때 담배라도 피울 줄 알았더라면, 어디 구석에서 실컷 담배라도 피우면서 니코틴에 젖을 텐데……. 그는 어쩔 수 없이 택배 배달 때문에 새로 산 휴대전화를 들고 더욱더 구석으로 찾아들어 갔다.

나에겐 과분한 여자 은주…….

결코 어울릴 수 없던 자리에서 겉돌기만 했던 제게 그녀는 환하게 웃으면서 말을 걸어 주었다.

"넌 왜 거기 그러고 있어?"

"그냥……."

"난 유은주라고 해."

누군지는 알고 있었다. 제 눈에만 그랬는지는 모르겠지만 그녀는 눈에 확 뜨일 만큼 눈부셨다. 그러나 거기에 있는 사람들은 모두 그녀에게 말을 걸거나 하지는 않았다. 아마 그건 저한테 그러는 이유와 비슷할 것이다. 그녀는 아마 저보다 더 상황이 나빴을 수도 있었다. 그러나 당당하고 우아하게 그 자리를 지키고 있었다.

유유상종이랄까. 아니, 그녀가 제게 말을 걸어 주는 것만으로도 그는 고마웠다.

"사랑해."

그녀는 대답하지 않았다.

"난 최고가 될 거야. 널 위해서."
"꼭 그걸 해야 해?"

기름에 쩌들어 있는 제 몰골을 보고 그녀가 인상을 찌푸렸을 때도 그냥 웃어 넘겼다. 누구나 그럴 만했으니까. 하지만 그는 자랑스러웠다. 이 일을 할 수 있는 것 자체가 기쁨이었다. 은주는 그 무렵 더욱더 아름다워서 마치 이 세상 사람이 아닌 것만 같았다. 그러니 저와 더 어울리지 않았을 것이다.

"너 꼭 그걸 해야 해?"

또다시 물었다. 그러나 대답하지 않았다. 대답했어야 했나? 저는 나름대로 그게 최선이라고 생각했는데 형 때문이었을까.
—……여보세요?
아직 같은 번호였다. 그 사실 하나만으로도 그의 심장은 미친 듯이 뛰었다. 과도하게 열이 오르고 있었다. 하나도 변하지 않은 그 맑은 목소리가 기계 저편에서 울렸다. 당장이라도 그녀 앞에 가야만 했다. 목이 메어 미처 아무 말도 하지 못했다.
—여보세요? 누구세요?
튀어나올 것 같은 심장을 누르면서 막 대답하려던 찰나였다.

—……누구야?

요즘 전화는 너무 성능이 좋았다. 분명 귓가에 찢어질 듯한 매미의 울음소리가 진동을 하고 있는데 전화기 저편의 목소리가 누군지 금방 알 수 있다는 게 소름끼쳤다. 전화기의 주인 바로 옆에 있었던 게 분명했다.

—여보세요? 누구세요? 혹시…….

—요즘 이상한 전화 많아, 끊어.

—아이……. 이러지 말아요……. 그만하라니까.

—너야말로 그만 끊으라니까, 하하하.

—하지 말라니까요…….

까르르 웃는 여자의 목소리는 금방 사라지고 뚜뚜거리는 기계음만 귓가에서 울리고 있었다.

뭐, 뭐지? 이건?

저도 모르게 다리가 풀린 승우는 콘크리트 바닥 위에 주저앉고 말았다. 다들 그늘에서 누워 자고 있었지만 대낮이었다. 그러나 제 짧은 기억력으로도 방금 전 들은 것은 대낮에 나기엔 의심스러우리만큼 뻔한 소리였다.

단 한 번도 들어 본 적 없는 그녀의 목소리는 멍한 머릿속에서도 금방 어떤 장면이 연상될 만큼 색정적이었다.

"뭐? 은진이 아버지가 돌아가셨다고?"

대학에 다닐 때 단짝 친구였다. 그리고 은진의 아버지는 그녀도 몇 번 본 적이 있었다. 지하철 막차가 끊겼다는 핑계로 은진의 집에서 잔 게 꽤 됐었다.

장례식장은 가까운 곳이었다. 그러니 당장 달려가야 하는 게 맞았다. 아니, 그녀의 소식을 이렇게 다른 친구 편에 듣는다는 것 자체가 잘못이었다.

그러나 정원이 잠시 전화기를 들고 망연히 있었던 이유는 은진의 남편 때문이었다. 같은 동아리 선배와 결혼했기에 은진의 남편인 유하 선배하고도 안면이 있는 사이였다. 몇 번 술자리와 식사를 같이한 적도 있었다.

그도…… 분명히 올 것이 뻔했다. 유하 선배와 절친이었으니까. 그리고 그와 알게 된 게 은진과 유하 선배 때문이니까.

—같이 갈래? 난 저녁때나 퇴근해서 가려고……. 넌 요즘도 그냥 집에 있지?

영숙이 물었다. 집에 있긴 하지만 절대 노는 건 아니었다. 하지만 남 눈엔 놀고 있는 걸로 보이겠지. 동기들은 취직도 잘했고 번듯한 일자리에서 다들 직장 생활을 하며 잘들 버티고 있었다. 정원만 빼고…….

"어…… 그래. 나도 그쯤 되서 갈게……."

실은 열 일 제쳐 두고 갔어야 했다. 그만큼 예전엔 은진하고 죽고 못 사는 사이였으니까. 그러나 은진과 이렇게 멀어진 건 그 때문이었다.

"꼭 그렇게까지 해야 해? 사람 기다리고 있잖아."

"낮에 커피를 쏟았는데 얼룩이 너무 심해서……. 도저히 그걸 입고 어디 갈 수가 없었단 말이에요."

"그렇다고 옷을 갈아입으러 한 시간 반이나 잡아먹고 온 거야?

아무 데서나 하나 사 입고 오든지 했어야지."

"금방 집에 갔다 오려고 했는데 중간에 사고가 나서 차가 너무 막혀서……."

울먹이는 정원을 차가운 눈으로 쳐다보고 있던 진수가 싸늘하게 쏘아붙였다.

"됐어. 영화는 이미 다 끝났어. 저녁 먹을 기분도 아니다. 피곤해."

"진수 선배……."

"고정원 씨! 내용이 중요한 거지 각 맞춰서 파일에 철하는 게 중요합니까? 이게 바로 주객전도 아니에요?"

"죄송합니다. 그게 중간을 다시 계산하긴 했는데……."

"일이나 똑바로 하라고요, 참 내……."

뒤에 무슨 말이 생략됐는지는 잘 알고 있었다. 쉬쉬하고 있었지만 아는 사람은 다 아는 사실. 얼굴만 예쁘장한 골 빈 여자가 지 좋아하는 남자 따라서 박봉도 마다하고 직장까지 쫓아와 그 텅 빈 머리만큼 사고만 치고 있다는 거.

"제발 너 꾸미고 다니는 거 반만 좀 남한테 신경 써 봐. 대체 왜 일을 그런 꼬락서니로 해서 내 얼굴에 먹칠을 하는 거야?"

진수의 막말은 점점 심해졌다.

"아니, 그게 아니라……. 내가 지금……."

한껏 부풀린 예쁜 올림머리를 한 정원이 울먹이고 있었다.

실은 그녀는 직장 내 스트레스 때문에 뒷머리 한가운데에 원형 탈모가 생겼고 그걸 감추느라 애써 머리를 올리고 다닌 것이었다. 그런 정원의 예쁜 외모를 시기한 여사원들이 그녀를 골탕 먹이려고 일을 잘못 오더한 걸 결국 그 프로젝트의 책임자인 진수가 크게 혼이 나고 터진 거였다.

"됐어. 너같이 골 비고 지 꾸미는 것만 아는 여자는 정말 질색이야. 하루에 열두 번도 더 손 씻을 시간에 일 열심히 하는 사람을 찾는 게 나아. 내가 그만둘까, 아니면 네가 나갈래?"

"진수 선배……."

이제 와 생각해 보면 우스웠다. 젠장, 그까짓 남자가 뭐라고……. 그 때문에 하나뿐인 귀한 딸을 잃을까 무서웠던 부모님에 의해 정신병원에 근 한 달 동안이나 입원해야 했다. 뭣 때문에 죽는다고 난리를 쳤을까. 병원에서 밥보다 더 많은 알약을 삼켜야 했던 건 대체 왜일까.

"난 네 그 결벽증이 지긋지긋해!"

그래서 뭐 어쩌라고!

그동안 보자기에 꾹꾹 싸 처박아 두었던 지난 몇 년이 다시 꿈틀꿈틀 기어 나오는 게 기분 나빴다. 그 덕분에 지긋지긋하게 일만 하고 쥐꼬리만 한 월급을 받던 직장을 과감하게 때려치우곤 제가 하고 싶은 글을 쓰고 돈을 버는 자유 방만하다 못해 방탕한 생활을 영위할 수 있게 된 거 아닌가. 그 어느 누구도 제가 몇 시에 자는지, 몇 시에 일어나는지, 무얼 먹는지, 무얼 사 대는지 따위 신경 쓰지 않는 이런 삶. 얼마나 행복한가.

그러나 현실은 지금 이 더위에 길을 나서야 하는 거였다.

"장례식장에는 가 줘야지!"

목이 늘어난 티셔츠와 젓가락으로 마무리한 똥머리를 하고 있었지만 거울 속의 제 모습은 나쁘지 않았다.

"흥!"

집에서 놀고 있는 백수라니……. 니들이 상사의 눈에 들려고 밤새 야근하고, 아침 지옥철을 타고 하루 종일 전전긍긍해도 나만큼 행복할 거 같아?

그래서 정성껏 머리를 감아 말리고 화장을 하고 나섰을 뿐이었다. 그 자리에 올 누군가를 '일부러' 생각한 건 아니지만 그래도 정원은 제가 너무나 잘 살고 있음을 모든 이에게 알리고 싶다는 우스운 생각에 사로잡혀 있었다.

그래서 아직도 폐업 처리 중인 폭탄 상설 매장에 가서 가장 비싼 검은색 원피스를 골라 입고 나섰다. 물론 검은색 구두는 7cm나 되는 통굽 구두밖에 없었고 그것마저 신발장 맨 밑에 처박혀 있었던 거라는 건 비밀이었다.

제가 상금을 두둑이 받았다 할지라도 한 번밖에 신을 필요가 없는 구두까지 사는 건 사치였으니까.

“정원아, 너 못 올 줄 알았는데……. 고마워.”

“무슨 그런 소리를 해. 서운하다. 너야말로 어쩌니…….”

은진의 말에서 미묘한 어감을 발견한 건 아마 제가 앞에 통속 소설이라는 접두사가 붙지만 작가라는 직업을 가졌기 때문일 것이었다. ‘안’ 온 것과 ‘못’ 온 것의 차이는 천지 차이다. 아마 여긴 ‘안’이 더 맞는 것 아니었을까.

장례식장은 몇 년 만이었다. 대학교 다닐 때 친척의 장례식장에 간 것 이후로는 처음인 것 같다. 질식할 듯 빌어먹을 우울한 향기를 뿜어내는 화환들, 한여름에도 불구하고 검은색 옷을 입은 사람들……. 그나마 에어컨이 빵빵해서 다행이었다. 급조해서 사 입은 계절하고 조금 괴리감 있는 원피스를 입고도 땀범벅이 되어 헐떡이지 않아도 된다는 건 정말로 다행 중의 다행이었다.

“인사해야지, 정원이 이모야…….”

병원에 있을 때 아이를 낳았다고 어렴풋이 소식을 들었던 것 같은데 은진의 검은색 한복 치마 꽁무니를 잡고 있는 인형같이 깜찍한 꼬마아이가 손가락을 입에 문 채 저를 빤히 쳐다보고 있었다.

“많이 컸네.”

“그럼…… 실은 둘째는 16주째야.”

“어머. 연락 좀 하지.”

"넌 어때? 영숙이가 그러는데 뭐 글 쓴다던데……."

"그냥 취미 삼아. 부모님이 제주도로 이사 가셨거든. 그냥 원룸 관리하면서 살아."

한때는 속속들이 제 모든 것을 알고 지내던 친구였다. 물론 지금은 전혀 딴 세상에 살지만. 머리에 하얀 리본 핀을 하고 검은색 한복을 입은 친구의 버석한 민낯이 안쓰러웠다. 그래서 빨리 자리를 뜨지 못했다.

"아, 여보. 정원이 왔어요."

"유하 선배. 잘 지내셨어요?"

푸석한 은진보다 훨씬 후덕해진 유하 선배를 보고 놀라던 찰나였다. 그 뒤로 익숙한 모습을 본 게.

'개새끼…….'

"정원아, 천천히 먹어."

영숙이 제게 하는 말을 듣고서야 정신을 차렸다.

저녁 시간이 되어 벅적벅적한 장례식장의 식당은 사람들로 가득해 발 디딜 틈이 없었다. 정원은 그나마 대학교 때 친구들이 한 떼거리 와서 그 구석에 앉아 장례식장표 육개장을 안주 삼아 옆에 있는 소주병을 뜯어 한 잔씩 나눠 마시고 있었다. 물론 그건 여자들이 잔뜩 있는 테이블이기 때문에 가능했다.

주변에 흘끗거리는 넥타이 맨 남자들의 시선쯤이야 '함께' 라는 이름으로 용감하게 막아 내고 있었다.

"잘 지내는 거야?"

"집에서 글 쓴다더니 정말 예뻐졌다. 나야 요즘 완전 야근,

특근에 쩔어서…….”

“그러게. 정원이야 뭐 학교 다닐 때도 한 미모 했잖아. 어쩜 하나도 안 변했니?”

“살림에 찌들어 사는 은진이 봐. 참, 영은이도 결혼해서 애 낳았다던데……. 그래서 못 왔잖아. 넌 정말 잘 사나 보다. 정원아.”

“그럼!”

그냥 길을 지나치다 마주칠 수도 있었을 것이다. 그래서 제가 바깥 활동을 안 한 거라고 할 수는 없었다. 운만 좋다면 그 넓은 서울 바닥에서 평생 아는 사람을 단 한 번도 안 마주치고 살 수도 있을 테니까. 그 반례로 그 뒤로 은진을 한 번도 만나지 못했던 것처럼. 조금 나잇살이 붙었지만 여전한 제 옛 남자를 보는 건 유쾌하지 않았다.

아니다. 누가 물어본다면 ‘그게 뭐 어때서? 이제 아무렇지도 않거든’ 하고 말할 수도 있었다.

그러나 기분이 더러운 건 어쩔 수 없는 거였다. 사람의 인생에 가장 아름답다는 20대 중반을 병원에서 고생하면서 수많은 알약과 벗하고 세상을 등지고 집 안에서만 살아야 했던 건 저 잘난 놈 때문이었으니까.

아니, 수정해야겠다. 이제 보니 별로 잘나지도 않았다. 허리 둘레가 풍덩해지고 머리숱이 헐렁한 게 딱 쫌팽이스러운 그 쪼잔했던 과장 정도밖에는 안 돼 보이니까. 차라리 우리 집 셋방에 사는 택배 총각이 훨씬 낫다.

“야, 잔 비었잖아. 따라!”

정원은 왜 이 타이밍에 그 총각이 떠올랐는지 의심스러웠다.

“정원아!”

젠장, 오늘따라 소주가 맹물 같았다.

“딱 한 잔만 더 하자고!”

후덥지근한 열기가 사람을 반쯤 몽롱하게 했다면 환하게 켜진 커다란 대형 약국의 불빛은 그녀를 3분의 1쯤 정신 차리게 했다. 그 뒤로 약국 안의 시원한 에어컨 바람이 나머지 3분의 1의 머릿속을 깨웠다. 물론 아직 남은 3분의 1은 여전히 저쪽 어딘가에서 떠돌고 있었지만.

“자상이라네요. 여기 팔꿈치쯤에 한 7~8cm짜리 상처가 났는데 여름이라 샤워라도 해야 하잖아요. 물 안 들어가게 할 방법이 없을까요?”

이렇게라도 하지 않으면 이 치렁치렁한 원피스를 입은 채 고성방가를 지르면서 대성통곡을 할지도 모른다는 생각이 든 건 왜였을까.

내일 출근을 해야 합네 어쩌네 하면서 여자 동기들은 자리를 떴다. 물론 정원도 거기 남아 있을 생각은 전혀 없었다. 다만 치밀어 오르는 무언가가 그녀를 반쯤 광기에 몰아넣은 것 같았다.

“신제품이라서 좀 비싸긴 한데 두 개 사시면 하나 더 드려요. 상처 크기에 맞춰 잘라 쓸 수도 있고요. 원래 한 번 붙이면 상처 아물 때까지 쓰는 건데 병원에서 꿰매셨다니까 중간에 진물 나오면 갈아 주시는 것도 괜찮죠. 어떻게 드릴까요?”

다분히 상술이 분명했다. 그리고 엄숙한 표정의 약사 말대로 만만한 가격이 아니었다. 그러나 나 고정원, 가진 건 미모와 돈밖에 없는 여인네 아닌가?

"줘요. 전부요!"

남아 있는 광기로 그녀가 호기롭게 소리쳤다.

"청결에 대한 강박증을 버리세요."

버리고 싶은 건 절대 그게 아니었을 것이다. 직장 생활에서 오는 스트레스와 남자 때문에 겪는 심적 고통을 하루 종일 손을 씻고, 샤워를 하고, 방을 닦는 것으로 풀었다. 그 강박증을 보다 못한 박 여사님이 절 끌고 간 곳에서 만난 낯선 의사가 그녀에게 한 첫마디 말이었다.

"세상에 깨끗한 것이란 존재하지 않습니다. 그건 그냥 머릿속에만 있는 겁니다."

누가 모른대?

"그러니까 그걸 포기하시는 쪽이 나을 겁니다."

절대 숨고 싶어서가 아니었다. 억울해서 그랬을 것이다. 그리고 포기하니까 삶이 편했다. 구질구질한 것도 익숙해지니 나쁘지 않았다. 물론 그렇게 되기까지 오랜 시간이 걸렸지만.

포기는 제게 자유를 주었다. 그 자유를 뒹굴면서 느끼기까지는 많은 시간이 걸렸다. 그리고 그것에 익숙해졌다. 그런데 모든 걸 깨끗하게 잊었다 생각했는데 아직 다 잊은 게 아닌 모양이었다.

제에에엔장!

11
술은 웬수인가 아니면 동지인가?

"아, 짱 시원하다. 도대체 몇 년 만인지! 방구석에서 먹는 술하고는 비교가 안 된다니까요. 여기 이따 나올 안주도 끝내줍니다!"

"……."

딱히 대답할 말이 없었다. 그저 두꺼운 유리잔에 든 맥주를 벌컥벌컥 마셔 반쯤을 비우고서야 고개를 들었다. 전에는 술도 입에 못 대는 경우가 많았었다. 기껏해야 제게 주어진 술은 샴페인 정도가 아니었나?

에어컨이 빵빵하게 나와서 등줄기가 다 시원해지는 실내는 어두컴컴하긴 했지만 더위를 피해서 몰려든 젊은이들로 복작거리고 있었다. 평일임에도 불구하고 사람이 가득한 커다란 호프집은 흥청망청 다들 뭐가 즐거운지 요란스러웠다.

이런 분위기…… 어디 제대로 느껴 보기나 했었나?

정원은 솔직히 혼자 이렇게 커다란 호프집 따위에 올 용기가 없었다. 아니, 누구랑 같이 온다 한들 저와 관계있던 이들은 다 들 보자마자 제게 물었었다.

"너 괜찮니?"

안 괜찮을 게 뭔데……. 그 뒤로 다들 미안한 듯 이야기했다.

"진수 선배…… 결혼한다던데."

그 인간이 결혼을 하든 말든 무슨 상관인데!

누군가와 술 한잔하러 오지도 못했다. 벌써 몇 년이나 지났음에도 불구하고 새로운 인간관계를 만들기엔 너무나 귀찮았다. 그냥 제 소굴과 다름없는 공간에서 혼자 치맥이나 하는 게 편했을 뿐이었다. 그리고 술도 마시면 는다고, 그와 반대로 안 마시면 주량이 줄어서 얼마 마시지 못했을 뿐이었다.

"분위기 죽이죠?"

과하게 커다란 호프집이었다. 공항을 가기 위해서 타야 하는 버스 정거장의 건너편 위층에 위치한 화려한 조명과 통유리로 누구든지 한 번쯤 가 보고 싶어 할 만큼 요란한 곳이었다. 매번 보기만 했을 뿐 와 본 적도 없지만 정원은 제가 상상한 것보다 훨씬 분위기가 좋은 것에 우쭐해서 상대에게 물었다.

"아…… 네."

차라리 이게 답일까?

잔을 부딪쳐 오는 정원이 시원하게 맥주를 넘기는 것을 보고 그도 따라 했을 뿐이었다. 그녀가 마시는 게 너무 맛있어 보였다고나 할까.

심하게 차가워서 대체 무슨 맛인지도 느껴지지 않았지만 시원하다 못해 얼어붙은 것 같은 액체가 벌컥벌컥 넘어가는 느낌이 괜찮았다.

무거운 잔에 가득 든 액체를 한 번에 반이나 마시고 나니 그제야 정신이 드는 것 같았다. 아니, 오히려 정신이 몽롱해진 것일까.

다시 보자 화장빨, 속지 말자 조명빨이라더니……. 눈앞에 그 무시무시한 시커먼 옷을 입은 주인 여자는 시원한 생맥주 반 잔이라는 필터까지 합쳐져서 그런지 몰라도 긴 머리가 제법 잘 어울리는 괜찮은 미모를 지닌 듯 보였다. 아니, 괜찮은 정도가 아니었다.

뭐가 씌었구나……. 그러나 그는 그것에 열중하고 싶었다.

"아, 진짜 맛있다."

"그러네요."

그건 사실이었다. 그냥 시원하다 못해 뒷목이 서늘한 공기, 딴생각이 비집고 들어올 사이가 없이 요란한 음악 소리, 인생을 즐기고만 사는 것 같은 젊은이들의 요란스러움이 마치 그를 딴 세상에 갖다 놓은 것 같았다. 차라리 다행이지.

500cc라고는 하지만 분명히 그것보다는 용량이 적어 보이는 유리컵에 소복하게 담겨 있던 맥주를 뻥과자도 없이 원샷한 정원이 벨을 누르면서 요란하게 잔을 흔들자 금방 얼음이 한 겹

코팅된 새 잔에 가득 담긴 맥주가 다시 도착했다. 곧 요란한 안주도 커다란 쟁반만 한 접시에 가득히 알록달록 찬란한 빛과 향기를 뿜으면서 도착했다.

"건배! 안주를 위해서!"

얼결에 잔을 부딪친 그는 이제 약간 쓴맛이 도는 맥주를 억지로 마셔야 했다. 그러나 곧 눈앞에 튀김이며 구이며 과일에 샐러드까지 요란 벅적지근한 먹을 것들이 나타나 잊고 있었던 그의 시장기를 깨우는 통에 저도 모르게 정신없이 그것들로 배를 채웠다.

먹성 좋은 주인 여자가 안주에는 손도 안 댄 채 술만 마시고 있다는 사실은 까마득히 모른 채.

❁ ❁ ❁

"쓰레기 같은 년! 경고한다. 다시 한 번만 그 반반한 얼굴로 승우 앞에 나타나서 알짱거리면 가만히 안 둘 거야. 알았어? 쓰레기는 쓰레기끼리 노는 거야. 이번 한 번만 참는다. 다음 번에 또 나한테 걸리면 그땐 네 정체를 낱낱이 그 애의 앞에서 밝혀 줄 테니까. 알았어?"

쨍그랑.

어마어마한 말이었지만 말하는 상대는 피식 웃기까지 하고 있었다. 자신감에 넘치는 외모, 한쪽 입술 가에 돌고 있는 미소. 저같이 아무런 힘도 없는 것들에게 한없이 잔인한, 모든 걸 가진 자만이 그런 말을 농담 삼아 하는 거였다.

"뭐야?"

산산조각 난 와인 병에서 쏟아지는 액체가 마치 피 같았다. 그러나 피비린내 대신 짙은 와인향이 퍼지자 정신을 차릴 수 있었다.

"아니, 미끄러워서……. 목말라서 한잔하려고 했는데……."

막 욕실에서 뛰어나온 남자는 실오라기 하나 걸치지 않고 있었다. 아마 제 목소리에 놀라 뛰어나온 것이리라.

"난 또…… 다치진 않았지?"

"그럼……."

도로 들어갈 줄 알았던 남자는 물기가 흥건한 채 그녀에게 다가왔다. 그리고는 다정하게 어깨를 감쌌다.

"룸서비스 불러서 치우면 돼. 괜찮은 거지?"

언뜻 비슷한 목소리였다. 헷갈리게…….

"네……."

왜소한 남자의 품 안에 안겨서 그녀는 조용히 대답했다.

"아까 이상한 전화 때문이야. 너무 신경 쓰지 마. 내가 알아서 할 테니까."

그러나 그녀는 대답하지 못했다. 남자의 입술이 그녀의 입을 거칠게 막았으니까. 그리곤 곧 그녀의 어깨에 있는 포근한 바스가운을 풀어 헤쳤다.

물기나 좀 다 닦지……. 차가운 물방울이 그녀의 몸에 떨어졌다.

열심히 제 온몸을 뜨거운 혀와 입술로 더듬고 있는데도 그녀는 떨어지는 차가운 물방울이 기분 나빴다. 그러나 참아야 했다. 이제 제게 남은 건 이 남자 하나뿐이니까.

절대 저를 협박하는 자가 무서운 건 아니었다. 물론 그가 헛소리를 할 리가 없다는 걸 잘 알고 있었지만, 이미 다 끝난 일이었다.

사고는 정확하게 났고 모든 일은 제가 생각한 대로 되었다. 그러니 맡은 역을 더욱더 열심히 해야 된다.

그래서 거치적거리는 가운의 허리끈을 풀고 활짝 벗어 버렸다. 비쩍 마른 남자는 목에서 흘러나오는 흡족한 웃음을 지으면서 다시 제 속을 파고들었다.

"으윽……."

그녀는 신중하게 색정적인 목소리를 내려 애썼다.

❁ ❁ ❁

"인생이란 건, 깨끗함을 추구할 때와 그것을 포기할 때 그렇게 앞뒤 전후로 나뉜다…… 이겁니다."

"아, 네……."

보기에도 무시무시했던 안주들이 거의 다 사라져 버렸다. 몇 번째 리필했는지 모를 뻥과자를 입에 넣으면서 정원이 말했다.

"그러나…… 그건 아무런 차이가 없다…… 이 말이죠. 그게 바로 인생의 강박이라는 거예요."

"네. 그렇죠."

평소에도 남의 말에 긍정적으로 대꾸하는 게 버릇이 된 승우는 겨우 세 잔째 맥주를 마시면서 얼굴이 벌겋게 물들어 있었다. 그 배는 더 마신 쌩쌩한 정원의 얼굴과는 정반대였다. 그나마 그가 정신을 차리고 있는 건 든든하게 배를 채웠기 때문이었다.

이렇게 술을 많이 마신 게 처음인 그는 간신히 정신을 붙잡고 있으려 애쓰면서 주인 여자의 일장 연설을 듣고 있었다.

"하루에 손을 50번씩 씻는다고 해서 인생이 행복합니까? 아니죠, 절대로. 냉장고 청소를 이틀에 한 번씩 한다고 뭐가 달라집니까? 아니라는 거죠. 자, 거기서 내가 깨달은 인생의 뽀인트라는 건! 청소라는 건 벌레가 나오기 전에만 하면 된다, 이겁니다. 설거지? 그거야 뭐 먹을 그릇이 없으면 그때 하면 되는 거고. 그렇게 부지런 떨고 씻고 닦고 하는 것들이 오늘 보니까 다들 인생의 떨거지들이란 말이지. 그저 아침에 출근해서 부장님 커피나 타고 지들 남자 동료들 책상이나 닦으면서 부지런한 미스 김이라고 칭찬 받는 게 지 인생의 낙이란 말이지……."

"아, 그렇게 살면 안 되죠. 아무렴요."

감기려는 눈을 치뜨면서 승우가 대답했다. 그러나 그 와중에 머릿속에 잘 정돈된 제 정비실이 떠올랐다. 동시에 이 주인 여자의 집에 처음 배송을 갔을 때 그 무시무시했던 광경이 떠올랐다. 그 큰 의자를 놓을 데가 없었던 너저분한 거실이!

"그래도 정리를 잘해 놔야 뭔가 필요한 걸 금방금방 찾아 쓸 수 있는 거고……."

"떽!"

소리를 꽥 지른 정원은 너무 많은 말을 해서 목이 마르자 다 식어 가는 맥주를 벌컥거리고 말했다. 물론 주변 사람들이 다들 놀라 쳐다보는 것도 무시하고.

"그거야 머리가 나빠서 그런 거라니까. 머리가 좋으면 그 어지러운 것들 속에서도 다 질서를 찾아내서…… 필요한 걸 찾는다……. 이 말이지……."

"자동차 부품의 개수는 기본이 2만 개예요. 아무리 머리가 좋아도 그걸 다 외운다는 건……."

술에 취했지만 정색을 하고 그가 말하자 정원이 다시 손을 들어 휘저으면서 말했다.

"머리가 나쁜 거라니까! 머리가 울트라 짱 좋으면 그거 다 외운다니까. 나 봐. 우리 집 아무리 어질러도 어디에 뭐 있는지 다 알잖아!"

그건 어폐가 있었다. 술에 취했지만 승우는 이 주인 여자가 자기 집에 뭐가 다 있는지 알지 못한다는 걸 경험으로 알고 있었다.

"저 머리 나쁜 거 아닙니다."

"에이. 나보단 나쁘지. 나야……."

"아니거든요!"

왜 이런 걸로 옥신각신하는지는 솔직히 두 사람도 알지 못할 뿐이었다.

"좋아! 머리 좋은 남자, 배가 불러서 못 먹겠네. 2차 가자고! 배터지는 맥주 말고 소주 먹으러!"

"누가 가자면 못 갈 줄 압니까?"

괜한 거에 발끈한 승우가 벌떡 일어났다. 이미 그의 주량은 치사량을 넘기고 있었지만 둘 다 그 사실을 알지 못했다.

✿ ✿ ✿

"아야……."

입에서 절로 비명이 나왔다. 머리가 깨질 것 같다는 게 바로 이런 건가. 곧바로 뭔가가 제 목구멍을 타고 올라오는 게 느껴졌다. 그래서 본능적으로 벌떡 일어나 어둠 속에서 희미하게 눈앞에 보이는 문을 열었다. 그리고 그 문 안에는 생각한 것이 있었다.

"우엑……. 우에엑……."

어젯밤 꾸역꾸역 먹은 것이 모조리 기어 나오는 모양이었다.

"아이고, 죽겠다……."

그나마 속의 것을 다 비워 내고 나서야 정신이 좀 든 정원은 제가 시원하게 속옷만 입고 있다는 것을 알고는 그것도 벗어 버리고 앞에 놓인 비닐에 쌓인 칫솔을 뜯어 이를 닦기 시작했다.

왜 머리는 풀어 헤친 산발을 해 가지고…….

이를 다 닦은 그녀는 양치질 때문에 젖어 버린 머리를 감다 시원한 물에 샤워까지 했다. 치렁치렁한 머리카락을 둘둘 말고 버릇처럼 욕실을 나서려는데 갑자기 등줄기가 서늘해졌다.

"어……. 여기가 어디야……."

말꼬리가 스르르륵 잠겨 들었다.

여긴 어디지?

널찍하고 푸르딩딩한 수입 타일로 마감을 해서 물때가 잘 보이지 않는 익숙한 욕실이 아니었다. 온통 핑크빛으로 된 욕조,

핑크색 변기, 핑크색 세면대, 그리고 제 집에서는 결코 볼 수 없는 눈처럼 하얀빛을 뽐내면서 나른하게 수건걸이에 걸려 있는 수건들……. 이 낯선 곳은 대체 어딘 거지?

본능처럼 맨몸으로 걸어 나갔으면 큰일 날 뻔했다. 속옷이 물에 젖지 않은 게 그나마 다행이었다. 결코 좋은 기분은 아니었지만 벗었던 속옷을 주섬주섬 입고 드러나는 살을 최대한 수건으로 가린 뒤에 빼꼼이 문을 연 건…… 불길한 예감 때문이었다.

"으아아아아악……."

분명히 비명이었지만 모기 소리만큼 나온 건, 그나마 제정신이었기 때문이리라.

딱 문밖에는 정원이 상상한 장면이 펼쳐져 있었다. 희끄무레하게 밝아 오는 창밖의 희미한 빛이 두꺼운 커튼 사이로 스며들어 와 안쪽을 적나라하게 비춰 주고 있었다.

바닥에 떨어진 새 원피스, 그리고 그 앞에 놓인 어색한 소파와 티 테이블, 텔레비전, 옷장, 그리고…… 매우 널찍한 침대……!

"으악!"

"아…… 저……."

깨질 듯한 머리를 움켜쥐고 일어났을 때 무언가가 저를 스쳐 지나간 걸 느낀 승우는 벌떡 몸을 일으켰다. 그러나 그게 뭔지 알기도 전에 쾅 소리가 났고 저쪽에서 요란한 소리가 들렸다. 그제야 그는 정신이 났다.

깜깜한 곳에서 불을 켜야겠다 생각하고 손을 휘둘렀더니 뭔가가 잡혔다. 그건 빳빳한 천이었고 그것을 들추자 막 희끄무레하게 밝아지기 시작한 바깥의 여명으로 컴컴한 공간이 구별되고 있었다. 제일 먼저 놀라서 한 행동은 저도 모르게 제 몸을 더듬는 것이었다.

"헉!"

숨이 넘어간 건 손바닥에 만져지는 제 맨몸 때문이었다.

미쳤나……. 아니, 이게 어찌 된 일이지.

그가 벌떡 일어났다. 그 순간 머릿속이 핑 도는 것 같았다. 미칠 듯한 갈증이 났지만 그것이 문제가 아니었다. 아니, 이게 무슨 일이람. 바닥에 시커먼 것이 있었다.

그는 온몸이 뻣뻣하게 굳어 버린 것 같았다. 1초도 안 되서 바닥에 널브러진 게 주인 여자의 검정 원피스라는 걸 알게 되었기 때문에…….

어제 분명히 저는 길가에서 주인 여자를 만났고, 맥주집에 가서 떠들썩한 분위기에서 엄청난 안주를 먹으면서 맥주를 마셨었다. 그 후로 어디론가 갔던 것 같은데……. 뭔가 더 먹었던 거 같은데 그 뒤로는 아무 생각이 나질 않았다. 아니, 이게 무슨 일이야……. 하지만 지금 저 문 안에서는 요란한 물소리가 들리고 있었다.

혹시, 지금 저 안에서…….

저도 모르게 상황 파악도 못 하는 제 몸의 한구석이 이상야릇해지는 것 같아서 그는 얼른 옷을 찾아 들었다.

설마…… 아닐 거야. 평생 이런 일이 없었는데.

그는 미친 듯이 머리를 쥐어뜯으면서 흐트러진 제 옷들을 찾아 입었다. 그리고 막 옷을 다 입고 다리에 힘이 풀려 침대에, 그것도 과하게 넓은 데다 둥그런 모양을 한 침대에 주저앉은 순간 달칵하는 소리가 들렸다. 그는 저도 모르게 고개를 돌렸다. 무럭무럭 쏟아지는 에어컨 바람 사이로 물 냄새와 수증기가 피어 나오고 환한 불빛 사이에 그가 우려하던 그것이 나타났다.

"으악!"

"아…… 저……."

"저기, 내가 옷을 좀 입어야 할 거 같은데…… 뒤로 좀……."

"아, 네……."

어색이란 단어가 무슨 색깔인지 알 것만 같았다. 눈을 감으면 샛노랗고 눈을 뜨면 시커먼 바로 이 순간의 색깔이 바로 어색이었다.

으…….

정말 돌았구나. 고정원. 그 말밖에는 나오지 않았다. 정원은 주춤주춤 제 원피스 곁으로 갔다.

"저……."

"돌아보지 마요!"

저도 모르게 소리를 꽥 지른 정원은 원피스를 집어 들었다.

"저도…… 화장실에……."

"알았으니까 벽 쪽 보고 들어가요."

"아, 네……."

방 안에 있으니 키가 훨씬 커 보이는 남자가 주춤주춤 벽을 보고서는 욕실 쪽으로 다가가더니 얼른 들어갔다. 문이 닫히자 밝은 빛이 사라졌다.

"휴……. 정말 미친 거 아냐? 이게 뭐야……."

아직도 머리가 어질어질한 정원은 형편없이 구겨진 데다 얼룩까지 묻은 치렁치렁한 검정 원피스를 입으면서 중얼거렸다.

"미쳤지. 미쳤어. 미친 거야."

물기가 뚝뚝 떨어지는 긴 머리카락의 물기를 닦으면서 정원은 퀭한 눈에 시커먼 다크서클이 가득한 거울 속의 여자에게 끊임없이 말했다.

"미쳤구나……."

"미쳤구나……."

온통 땀에 젖은 옷을 벗으면서 승우가 힘없이 중얼거렸다. 그 와중에 제 팔을 보고는 멈칫하고 말았다. 분명히 드레싱한 거즈를 붙이고 붕대를 감아 놨었는데 어느새 그 여자가 샀다고 흔들고 있던 하이드로 밴드가 꼼꼼하게 붙어 있었다. 그제야 희미하게 기억이 나는 듯했다.

"이거 붙이고 씻어야 물이 안 들어가죠."

그 순간 다시 머리가 지끈거렸다. 이걸 붙이고 씻었었나? 아니, 그리고 무슨 일이 있었나?

또다시 머릿속에 새카맣게 불이 꺼진 것 같아 그는 낯선 욕실이 무너져라 한숨을 쉬었다.

"저기……. 우리 무슨 일…… 없었겠죠? 아, 하하하하……."

승우가 온통 핑크빛의 욕실에서 나오자 환한 불빛 밑에 시커먼 옷을 입고 시커먼 눈가를 한 여자가 시커먼 머리를 풀어 헤치고 어색하게 웃으면서 말했다.

12

속풀이 해장엔 해물 두부찌개

말을 해 놓고도 당황스러운 정원이 어색하게 웃음을 지었으나 얼굴만 굳어질 뿐이었다.

"……."

뭐라 딱히 할 말이 없는지 침묵하는 그를 보고서 정원이 말했다.

"아니 뭐……. 어른인데 그게……."

그래 놓고도 더 할 말이 없어진 그녀는 침묵을 지키다 말했다.

"나가야죠."

"네."

그제야 승우가 대답했다.

아, 젠장……. 막 동이 터 오는데 어찔어찔한 머릿속은 둘째 치고 다리가 허공을 걷는 것 같았다. 침침하고 음흉한 복도의 조명이 그녀에게 난데없는 온갖 생선들의 이름을 나열하게 만들고 있었다.

해삼, 말미잘, 멍게, 오징어, 대구, 명태, 거북이…….

해녀까지 나오려는 걸 참아야 했다. 어두침침한 복도와 그나마 텅 비어 다행인 프런트 옆을 지나니 부지런히 길거리를 청소하는 환경미화원들이 보였다. 그 사람들이 저를 쳐다볼 일이 없는데도 정원은 저도 모르게 승우의 뒤로 숨었다.

아…… 젠장. 이게 대체 뭐람.

꿋꿋하게 택시를 부르고 차 문을 열어 주는 택배 총각이 대단해 보이기까지 했다.

"방배 4동 만천뒷길 234호 명신빌딩이요."

매일 택배 물건을 들고 오니 주소도 빠삭했다.

두 사람의 한숨이 차의 바닥을 뚫을 지경쯤 됐을 때 택시는 도착했고 정원은 택시비를 내고 내렸다. 한여름의 해는 휴대폰 속의 시계가 무색하리만큼 훌렁 떠서 사방을 새벽부터 쨍쨍하게 비추고 있었다.

제 집, 엄밀하게 말하면 부모님 소유의 원룸 건물 입구에 어색하게 들어서는데 마침 출근을 하는 직장인들이 무려 서너 명이나 나오고 있었다.

아, 제엔장…….

눈치가 지지리 없는 인간일지라도 단 2초만 훑어보면 외박을 한 티가 역력한 꾀죄죄한 여자의 뒤에 부스스한 모습으로 들러붙어 오는 남자를 보고 유추할 수 있는 사건은 딱 한 가지밖에 없었다.

힐끗거리는 눈초리를 제 딴엔 꿋꿋이, 그리고 저쪽은 아무 생각 없이 받고는 힘없는 걸음걸이로 4층을 향해 오르니 이건 정말이지 패잔병이 따로 없었다.

왜! 내가! 그 썩을 인간 때문에 이런 모습이 돼야 하는 건가!

정원이 갑자기 치솟는 화를 분출하려고 상대를 찾으려는 순간, 그 대상은 휘리릭 자기 방으로 숨어 버렸다.

"아, 젠장. 속 쓰려."

정원은 제 방으로 가서 거추장스러운 원피스를 벗어 던지고 말았다. 아, 재수 없어라. 불 질러 버리든지!

아무리 절친이라고 해도 상갓집에 가는 게 아니었다. 계좌 이체로 부조금이나 부치고 말 것을……. 뻔히 그 인간이 올 걸 알았으면서도 간 게 잘못이었다.

아니, 갔다 왔더라도 집에서 맥주나 마셨으면 이런 일은 없었을 텐데.

"저기…… 먼저 갑니다. 쉬세요."

문밖에서 어색한 남자의 목소리가 났다. 그리고는 쿵 하는 문소리가 뒤를 이었다.

어휴……. 이제야 해방인가. 정원은 풀어 헤친 채 제대로 드라이를 안 해서 산발이란 말이 딱 어울리는 머리를 두 손으로 벅벅 문질렀다.

겨우 정신을 차린 건 점심때나 되어서였다. 정신을 차려야만 했다. 승우는 막 날라 온 뜨끈뜨끈한 해장국을 받아 앞에 앉은 우석에게 내밀었다.

"이 동네에 있었던 거예요?"

"아니."

"얼굴 많이 상하셨어요."

제 얼굴이 까칠한 건 너무…… 버라이어티한 밤을 보냈기 때문이었다.

"어제 좀 과음해서 그래."

"아니, 술도 드셨단 말이에요?"

놀란 우석이 숟가락을 들다 말고 말했다.

"난 뭐 술 마시면 큰일 나냐?"

뒤집어지는 속을 시뻘건 국물로 달래려 했지만 그건 요원한 일 같았다. 한술 뜨자마자 또다시 요동치는 속 때문에 그는 숟가락을 내려놓고 물만 마셔야 했다.

"감…… 아니 형."

사적인 만남임을 직시한 우석이 다른 호칭을 찾았다.

"그래, 왜."

실은 하고 싶은 말이 있어서 찾아오겠다는 걸 마다하지 않았을 뿐이었다.

아침 내내 뒤집어지는 속과 꾸불텅거리는 머릿속으로 대체 어떻게 운전을 하고 다녔나 싶었다. 그야말로 음주운전이 아닌가.

그러나 다행스럽게도 회사 근처에 배달이 몰렸고 발로 뛰어다니는 일이 많았다. 그러다 어떻게 알아냈는지 제 번호로 전화를 한 우석을 만나야 했다. 아니, 제정신이었다면 마다했어야 했다. 정신을 차려 보니 우석이 앞에 나타나 있었다.

“굳이 형이 책임질 일이 아니었어요. 사고는 언제나 있는 거고…….”

“그만 됐다. 사고란 건 정비를 하는 사람 잘못이야. 그건 누가 뭐래도 내 잘못이니까 네가 두둔할 필요 없어. 하여튼 내가 없어야 일이 해결되는 거잖아. 그래서 해결됐으면 된 거야.”

“그건 그렇지만…….”

건장한 체격의 우석이 승우와 해장국을 앞에 두고는 잠시 침묵을 지켰다.

“실은 형이 듣고 싶은 소식은 이게 아닐 거라는 거 알고 있어요.”

“…….”

그건 틀린 말이 아니었다. 그러나 차마 입을 뗄 수가 없었다. 아니, 어제 그 전화만 하지 않았더라면 얼굴을 보자마자 물었을 것이 분명했다. 그 전화 때문에 이 당혹스러운 사건도 생긴 것 아닌가.

“휴……. 정말 저희도 당황스러워요. 은주 씨, 한승수 상무랑 약혼했대요.”

그 순간이었다. 승우는 저도 모르게 들고 있던 물컵을 놓칠 뻔했다.

그러나 그건 제 머릿속이었다. 그의 손은 여전히 물컵을 들고 있었고 그리고 천천히 물을 마셨다. 컵을 제대로 씻지 않았는지 안에서 비린내가 풍겼다. 그는 어제 전화기 속에서 들었던 소리를 다시 기억해 냈다.

“그……럴 수도 있지.”

"형하고 한 거 아니었어요?"

뭘? 약혼?

두 사람이 딱히 약혼식을 올린 적은 없었다. 그냥 늘 철없는 아이들이 하듯이 두 손가락을 걸고 난 너랑 결혼할 거야, 나도 마찬가지예요……. 뭐 그 정도의 대화를 오래전에 나눴을 뿐이다. 그리고 그걸 저는 철석같이 믿고 있었을 뿐이다.

그냥…… 제게 한 번 이야기라도 했어야 하는 거 아닌가.

"은주 누나가 그러면 안 되는 거 아닌가? 형이……."

대신 화를 내는 우석을 보고 그가 말했다.

"아니, 그러기로 했어. 은주 잘못 아니야."

그건 그의 바람일지도 몰랐다. 은주의 잘못이 아니길.

"형도 알고 있었어요? 두 사람 이미 정리한 거였어요?"

"그래."

그런 적은 없었다. 재작년 영국에서 본 뒤로 은주를 만난 적이 없었다. 가끔 전화를 하긴 했지만 사고 뒤로는 전화도 없었다.

그러나 그녀의 맘이 변하리라곤 생각해 본 적이 없었다. 이 도피 아닌 도피 생활을 견디게 해 준 건 지갑 속에 화사하게 웃고 있는 그녀의 사진 덕분이 아니었던가? 언젠간 그녀가 돌아올 거니까 그때까지 모든 걸 해결하리라고 생각했던 건 그의 아집이었다.

그녀의 학교생활이 끝나는 내년 7월. 그때까진 어떻게든 그녀에게 부끄럽지 않은 사람이 되어 그 자리를 지키고 있을 거라 생각했다. 그리고 사고가 난 지 한 달, 겨우 3주째 이런 생활을 하고 있을 뿐이었다. 제가 그녀의 그곳 생활을 모르듯이, 그녀도 제 이런 생활을 모르기만을 바랐다. 그런데 그게 잘되지 않았다.

"난 또……. 아니, 그래도 그렇지. 어떻게 그렇게 빨리 헤어지고 딴 남자랑, 그것도 한승수 상무랑……."

"그만해."

실은 제가 묻고 싶었다. 다른 사람도 아니고 왜 승수랑……. 그러나 우석 앞에서 그녀에게 누를 끼치고 싶은 생각은 없었다. 은주도 생각이 있었을 것이다. 그녀 또한 제가 하고 싶은 대로만 할 수 없는 그런 처지에 있었을 테니까.

다시 머리가 욱신거렸다.

"약혼식은 영국에서 했대요."

그 말이 치명타가 되었다. 약혼식이라니…….

"내가 보기엔 아무래도 한 부사장님 자리를 넘보는 것 같아요."

"그런 말 하지 마라."

승우가 평소의 그답지 않게 험악하게 말했다. 그러나 우석은 지지 않고 말했다.

"누가 봐도 뻔하잖아요. 은주 누나도 그렇고……. 한 부사장님 그렇게 된 거, 저 절대 형이 그런 거 아니라고 생각해요. 형 실력으로는 어림도 없죠. 저도 분명히 옆에서 봤잖아요. 뭔가 잘못된 게 틀림없어요. 전 그 증거를 찾고 있다구요. 가라지 CCTV에 그 전날 영상만 지워진 거 알고 있어요?"

"뭐?"

승우가 놀래서 되물었다.

"마침 CCTV가 망가졌다는 거예요. 그게 있을 수 있는 일입니까? 아마 한승수 상무 쪽에서…….”

“괜한 사람한테 증거도 없이 그러지 마.”

하지만 그도 뭔가 앞뒤가 안 맞는 느낌이었다. 정말 그쪽에서 그랬을까?

“부사장님은 괜찮대?”

“제가 듣기로는 2차 수술 끝나고 비밀리에 한국 들어오셨대요. 아직 다들 쉬쉬하는 분위기라. 하여튼 그거 때문에 위에서 화가 많이 났다고…….”

승우의 표정이 어두워졌다.

“스폰은…… 그대로지?”

“모르겠어요. 아직 뭐……. 다들 이번 달 월급은 받았는데, 공식적으로는 아무 이야기도 없어요.”

“그래. 나중에 또 보자. 나 시간 다 됐다.”

“형. 아무것도 안 먹었잖아요. 그리고 이제 그만하고 와요.”

“그럴 일은 없어. 가. 그리고 웬만하면 연락하지 마.”

그는 자리에서 일어났다.

그나마 쓰러져 자고 일어나니 머리 아픈 게 좀 나았다.

‘잠도 못 자고 일하러 나간 사람은 괜찮나?’

아니 왜 눈을 뜨자마자 제 머릿속에 이런 문장이 떠오르는 건지…….

“아이고, 정신 좀 차려!”

정원이 허공에 소리쳤다. 그나마 정오까지가 그녀의 공간이 가장 시원한 시간이었다. 선풍기를 모조리 켠 정원은 머리를 둘

둘 말아 올리고 손에 집히는 튀김 젓가락인지 비녀인지 모호한 것을 꽂아 고정시키고는 택배 총각이 사다 준 생수를 병째 벌컥 벌컥 마시면서 제 헝클어진 시냅스 속을 뒤적거려야 했다.

"곱창은 말이죠, 살짝 핏기가 가신 염통을 먼저 싹쓸이한 뒤에요 말캉한 흰 거……. 아, 이게 뭐더라……. 하여튼 이 네모난 걸 먹고 나서 곱창을 먹은 뒤에 대창을 먹어야 한다, 이 말이죠. 대창이거……. 이거 이거 내장 지방 뒤집은 거라 먹지 말라고 난린데, 이 비싸 빠진 걸 1년에 몇 번이나 먹는다고……. 오늘 같은 날은 내장 지방 잔뜩 먹고 죽어도 여한이 없다, 이 말이죠."

기억이 날수록 한숨만 늘었다. 왜! 제가 한 헛소리는 이렇게 뇌리에 선명하게 남는 건지…….

블루칼라라는 직업이 좀 걸리긴 했지만 좀 뻔뻔한 것 외에는 그럭저럭 제가 보아 온 그동안의 남자들보다야 괜찮았다. 이런 집에 같이 살아도 괜찮을 만한 순진무구 청정 지역 같은 푸른 마음을 가진 남자가 대체 어디 있단 말인가. 처음엔 좀 그랬지만 이래저래 도움을 준, 그래서 호감도가 올라간 순진한 총각에게 대체 무슨 짓을 한 건지…….

정원은 글도 못 쓰고 컴퓨터 앞에서 한숨만 내쉬고 있었다.

분명히 곱창집에 간 기억은 있었다. 거기서 소주를 마시고, 그러고 나서…… 왜 갑자기 모텔방이 된 것일까? 어렴풋이 씻을 때 물 들어간다고 제가 샀던 하이드로 밴드를 승우의 팔에 붙여 줬던 게 기억났다.

"아아아아악!"

텅 빈 공간에서 정원은 다시 소리를 지르고 말았다. 젠장.

그녀는 벌떡 일어나서 냉장고로 갔다. 제가 아직 술이 덜 깼다는 걸 스스로 인식 못 하고 있는 듯했다.

"괜찮네. 딱 두부만 있으면 좋을 텐데……."

덜 깬 술이 저를 예전의 바쁘신 부모님을 대신한 주부 모드로 돌아가게 한 걸 잘 모르고 있는 정원은 보글보글 끓고 있는 냉장고 안의 온갖 반조리 식품으로 만들어진 찌개와 반찬을 내려다보고 있었다. 모든 게 다 냉동식품으로 대체 가능하지만 딱 하나, 두부만은 어쩔 수 없었다.

딱히 어제 뜨거운지, 아니면 그 반대인지 모를 밤을 보낸 셋방 총각의 속을 풀어 주려고 차린 건 아니었다. 그냥 간절하게 해물이 들어간 얼큰한 찌개를 먹으면 속이 확 풀릴 것 같다는 생각이 들었고 찌개 하나만 먹자니 좀 그래서 이래저래 더 만들어 봤을 뿐이었다.

하도 오랜만에 하느라 제 너저분한 기조조차 다 잊어버리고 아주 예전 버릇처럼 나와 있는 조리 도구 하나 남기지 않은 깔끔한 주방 위를 미처 인식하지 못하고 정원은 오로지 두부 생각만 하고 있었다.

사 오라고 전화를 할까? 그러나 아직 바깥은 해가 중천에 떠 있었다. 물론 시간상으로야 퇴근 시간이지만.

정원은 언제 올지 모르는 셋방 총각을 기다리느니 제가 직접 사러 나가야겠다는 '과감' 한 생각을 하고는 머리에 찔러 놓았던 튀김 젓가락을 빼고 마침 바닥에 떨어져 있던 고무줄로 머리를 묶었다. 그리곤 경쾌한 걸음걸이로 무려 4층이나 되는 계단을 내려갔다.

두부를 사러 나가다니……. 살다 보니 별일이 다 있다 싶은 그녀는 막 떨어지는 해가 작렬하는 거실보다 침침한 계단이 훨씬 시원해 저도 모르게 콧노래까지 불렀다.

“아니 무슨 두부 한 모가 이렇게 비싸?”

실로 몇 년 만에 슈퍼에 갔다 온 정원의 입에서는 끊임없는 구시렁거림이 쏟아져 나왔다.

늘 박스나 버리러 새벽에 나오는 그녀인지라 슈퍼의 문이 열려 있는 걸 본 건 몇 번 되지 않았다. 요즘에 큰 마트에 밀려서 간신히 유지하고 있는 동네 슈퍼에 물건값이 더욱 비싸진 걸 그녀가 제대로 알 턱이 없었다.

“젠장, 어떻게 된 게 찌개값보다 두부 한 모가 더 비싸네.”

그나마 슈퍼 주위에 높은 건물들이 잔뜩 있어서 그늘이 져 시원한 건 다행이었다. 투덜거리면서도 두부를 넣어서 맛난 찌개를 끓일 생각에 발걸음도 가볍게 원룸 건물로 걸어오던 정원은 갑자기 멈춰 서고 말았다.

건물 입구에 누군가가 서 있었다. 열 몇 가구가 사는 건물이니 누군가 드나드는 건 당연한 일이었다. 그런데 문제는 멀리서도 그 사람이 누군지 알 것 같다는 느낌이 드는 것이었다. 그때였다. 그 사람도 인기척을 느꼈는지 고개를 돌리더니 반갑다는 듯 말했다.

"아, 정원아. 마침 잘됐다."

"……."

그녀는 갑자기 토기가 올라오는 게 느껴졌다.

우석이 한 말을…… 지워 버리려 애썼다.

늘 일은 많았고 날씨는 후덥지근했다. 시골에서 올라온 튼실한 감자 박스도 있었고, 사무실에서 쓰는 A4용지 두 박스도 있었다.

그를 눈여겨본 혼자 사는 여자가 내미는 음료수도 있었고, 반품이 잘못됐다고 시비를 거는 사람도 있었다. 그래도 그의 머릿속 한 섹션에는 계속 잊어버리려는 것들이 떠올랐다. 그래서 그는 다른 생각을 하려 애썼다.

어제 무슨 말을 들었던 거 같은데, 하는.

"내가 바보였다는 건 알아. 안다구요. 원래 예쁜 여자한테는 남자들이 말을 못 걸잖아요. 그거 알아요? 나 고딩 때도 미팅 한 번 못 해 봤다는 거……. 쫓아와서 말을 걸려고 하다가 결국 다가 버리더라니까. 아, 물론 내가 뭐 좀 예쁜 건 사실이긴 하지만. 하여튼 그러다가 그 남자가……. 아, 진짜 나쁜 남자 스타일, 아니지, 나쁜 남자가 아니라 나쁜 놈이지. 지가 뭐 잘나지도 않았는데……. 어린애의 혼을 쏙 빼놓고 말이지……. 결벽증 있는 여자는 싫다, 얼굴만 반반한 골 빈 여자는 싫다. 아, 대놓고 그게 뭐야……."

주인 여자가 예쁘다는 건 엄연한 사실이었다. 관찰한 바로는 화장하는 것조차 귀찮아하는 게 분명했다. 아무것도 칠하지 않은 얼굴을 보고 예쁘다는 말이 나올 만한 여자는 솔직히 말해서 드물었다. 완벽하게 조화가 잘된 이목구비도 그렇고, 매끈한 하얀 피부도 그렇고 예쁘다는 말이 절로 나올 만했다. 미안한 말이지만 그가 생각한 미의 기준인 은주도 화장이 그 미모에 한몫하는 건 사실이었다.

처음 그 여자의 집에 들어섰을 때 구토가 밀려 나올 만큼 그 어마어마한 집을 보고 참 딱하다는 생각이 들었었는데 어제의 블랙아웃 속에 불쑥불쑥 튀어나오는 이야기를 연결해 보니 어느 정도 심리적인 상처 때문이 아닌가 싶었다. 그러고 보면 참…….

아, 내가 무슨 생각을 하는 거지.

오후 햇살이 뜨겁긴 했지만 높은 건물들이 잔뜩 들어선 원룸촌의 골목길은 해가 비치지 않아 살이 타는 듯한 땡볕의 고통은 없었다. 그나마 후덥지근한 공기도 약간 사그라든 것 같았다.

머리를 굴리지 말아야 편했다. 우선 필요한 건 시간이니까. '한 부사장'이 회복할 때까지의 시간이 필요한 것이다.

익숙한 건물이 저쪽에 보이고 있었다.

이걸 생각하지 않으려고 저걸 생각하니 그것도 머리가 아팠다. 아마 무슨 일은 없었을 거야…….

하루 종일 아무것도 먹지 못하고 부대낀 속이 이제 가라앉고 있었다. 실은 그 얼굴을 볼 생각을 하니 영 자신이 없어서 좀 더 늦게 들어가고 싶었지만 배도 고팠고 너무 피곤했다. 얼른 쓰러져 자고 싶은 생각뿐인 그가 막 모퉁이를 돌았을 때였다.

"……어디 가서 이야기 좀 하자."

"무슨 할 말이 더 남아 있는데요?"

익히 알고 있는 목소리였다.

13
두부찌개에 약을 탔나?

"어디 가서 이야기 좀 하자."

퇴근 시간이었나. 어디서 일을 한다고 했더라. 분명히 전에 다니던 회사는 굉장히 먼 곳이었다. 그녀의 집과 극과 극인. 그래서 출퇴근에만 왕복 두 시간 이상 걸렸었다. 매일 예쁘게 하고 다니느라 새벽 5시면 일어나 샤워를 하고 준비를 했었다. 회사를 옮겼다고 했었나? 일부러 들으라고 제 주변에서 진수 선배의 이야기를 하는 이들도 분명히 있었다. 이 남자 꽤나 인기가 많았었으니까. 그 반반한 얼굴로 그를 꼬신 게 아니냐고 술 먹고 해코지한 정신 나간 여자가 있을 정도였으니.

"후……."

저도 모르게 숨을 내쉬었다. 앞 머리카락이 훅 하고 날리는 게 보였다.

사람이 너무 무균적으로 살면 별 볼 일 없는 바이러스나 세균에도 치명적으로 감염이 되고 마는 거였다. 적당히 세균과 대장균, 바이러스와 박테리아 따위와 타협하고 살아야 웬만한 세균의 침입 따위 아무렇지 않게 이겨 낼 수 있는 게 세상의 이치였다.

"제가 어디 나갈 복장이 아닌데요?"

헐렁한 반바지, 너무 파여서 슈퍼 아줌마가 뭐라 할까 봐 갈아입은 헐렁한 반팔 티셔츠, 대충 고무줄로 묶은 머리, 삼선 슬리퍼와 완벽한 코디를 완성하는 검정 비닐봉지에 든 두부까지. 단정한, 그러나 저 나이 때의 직장인들이 그렇듯 잦은 회식과 야근을 상징하는 두툼해지기 시작한 복부와 전보다 넓어진 이마가 예전 같지 않은 남자의 눈에도 난처함이 보이는 것 같았다. 그럼 그렇지…….

아마 어제 제가 쓸데없이 비싼 돈을 들인 이월에 이월을 거듭했지만 본바탕은 훌륭한 원피스와 예술적인 화장 덕분에 여기까지 올 마음이 났을 것이었다. 들리는 소문에 의하면 곧 결혼도 할 거라던데…….

"그럼 잠깐 들어가도 될까?"

"왜요?"

세월이 참 많이도 지났나 보다 싶은 건 제 입에서 나온 소리 때문이었다. 저 선배의 말 한마디에 주눅이 들고 얼굴이 빨개지고 대답도 못 했던 그 지난날의 상큼하고 수줍은 고정원이는 어디로 갔을까. 어디로 갔는지는 모르겠지만 잘 간 것만은 사실인 듯싶었다.

"이런 데서 이야기해야겠어?"

"이런 데가 뭐 어때서요? 시원하고 좋구먼."

아쉽다……. 전에 택배 총각의 손길이 닿기 전 그 내추럴한 제 공간이 있었다면 자랑스럽게 끌고 갔으련만, 아쉽게도 요즘 제 집은 너무 청결했다.

"정원아…… 네가 상처 많이 받은 거 알아."

알면? 병원에 있을 때 코빼기 한 번 안 보이고선 지금에 와서 무슨 소리?

그러나 정원은 말을 섞는 것조차 우스웠다.

"그때 말아먹은 프로젝트 때문에 타격이 컸었거든. 그거 수습하느라 너 그렇게 가고 난 뒤에 찾아가 보지도 못했다."

"그래요? 난 하도 오래돼서 기억도 안 나는데……. 이제 와서 그게 무슨 상관이에요?"

"그동안 맘에 많이 걸리던 차에 네 소식 들었어. 글 쓴다고……. 그래서 한번 연락하려고 했었는데 딱 어제 만나서 말이지. 어제 가야 될 상가가 한 군데 더 있었거든. 그래서 부랴부랴 가느라 너한테 말도 못 해서."

이게 무슨 멍멍이 오뉴월에 사료 먹다 트림하는 소리인가. 정원은 웃음만 나왔다. 그 1년…… 매일 엄마가 하얀 창살이 있는 병실 앞에서 울기만 했던 그 1년……. 그 1년을 잊으려고 어떻게 살았는데.

"무슨 말이 하고 싶은데요?"

"그게……."

"어머, 승우 씨!"

대화를 엿들으려고 한 건 아니었다. 잠을 설쳐서 막 눈이 감길 지경이었다. 며칠씩 밤을 새 가면서 일을 한 적도 많았기 때문에 하루 못 잔 건 별 영향이 없었지만 이건 엄연한 숙취였다. 가뜩이나 술에 약한데 과음을 한 탓에 정신을 못 차리고 있었다. 제대로 잠도 못 자고 좀 쉬어야 할 점심시간엔 정신적인 충격을 받았다.

그냥 무시하고 집으로 가려고 했지만 바로 입구 앞에 두 사람이 서 있었다. 도로 몸을 숨겨야 할까……. 그러나 두 사람은 그를 못 본 듯했다. 누굴까. 주인 여자의 집에는 저 같은 택배 직원만 드나들 뿐 다른 사람이 온 것을 본 적이 없었다. 손님인가.

"정원아…… 네가 상처 많이 받은 거 알아."

주변이 골목길이라 드나들 수 있는 차가 없어서, 그리고 원룸촌에 사는 사람들이 퇴근하기에는 아직 이른 시간이라 조용했기 때문에 또렷하게 두 사람의 이야기가 들렸을 뿐이었다.

"내가 그 선배……. 아니, 그 자식을 좋아했던 건…… 나한테 아무도 말을 거는 남자가 없었기 때문이거든요? 그쪽도 알잖아. 잘생겼으니까. 너무 깨끗한 물에 고기가 없듯이 너무 잘난 사람한테는 오히려 애인이 없다는 거!"

"맞아요. 맞아!"

"그 자식이 내 결벽증 가지고 트집을 잡은 건 정말 어이없는 일 아냐?"

"그럼 안 되는 거지……."

"나쁜 새끼…… 내 인생의 유일한 남자가 그런 새끼였다니……."

"아, 그럼 안 되는 거지."

"유일하다니. 내가 억울해서. 제기랄!"

"그럼 정말 안 되지……."

"그럼 그쪽이 두 번째 하든지!"

뿌연 안개 속 기억의 조각이 툭 떨어져 내린 건, 저 남자에 대해서 주인 여자가 꼬일 대로 꼬인 발음으로 내뱉던 신세 한탄 때문이었다. 거기에 왜 맞장구를 친 거지? 그리고 내린 결론이…….

"그럼 가자고요! 두 번째 썸띵을 만들러!"

미쳤었군. 그가 막 돌아서려는 찰나였다.

"어머, 승우 씨!"

주인 여자의 반가운 목소리가 들렸다. 아직도 흐트러진 퍼즐 마냥 몇 시간 전의 기억이 아무래도 어지러운 머릿속을 더 흔들고 있는데 이제는 도망도 갈 수 없게 된 그가 어색하게 웃으면서 대답했다.

"아, 정원 씨. 손님이 오셨나 보네요."

한마디 해 준 뒤에 재빨리 위로 올라가 버릴 예정이었다. 그러나 이게 웬일.

"일 지금 끝났어요? 찌개 끓이다가 두부 사러 나온 건데……. 배고프죠?"

뭐라고 대답해야 하는 거지…….

그는 잠시 머뭇거려야 했다. 그러나 딱 직장인이다 싶은 남자의 의심스러운 눈초리와 함께 불쑥 튀어나온 퍼즐 조각을 캐치했다.

“더운데 왜 나왔어요. 사 오라고 전화했으면 사 왔을 텐데.”

생각해 보니 제 주머니엔 돈이 한 푼도 없었다.

“에이, 뭐 바람도 쐴 겸 이렇게 마중도 할 겸 나온 거죠.”

두 사람은 앞에 멀뚱히 선 남자 앞에서 만담이라도 하는 배우같이 서로 맞장구를 치고 있었다. 어색함을 느낀 승우는 이 주인 여자가 원하는 걸 찾아내야 했다.

“아, 이분은 손님이신가요?”

관객 앞에서 좋은 연기를 해 주길 바라는 듯해 그 역할을 해야 할 것 같았다.

“아, 전에 알던 학교 선배예요. 길 가다 생각나서 들렀나 본데. 선배, 저 저녁 하러 들어가야 할 것 같아서. 뭐 나중에 한번 시간 나면 뵙죠. 그땐 미리 연락 좀 주세요. 그래야 그에 맞는 ‘준비’를 하고 나가죠.”

절대로 길 가다 생각나서 들른 게 아닌 진수는 인상을 찌푸렸다. 연기가 매우 어색하다는 걸 눈치 챈 듯했다. 눈치가 아무리 무딘 사람이라고 해도 느낄 만큼 어설펐던 건 사실이었다.

“음……. 이 사람은?”

“제 룸메이트예요. 뭐 더 이상 아실 필요 있나요?”

그러면서 정원은 아주 자연스럽게 승우의 손을 잡았다. 물기 젖은 가느다란 손가락이 딱딱한 손안으로 말려들자 그는 저도 모르게 목구멍이 말라붙는 것 같았다. 아주 모호한 발언이었다. 룸메이트라…….

이 주인 여자의 말은 100% 사실이었다. 룸메이트 광고를 보고 집에 들어간 거니까. 그러나 자신들 둘 사이에 있는 묵언적인 계약 따위는 세간에서 알 바 없었다. 남녀 사이의 룸메이트란 건…… 누구나 상상할 수 있는 그런 분위기였고 주인 여자가 한 발언도 그걸 100% 염두에 둔 게 분명했다.

그러나 헐렁한 티셔츠와 고무줄로 머리를 질끈 묶은 민낯으로도 무르익은 미모를 자랑하는 늘씬한 정원과 땀에 젖은 구겨진 면바지와 반팔, 그리고 작업용 망사 조끼를 입은 헌칠한 남자는 묘하게 후줄근함 속에서도 빛나는 외모를 자랑하는 극강의 커플로서 이상야릇한 분위기를 뿜고 있었다. 진수는 저도 모르게 다시 인상을 찌푸렸다.

"그럼……."

그 뒤에 생략된 말이 뭘까. 정원은 히죽 웃으면서 대답했다.

"찌개 너무 오래 두면 맛이 없어져서 말이죠. 딱 두부가 떨어져서 사러 나온 건데……. 저녁 식사 타임인데 딸랑 2인분만 해서 초대는 못 하겠네요. 다음에는 미리 연락해요. 그럼 저녁 식사 초대 한번 할 테니까요. 다만 우리 승우 씨가 허락을 한다면 말이죠."

옆에 멀뚱히 서서 제 손안에 든 촉촉한 여자의 매끄러운 손에 온 신경이 집중돼 머리가 멍하던 승우는 또다시 깜짝 정신을 차려야 했다.

문맥의 앞뒤를 보건대 그에게 또다시 시험 문제가 떨어졌다. 뭐라고 답해야 하는 걸까. 앞에 선 나이 든 남자의 묘한 표정과 어제 들었던 이 주인 여자의 정신없는 대사들과 저를 쳐다보고 있는 여자의 눈빛을 유추해서 답을 해야 할 것만 같은데 평소 문

학과 거리가 먼 이과생인 그의 머리에서는 쉽사리 답이 나오지 않았다. 그러나 다행인지 불행인지 그를 쳐다보던 주인 여자가 생끗 웃으면서 답을 대신했다.

"그런데 우리 승우 씨가 낯을 좀 가려서 말이죠. 오늘은 여기서 헤어져야겠네요. 그럼, 안녕히 가세요. 올라가요, 승우 씨. 배고프죠? 어제 잠도 제대로 못 자서 피곤할 거예요."

정원은 승우의 손을 잡아끌고는 계단으로 향했다.

"저…… 정원아."

승우로선 이 어려운 문제의 답을 여자가 대신해 줘서 다행스러울 뿐이었다.

"두부 내가 들까요?"

손에서 부스럭거리는 게 무거울 리는 없었지만 이미 몸에 익은 짐은 제가 들어야 한다는 숙명적인 직업 정신에서 나온 대사였다.

"아뇨."

계단의 그늘에 들어서자마자 정원이 아까와는 다르게 한 옥타브 낮아진 목소리로 대답했다. 그리고 막 그의 거친 손을 잡고 있던 손을 빼려는 듯 꼼지락거렸을 때, 승우는 저도 모르게 그녀의 손이 빠져나가지 않게 힘을 주고 말았다.

왜였을까.

4층이나 되는 계단을 올라와 제 방에서 옷가지를 들고 욕실로 가 샤워를 한 후 젖은 머리카락을 털면서 나올 때까지 그는 좀 멍한 상태였다.

사실인지 아니면 그냥 망상인지 잘 모를 기억의 단편들과 아까, 그러니까 방금 있었던 낯선 남자와의 조우와 어색한 연기가 뒤죽박죽된 머릿속보다, 아무렇지도 않게 머리카락의 물기를 닦고 있는 제 오른손이 한 일에 대해서 생각하느라 혼란스러웠다. 왜 그랬지……. 왜 그 땀에 젖은 손가락이 빠져나가는 걸 막았던 거지. 그런데 그러다가 언제 그 손을 놓았던 걸까.

원래 하나를 생각하면 다른 생각을 하지 못하는 게 남자의 머리라지만 그는 그게 더 심했다. 그래서 하나를 시작하면 끝장을 보고야 마는 성격이었다. 그런데 지금은 끝장을 볼 것도 없었다. 뭔가 행동을 했다면 이유가 있을 텐데 도무지 그 이유 따위가 생각나지 않고 있었다.

"다 씻었어요? 그럼 이리 와 앉아요."

층마다 있는 네 개의 원룸을 아우른 커다란 꼭대기 층의 주방엔 아일랜드형 식탁이 있었다. 그러나 처음엔 그게 식탁인지 뭔지 알 수가 없었다. 워낙에 많은 쓰레기와 물건들이 그 위, 옆, 아래에 가득 쌓여 있어서 그곳에 가구 따위가 있었다는 것도 알기 힘들었다. 그러나 지금은 말끔했고 거기엔 그럴듯한 향기를 내는 찌개와 그가 배송한 게 분명한 훈제 오리고기, 물김치 등등의 밑반찬도 여러 개 있었다. 무엇보다 김이 모락모락 나는 밥이 고봉으로 쌓여 있었다.

"어휴, 더워라. 에어컨을 틀어야 하나."

"제가 문 닫겠습니다."

어색함을 느낀 승우가 번개처럼 그녀의 말을 듣자마자 활짝 열린 문들을 닫기 시작했다.

결국은 저 주인 여자와 마주해야만 했다. 그리고 무엇보다 식탁 위에서 나는 온갖 향기들이 그를 굴복시키고 말았다. 하루 종일 비비적대기만 해서 물만 넘기던 속은 이제 가라앉아 안을 채워 주길 잔뜩 바라고 있는 게 틀림없었다.

"해장엔 역시 얼큰한 찌개가 최고죠. 먹자고요."

주인 여자의 대사가 이처럼 그의 맘에 와 닿은 적은 없었다.

"천천히 먹어요."

빈속에 끊임없이 집어넣는 승우를 보고 침묵을 지키던 정원이 한마디 했지만 소용없었다. 뭐라 말도 꺼내기 어색한 그가 먹는 데만 너무 열중했기 때문이었다.

"고마워요."

정원이 불쑥 내뱉었다. 아까부터 목구멍에서 맴돌던 말이었다.

"……."

그제야 숟가락이 멈칫했지만 감히 시선을 들어 정원의 얼굴을 볼 수 없던 승우는 이제 얼마 없는 두부를 건지는 데 온 신경을 다 쏟았다.

어쩌면 제가 미쳤다고 생각한 순간이 제정신이었는지도 몰랐다. 미쳐 봐서 아니까.

정말로 사랑했다고 느꼈던. 그래서 한마디, 한마디가 제 속을 난도질하고 인생을 토막 냈던 사람을 멀쩡하게 쳐다보고 아무렇지도 않게 되기까지는 많은 시간이 흘렀다.

가끔 푹푹 썩어 들어가는 소굴에 앉아 자신이 왜 이러고 살아야 하는데, 하고 억울해했던 적도 있었다. 그러나 그건 심하게 넘어지고 나서 흉하게 덮인 상처의 딱지일 뿐이었다. 옆으로 고름이 삐져나오고 가렵고 따가운 울퉁불퉁한 상처를 덮은 못나고 흉측한 딱지일 뿐이었다.

완벽하진 않겠지만 그 딱지가 아물면 분홍빛 부드러운 새살이 돋아날 것이다. 물론 그 새살이 돋기까지는 아주 많은 시간이 필요했다. 아니, 영영 썩어 문드러져 새살 따위 돋아날 거라 생각하지도 않았었다.

그렇게…… 아무렇지도 않은 건데.

타인을 위해 상을 차린 것도 아주 오랜만이었다. 수줍은 성격에 집 안에만 있던 정원이 요리에 취미를 붙이게 된 건 당연한 일이었다. 제가 '사랑'했던 사람을 위해서 이것저것 잔뜩 뭔가를 만들었던 것도 옛 추억 같은 일이 된 지 오래였다.

오랜만에 만든 음식은 그냥 눈앞에 있는 택배 총각이 열심히 날라다 준 냉동식품과 반조리식품의 어설픈 콜라보레이션 작품일 뿐이다. 달고, 다들 질색하는 MSG가 창궐하고 냉동된 야채들의 힘없는 버석거림의 조합일 뿐이었다. 그런데도 맛나게 그야말로 폭풍 흡입을 하는 이 잘난—물론 제 눈에만 그런 거겠지만—남자에게 그녀는 말해야 했다.

"고마워요."

찌개 냄비에 코를 박고 있던 남자가 고개를 들었다. 제 없는 살림에 돈벌이가 되어 준 룸메이트, 박 여사님의 닦달에 방패가 되어 준 한 서방, 그리고 문득 생각이 난 제 두 번째 남자…….
번듯한 이목구비가 눈 속에 들어왔다. 그리고 주책없이 떠오른 소설 속 잘난 남주의 로맨틱하면서도 써늘한 키스 신을 위해 머금었던 저 남자의 입술. 아니, 갑자기 이건 왜 떠오른 걸까.

"자동차 정비하는 게 본업이었다면서요?"

정원의 묻는 말이 생뚱맞았지만 왜 이 여자가 이런 걸 묻나 생각해 보다 어제 술을 마시면서 한 말이 떠올랐다.

"차를 정비하고 제가 손댄 차가 최고의 능력을 발휘할 때 가장 기뻤어요. 차라는 건 그냥 기계의 조합일 뿐인데 누가 어떻게 만들고 손대느냐에 따라서 달라지니까 말이죠. 그냥 아무 생각 없이 그 기계랑 하나가 되고 싶었어요. 그런데 그게 좀 힘들었죠. 아무래도 제 팔자가 아니었는지……."

그건 그의 꿈이긴 했지만 그걸 누구한테 대놓고 이야기한 적은 없었다. 어제 술에 만취해서 뭘 하고 싶냐는 그녀의 말에 대답한 것 외에는. 그는 제 속에 있는 말을 내뱉는 걸 극도로 조심했었다. 그래서 일부러 술을 멀리했는지도 몰랐다. 제 속에 쌓인 응어리들을 누군가에게 내뱉는 것 자체가 치부를 내보이는 거라 생각했으니까.

많은 걸 바란 적은 없었다. 자신에게 주어진 것 외에 욕심을 낸 적도 없었다. 선택의 여지라곤 한 조각도 없었던 그의 삶에 유일하게 좋아서 선택한 길이었다. 그래서 그것에 만족하고 있었다. 주위에서 아무리 뭐라 손가락질하더라도.

그에게 주어진 과한 존재는 은주 하나였을지도 몰랐다. 그러나 과하다는 것을 알아서 더 이상 욕심내지 않고 그냥 쳐다만 보고만 있었는지도 몰랐다. 욕심을 냈어야 했는지도 모른다.

주어진 것들을 열심히 했을 뿐인데 제게 기쁨을 주고 희망이 되었던 순간은 잠깐이었고 우연히 닥친 사고는 크고 매서운 후폭풍을 가져다주었다. 그러나 그것들을 거스를 수는 없었다. 그냥 숨는 것밖에는…….

어둡고 좁은 곳으로 숨은 것만 같았는데 그곳에도 뭔가가 있었다. 평생에 받아 보지 못한 따뜻한 밥상을 내밀고 무언가를 되묻는…….

"그거…… 내가 해 줄까요?"

"네?"

시선을 찌개 냄비에만 두고 있던 승우가 고개를 들었다.

"이 건물 정리하면…… 외곽에 작은 정비소쯤은 차릴 수 있지 않을까 싶은데요. 물론 이 건물, 융자가 있지만 말이에요. 안 되면 제주도 가서 해도 될 거 같은데……."

"네?"

이게 무슨 소리인가 싶어 그는 멍하니 되물을 수밖에 없었다.

"아니, 아니다. 말도 안 되는 소리를 했네요. 약혼할 사람이 있다는 거 잊어버렸네요."

정원이 얼굴을 붉히면서 자리에서 일어났다.

지금 이 주인 여자가 무슨 소리를 하는가 싶었지만 우선은 사실이 아닌 걸 밝혀야 했다. 이제 그의 지갑 속에 있는 그녀는 이미 다른 사람의 반려자가 되기로 했다고 하지 않았던가.

"아……. 그 약혼은……."

쨍그랑 소리를 내면서 무언가가 떨어졌다. 정원이 자리에서 급하게 일어나느라 옆에 있던 물컵이 바닥에 떨어지면서 깨지는 소리였다.

"어머……."

놀란 정원은 저도 모르게 붉어진 눈시울을 승우에게 감추기 위해서 때마침 벌어진 사고를 수습하려 고개를 숙였다.

바보 아냐.

그냥 좀…… 보기에만 잘난 남자 아니야. 어디서 왔는지, 어떻게 살아왔는지 그런 것도 하나 모르는. 제 이상형인 여유 있고, 유식하고, 낭만적이고, 게다가 돈도 많은 가방끈 긴 남자는 더더구나 아니었다. 생판 모르는 여자의, 그것도 쓰레기장 같은 집에 살겠다고 넉살 좋게 등장해서는 열심히 쓸고 닦고 하는 근면함과 어른들의 비위를 잘 맞추는 싹싹함 외에는 알고 있는 것이 없었다. 그것은 주어진 삶을 살기 위해 잘 만들어진 가면일 수도 있고, 멋진 연기일 수도 있었다.

다시는 누군가를 대면하고 웃으면서 같이 밥을 먹을 수 있을 거라고 생각해 본 적 없었다. 단순히 퍽퍽하고 땅굴 속 같던 제 삶이 부딪친, 그냥 한순간의 일탈, 아니면 한발 나선 새로운 치료였는지도 몰랐다. 그냥 그렇게만 생각하면 되는데…… 왜 저는 이런 말까지 한 걸까.

그냥 제 삶을 이렇게 바꿔 놓은 당사자가 나타나서 잠깐 머릿속이 훽 하고 뒤집어진 걸까?

그럴 확률이 높았다. 단순히 그 순간을 모면할 수 있는, 돌아서면서 보이는, 제 추측일지도 모르겠지만 아쉬움이나 후회스러운 진수의 눈빛에 아주 잠깐 고소해서. 그래서 뭔가 싸움에서 이긴 듯한 착각이 들어서 그 구실이 되어 준 이 엄한 남자에게 엉뚱한 소리를 한 게 분명했다.

바보처럼.

"아얏……."

정말 바보 아냐!

"어? 다쳤어요? 비켜요. 제가 할 테니까."

사은품으로 받은 투박한 머그컵이 박살 났고, 그걸 집어 들려 했지만 눈에 초점이 맞지 않았다. 왜 그랬을까. 망막과 눈꺼풀 사이에 과한 액체가 끼어서 가시광선을 요상하게 굴절시켰기 때문인가.

"괜찮아요."

"피 나잖아."

달그락 소리를 내며 정원이 집어 들었던 머그컵 조각이 다시 바닥에 떨어졌다.

"움직이지 말아요. 밑에 유리 조각 있을 테니까."

주문이라도 들은 듯 정원은 쪼그린 채 가만히 있었다. 발소리가 들리고 곧 화장실에서 가져온 휴지를 든 그의 손이 새빨간 피가 뚝뚝 떨어지는 제 손을 덥석 잡았다. 기억이 나는 감촉이었다. 아까 제가 보란 듯이 잡았던 그 손…….

승우가 물었다.

"왜…… 그래요?"

정원은 이 남자가 왜 그렇게 묻는지 알지 못했다. 그 남자의 손에 떨어진 뜨거운 액체 때문에 그가 되물었다는 것도 알지 못했다.

"저기……."

그때였다. 그녀의 몸이 공중에 붕 뜬 건.

"저기요……."

놀라 소리치는 그녀에게 그가 말했다.

"밑에 유리 조각 있어요."

아까부터 과하게 온도를 내려놓은 에어컨에서는 찬바람이 쏟아지고 있었다. 뜨거운 찌개를 먹을 땐 몰랐는데 반팔 티셔츠 때문에 드러난 팔뚝에서 소름이 돋고 있었다. 그런데 그 드러난 팔뚝에 따뜻한 온기가 느껴졌다. 저 거실 한쪽 끝에 있는 육중한 둥지 모양의 철체 흔들의자를 4층까지 번쩍 들고 왔던 남자가 저를 번쩍 들어 안았다.

안 그래도 된다고 했어야 했나. 그러나 그녀는 가만히 있었다. 그가 자신을 글을 쓰다 쓰러져 자는 이동식 간이침대까지 들고 와 살그머니 내려놓을 때까지. 아니, 그 순간이 너무 짧다는 부질없는 생각까지 그 찰나의 시간에 하고 있었다.

"미안해요……."

상대는 아무런 말도 없이 붉게 젖어 드는 그녀의 손끝을 꾹 잡고 있었다. 싸한, 작년에 빅딜할 때 사 놓아서 아직도 서너 개나 남은 바디클렌저의 향이 풍겨 왔다. 제가 쓸 때는 그저 지독한 인공의 꽃향기였는데 남자의 체취에 섞인 냄새는 이상하게 달큰했다.

제 손끝을 누르고 있는 남자의 손은 거칠었다. 아마 차를 고치는 일을 했었기에 그렇겠지. 그녀가 늘 제 소설에 써 대는 길고 가는, 그리고 매끄러운 남자 주인공들의 손끝과는 달랐다.

그러나 뭐가 씌었기라도 했는지 길쭉한 손가락에서 따뜻한 온기가 느껴졌다.

꿈에서 깨야 할 텐데……. 정원은 이 잠깐의 꿈에서 깨려고 주문을 외워야 했다.

"미안해요. 바보 같은 소리를 해서……."

그러나 그녀는 그 주문을 끝까지 외울 수 없었다. 게다가 그 주문은 애초에 잘못된 모양이었다. 꿈을 깨라고 한 건데 그러지 못했으니까.

택배 총각의 퉁명스러운 대답 대신 그녀에게 돌아온 건 온기 가득한 남자의 입술이었다.

14
이제 저 남자는 내 거?

제정신이 아닌 게 틀림없다. 어딘가가 망가져 버린 게 분명했다. 수만 개의 부품이 하나의 유기체처럼 얽혀 있는 머신이 덜그럭거릴 땐 분명히 어딘가가 잘못된 것이다. 작은 나사 하나가 느슨하게 박혀 있다 스르륵 흘러내려 그 자리를 지키고 있어야 할 부품이 헐거워진 것일 터. 그 작은 하나의 일탈이 거대한 몸체가 공중에서 뒤집어져 박살이 나는 단초가 되고 마는 거였다.

하물며 이 또한 그렇게 간단한 일이 아니었다.

제게 여자라곤 은주 하나뿐이었다. 제 허울 좋은 껍질을 탐낸 금발 머리 미녀나 제가 들고 있던 샴페인에 젖은 폼보드에 쓰인 숫자 동그라미에 혹한 쭉쭉빵빵한 여자들이 곁을 맴돌 때도 제 뒷주머니에 꽂힌 낡은 지갑 속의 사진 하나로 모든 걸 아무렇지도 않게 치부했었다. 제겐 여자라는 족속보다 훨씬 소중하고 중요한 것들이 많이 존재했었으니까.

물론 그녀는 아름다웠다. 아주 어린, 그러니까 처음 보았을 때부터 그녀는 주변의 다른 사람들과는 달랐다. 눈에 확 뜨이게 대단한 미모를 지녔지만 아무도 말을 걸지 않았던 건, 그녀가 저와 같은 부류였기 때문이었다. 그래서 저는 그녀에게 다가갈 수 있었다. 어떨 땐 그게 오히려 다행이라고 느꼈었다. 그녀가 다른 세상에 속하지 않았던 게…….

그러나 잊고 있었다. 제가 그들의 세상에 가고 싶었던 것만큼 그녀도 그랬을 거란 걸. 원하는 걸 하고 그것에 취해서 다른 세상에 대한 동경을 잊어버렸던 건 제가 선택한 삶이었다. 그녀는 아니었을 것이다. 은주가 저 대신 승수를 택한 건 제가 차를 선택한 것 같은 그런 맥락이었을 것이다. 어차피 우리에겐 그런 차선밖에는 없었으니까.

그걸 깨닫고 허기진 배를 움켜쥔 채 제 공간으로 돌아섰던 건 당연한 결과였다.

여기까지는 괜찮다. 제 단순한 머리로도 이해할 수 있었으니까. 마음 한구석이 칼로 베이는 것 같은 통증을 느껴도 이해할 수 있었다. 그런데 이건 뭔가. 앞에 있는 이 여자는…….

“그거 내가 해 줄까요?”

그게 뭔데……. 자신의 가라지를 만들어 주는 거? 그건 택도 없다. 아마 그게 어떤 건지 이 주인 여자는 모르는 게 분명했다. 이 이상한 여자는 자신에 대해 전혀 모른다. 그냥 택배 회사의 신출내기 임시직 직원일 뿐이고 기식할 곳이 없어 사무실 한구석에서 지내다가 겨우 소장님이 빌려준 푼돈으로 이 엉망이 된 빌라의 꼭대기에 세 들어 사는 세입자일 뿐이었다.

돈이 없으니 무엇이든 해야 했다. 좀 지저분한 곳을 청소하고, 필요한 역할을 대신해 주고, 편의를 봐준 사람이 곤경에 처하지 않게 도와준 것뿐이었다. 전에 보아 왔던 사람들과 그녀는 전혀 달랐지만 뭐 세상은 넓고 다양한 사람이 많으니까 충분히 이해할 수 있는 부분이었다.

화장기 하나 없지만 당혹스럽지 않은 얼굴, 엉뚱하지만 그게 나빠 보이지 않는 이 여자가 술 때문에 제게 속내를 드러냈다고 해서 뭔가 달라질 건 없었다. 아니, 없어야 하는 거 아닌가?

은주 때문인가? 그녀가 자신을 떠나 가장 끔찍스러운 인간에게 가 버린 것 때문인가? 그 충격 때문에?

그것 때문이라면 더욱더 이러지 말아야 하는 거 아닌가.

그런 것 아닌가…….

그러나 이미 뭔가가 일어나 버렸다. 왜 그런지 모르는, 조금 가냘퍼 보이기까지 한 주인 여자가 돌아서다 컵이 깨졌고, 그걸 줍다 손이 베였고, 상처를 닦아 주려는 제 손에 이 여자의 눈물방울이 떨어졌다. 유리 조각에 발이 다칠까 봐 얼른 여자를 다른 데로 옮기려고 번쩍 안아 올렸을 뿐이고, 차가운 에어컨 바람 속에 느껴지는 따뜻하고 부드러운 사지를 가진 여자를 침대 위에 내려놓으려고 했을 뿐이었다.

"미안해요. 바보 같은 소리를 해서……."

절대 그렇지 않다고 말해 줄 생각이었다. 제게도…… 이 여자의 말이…… 달았으니까. 한여름에 땡볕을 잔뜩 받은 포도송이의 굵은 알이 입안에서 터지고 난 뒤 그 보라색 껍질 속에 남은 마지막 과즙처럼 그렇게 달콤하게 느껴졌으니까.

제 주변에 얼씬거리는 이들은 그저 지긋지긋하게 매달린 꼬리표를 힐끗거렸을 뿐이지 그게 없는 절 이렇게 봐 주고 이런 말을 해 준 사람은 이 여자뿐이었다. 그런 여자의 커다란 눈에 서린 물기가 제 속을 휘저어 버렸다.

머리는 분명히 바닥에 흩어진 컵 조각들을 없애려고 청소기를 찾으러 가고 있는데 몸은 딴짓을 하고 있었다. 그렇게 염치없이 실컷 두부찌개를 퍼먹었다는 것도 잊어버리고.

부드러웠다. 따뜻하고 매끈하고…….

분명 저번엔 삼겹살에 마늘, 파절이까지 범벅이 된 채 그의 속을 휘젓는 만행을 저질렀었다. 그러나 그때는 할 말이 있었다. 감정 따위가 아니라 말도 안 되는 '실험'이었으니까. 그러나 이번엔 허겁지겁 만든 숙취 해소용으로 온갖 것을 집어넣은 잡탕 찌개를 시원하게 나눠 먹고 이게 뭔가.

그토록 구구절절이 아줌마들을 한숨 짓게 만들고, 장문의 댓글들 속에서 두근거리는 대단한 남주들의 숨 막힐 듯 날카롭고 짜릿한 키스들을 써 놓고 정작 본인은 이게 뭐람…….

그런 소설 속처럼 대단한 사람이 아니어도 좋았다. 적어도 보기에 멀쩡한 거죽은 있으니까, 제가 구구절절이 써 대던 헌칠하고 매끈한 외모는 있으니까, 그럼 된 거 아니야?

제 이상하고 괴팍한 성격도 괜찮다고 해 주니까, 술에 만취하긴 했지만 제 억울했던 지난날을 맞장구쳐 주고 기꺼이 두 번째 남자가 돼 주겠다고 따라나섰으니까. 게다가 술을 깨고 나서 생각해도 그다지 나쁘지 않으니까. 아니, 오히려 그 반대니까. 벌어 놓은 것

없는 거야 그래도 집에 좀 빌붙어 먹을 만하니 그냥 그걸로 퉁 치고.

사람 착하고, 제 상처를 다독거려 줄 수 있고 무엇보다 성실하고 근면하니까 제가 꿈꾸던 휘황찬란한 재벌 2세나 '사' 자 들어가는 대단한 남자가 아니어도 괜찮을 것 같으니까. 그래서 괜히 먹던 두부가 목구멍에 걸리는 헛소리를 했던 거고, 그러고 나니 제 신세가 불쌍하기도 했다. 이렇게 저렇게 너무 많이 재 놓고 저 남자가 가진 것 없이 불쌍하지만 내가 뭐 참고 봐준다 했던 제 마음도 염치없어졌다.

그냥 그런 모든 것들이 울컥 쏟아져 나와 버려서 그런 거였다. 그런데 왜 피까지 나고 난리야, 라고 생각했었는데.

처음엔 그냥 확 하고 다가왔던 것 같다. 그러나 조용히 닿은 그의 입술은 살그머니 그녀의 입술 끝을 물고 있었다. 아주 조용히.

저절로 눈을 감아 버리고 온 신경을 닿아 있는 남의 살에 쏟아 버리니 갑자기 명치끝이 저릿했다.

그 짧은 찰나의 순간에 제가 써 왔던 것들이 전부 날조된 거짓이란 게 느껴졌다. 누군가에게 마음을 쏟는다는 건 이렇게 순식간에 일어나는 일이었다. 왜 잘나고 잘난 남주가 보잘것없는 여주에게 사랑을 느끼게 되는지 이해가 안 된다는 독자들에게 타당성을 설명하기 위해 여주가 사랑스럽고 귀엽고 아름답다는 묘사를 줄줄이 쓸 필요가 없었다.

그냥…… 그냥 한순간 돌아 버리는 거였다.

숨이 막혔다.

그렇게 빠른 속도로 필드를 질주해도 아무렇지도 않았었다. 그런데 숨이 막혔다. 그래서 저도 모르게 입술을 떼고 말았다. 아무것도 하지 않았는데…… 그냥 타인의 입술 끝에 살짝 닿기만 했을 뿐인데.

“유리 치울 테니까 그냥 있어요.”

겨우 한마디를 하고 그는 비틀거리는 사지를 다잡아 할 수 있는 한 재빠르게 청소기가 있는 곳으로 갔다.

승우가 사라지고 찬바람이 제 위에 쏟아지는 게 느껴지자, 정원은 잠깐 떴던 눈을 다시 감고 말았다. 그가 간이침대 위에 눕혀 준 게 다행이었다.

승우는 조각들을 주워 싱크대 위에 올려놓고 정신없이 청소기를 밀었다. 달그락거리면서 작은 유리 조각들이 빨려 올라가는 게 느껴졌다. 한참을 먼지 하나 없을 만큼 청소기로 밀고 나서는 식탁 위에 어지러이 놓인 식사의 잔해들을 치우기 시작했다. 음식물 쓰레기를 버리고 설거지를 하고 남은 음식을 덜어 냉장고에 넣고…….

손으로 뭔가를 하면서 머릿속으론 생각을 하려 했다. 하지만 아무 생각도 들지 않았다. 오로지 제 등줄기에서 7시 방향에 놓여 있는, 그야말로 넓은 거실에 대각선으로 놓인 생뚱맞은 간이침대 위에 뇌피질이 모두 몰려가 있는 느낌이었다.

어느덧 싱크대 위가 물기 하나 없이 깨끗해져 있었다. 그건 식탁 위도 마찬가지였다. 그런데 그는 돌아설 수 없었다.

도저히 뒤에 있는 정원의 얼굴을 쳐다볼 수가 없었다.

해결해야 할 일이 산더미 같은데 그냥, 이렇게…….

"저기요……."

"네?"

놀란 그가 저도 모르게 돌아서서 되물었다.

정원은 침대에 똑바로 앉아 그를 쳐다보고 있었다.

"에어컨 좀 끄든지 낮추든지……."

그제야 승우도 가득 찬 차가운 공기를 느꼈다. 언제부터인가 잊고 있었던 에어컨 바람에, 문득 그 찬 공기에 정신을 차릴 수 있었다. 그는 뚜벅뚜벅 에어컨 앞으로 가서 온도를 높였다. 그러나 여전히 찬바람이 새어 나오고 있었다.

"아까 그 말……."

"네?"

긴 바지와 반팔 셔츠를 입은 승우가 돌아선 채 에어컨만을 바라보면서 정원에게 말했다.

"그 말 진짭니까?"

여전히 그는 뒤로 돌아서 있었다. 어딘지 택배 총각답지 않은 딱딱하고 명료한 말투였다. 술김에 한 말도 있긴 했지만 이 남자한테 진짜가 아닌 말을 한 적은 없었다.

"어떤 말요?"

"정원 씨가 해 주겠다는 거 말입니다."

아……. 정비소.

감정에 치우치긴 했지만 헛소리는 아니었다. 하지만 그것에 포함된 뜻은 다른 거 아니었나?

"저의 어딜 보고 그런 말을 한 겁니까? 저에 대해서 아무것도 모르잖아요. 제가 어떤 사람인지, 어떻게 살아왔는지……. 아무것도 가진 것 없는 택배 기사일 뿐인데 말입니다. 그냥…… 기분 탓인 거 아닙니까?"

그럴지도 모르지. 진수 선배가 밑에서 기다리고 있지만 않았어도 일이 이렇게까지 되진 않았을지도 몰랐다. 그러나 이미 이렇게 된 거 아닌가. 그리고 단 한 번도 맘에 없는 말을 내뱉어 본 적은 없었다.

"그게 중요하겠죠. 그렇지만 절대 기분 탓은 아니에요. 물론 그쪽에게 약혼자가 있다는 걸 잠시 잊었지만요."

그제야 승우는 돌아섰다. 그의 얼굴에도 찬 기운이 가득했다. 추위가 싫었다. 지긋지긋한 추위. 차라리 숨이 막힐 것 같은 열기가 그에겐 맞았다. 간이침대에 앉아서 저를 똑바로 보고 있는 여자가 보였다. 너무 저를 똑바로 보고 있는 게 부담스러웠지만 그는 시선을 피하지 않았다.

"약혼은 제멋대로 생각한 겁니다. 그 사진 속의 여자는 이미 다른 사람과 약혼해 버렸어요."

"네?"

다행이라고 해야 하나, 유감이라고 해야 하나 정원은 헷갈렸다. 그러나 제가 아까 한 말을 후회하지는 않았다. 다부진 어깨를 가진 남자가 돌아서니 제 말을 도로 집어넣을 필요가 없을 것 같아 보였다. 외모 지상주의자는 아니었지만 좋은 건 좋은 거였다. 저 남자가 잡아 준 손길, 저를 업어 줬던 감촉, 그리고 아까 살짝 닿았던 입술……. 모든 게 합쳐져서 심장을 빠르게 뛰게 하고 있었다.

그러나 곧 이 남자가 한 말의 저의를 깨닫고 말았다.

그럼 그렇지.

"알아요. 내가 이상한 거. 누가 나 같은 지저분하고 괴팍하고 괴상스러운 여자를 좋아하겠어요."

그건 자조가 섞인 말이었다. 굳이 거울을 보지 않더라도 겨우 세수나 하고 머리는 노랑 포장용 고무줄로 질끈 묶고 목 늘어난 티셔츠를 입은 지금의 제 모습은 가관이겠지만, 저 남자가 이미 봐 온 건 더 어마어마하지 않던가.

"아뇨. 그렇지 않아요."

그녀의 씁쓸한 말에 그가 재빨리 답했다. 절대 그렇지 않았다. 그런 것이 문제가 아니니까. 그는 그녀에게 다가갔다. 이상한 주인 여자……. 그래도 제 뒤에 붙은 것이 하나 없어도 손을 내밀어 준 유일한 사람.

"나야말로 아무것도 없는데 정말 괜찮아요?"

어쩌면 이 남자 말대로 기분 탓인지도 몰랐다. 더 좋은 사람을 만날 수 있을지도 모른다. 이제야 박진수한테서 완벽하게 벗어났으니까. 꿈꾸던 소설 속의 이상적인 남자들을 찾아 헤매도 되는 거였다. 그러나 왠지 그런 사람들은 세상에 없을 것만 같은 느낌이 들었다. 이 개뿔도 없는 택배 총각이 그녀에게 주어진 반려자일지도 모른다는 생각이 들었지만 억울하지 않았다. 그럼 된 거 아닌가?

"아까 말했잖아요. 내가 채워 준다고……."

참……. 어이없는 고백과 대답이었다. 아니, 이 너저분한, 이 총각이 열심히 치웠다고는 하지만 여전히 들어서는 사람은 정신없다고 고개를 저을 만한 공간에서 둘 다 헐렁한 잠옷을 겸한 옷을 입은 채 열심히 두부찌개를 퍼먹다 말고 이게 무슨 일이란 말인가.

그러나 사람 일이란 게 꼭 소설이나 영화처럼 멋지고 드라마틱하게 일어나는 것만은 아니었다.

승우가 다가왔다. 저렴한 가격이어서 처음 샀을 땐 괜찮았겠지만 더운 날씨 덕에 몇 번 세탁기에 돌려 후줄근해진 하얀 티셔츠를 입은 채로. 머리를 감은 뒤에 요란하게 물기만 털어 낸 상태였기에 에어컨 바람에 마른 그의 머리카락은 제멋대로였다. 그러나 모자 덕에 덜 그을린 균형 잡힌 얼굴과 탄탄한 몸은 보기 좋았고 듬직했다.

열심히 요리를 하다 질끈 머리를 묶고 두부를 사러 갔다 온 정원도 역시 헐렁한 물 날린 티셔츠에 화장기 하나 없는 말간 얼굴로 그를 올려다보고 있었다. 집 밖에 나간 적이 드문 그녀의 하얀 얼굴은 기가 막히게 균형 잡힌 이목구비 덕에 깨끗하고 맑게 빛났다. 승우가 그녀의 옆으로 다가가 간이침대에 걸터앉자마자 누가 먼저랄 것도 없이 손을 내밀었다.

분명히 변한 건 없었다. 그 어떤 것도…….

그러나 달라졌다. 뭐가 어떻게 달라졌는지는 모르겠지만. 여전히 두부찌개를 한 사발씩 퍼먹은 후라는 사실은 변함이 없는데도 불구하고 입맞춤은 다디달았다. 아니, 오히려 정원이 실험을 위해 강행한 진한 키스보다 수줍었다. 강렬하게 혓바닥이 꼬이지도 않았고 허겁지겁 입술을 먹어 버리지도 못했다.

수줍은 듯 여자의 입술을 머금은 남자는 가볍게 그녀를 안아

보았을 뿐이었다. 그리고는 곧 깊게 숨을 들이쉬고 가느다란 여자의 어깨를 감쌌다.

정원은 이상하게 숨이 차서 승우의 가슴에 얼굴을 묻어 버렸다. 쿵쿵거리는 심장 소리가 누구의 것인지 분간이 되지 않았다.

"이제 우리 뭐…… 어떻게 해야 하는 걸까요?"

정원이 물었다.

"글쎄요……."

승우의 머릿속은 복잡했다. 뭔가 해결을 해 놓고 시작을 했어야 하는 거 아닌가. 그냥 이대로도 괜찮을까…….

"우선은 그냥…… 하던 대로 해야죠."

"그렇죠?"

오히려 아까보다 훨씬 어색해진 두 사람이었다.

에어컨이 꺼지고 찬 기운이 가시자 정원은 굳게 닫혀 있던 문을 열었다. 후덥지근한 먼지 섞인 바깥바람이 들어오자 오히려 정신이 나는 것 같았다. 대체 내가 뭘 한 걸까. 전과 바뀐 거라곤 꾹 닫혀 있던 승우의 방문이 열려 있다는 것뿐이었다. 물론 전에 에어컨 바람이 아까워서 제가 문을 몰래 연 적이 있었긴 하지만.

하루 종일 너무나 피곤했던 승우는 결국 비실거리면서 제 방에 가더니 쓰러지듯 잠들어 버렸고, 씻고 나온 정원은 피식 웃으면서 그 모습을 봐야 했다.

이제…… 저 남자 내 건가?

잠이 올 것 같지 않았다. 물론 낮에 피곤에 못 이겨서 내내 잤기 때문이기도 했지만.

늘 그랬듯 컴퓨터의 화면을 켰다. 그리고 쓰던 글이 있는 파일을 열었다. 마저 쓰려고 앞을 쭉 읽고 있는데 또다시 피식거리는 웃음이 터져 나왔다. 왜 제가 그렇게 열렬하게 쓰던 글이 다 우습게만 보이는 걸까.

운명적인 사랑을 하는 중이라 위태로운 계약을 따내러 가야 하는데도 여주인공 생각에 젖은 남주, 모두를 배신하고 남주를 선택해야 되나 고민하는 사랑스러운 여주……. 큰 대가를 치러야 하는 두 사람의 위대한 사랑 따위가 너무 웃겨서 갑자기 아무것도 생각나지 않았다.

그냥, 저쪽 화장실 앞에 있는 셋방에 여전히 쪼그리고 기절한 듯 잠든, 이제는 제 것이 된 개뿔도 없는 택배 총각을 생각하느라 정원은 피식피식 웃음만 터뜨렸다.

결국 그녀는 저도 모르게 대형 마트의 홈페이지에 들어가 장을 보면서 후덥지근한 여름밤을 밝히고 말았다.

✿ ✿ ✿

그날 아침은 달랐다.

뭔가 특별하게 달라야 했는데 그런 종류의 다름은 아니었다.

"아, 젠장!"

너무나 피곤한 나머지 알람 소리를 못 들은 그가 새벽 하차 담당이었음에도 불구하고 늦잠을 자서 헐레벌떡 세수도 못 하고 뛰어나갔다는 것과 새벽 내내 승우를 위해 갖은 요리 레시피를 뒤지던 정원이 깜빡 잠이 들어 이제는 제 소유가 된 그가 일을 나가는 것을 못 봤다는 것 정도?

"어제 비실거리더니 지각을 다 하고……."

"죄송합니다!"

우렁차게 대답한 승우가 열심히 아침 배송을 시작해다. 그리고 막 점심시간이 되어서 곧 팬벨트가 끊어질 것 같은 덜덜거리는 택배 차를 몰고 대리점으로 들어왔을 때였다.

"승우! 누가 찾아왔는데? 막 전화하려고 했더니……."

"네?"

덜덜거리는 시동을 끄고 차에서 내려선 그의 얼굴이 찌푸려졌다.

"감독님, 큰일 났어요!"

승우를 보자마자 꽥 하고 지른 소리에 즐거운 점심을 즐길 생각이던 동료들의 시선이 한눈에 제게 떨어져 내리는 것을 형식은 알지 못했다.

"네가 여길 어떻게……."

15

내가 원한 폭풍 ㅅㅅ

“난 곱빼기…… 돈은 네가 내라.”

“…….”

침묵을 깨고 종업원이 물었다.

“자장면 두 개, 곱빼기 하나요?”

대답이 없자 주문을 받은 종업원이 힐끗거리다 가 버렸다. 앞에 앉은 형식은 죽을죄라도 지은 듯한 모습이었다. 그러나 승우는 태연스럽게 물을 마셨다. 컵에서는 물비린내가 났지만 꾹 참고 들이켰다.

“먹고들 가. 나 시간 없어.”

“대체 이게 뭐하자는 겁니까?”

형식의 옆에 앉은 아까부터 화난 표정의 남자가 소리를 질렀다.

“나 귀 안 먹었어. 그리고 보는 대로 다른 데 취직했을 뿐이고.”

"한 감독!"

"감독 직함은 조 감독한테 넘겼잖아. 굳이 그렇게 부르고 싶다면 한 전감독이라고 해 주든지."

"이게 대체…… 말이 됩니까? SF 2주도 안 남았어요. 게다가 FC도 중국 애들이 판권 사서 상해에서 한다고 하던데 지금 여기서 뭐하는 겁니까?"

"왜, 하고 싶었잖아. 하면 되겠네. 조 감독이야말로 이 금쪽같은 시간에 왜 여기 있는데?"

"죄송합니다. 감독님, 제가 우석이 형한테 계속 가르쳐 달라고 했어요."

옆에 앉은 형식이 다시 사색이 되어 고개를 조아렸다. 뭐, 어차피 한 사람에게 알려진 이상 어쩔 수 없었다.

"사내자식이 입도 싸네."

그러나 승우가 묻고 싶은 건 따로 있었다. 가라지의 CCTV는 형식이 담당했었다. 형식을 찾아서 묻고 싶었지만 옆에 조 감독과 같이 올 줄은 몰랐다. 우석과 형식이 같이 왔다면 당장 그것부터 물었을 텐데.

새로 영입된 조 감독이 있는 자리에서 묻기가 껄끄러웠다. 그러나 상대는 그게 문제가 아닌 모양이었다.

"CK 측에서 스폰 취소하겠답니다."

"뭐라고요?"

그제야 승우의 입에서 큰 소리가 나왔다.

"CK에서 손 떼면…… 당장 우리 이번 SF는 못 나가요. 알죠? 이건 내 손에서 할 수 없는 거라."

"진짭니까?"

그때 잠자코 있던 형식이 입을 열었다.

"이번에 CK엔터테인먼트 총책임자가 한승수 상무가 됐기 때문이에요. 경영 악화로 엔터테인먼트에서 모터스 부분을 대규모로 감축하기로 했다네요."

"한승수 상무가?"

놀라 되묻는 승우에게 화가 잔뜩 난 조 감독이 따지듯 물었다.

"한 부사장 때문에 회장님 화가 머리끝까지 난 건 알지만……. 그거 한 감독이 알아서 한 거 아니었어?"

승우는 저도 모르게 물컵을 잡던 손에 힘을 주었다.

"제가 책임지고 손 떼는 조건으로 스폰 그대로 가기로 한 건데 그게 아니라는 겁니까?"

"갑자기 어제 공문이 왔어. 스폰 비율을 50% 감축하고 내년부터는 20% 이하로 조정하겠다고…… 아니 이게 무슨 날벼락이냐고!"

"분명히 그쪽하고 이야기했는데 그런 공문이 왔다는 겁니까?"

"보여 드려야 합니까?"

"이런……."

승우의 얼굴이 굳어졌다. 분명히 모든 일에서 제가 손을 떼기로 하고 약속을 받았었다. 그러나 그건 어디까지나 구두 약속일 뿐……. 법적인 효력을 증명하기가 어려웠다.

"겨우 SF는 나간다 쳐. 그다음엔? 마이클이 여기 붙어 있겠습니까?"

"……."

"그건 한 감독님 책임이 아니잖아요."

형식이 다그치는 듯한 조 감독을 대신해서 말했다. 그러나 CK 측하고의 일은 승우가 관여된 게 맞았다.

"그건 제가 알아보겠습니다. 그러니까 오늘은……."

"자장면 나왔습니다! 곱빼기 어느 쪽이죠?"

김이 모락모락 나는 자장면이 나오자 세 사람은 언쟁을 멈췄다.

"드세요. 그리고 오늘은 이만 가십시오."

금요일 오후였다. 그도 해야 할 일이 있었다. 위의 누군가를 만나기 위해서 막무가내로 쳐들어갈 입장이 아니었다.

"에잇."

저도 모르게 한탄을 하는 사람을 앞에 두고 승우는 묵묵히 자장면을 먹기 시작했다.

쨍쨍한 햇살이 내리쏟아지고 있었다. 느끼한 자장면이 속에서 부대꼈다.

한승수…….

은주의 일은 그녀의 선택일 테니 더 말할 이유가 없지만 이건 다른 이야기였다. 승우는 전화기를 쳐다보다가 어디론가 전화를 걸기 시작했다.

불금. 불금. 불금.

가스레인지 위에서 찌개가 보글보글 끓고 있었지만 의성어라는 건 듣는 사람마다 제가 듣고 싶은 소리로 들리는 모양이었다.

불금이라……. 딱히 밖에 나가지도, 출근을 하지도 않으니 주말이라곤 택배 직원이 쉬는 날이라는 의미밖에 없던 그녀였다. 그러나 중요한 건 이 불타는 금요일 뒤에 찾아오는 주말이 제 셋방에 세든 택배 총각도 쉬는 날이라는 점이다.

"으히히힛!"

식탁 위에는 제 집의 것답지 않게 모양을 낸 음식들이 놓여 있었다. 불고기와 샐러드, 몇 가지의 볶음 반찬까지. 어젯밤에 검색한 레시피들은 대단한 것들이었지만 불행하게도 배달시킨 마트에서 물건이 늦게 도착하는 바람에 빨리 만들 수 있는 것들만 해야 했다.

오랜만에 했지만 그래도 그럴듯한 맛이 나는 것이 그녀를 흡족하게 하고 있었다.

"찌개 졸아붙는데 왜 안 오지?"

뭔가를 바란 건 아니었다. 그러나 그녀는 연차가 있는 로설 작가였다. 제가 쓰는 소설 속에서도 이 정도 마음의 교감, 그러니까 속내를 확인하면 뭔가 다음 단계의 그 뭐시기한 발전이 있는 법이었다. 그런데 딱 주말이니…….

원래 선남선녀는 눈빛만 부딪쳐도 파르르르 스파크가 튀기 마련이다. 분명히 두 번째 남자 어쩌고저쩌고하면서 모텔에 간 것까지는 기억이 났다. 추측컨대 정신을 차렸을 때 속옷 차림이었다는 건 뭔가 의미심장한 짓을 하려다가 둘 다 곯아떨어졌다는 게 정황상 앞뒤가 맞았다. 아쉽지만 어제는 다음 기회를 기약하는 수밖에 없었다.

그리고 오늘은 바로 딱 불금이었다. 매우 밝히는 타입은 아니었지만 머릿속에 든 정염을 늘 키보드로 발산하는 게 일이었다. 그러나 지금은 딱 현실에 직면하지 않았는가.

게다가 대상은 하반신이 매우 단출하신 박 사장이 아닌, 택배총각이라는 말이 전혀 어색하지 않은, 외모만으로 핸섬핸섬이 불끈불끈 흘러나오는 사지 길쭉한 젊은 오빠였다.

든든한 재산과 넉넉한 마음이 남자의 모든 것이라던 박 여사님의 사위상에 대한 선입견을 완벽하게 외모 지상주의자로 바꿔줄 만큼 대단한 꽃미모의 총각이 어제부로 그녀의 것이 되었다. 그럼…… 오늘은 뻔한 게 아닌가!

찌개는 여전이 '불금불금'을 외치면서 끓고 있었다. 정원은 제 머릿속의 불순한 상상을 흐트러뜨리면서 막 그에게 전화라도 해 봐야 하는가 싶었다. 그때 밖에서 소리가 들렸다.

"늦었습니다!"

양반은 못 되는 모양이었다. 하루 종일 기다렸기에 반가워서 내심 달려가 점프라도 해 매달려 줘야 하는 거 아닌가, 라고 생각했는데 막상 얼굴을 보니 그럴 용기가 홀라당 사라졌다. 분명히 여러 가지 버전의 환영회를 생각했었는데.

"딱 맞춰 왔네요. 씻고 와요."

"뭘…… 이렇게 많이 했어요?"

"아, 몰랐구나. 나 요리 좀 해요."

심란했던 승우는 전혀 이 너저분한 집과 어울리지 않는 향기와 비주얼에 당황해 그나마 머릿속을 텅 비울 수 있었다.

"나도 배고파요. 얼른 씻고 오죠?"

매우 낯선 순간이었다.

누군가 이렇게 저를 맞아 준 사람이 있었나? 낯설지만 그리운 향기가 있는 공간에 들어서 본 적이 있었나?

가뜩이나 당황스러운 일들 탓에 기계적으로 4층 계단을 올라온 뒤였다. 그러나 맛있는 냄새와 밝은 표정의 여자 덕분에 잠시 머릿속이 멍했던 그가 정신을 차렸다. 얼른 땀에 젖은 몸을 씻어야 했다.

"아, 거기 욕실 앞에 옷 있어요. 사이즈가 맞으려나 모르겠는데……. 하여튼 총알 배송되는 건 디자인이 한정적이라서. 입고 나와요."

"좀 짜네. 오랜만에 해서 간이 좀 세요."

"아뇨. 맛있었어요."

"어휴. 덥다, 더워. 이 더위는 대체 언제쯤 꺾이려나."

에어컨을 켰지만 중천에 뜬 해는 아직도 작렬하고 있었고, 4층 꼭대기 층에는 열기가 가득했다. 게다가 뜨거운 찌개라니…….

"시원한데요, 뭐."

눈썰미 있는 정원이 심사숙고해 고르고 고른 옷들이었다. 사이즈가 딱 맞아떨어진 반팔 셔츠와 반바지를 입은 승우는 오히려 약간 허전할 지경인지라 뜨거운 찌개를 먹으면서도 땀 한 방울 흘리지 않았다.

"와. 진짜 더위 잘 참는 체질인가 보네요."

뜨거운 머신들이 뿜어내는 열기는 델 정도의 고온이었다. 그걸 막기 위해 두꺼운 작업복을 입은 채 생활하던 게 일상이 되어서 이 정도는 더운 기도 아닌 듯했다. 그는 그녀의 말에 그냥 피식 웃을 뿐이었다.

“차리느라 수고했는데 설거지는 내가 할게요.”

“아니, 일하고 왔는데…….”

“괜찮아요.”

저보다 먼저 일어나 개수대로 향하는 뒷모습을 보니 정원은 남자 하나는 잘 골랐다 싶은 생각에 저절로 입꼬리가 올라갔다. 창밖은 시간이 무색할 정도로 훤했다. 아직 길고 긴 불금의 밤은 시작도 되지 않았다. 그럼 무얼 한다? 찌개를 먹느라 땀이 흥건해진 정원이 승우의 등 뒤에 대고 말했다.

“더워서 세수 좀 해야겠네요.”

물론 세수만 할 생각은 전혀 없었다.

어색한 표정을 지으며 욕실로 간 정원은 슬쩍 들고 온 비닐팩을 열었다. 아까는 열어 볼 생각도 못 했던 옷이었다. 그녀는 저도 모르게 또다시 히죽거리고 있었다.

한참 설거지를 하고 식탁 위를 정리하던 승우는 새 옷에 물이 튄 것을 보고 난감해하고 있었다. 새 옷이라니…….

열기가 가득한 거실을 식히느라 기진맥진해진 에어컨을 쉬게 해 줘야 하나 싶을 때 딸깍하는 소리가 났다.

“저기…….”

에어컨의 생사 여부를 물으려던 승우의 목소리가 쏙 들어가 버렸다.

"하……. 제가 좀 초이스를 잘못한 모양이에요. 너무 주책맞네요."

"아, 아닙니다."

승우가 저도 모르게 말을 더듬고 있는 건 정원이 입은 핫팬츠가 너무 '핫' 했기 때문이었다.

"정말…… 이렇게 더럽게 짧을 줄이야."

제가 애들이 주로 이용하는 쇼핑몰 사이트의 아담한 학생 모델들보다 훨씬 키가 크다는 걸 미처 생각 못 한 게 미스였을 뿐이다.

승우는 심하게 파여 짧고 과장된 옷을 입은 모델들을 잔뜩 보아 왔었다. 하지만 그들은 그냥 장식품 같은 구실을 했을 뿐이다.

멀쩡하게 같이 밥을 먹고 또 타액 교환을 한 그런 모종의 관계에 있는 여자가 짧은 반팔 셔츠에 반팔 남방을 덧입고 물 날린 청 반바지를 입었을 뿐인데, 그 모습이 왜 이렇게 야하게만 보이는지 모르겠다 싶었다. 웬만한 더위에는 전혀 꿈쩍도 하지 않던 얼굴에 확 열이 오른 게 느껴져서 그는 말을 더듬었다.

"흠……. 괜찮은데요. 그런데 어디 가요?"

젠장, 생긴 건 샤프한테 띵크는 둔탱이 같은 남자라니!

"금요일이잖아요. 저녁도 너무 일찍 먹었고, 좀 나가서 바람이라도 쐬려는데. 피곤해요?"

"아뇨, 전혀."

이 반바지와 매끈한 브이넥의 반팔 셔츠는 절대 설거지 복장이 아니라 외출복이라고, 귀에다 외치고 싶은 걸 정원은 간신히 참아야 했다.

"그런데 저도 같이 가나요?"

저걸 패야 하나……. 정원은 방금 전 화장실에 가면서 남자를 잘 골랐다고 생각한 걸 정정해야 했다. 남자 일꾼을 잘 고른 거지 애인을 잘 고른 건 아닌 것 같았으니까.

"그럼 내가 미쳤다고 이러고 혼자 나가야겠어요?"

후덥지근한 열기가 채 가시지 않은 밤. 대낮에 쏘아 대던 햇살이 그나마 사라져 따가운 기는 없었다. 뭐, 대신 열대야라는 낭만적인 이름으로 얼굴을 가린 뜨뜻미지근한 열기가 시적시적 사람들 사이를 비집고 다니면서 얼른 찬바람을 폭사하는 기계가 풀가동 중인 곳을 찾아 들어가게 만들고 있긴 했다.

"어디 갈……까요."

금요일이었지만, 월급날은 내일이었다. 주말이라고 미리 땅겨 주는 법은 절대 없었다. 그러니 아마 월요일이나 돼야 빈약한 금액이나마 통장에 들어올 것이다. 물론 당장 이 주인 여자와 약간의 생활비를 빌려준 영업 소장님께 돈을 갚고 나면 얼마 남지 않을 게 분명했지만.

돈 때문에 걱정을 다 해 보다니. 스스로 당황스럽기도 했지만 그리 나쁜 기분은 아니었다. 그런데 문제는 지금이 아닌가? 주머니가 텅 빈 남자는 어깨가 움츠러드는 법이었다.

그러나 그것을 아랑곳하지 않는 돈 많은 주인 여자가 낭랑하게 외쳤다.

"빙수 먹으러 가요."

정상적인 남녀의 데이트 코스인 영화관 같은 건 질색이었다. 그건 아마 성질 나빴던 구남친 덕분인지도 모르겠지만. 사람 많은 곳을 별로 좋아하지 않던 진수 덕에 조용한 식당이나 혹은 커피숍에서 시간을 보냈고, 좀 더 사이가 깊어지고 난 뒤로는 뻔하게 그의 원룸에서 시간을 보냈었다.

정원도 수줍음이 많아서 밖이 싫긴 했지만 그래도 그녀의 성별은 엄연히 여자였다. 아기자기한 카페나 혹은 쇼핑몰에 가고 싶을 때도 있었다.

그러나 선택의 여지가 없었다. 그 뒤로 이어진 긴 칩거 생활 동안 그녀의 쇼핑은 모조리 인터넷 속에서 이루어졌으며 그녀가 쓴 글 속의 온갖 로맨틱한 장소들은 모조리 가상의 세계에서 클릭질로 알게 된 곳들이었다.

실사를 대하게 된 엊그제의 그 떠들썩한 호프집은 나쁘지 만은 않았다. 아니, 그 반대였기 때문에 그렇게 폭음에 과음을 할 수 있었던 거였다. 그래서 다음 공략할 곳은 역시 호프집이었다. 하지만 우선 초저녁이었으니 1차로 건전한 카페를 선택했다.

"빙수요?"

빙수라는 단어 자체가 낯선 승우가 되물었다.

"네. 딴 건 다 인터넷으로 배달 가능한데 이넘의 빙수만은 배달이 안 되더라고요. 테이크아웃은 된다는데 왜 배달은 안 되는 거야. 그러니 먹으러 가야죠. 나 진짜 이거 먹어 보고 싶었거든요."

"아, 그래요."

뭔진 모르겠지만 얼음 '빙(氷)' 자이니 시원하겠구나 싶어 승우는 늘씬한 핫팬츠의 여인네를 따라나섰다.

"으와. 시원하다."

맞는 말이었다. 열대야의 뜨거운 바람 속에 피난처를 자처하는 듯 그녀의 집에 있는 연식 지난 에어컨 따위와는 비교도 안 되는 천장 매립형 업소용 에어컨이 빵빵하게 뿜어 대는 냉기는 정원의 오롯이 드러난 허벅지에 소름이 돋을 정도였다. 오늘은 첫 데이트였다. 맛난 빙수를 이 잘난 총각하고 맛나게 먹고 싶을 뿐이었다.

"여기 진짜 예쁘죠?"

원목으로 된 인테리어에 안 어울리게 여기저기 잡다한 인형들로 가득한 곳이 뭐가 예쁜지 잘 모르는 승우는 제 건너편에 앉은 정원의 예쁜 얼굴을 보고 건성으로 대답했다.

"그러네요."

시원한 빙수를 먼저 드셔 주시고, 2차로 현세에 내려오신 가장 저렴하고 아름다운 월하노인인 생맥을 적당히 드링킹하고 뜨뜻미지근한 분위기를 만들 계획이었다. 선남선녀 사이에는 알코올이 들어가 줘야 뭔가 썸띵이 일어나는 법이라는 걸 잘 알고 있는 그녀였으니까.

"여기요!"

"여기 셀프 주문인데요?"

당당하게 손을 흔든 정원을 무색하게 만든, 카운터에서 한 발자국도 나올 생각이 없는 알바생의 통명한 소리를 들으며 그녀는 오늘 일진이 그리 아름답지 못할 거란 불길함을 애써 외면했다.

"아니, 내 돈 내고 먹는데 가지러 가는 수고까지 해야 하다니!"

그러나 그녀의 투덜거림은 요즘 사람들에겐 어이없는 혼잣말일 뿐이었다.

"음……. 보자. 여기 초코 빙수 하나하고요, 승우 씨는 뭐로 해요?"

"네, 네? 전 아무거나……."

당황한 승우가 엉거주춤하게 일어나면서 대답했다.

"음, 치즈 빙수도 먹고 싶으니까. 승우 씨는 치즈 먹어요. 여기 초코 하나랑 치즈 하나요."

정원이 당당하게 말하자 여전히 퉁명스러운, 오늘 점장한테 된서리라도 맞았는지 뿌루퉁한 알바생이 어이없다는 듯 되물었다.

"저기, 이거 하나가 되게 크거든요?"

"그래서요?"

은근 기분이 나쁜 알바생의 되물음에 세상 물정 모른다고 무시를 하는 건가 싶어 정원은 괜히 뾰족하게 되물었다.

"이게 두 분이 드시기엔……."

"아니, 그럼 지저분하게 하나를 나눠 먹으란 말이에요? 두 개 달라고요."

"아, 네. 초코초코 대박 빙수와 치즈치즈 만땅 빙수 두 개 32,000원입니다."

"참, 내. 더럽게 비싸네. 비싸서 하나만 먹으라는 건가?"

계산을 하면서 투덜거리는 정원을 보는 알바생의 어이없다는 표정이 더 심해졌다.

"아니, 내 돈 내고 내가 먹겠다는데 왜 저래. 요즘 애들은……."

정원이 투덜거리면서 승우의 앞으로 돌아오자 그는 주변을 둘러보았다. 알게 모르게 시선이 집중되고 있다는 게 느껴졌기 때문이다.

"그러게요. 직원이 좀 그러네요."

"요즘엔 세상이 왜 이런지 모르겠어요. 옛날에는 메뉴판도 갖다 주고 정성껏 서빙도 하고 그랬구만. 진짜 옛날이 그립다니까요."

"가져다주면 좋죠."

그때였다. 승우의 눈에 구석에 앉은 네 명의 여자들이 열심히 퍼묵퍼묵하고 있는 산더미 같은 빙수가 들어온 것은. 설마?

"아, 맛있어야 하는데. 빙수란 거 대학생 때나 먹어 보고 처음이라서. 일단 빙수를 시원하게 드셔 주시고 2차는 어디로 갈까요?"

"2차요?"

"그럼요. 불금 아니에요. 2차도 가야지. 참, 내일 쉬죠?"

"아, 저 내일 상하차하는 날이라서요."

"아니, 토요일도 배송을 시키는 사람이 있어요?"

발끈한 정원이 말했다.

"오늘 저녁에 주문 들어와서 발송되는 건 토요일 아침에도 하거든요."

생각해 보니 그랬다. 정원도 토요일에 물건을 받아 본 적이 있었으니까.

"에잇, 젠장. 그럼 일찍 끝나요?"

정원의 머릿속에서 뜨거운 불금이 슬금슬금 사라졌다. 이러면 안 되는데.

"상하차만 하면 돼서 배송은 안 하거든요. 금방 끝날 거예요."

말과는 달리 그에겐 다른 일이 있었다. 그러나 약속이 성사될지 알 수 없었기에 잔뜩 실망한 표정의 정원에게 미리 말할 수는 없었다.

"아, 다행이다."

뭐가 다행일까. 그녀의 말뜻을 생각하려는데 갑자기 옆에서 요란한 소리가 났다.

지이이잉.

"이게 무슨 소리지?"

계산서와 같이 받은 진동벨이 울리고 있었다.

"빙수 나왔나 봐요. 제가 가져올게요."

"아니에요."

집에서야 셋방 총각이지 나와서까지 이 잘난 남자한테 주인 행세를 할 생각은 없었다. 처음의 그 뻔뻔함은 어디 갔는지 셋방 총각이라는 생각 탓에 순한 양이 된 이 남자의 기를 좀 세워 주고 싶었다.

절대 그 구남친 앞에서 말도 못 하던 순종적인 여자로 되돌아갈 생각은 없었지만 이 남자에겐 오히려 너무 기가 센 괴팍한 모습만 보여 줘서 이제부터라도 조신하고 여성스러운 모습을 보여 주고 싶었다.

"내가 가져올게요."

발랄하게 일어나 카운터로 간 정원은 잠시 머뭇거려야 했다.

"우선 초코초코 대박 빙수 나왔습니다. 치즈치즈 만땅은 가져다 드릴까요?"

라고 물은 알바생의 말은…… 딱 적당했다. 절대 정원 혼자 두 개를 들 수 없었으니까.

"아…… 이게 빙수예요? 나 대자로 시킨 적 없는데."

"원래 크기가 이렇습니다. 3~4인용이거든요."

정원은 초코 시럽과 초코 케이크, 초코 과자가 쌓여 있는 산 같은 빙수를 보고 잠시 얼어붙은 채 서 있어야만 했다. 그러다 그 뒤에 다른 알바생이 들고 나오는 치즈와 치즈 케이크가 쌓인 노란색의 거대한 산을 보고 허탈하게 웃고 말았다.

"음, 요즘은 이렇게 많이 먹나 봐요."

"그, 그러게요."

두 사람은 앞에 쌓인 거대한 산 두 개를 보고 갑자기 천장에서 나오는 에어컨 바람이 세차게 느껴졌다.

"아, 나 빙수 정말 먹고 싶었거든요. 먹죠. 와, 진짜 초코 찐하네!"

"그래요?"

정원은 저를 보고 퉁명스럽게 대꾸하던 알바생의 미소가 왠지 비웃음으로 보였다.

흥, 이까짓 것 어차피 다 얼음인데! 녹으면 얼마 안 되거든!

정원은 요즘은 물이 아니라 우유로 빙수를 만든다는 것도 모르고 있었다.

흥! 이까짓 것 다 먹어 주마…….

전투적인 의지를 불태우며 정원이 숟가락을 들었다.

"먹죠!"

"네."

그러나 대답하는 쪽은 시원치 않았다. 거대한 빙수 산을 보고 이미 위장이 써늘해지는 느낌이었다.

그 느낌은 정확했다. 아니, 위장이 써늘해지지 않을래야 않을 수가 없었다.

위장뿐만 아니라 손발, 허옇게 드러난 허벅지까지 써늘 그 자체가 되고 있었다. 비싼 가격과 얼마나 먹나 두고 보자는 듯한 알바생의 표정만 아니었다면 그렇게 커다란 얼음산을 전부 위장에 쏟아붓는 만용을 부리지는 못했을 것이다.

"아, 날씨 참 좋네요."

마치 온풍기를 틀어 놓은 듯 뜨끈뜨끈한 밤공기가 가득한 바깥으로 나오자 정원의 입에서 저절로 이런 대사가 튀어나왔다.

"그러게요. 그런데 괜찮아요?"

남자인 그조차 속이 시린데 아무리 먹성이 좋다 해도 보기엔 가냘픈 여인네인 정원이 괜찮을까 싶어 승우가 물었다. 정원은 속이 괜찮지 않았지만, 그래도 오늘은 불금이라는 것을 상기시켰다. 게다가 첫 데이트였다!

"괜찮아요. 아, 공기 좋네."

매연이 가득한 대로였지만 따뜻하니 좋은 거였다. 그때였다. 그녀의 시린 손에 냉기가 사라진 게.

"손 차갑네요. 찬 걸 너무 많이 먹었어요."

"아, 뭐 더운데 오히려 시원해 좋았잖아요."

슬그머니 손을 잡는 이 셋방 총각의 센스가 맘에 들었다. 자, 이제 2차로 가 볼까?

정원은 용기가 불끈 솟았다.

그러나 용기는 씩씩하고 굳센 기운, 또는 사물을 겁내지 않는 기세일 뿐이었다. 마음가짐을 지칭하는 단어일 뿐이라는 이야기였다.

세상의 모든 일은 용기로만 해결되지 않는다. 그에 부수적인 여러 가지 현실적인 문제들이 실질적으로 작용해서 일어나곤 했다.

"저, 저기……."

"잠깐만요. 저기 안방에 또 있어요."

정원이 문 안쪽에서 간신히 대답했다. 제발 저 문밖에서 사라지라고 소리치고 싶었다. 물론 안방에 있는 화장실을 열어 본 적이 몇 번이나 되는지는 기억나지 않았다. 아니, 안 건드렸으니까 오히려 깨끗하지 않을까 싶은데 자신이 없었다.

그러나 이 상태의 화장실에 저 총각이 들어와서는 절대, 네버 안 된다.

"윽."

밖의 인기척이 급하게 사라진 걸 느낀 정원은 저도 모르게 소리를 냈다.

불타는 금요일 밤, 막상 불타고 있는 건 빌라 4층에 있는 두 개의 화장실 레버였는지도 몰랐다.

순정이 들끓는 로맨스 작가, 이름 모를 선물 님이 꿈꾸던 불금의 폭풍 'ㅅㅅ'는 이게 아니었다. 그러나 뭐 슬쩍 단어가 틀리긴 해도 폭풍 'ㅅㅅ'인 건 맞으니까.

16

다른 세상에 살고 싶다

"괜찮아요? 안 괜찮으면 올 때 약 사 올까요?"

"괜찮아요……."

정원의 대답에 다행이라는 생각이 든 건 약을 사 올 돈이 없다는 치명적인 이유 때문이었다. 생전 처음으로 비참하다는 생각이 든 순간이었다.

제 운명 따위가 동화책이나 드라마에 등장 할 만큼 우습다는 자조보다 훨씬 더 심한 자괴감이 몰려왔다.

"나 지금 가 봐야 해서……."

"네, 그런데 승우 씨는…… 괜찮은 거죠?"

하늘이 노랗게, 아니, 말갛게 보였다. 몸이 가뿐하다 못해 붕붕 뜨는 것 같은 느낌이 드는 것으로 보아 몸무게가 얼마쯤 빠져나간 게 분명했다. 그러나 남자의 자존심이란 게 뭔가.

"괜찮습니다. 금방 다녀올게요."

어제도 지각을 했기 때문에 얼른 나가 봐야 했다.

"좀 자요."

"네."

모기 같은 그녀의 목소리를 듣고 그는 허공에 발을 디디는 것 같은 느낌이 들었지만 재빨리 계단을 내려갔다.

남자가 다다다 소리를 내면서 계단을 내려가고 나서야 그녀는 바디 필로우에 머리를 짓이겼다.

"젠장. 제기랄, 그 알바놈 때문이야……."

평소 바르고 고운 말을 사용했었다. 물론 생각해 보니 혼잣말이 전부였지만 고정원의 입에서 욕설이 튀어나오게 만들 만큼, 간밤의 폭풍은 거셌다.

젠장, 첫 데이트를 이렇게 폭사시키다니. 대체 화장실을 몇 번이나 갔는지 알 수가 없었다. 물론 셋방 총각도 저 끔찍한 안방을 지나 더 끔찍했을 안방 화장실을 비슷한 빈도로 드나든 게 분명했다. 젠장, 젠장, 제엔장…….

하늘이 핑 도는 것 같았지만 도는 건 천장의 장식등이었다. 정원은 겨우 비실거리면서 안방의 문을 열었다. 버리려고 꺼냈던 옷장 속의 곰팡이가 창궐한 옷들이 침대에 가득 쌓여 있는 그야말로 저장 강박증 환자의 폐허가 된 집 안을 보여 주는 듯한 모습이었다.

아, 이럴 줄 알았으면 그 깔끔 떠는 박진수를 데려와서 침대에 앉혀 놓고 일장 연설이라도 해 줄 걸……. 더 걸어가서 굳게 문이 닫힌 안방 화장실까지 점검할 만한 기력은 없었다.

"에휴. 기운 없다."

밤새 잠을 못 자고 화장실을 들락거린 탓에 기운이 없었다. 그러나 여기서 절망하면 안 되는 거였다. 불금이 지났다 하더라도 아직 불토가 남지 않았던가. 내일은 온전하게 저 부지런한 택배 기사도 출근을 하지 않는 명실상부한 빨간 날이었다.

"그래! 오늘이 진짜야!"

정원은 비실비실한 걸음걸이로 다시 컴퓨터 앞으로 갔다. 절대 제 본분인 연재를 마저 쓰기 위해서가 아니었다. 어떻게 하면 이 불타는 토요일을 불태울 수 있는지 그것을 검색하기 위해서 간 것이었다.

"승우 어디 아파?"

밤새 폭풍 설사를 했다는 걸 이야기할 수는 없었다.

"아뇨."

"요즘 핼쑥하네. 거 어디 셋방 얻었다더니 영 아닌가 봐?"

영 아닌가? 그런 건 아닌데…….

몸이 축나고 있는 걸 보니 문제가 있는 건지도. 그러나 어젯밤은 실수일 뿐이었다. 아무렴.

"아뇨. 괜찮습니다."

"그럼 다행인데…… 영 아니면 옮겨야지. 월급 나왔어. 원래 월요일 입금인데 오늘 입금시켜 줄게. 우리은행 통장이지?"

"아, 정말요? 감사합니다."

솔직히 평생 돈 문제에 대해서 그다지 신경 써 본 적 없는 삶이었다. 넉넉해서라기보다는 물질적인 것에 별로 연연하지 않았기 때문이라고나 할까. 그래서 아무것도 없이 뛰쳐나올 수 있었다. 그러다 보니 닥친 현실이 더욱더 막막하긴 했었다. 그런데 첫 월급이라니.

"승우만큼 성실한 사람을 못 봤어. 그러니까……."

"아, 저 그게."

한 달만 딸랑 일하고 월급 받고 도망가는 젊은 사람을 많이 봐 온 영업 소장이었다. 심하면 하루만 일하고 줄행랑치는 이도 부지기수였는데 묵묵히 일을 잘해서 예쁘게만 보였던 승우였다.

"이제 와서 딴소리하면 안 돼? 알았어?"

"그게……."

머릿속이 복잡해졌다. 저쪽 일을 무시할 수 있을까.

"점심때쯤 오려나?"

정원은 어제 느지막이 배달 온 음식 재료로 뭘 할까 고민하다 열심히 김밥과 샐러드를 준비했다. 형형색색의 속내를 자랑하는 가지각색의 김밥을 흐뭇하게 내려다보던 그녀는 인상을 쓰면서 시계를 쳐다봤다. 분명히 오전에만 일을 하고 온다던데.

"점심 먹고 뭐하지? 이놈의 해가 져야 뭘 하지. 음……."

말을 하긴 그렇지만 안방의 상태는 영 아니올시다였다. 그녀의 라꾸라꾸 침대도 뭐 그다지 쓸 만하지 않았다. 셋방 총각의 방이야말로 방바닥에 베개도 없이 달랑 이불 하나뿐이었다.

제가 밝히는 건 아니지만, 그래도 한집에 사는, 결혼을 약속하고 부모도 인정한, 혈기가 왕성한 남녀가 불타는 토요일을 맞게 되었다. 그러니까…….

"으. 흠흠……. 으흐흐흐."

제가 왜 노총각들이나 국방의 의무를 다하느라 불타는 정념을 가슴속에 쑤셔 넣고만 있는 군인 엉아들이 걸 그룹 조카들의 짧은 치마 밑 허벅지를 보면서 내는 의성어를 내뱉고 있는지는 모르겠으나 쌓여 있는 김밥을 보면서 그녀는 여전히 비실비실 웃고 있었다.

"들어오시죠."

제 위아래를 흘끗거리는 이유를 승우는 잘 몰랐다. 그의 옷차림새가 이 휘황찬란한 곳과 전혀 어울리지 않아서라는 걸 본인만 모르고 있었다. 비서진이 바뀌었고 방의 주인이 바뀜에 따라 인테리어도 달라졌다. 뭔가 좀 더 위압적이고 잔뜩 꾸민 티가 역력하다고나 할까.

주인이 바뀌기 전, 아니, 한참 전에 왔을 땐 비서들이 방문자의 옷차림새 따위를 신경 쓰지 않을 정도로 일만 하는 분위기였다. 물론 저 방 안도 그랬었다. 중역의 개인 사무실이라고 믿겨지지 않을 만큼 서류 더미가 쌓였었고 일 중독자의 방이라는 걸 한눈에 알 수 있었으니까.

그러나 지금은 그렇지 않았다. 물론 요즘은 종이 서류가 점점 전자 기기로 대체되는 추세니까 거대한 책상 위에 포진한 큰 모니터와 위에 올려놓은 태블릿이 서류를 대신하고 있어서 이렇게 깨끗하고 말끔할 것이다. 하지만 가장 큰 차이는 그 책상의 주인이 변했기 때문이었다.

"어, 오랜만이네. 요즘 고생하나 봐? 몰골이 영 아닌데?"

이 사람과 농담을 하고 싶은 생각 따위는 없었다.

"승진한 거 축하드립니다. 한 상무님."

"수순에 의해서 된 거라 그렇게 축하받을 일도 아닌데 뭐. 앉지. 뭐 좀 마시겠어?"

자리가 사람을 만드는가 보다. 늘 승제 형 옆에서 주눅이 들어 있던 과거와 비교하면 마치 딴사람같이 느껴질 정도였다. 게다가 살이 좀 붙어서인지 훨씬 나아 보였다. 아마 거대한 책상 위에 놓인 명패에 박힌 직함이 주는 효과일 것이다.

"마실 건 필요 없고 휴일인데도 이렇게 나와 주셨으니 용건만 이야기하겠습니다."

"용건? 우리 사이에 일 이야기할 게 있었나? 그냥 안부 인사 온 거 아니야? 회장님 눈에 난 건 옛날 일이라 이제는 혼자 잘 살고 있다던데 말이지. 네 그런 용기 있는 행동은 정말이지 본받을 만해. 집안에 빌붙어서 제 앞에 떨어지는 고물로도 한평생 아무 생각 없이 즐겁게 먹고살 수 있을 텐데 말이지. 대단해! 대단하고말고."

승우는 쓴웃음을 지을 수밖에 없었다. 집안에 빌붙어서 제 앞에 떨어지는 콩고물로도 모자라 남의 떡을 넘보고 있는 게 누군데.

"그거야 뭐 각자의 팔자인 거고. CK엔터테인먼트 건으로 말씀드릴 게 있습니다."

"아, 그거야 내가 알아서 하는 일인데……. 돈 필요해? 아니면 한자리 필요한가? 책상 하나쯤은 금방 만들 수 있지만 회장님 눈 밖에 나는 짓은 삼가야 해서 말이지. 회장님이 일체 상관하지 말라 하셔서. 아마 지금 여기 있는 것도……."

안 봐도 뻔했다. 그 불같은 어르신도 이제는 노인네이고 사랑하는 아들의 사고로 많이 놀라셨을 테니까. 그러나 거기까지 생각이 미치자 승우는 가슴 한구석이 욱신거리는 것 같았다. 정신 차리자. 일을 해결해야 하니까. 그는 차갑게 한승수 상무의 말을 잘랐다.

"저번 한 부사장님 사고 건 때문에 제가 모든 책임을 진다고 했고, 그걸로 해결이 됐다고 알고 있습니다. 게다가 스폰 계약은 아직 기간이 1년이나 더 남았는데 엉뚱한 소식이 들려서 말입니다."

"스폰?"

마치 처음 듣는다는 듯 고개를 불쑥 내미는 승수의 모습에 승우는 속이 쓰렸다.

"네. 블루윙스 공식 스폰서 계약을 갱신한 게 작년이니까 아직 기간이 1년이나 남아 있죠. 갑작스러운 계약 불이행에 대해서 묻고 싶은데 최고 책임자가 한 상무님이시니 여기 와서 묻는 겁니다."

승우는 최대한 또박또박 말을 이었다.

"인수인계받으면서 하도 복잡한 게 많아서. 잠시만……."

거들먹거리면서 승수가 인터폰을 눌렀다.

"박 비서, 블루윙스가 뭐지?"

기가 막혀서 웃음도 나오지 않았다. 국내에서 가장 큰 계약 스폰을 하는 곳이면 이미 그 규모가 작은 계열사 한두 개와 맞먹을 정도였다. 따로 책임자가 있어야 할 정도로.

그리고 CK엔터테인먼트가 하는 일 중에서도 비중이 꽤나 큰 사업임에 분명했다. 경쟁사에서 대회 개최까지 손을 뻗치고 있어서 주력팀 하나를 전체 스폰하는 것 가지고는 효과가 크지 않아 좋은 성적을 거둔 뒤에는 팀 자체를 그룹에서 운영하자는 이야기까지 나왔을 정도였다. 그런데 갑자기 계획 책임자가 바뀌다니…….

아무리 그 사고 때문이라 할지라도 그런 사사로운 일 때문에 막대한 이익이나 영향력에 대한 손익계산을 하지 않는다는 건 있을 수 없는 일이었다. 적어도 회장님은 그런 사람이 아니셨다.

"아하…… 그 블루윙……."

마치 이제야 생각이 났다는 듯 기름진 미소를 지으면서 승수가 말을 내뱉었다.

"공식 계약서도 있는데……."

"그래, 말 잘했어. 그 계약서 내용이 뭔가? 그쪽에서 좋은 성적을 내줘야 한다는 거. 뭐, 그런 거 주저리주저리 적혀 있지 않았던가. 그런데 그건 이쪽에서 제공하는 거란 말이지. 우리가 그 계약서를 쓴 이유는 이쪽에서 비용을 대고 블루윙스가 우리 회사의 이미지 신장과 광고 효과를 주기 위해서인 것 아닌가? 계약서를 제공한 쪽에서 파기한다고 해서 위해가 있을 거란 조항이 있던가?"

"무슨……."

어이가 없어 승우는 말을 이을 수가 없었다.

"피계약자는 계약 사항을 잘 준수해야 하는 것 아니었어? 그런데 이게 뭐야. 얼마나 일 처리를 미숙하게 했으면 본 경기도 아니고 그냥 연습하다가 그런 대형 사고가 나느냔 말이지. 우리 쪽에서 제공하는 금액이 기본적인 곳에 쓰이지 않는다는 걸 입증해 주는 거 아니겠어? 그러니 당연히 그 계약의 정당성에 대해서 재고해 볼 수 있는 거지. 한 부사장을 보라고. 그룹을 이끌어 갈 후계자야. 그만큼 중요한 사람인데 지금 상태가 어떤 줄 알아? 회장님이 그걸 보고 도리어 배상하라고 하면 해야 할 판 아니야?"

분명히 아까까지만 해도 전혀 모르는 일이라는 듯 대하던 태도가 완전히 바뀌어 있었다. 이런 일을 해서 득을 얻을 사람……. 그 사람이 누군지 알 것 같았다. 한 부사장이 자리에서 일어나지 못하면 누가 가장 큰 이익을 얻을지는 뻔한 일이었다.

"마침 CCTV가 망가졌다는 거예요. 그게 있을 수 있는 일입니까?"

우석이 한 말이 점점 또렷해져 갔다. 왜 모든 걸 알아보지 않고 제 책임이라고만 생각했을까. 눈앞에서 중상을 입은 사람이 보였기 때문일까.

"그 사고가…… 블루윙스의 정비 미숙에서 발생한 게 아니라면 어쩌시겠습니까? 한 부사장님의 사고가 고의라면요?"

증거는 없다. 그러나 심증은 간다. 증거를 찾아내야 했다. 왠지 제 추측에 믿음이 갔다. 왜 그때 그냥 모든 걸 제 탓이라고만 여기고 돌아섰을까.

"뭐? 이제 와서 누구 탓이라는 거야?"

"저는 정당한 계약 이행에 대한 이야기를 하러 왔습니다만. 그 사고 때문이라면 저희 쪽 과실이 다가 아니란 걸 증명해야겠다는 생각이 드는군요. 제가 책임을 진다고 했고 그대로 이행했지만, CK 측에서 자꾸만 그 이상에 대한 책임을 물으신다면 저희도 그게 아니라는 걸 밝혀야겠다는 생각이 듭니다. 그래야만 회장님 말씀대로 될 테니까요. SF 이제 얼마 남지 않았습니다. 저희는 회사가 힘써 준 만큼 기대에 부응하는 성적을 내려 애쓰고 있습니다. 그러나 그 성적을 내려면 준비를 해야 하니까 계약서에 쓰인 대로 스폰 이행해 주시기 바랍니다."

"이미 손 뗀 거 아닌가? 손 떼는 게 우선이고 그다음 단계로 이어지는 거 아니야?"

승수의 얼굴에 비릿한 미소가 번졌다.

네가 원한 건 그거였구나.

"제가 손을 뗐는데도 계약대로 이행되지 않지 않았습니까? 이번 SF 준비 차질 없게 진행해 주시기 바랍니다."

"뻔뻔하군. 나라면 한 부사장 그렇게 만들어 놓고 이 건물에 들어올 생각조차 못 했을 텐데."

"제가 그런 게 아니니까요."

"왜? 그땐 모두 한 감독, 네 불찰이라고 하지 않았어? 그렇게 무릎을 꿇고 매달리던 게 누구였는데?"

한승수의 말이 짧아졌다. 아까까지만 해도 거들먹거리면서 자릿값을 하려는 듯하던 태도가 평소 모습으로 바뀌었다. 갑자기 치밀어 오르는 무엇 때문에 그는 자리에 앉아 있을 수가 없었다.

승우는 저도 모르게 자리에서 일어났다.

"제가 무릎을 꿇고 매달린 건 제 머신에서 사고가 났기 때문입니다. 우리는 완벽하게 준비했습니다. 수치상으로도 모두 완벽했습니다."

"그런데 사고는 났잖아?"

승수의 웃음이 더욱더 번져 갔다.

"그렇죠. 사고가 났죠. 그게 바로 제 잘못입니다. 완벽하게 준비를 했지만 사고가 났다는 거. 왜 사고가 났는지, 무엇 때문에 났는지 밝히지 못했다는 거. 아니, 못 한 게 아니라 안 한 거. 그게 잘못이죠. 이미 사고는 났고 한 부사장님은 다쳤습니다. 그걸 어떻게 다시 되돌릴 수는 없습니다. 그게 제 잘못인 건 맞습니다. 다만, 그 사고가 무엇 때문에 났는지 밝히지 않은 건 그게 제 불찰이라 생각되어서였습니다. 하지만 지금 생각해 보니 사고 날 이유가 없었습니다. 제가 아는 한은 말이죠. 그러니……."

"그래서 뭐?"

승수는 여전히 거만하게 다리를 꼬고 승우를 올려다보았다. 그는 해 볼 테면 해 보라는 듯한 표정을 짓고 있었다.

"제가 알지 못하는 뭔가가 사고를 냈겠죠. 그걸 알아낸다면. 아마 다시는 그런 일이 일어나지 않을 겁니다."

"당연한 거 아닌가? 자기가 낸 사고 원인을 알아내는 것 따위 말이야."

"사고의 원인을 아는 다른 누군가가 있겠죠."

"이젠 그것도 남의 탓이라는 건가? 네가 모든 걸 해 놓고?"

"SF 준비 차질 없게 해 주십시오. 저는 분명히 회장님 앞에서 모든 걸 말씀드렸으니…….”

“CK엔터테인먼트는 모두 내 소관이야. 내가 예산을 삭감하라고 하면 삭감되는 거야. 여기가 어디라고 네까짓 게 와서 난리야. 손을 뗐으면 그것들이 어찌 되든 말든 신경 쓰지 말라고.”

목구멍에서 무언가가 치밀어 올랐다. 막 말을 내뱉으려는 순간, 삐릭 하고 인터폰이 울렸다. 감정이 치닿는 건 승수로서도 그다지 도움될 게 없는지 그가 얼른 손을 내밀어 인터폰을 눌렀다.

“왜?”

—사모님 오셨습니다.

“알았어.”

마치 아무 일도 없었다는 듯 다시 느끼한 미소를 지으며 승수가 일어섰다.

“아, 미안. 내가 약속이 있어서 말이지. 한 ‘전’ 감독이 하고 싶은 말이 뭔지 알고 있으니까. 우선 그 SF 건은 생각해 보지.”

CK엔터테인먼트의 주력 사업이었다. 그런 일에 대해서 아무리 원한다 하더라도 한꺼번에 일을 쓸어 버릴 수는 없는 노릇일 것이 분명했다.

승우가 막 뭔가 대답하려는데 달칵하고 문이 열렸다.

“아 손님이…….”

그는 더 이상 말을 잇지 못했다. 익히 알고 있는 그 목소리가 들려왔기에.

아무렇지 않을 수 있었다. 아니, 아무렇지도 않았다.

웃기지도 않게 21세기에 홍길동도 아니고 형을 형이라 부르지 못하고 아버지를 아버지라 부르지 못한 것 따위 상관없었다. 어차피 그들은 다른 세상의 사람이니까. 제가 하고 싶은 공부를 하고 제가 하고 싶은 일을 할 수 있었으니 됐다.

하지만 이 세상에는 사랑하는 부모님 밑에서 사랑받고 태어나도 자신이 원하는 걸 할 수 없는 사람들이 무수히 많았다. 비록 부모의 사랑을 받지 못하고 자랐을지언정 자신이 하고 싶은 일을 할 수 있다는 건 그것 자체로도 행운이고 복이었다. 그리고 스스로가 그렇게 느끼면 되는 거였다.

그런데 그 귀퉁이에 그녀가 있었다.

눈부신 하얀색 민소매 원피스에 반짝거리는 화려한 까르띠에 네크리스와 이어링을 하고 부드러운 갈색 머리를 상큼하게 틀어 올린, 하얀색 클러치 백을 들고 반짝거리는 것 같은 싱그러운 메이크업을 한 눈이 부시게 아름다운 그녀가.

처음 보았을 때도 너무 눈이 부셔서 멍하니 그녀만 쳐다보고 있었다. 그런 그녀의 눈부신 아름다움은 단 한 번도 사그라지지 않았다. 지금도 마찬가지였다.

짙은 음영을 드리운 눈 화장 밑에 깊게 드리워져 드라마틱하게 보이는 긴 속눈썹, 오뚝한 콧대, 촉촉하고 매끄러워 당장이라도 입을 맞추고 싶을 만큼 도톰한 입술. 마치 완벽한 인형처럼 어디 하나 흠잡을 데 없이 완벽한 그녀가 단 한 조각의 당황스러운 표정을 지었다가 곧 아무렇지도 않다는 듯 이 방의 주인에게 말했다.

"손님이 있는 줄 몰랐네요."

"이제 갈 거야. 용건 끝났거든."

승우는 그녀와 자신의 관계를, 의자에 다리를 꼬고 앉아 있는 자가 알고 있다는 것에 손목을 걸 수도 있었다. 그러나 이 아름다운 여인한테는 지금 저 모습이 가장 어울렸고 그건 그가 해 줄 수 없는 것이었다.

누구에게나 선택의 여지는 있다. 이것도 그녀가 선택했을 것이다. 이 여자를 사랑했던 만큼, 승우는 그 선택을 존중했다.

그는 아무렇지도 않다는 듯 고개를 까딱이면서 형식적인 인사를 했다. 허름한 택배 회사의 조끼를 걸치고 볕에 그을린 그와 완벽한 이 사무실과 어울리는 사모님인 그녀와의 사이에선 단 1%의 교점도 보이지 않았다. 약간의 망설임이 서클렌즈를 낀 새까만 그녀의 눈동자에서 느껴진 것은 그의 바람에서 나온 착각일 것이다.

괜찮다.

선택의 여지가 있을 때 자신이 원하는 선택을 하는 건 제 몫이었다. 그것까지 뭐라 할 수 있는 그런 사이는 아니었다. 그리고 이미 제겐 다른 사람이 있다.

"올 때 차 막히진 않았어?"

"글쎄요. 금방 나온 걸요."

승우는 제 뒤로 들리는 대화에 신경 쓰지 않으려 했다. 문이 닫히고 그는 들고 있던 모자를 다시 눌러썼다. 평생 그에겐 없는 단어였다.

후회란 건.

정처 없이, 제 의지와는 상관없이 이해관계에 맞물려서 그냥 순종하듯 그 누구에게도 누가 되지 않게 사는 것이 그가 그동안 살아온 삶의 기조이자 방법이었다. 그의 존재 자체가 그러했으니까.

"조용히 살면 되는 거야. 큰 소리 나지 않게. 그러면서 내가 하고 싶은 걸 조용히 하는 거, 그게 현명한 거야."

수많은 사람 앞에서 늘 자신의 의견을 당당히 피력하면서 때론 남의 의견 따위 폭력적으로 묵살해 버리는 것도 서슴지 않으시던 분이 어린 승우에게 말했었다.

그 사람이 너무 대단한 사람이어서 많은 말을 하진 않았지만 그에게 하는 말 한마디, 한마디가 마치 모세가 사막에서 하느님의 말씀을 불로 돌에 새겨 넣어 십계명을 받았듯이 그에게는 삶의 방법이자 목표가 되었다.

나이가 들어 녹록하지 않은 삶을 살면서 그게 진실이고 가장 올바른 방법이란 걸 차차 깨달아 갔다. 그리고 어느샌가 그게 그의 삶의 방법이 됐다.

은주가 선택한 삶은 그녀가 원한 것일 터였다. 제가 선택한 삶이 그런 것처럼.

억울하거나 슬프거나 화가 나지는 않았다. 아니, 들어선 은주의 모습을 봤을 때 손끝이 잠깐 푸르르 떨리긴 했다. 그러나 그것뿐이었다.

그녀가 마음속에서 원한 삶이 그 비슷한 것이 아닐까 하고 생각했던 적이 있었다. 값비싼 옷, 가방, 보석, 그리고 대단한 자리에 있는 남편…….

그녀를 처음 보았던 그 화려한 파티장에서 둘 다 화려한 옷을 입고 화려한 이들과 엇비슷한 모습을 하고 있었지만 결코 그들과 어울릴 수 없었던 것처럼 그녀는 그와 같은 부류였지만 전혀 달랐다.

그녀처럼 아름답고 화려한 여인은 화려한 이들에게 동화될 수 있는 손쉬운 방법을 알았다. 물론 그는 모친을 통해 그게 가시밭길이란 것을 알았지만.

잘 가……. 나의 여신.

그는 굳이 '나의 사랑' 이란 말을 쓰지 않았다. 그녀를 사랑했다는 말을 차마 할 수 없었다.

사랑이 뭔지 아직도 잘 알 수 없었다. 어쩌면 영원히 알 수 없을지도 모르겠다.

"왜 이렇게 늦었어요? 점심은 먹은 거예요? 이 날씨에 김밥 다 쉬었을지도 모르겠네. 얼른 샤워하고 와요. 금방 온다고 했으면서……. 혹시 그 악덕 기업주가 초과 근무시킨 거 아니에요? 고발해야 하는 거 아냐? 이 날씨에, 토요일에 이렇게 일을 시키다니!"

"아, 김밥이네요."

사랑이 뭔지 모르겠다.

"제가 왕년에 한 김밥 했었거든요. 이게 몇 년 만이야. 이번엔 요 정도니까 다음에는 더 잘 쌀 수 있을 거예요. 씻고 오라니까요. 아니면 몇 개 먹고 씻을래요? 에어컨 더 세게 틀까요? 김밥 쉴까 봐 에어컨 돌리는 여자는 아마 나뿐일 거야."

"씻고 올게요."

이젠 다른 세상에 살고 싶었다.

좋으면 좋은 대로, 싫으면 싫은 대로 열심히 살고 열심히 사랑하면 되는 그런 세상에.

17

뭐가 그리 우습나요?

사람은 배가 부르면 모든 것에 관대해지는 법이었다. 게다가 자꾸만 손이 가서 배가 터질 지경이 되서야 문득 포만감이 느껴지는 감칠맛이 좔좔 흐르는 김밥을 양껏 먹고 나면 더욱더 그러했다.

"장사해도 되겠어요."

복잡해서 터질 것 같은 머릿속은 어느새 짭짤한 단무지와 윤기 좔좔 흐르는 김이 점령해서 혼미해져 있었다.

"원래 한 요리했어요. 그놈 땜에 접기 전까진."

정원 본인에겐 그저 농담일 뿐이었다. 그러나 다른 사람들, 특히 그녀의 가족에게는 할 수 없는 이야기였다. 그건 그녀의 치부였고 상처였기 때문에 함부로 들추기도, 또 옆에서 듣고 있기도 불편했다. 그러나 툭 터놓고 이야기를 한 게 그와 가까워진 개기여서 그런지 마치 농담처럼 말할 수 있어 좋았다.

"아주 나쁜 놈이었네요."

새로운 인연의 옛 연인을 대놓고 이야기한다는 게 좀 머쓱할 수도 있지만 승우는 그걸 느끼지 못했다.

"그럼요. 오늘은 우리…… 음, 영화 보러 갈까요?"

로맨스 소설의 작가님께서 김밥을 싸면서 열심히 쓴 시나리오의 두 번째 장이었다. 맛있게 점심을 먹고 긴긴 오후에 영화 한 편을 때리고 어수룩해지면…… 절대 위장 시린 음식 말고 이열치열 뜨끈뜨끈한 뭔가를 빵빵한 에어컨 밑에서 먹고, 그다음엔…….

"아, 영화요?"

극장에서 영화를 본 적 없는 승우가 당황해서 되물었다. 영화라니…….

"영화 처음 봐요?"

어이없다는 듯 되물은 정원도 실은 에어컨 바람 밑에서 김밥이 쉴까를 살피면서 검색을 해 봤을 뿐이었다. 중 · 고등학생 때 단체 관람 빼고는 영화란 걸 보러 간 적이 없었다.

"어머, 원시인 같아."

웃는 그녀의 표정이 시원스럽지 않았다.

"어디 불편해? 아니면 음식이 맘에 안 드나?"

"아뇨……."

왜 그런지 알 듯했지만 승수는 내심 모른 척했다.

"식 준비 때문에 너무 예민해진 거 아니야? 내일은 장 박사님 뵙고 말씀 좀 들어 봐."

"……."

잔잔한 음악이 흐르는 사이 옆에 빳빳한 제복을 입은 웨이터가 다가와 목이 긴 글라스에 조용히 물을 채웠다.

"치워. 디저트 먹을까? 아니면 자리 옮길까?"

마치 그림처럼 소스가 뿌려진 둥근 안심 스테이크는 손도 대지 않은 채였다.

"아니, 괜찮은데……."

"일어나."

승수가 자리에서 일어나자 웨이터가 다가와 앞에 앉은 은주의 의자를 빼 주었다.

괜찮다고 생각했지만 막상 눈으로 확인하니 그도 소화가 안 되는 느낌이었다. 허름한 작업복을 입고 제 앞에 앉아 있었지만 전혀 그 기세는 죽지 않았다. 아니, 오히려 압도당할 지경이었다. 놈에겐 비싼 옷이나 차가 없어도 뭔가가 흐르는 아우라 같은 것이 있었다.

승수가 다가가 민소매 원피스 사이로 드러난 그녀의 하얀 어깨에 손을 올렸다.

"그…… 파일 제대로 없앤 거 맞죠?"

"걱정 안 해도 돼. 내가 다 잘 알아서 했으니까."

은주의 떨리는 목소리가 오히려 그를 안심시켰다. 절대 그놈의 얼굴을 봐서 이런 게 아니라는 걸 알게 되었기 때문이었다.

"머리 아프면 백화점이나 가지. 소화도 시킬 겸. 이 예쁜 원피스에는 좀 더 화려한 목걸이가 어울릴 것 같은데 말이야."

굳었던 여자의 얼굴에 미소가 돌았다.

"그래요."

"가자고."

승수가 먼저 앞장서서 나서자 자신의 가방을 찾아 드느라 뒤에 나선 여자의 얼굴에 곧바로 미소가 사라졌다.

그을린 얼굴이 더욱 야위어 보였다. 제가 한 선택은 옳았다. 이건 시작에 불과했다. 앞에 걷고 있는 사랑에 눈먼 남자는 아마 앞으로 더욱더 탄탄대로를 걸어갈 게 분명했다. 평생 저 하나만을 바라본 엄마를 생각해야 했다. 이 남자는 제가 원하는 것을 다 이뤄 줄 수 있을 것이다.

그녀는 발걸음을 빨리해서 승수와 어깨를 나란히 했다.

"당신은 아무 걱정도 하지 마."

걱정한 적 없어. 이제부터 시작이니까.

극장이라…….

어둠 속에 가득한 사람들의 폭소가 터져 나왔다. 그러나 승우는 바로 옆에서 까르르 울리고 있는 웃음소리만 듣고 있었다. 정말 이걸 선택한 게 잘한 걸까? 스크린에 반사된 빛 덕분에 환하게 웃고 있는 정원의 얼굴이 희미하게 드러났다.

잘한 걸까?

삶 자체가 비정상이었기 때문에 되도록 바른 길만 걸어가려고 노력했다. 그래 봤자 제 존재가 정상이 될 리는 없었지만.

흔한 신호 위반 한 번 해 본 적 없었고 길가에 쓰레기를 함부로 버린 적도 없었다. 남들이 다 하는 새치기나 화가 머리끝까지 나도 욕설 한 번 내뱉어 본 적 없었다. 그러나 그렇게 산다고 해서 바뀌는 일은 없었다.

딱히 뭔가를 하려고 그 대단한 학교를 간 건 아니었다. 그냥 어쩌다 보니까 그 자리에 있었을 뿐이었다. 집안에선 그가 되도록이면 눈에 띄지 않길 바랐고 그래서 어려서부터 외국에서 학교를 다녔다.

달리 할 것이 없었고 또 늘 제게 주어진 삶을 열심히, 그리고 바르게 살아야겠다는 생각뿐이어서 닥치는 대로 열심히 했다. 무엇이 되겠다, 어떤 삶을 살겠다는 것도 없이 그냥 남의 눈을 거스르지 않는 '착하고 바른' 사람이 되어야겠다고 생각했을 뿐이다.

가족들의 한대 속에서 유일하게 그를 따뜻하게 대해 준 '형'에 대해서는 좋은 감정이 있었다. 그것이 놀이 상대였을 뿐이라도. 하지만 성인이 되어 전혀 다른 위치에서 올려다보기만 해야 하는 동경의 대상으로 강요되었을 때 그는 더 이상 착한 아이가 되는 게 무의미하다는 것을 느끼고 말았다.

아무리 착하고 바른 아이가 되어도 더 이상 그 자리를 벗어날 수 없다는 걸 알았기 때문이다. 아니, 그 자리를 벗어난다는 게 무슨 의미인가.

그래서 하고 싶은 일을 하려 했다. 우연히 미캐닉이 꿈이라 기계공학도가 되었다는 룸메이트를 따라 서킷에 구경을 갔다가 상주하는 프로팀의 패독(paddock, 자동차들이 코스에 들어서기 전 주차된 상태로 레이스를 위한 준비를 하는 지역)에서 본 그 역동성에 매료되고 말았다. 아무런 생각 없이 따라나선 길이 인생이 완전히 바뀌게 되는 계기가 될 줄 전혀 몰랐던 것이다.

미캐닉이란 자동차 정비공을 뜻하는 일반적인 용어지만 '미캐닉' 이라고 지칭하는 사람은 자동차 경주용 머신을 순식간에 피트하고 정비하며 튜닝과 조립을 하는 전문가를 뜻했다.

처음에는 그냥 그들의 일사불란함이 신기해서 친구를 따라 막연하게 일을 배우고 도왔다. 그러다 점점 주변인들에게 인정을 받았고, 학위를 받자마자 곧 그 일을 본격적으로 하기 시작했다. 집안에선 멀리 있는 그가 뭘 하든 신경을 쓰지 않았다. 그저 조용히 문제만 일으키지 않으면 그만이었다.

미캐닉 일에 익숙해지고 실제 경기를 하는 팀들의 패독에서 경험을 쌓으며 점점 더 영역을 넓혔다. 그러다 전반적인 머신을 디자인하고 프로그램과 경기 매뉴얼까지 짜는 전문 엔지니어 쪽으로 영역을 넓혀 갔다.

그즈음 그쪽 계통에서 두각을 나타내는 그를 보고 한국팀인 블루윙스에서 그를 엔지니어 겸 치프 미캐닉으로 스카우트하게 되었다. 물론 그가 칼텍(캘리포니아 공과대학)의 박사 학위를 가지고 있는 게 큰 계기가 된 건 사실이었다. 열심히 공부라도 해야겠다는 생각에 학과 성적에만 몰두했던 게 남보다 빠른 성취를 가져온 결과가 되었다.

그러나 목적 없이 한 공부가 제가 하고 싶은 일에 도움이 되었다는 게 그가 처음으로 느꼈던 '뭔가 하고 있다는 뿌듯함' 의 시작이었다. 항상 욕심 없이, 목적조차 없이 조용히 살아야겠다고 생각했던 것이 점점 사라졌다. 이 일을 시작했으니 여기에서 최고가 되고 싶다는 욕구가 처음으로 그를 강렬하게 지배했다.

F1 머신을 기반으로 하고 있지만 라페라리의 스폰을 받고 있

는 블루윙스는 한국인이 주가 된 팀이었다. 하지만 주로 해외에서 경기를 했고 특히 페라리 머신의 원 메이크 경기(한 가지 특정 차종으로 레이스를 펼치는 경기)에 의무적으로 참가하다 한국에 서킷이 여럿 생기고 F1 경기를 주최하면서 국내로 주 무대를 옮기게 되었다.

치프 미캐닉과 엔지니어를 겸하긴 했지만 가끔 머신을 타던 그는 연습용 라이센스를 취득하고 심심찮게 경기에도 출천해서 몇 번 좋은 성적을 거두었다.

하지만 연습 경기에서 큰 전복 사고를 당해 팔을 다친 이후로는 본업으로 돌아갔다. 그러다 감독이나 미캐닉, 엔지니어와 레이서가 나뉘져 활발한 활동을 하는 외국과는 달리 열악한 환경에서 나이는 어리지만 많은 경험을 겪은 그가 블루윙스의 감독 자리를 맡게 되었다.

그러다 맞닥뜨리게 된 게 바로 '형'인 한승제 부사장이었다.

"이름이 비슷해서 신기하다고 생각했는데 진짜 승우였네?"

"아…… 네."

캠퍼스에서 패독으로 삶의 터전을 옮긴 뒤로 이제는 자신만만하고 당당해졌다고 생각했다. 그러나 왠지 친숙한 이목구비를 가진, 국내에서 블루윙스의 가장 큰 스폰을 하고 있는 그룹의 책임자를 만난 순간 그는 조용히 살아야 함을 무언으로 강요당한 어린 시절로 돌아가 버리고 말았다.

뻔한 이야기였다. 기세등등한 대기업을 친정으로 둔 사모님 몰래 젊고 예쁜 '진정한' 사랑을 만나 사랑의 결실을 맺었다는 것. 그러나 그 결실은 곧 그 대단한 회장님의 남세스러운 치부가 되어 버렸고 그 부산물인 아이는 온갖 눈총을 받으면서, 자신은 그 이유를 모른 채 숨죽이며 살아야 했다. 대신 대단한 부모를 둔 화려한 황태자는 전혀 다른 휘황찬란한 후계자의 삶을 당연하다는 듯 누리고 있었다.

"네가 승우냐?"

물론 나이 차이가 많이 나기도 했다. 대답을 하지 못하고 고개만 끄덕여야 했었다. 어떤 위협적인 행동을 한 건 아니었지만 마치 아우라처럼 피어나는 대단한 자신감은 어린 그를 질식시킬 정도로 대단했었다.

그러나 그는 배다른 '형'이 좋았다. 늘 집에 갇혀 지내다시피 하다 마치 무슨 특사라도 내리듯 저를 불러 오라는 형의 명령이 떨어지면 넓디넓은 초원에 있는 승마장이나 혹은 예쁘고 화려한 아이들이 잔뜩 모여 있는 곳에 구경을 갈 수도 있었다. 물론 그 화려하고 대단한 아이들은 전혀 그에게 말을 걸지 않았다. 딱 한 명만 빼고.

"넌 이름이 뭐야? 난 에일리라고 해. 한국 이름은 유은주."

천사 같은 외모를 지녔던 은주는 비슷한 운명을 가진 아이였다. 그러나 그녀의 경우는 더욱 상태가 나빴다. 거기 모인 아이

들은 아버지나 어머니의 이름이 하나의 계급장이었다. 비록 내놓을 순 없지만 대단한 계급장을 단 그와 겨우 그 그룹에 낄 수 있었던 그녀의 처지는 비슷하면서도 달랐다.

아이들이 커 가면서 그 계급장은 좀 더 구체적인 힘이 되었고 힘이 없는 이들은 철저하게 도태되었다. 공통점을 가지고 있던 두 사람은 친밀해졌고 서로 의지가 되어 주었다. 다만 눈에 띌 정도로 대단한 외모를 물려받은 그녀는 많은 유혹의 손길을 받아야만 했다.

힘이 없고 내세울 것도 없었던 승우에게 그녀의 존재는 힘을 내야만 하는 동기가 되었다. 그래서 오히려 그는 더욱더 성공하고자 했는지도 몰랐다. 그녀가 다른 아이들이나 배다른 형제들에게 괴롭힘을 당할 때 나서서 말려 주거나 막아 줄 수 없는 제 자신이 한심했기에 그들과 다른 쪽으로 성공한다면 그녀를 꺼내 올 수 있을 거라 여겼다. 당연히 그녀도 그런 생각을 했을 거라 생각했었다. 언젠간 그 지긋지긋한 계급의 굴레에서 벗어날 수 있을 거라는.

그러나 그녀의 생각은 달랐던 모양이었다. 승우는 여자만이 선택할 수 있는 다른 길을 전혀 생각하지 못했다.

"여기 감독인가? 젊은 나이에 대단해. 난 어렸을 적부터 네가 뭔가 해낼 줄 알았어. 잘해 봐."

젊은 나이에 대기업 부사장이란 타이틀을 단 승제가 대단해 보였다. 그러나 승우는 깨닫고 있었다. 서로 다른 길을 가야 한다는 걸.

“최고의 성적을 내겠습니다. CK가 하고 있는 일에 누가 되지 않도록. 대신 아낌없는 성원 부탁드립니다.”

전엔 그저 이 대단한 황태자가 불러 줘야만 나설 수 있는 뒷방의 어린아이였을 뿐이었다. 그러나 지금은 달랐다. 오너와 고용인이라지만 필연적인 고용인이 아니라 스폰서와 그 스폰을 누릴 수 있는 당당한 성적을 거두는 프로팀의 감독이자 책임자였다.

“이런 곳에서 만나게 되니 오히려 당황스러워. 큰 대회에서 굵직하게 이름을 알리게 된다면 그룹 차원에서 대회 개최까지 생각 중이야. 영암이랑 태백 서킷 생긴 다음부터 아주 시장이 커졌거든. 그래서 이번에 전폭적인 스폰을 하기로 기획했어. 실무자를 만나 보고 결정하기로 했는데 뭐 이건 결정하고 자시고 할 것도 없네. 재작년에 싱가포르 대회에서 준우승했던 마이크로믹스에 있었다면서? 거기서 스카우트된 거지?”

“네.”

“좋아. 잘해 보자고. 계약서 가져와, 박 비서.”

일은 잘 풀리는 것 같았다. 원래 스피드광이었던 한승제 부사장이 CK엔터테인먼트의 주력 사업으로 F1을 밀기로 결정한 건 어쩌면 당연한 것일지도 몰랐다. 그러나 어디에서든 의외의 사고는 일어나는 법이었다.

"네깟 게…… 감히 우리 승제를!"

얼마든지 용서를 구걸하고 잘못을 사죄할 마음이었다. 석고대죄를 하라 해도 해야 한다고 생각했다. 그런데 한마디가 그를 파고들었다.

네깟 게…….

네까짓 것이 되려고 한 적은 단 한 번도 없었다. 태어나고 싶어서 태어난 것도 아니었다. 세상에 태어나 남들이 그러하듯 사물을 인식하고 말을 알아들을 때부터 넌 태어나지 말았어야 했다는 이야기를 들어야 했던 게 결코 제 잘못은 아니지 않은가.

백발이 성성해 노한 눈을 부릅뜨고 저를 추궁하는 노인네는…… 스폰을 받는 대기업의 회장이나 혹은 참견질하기 좋아하고 성질 나쁜 옆집 아저씨도 아닌, 그에게 생명을 만들어 준 이였다. 단 한 번도 남들이 부르는 호칭을 써 본 적이 없었다. 아니, 감히 그런 걸 바란 적이 없었다.

왜 제 또래처럼 이제 막 히끗거리는 머리카락이 귀밑머리에 나는 인상 좋은 중년의 아버지를 가지지 못했는지 원망한 적도 없었다. 제대로 몇 번 보지 못해 나이가 의심스러운, 외모는 누나뻘인 아름다운 모친이란 사람에게 제 속을 털어놓아 본 적도 없었다.

그가 그런 추상같은 추궁에서 느낀 건 절망이었다.

자신은 왜 이런 삶에 던져졌는가.

두 달 후에 있을 상해 페라리 레이스에 참가하기 위해서 특별히 개조된 머신을 타고 트랙을 돌던 한승제 부사장이 급커브에서 펜스를 들이박고 차가 전복되는 사고를 당한 뒤에 골절로 인한 하반신 마비라는 중상을 입었다.

승제는 그를 동생으로 생각하지 않았을지도 모르겠지만, 승우는 그를 멀리서 바라봐야만 하는 사람일지라도 피붙이라고 생각했다. 그래서 사고가 나자마자 저도 모르게 뛰어나가 미친 듯이 그를 머신에서 구했다.

그러나 누구도 그걸 알아주지 않았다. 그 사고는 머신을 잘못 조종했을지도 모르는 레이서의 실수보다 사고 난 머신의 정비를 책임지는 그의 잘못이자 과오일 뿐이었다.

"이따위 짓을 할 때부터 알아봤어야 했어."

억울하긴 했다. 제가 뭘 하든 알려고도 하지 않았을 게 분명했다. 그건 아주 우연일 뿐이었다. 벨기에나 프랑스의 치프 미캐닉으로 갈 수도 있었던 걸 한국팀이라는 인연만으로 블루윙스로 이적한 것이었다. 그러다 우연하게 블루윙스의 최대 스폰을 CK가 맡았다.

그러나 작지 않은, 아니, 중차대한 실수 때문에 모든 것은 그에게 흐르는 잘못된 피 탓이 되어 버렸다. 제가 그런 피를 타고나려고 단 한 줌의 노력 따위 하지 않았음에도 불구하고.

"제가 모든 책임을 지겠습니다. 사퇴를 할 테니 블루윙스의 스폰은 그대로 유지해 주십시오."

한 회장의 펄 듯한 분노가 아니더라도 그는 한 부사장의 사고가 제 탓이라고 여기고 있었다. 분명히 레이싱을 한번 해 보고 싶다고 했기 때문에 그 전날 모든 머신의 점검을 일일이 다시 한 상태였다. 진짜 레이서만큼 빠른 속력도 아니었다. 물론 서킷에서 가장 사고가 잦은 구간이긴 했지만 그 속력에 그렇게 머신이 완벽하게 튕겨나가 전복되는 건 드문 일이었다.

생각이 짧았었다. 그 사고의 원인을 명확하게 분석하고 뭔가 다른 잘못이 있었다는 걸 규명했어야 했다. 그러나 블루윙스에 생업을 건 수많은 미캐닉과 엔지니어와 레이서, 그리고 기획하는 인원들의 일자리를 생각하는 데 급급했다. 그게 그의 책무이자 해야 할 일이니까.

모든 게 다 네 잘못이니까.

모든 게 다 내 잘못이니까.

그러니까 자신만 없어지면 되는 거 아닌가. 그런 생각을 했을 뿐이었다. 한 부사장의 근처엔 얼씬도 하지 말라고 엄포를 놓는 한 회장 옆에 서 있던 왜소한 사내가 이제야 기억이 났다. 절대 초면은 아니었다. 은주를 만났던 그 어린 시절의 화려한 모임에서부터 보던 얼굴이었으니까.

"내 사촌 한승수. 작은 아버지 아들이지."

창업주인 세경건설 한주석 명예 회장의 막내아들인 한지명은 현 CK그룹의 한지훈 회장의 동생이지만 어떤 이유에서인지 이미 고인이 된 명예 회장의 눈에 나 경영 일선에서 완전히 물러난 상태였다. 외국에 있다는데 생사조차 불분명했다. 그의 아들이라 소개된 한승수, 즉 지금 CK엔터테인먼트의 상무는 전혀 한씨 집안의 헌칠한 유전자를 받지 못한 듯했다.

늘 자신만만한 한승제 부사장의 뒤에 서서 굽실거리던 그였는데 몇 달 사이 완전히 다른 사람이 되어 있었다.

이상하게도 손이 귀한 한씨 집안에는 형제가 적었다. 요즘 추세야 다들 전문 경영인으로 회사 경영을 이끌어 가고 있긴 하지만 우리나라만의 특유한 재벌 사회에서 오너 일가라는 말은 아주 특별한 위치였다.

아무리 사회에 공헌을 하고 기업의 이익을 사회로 환원한다지만 무조건 내 자식, 내 손자들에게 이 거대한 부를 물려주고 싶어 하는 게 인간의 본성이었다.

그런데 유일한 아들이자 후계자가 사고로 저 모양이 되자 눈밖에 있던 조카에게까지 콩고물이 돌아가는 모양이었다. 다른 아들을 두고…….

바라지도 않았다.

이 기형적인 비뚤어진 욕심들이 만들어 내는 세상 따위는.

승우는 이게 꿈인지 혹은 현실인지 잘 구별되지 않았다.

사람들이 또다시 웃고 있었다. 왜 우스운지 뚫어지게 스크린을 보아도 알 수 없었다. 그래서 옆을 보았다. 비춰진 불빛에 보이는 정원도 웃고 있었다.

"아, 진짜 내가……."

말을 잇지 못하고 웃다가 시선을 느꼈는지 그녀가 그를 쳐다보았다. 다시 맑은 웃음이 터졌다. 화면을 보고 웃는 건지 저를 보고 웃는 건지 알 수 없었지만 그 웃음이 속을 간질였다. 그는 저도 모르게 같이 웃음 지었다.

잘한 걸까?

그냥 즉흥적으로……. 믿고 있었던, 제 여자라고 생각했던 은주가 가장 싫어하는 사람의 곁으로 떠난 것에 앙심을 품고 주인 여자의 말에 응한 거라 생각한 적도 있었다. 그냥 이 여자의 예쁜 얼굴이 보이지 않는 시간이 되면 사실을 말해야겠다 생각하고 있었는지도 몰랐다.

'전…… 진심이 아니었던 것 같습니다. 죄송합니다.'

은주를 다시 본다면 제 마음이 변할 거라 생각했었다. 그러나 그건 기우였다. 화려한 꽃 같은 은주는 그녀가 원하는 자리를 찾았을 뿐이었다. 제가 승수가 앉아 있는 자리를 탐내지 않은 것처럼, 그녀가 그 옆을 원한 건 순리 같은 것이었다. 그냥 제가 받은 부당함과 한 부사장이 사고를 당한 석연치 않은 이유를 깨끗이 밝혀내고 나면 그뿐이었다.

그때였다. 다시 웃음을 터뜨린 정원의 가느다란 손이 그의 손을 잡은 건.

늘 오일과 구리스가 가득한 엔진을 조립하고 손보느라 굳은살이 박인 손바닥에 느껴지는 가느다란 여자의 손이 주는 체온이 그의 마음 한구석을 흔들었다.

다시 시작하면 된다. 어차피 '우린' 상처투성이인 사람들이

다. 혼자 치유하기 힘들면 같이하면 되는 거였다. 혼자 아파할 필요는 없는 것 아닌가.

뭐가 그렇게 우스운 걸까. 다시 여자가 웃었다. 주변에서도 폭소가 터져 나왔다. 여자의 그 웃음이 주는 간질거림이 손을 타고 전해 오는 것 같았다. 자신을 보고 웃는 그녀를 보고 그도 웃음이 터졌다. 스크린에서 무엇이 나오는지는 몰랐지만 그는 제 웃음이 오른손에서 흘러 들어오고 있다는 것은 알고 있었다. 웃음을 터뜨리면서 그는 제 손을 잡고 있는 정원의 손을 꼭 감싸 쥐었다.

18

호텔비는 제가 쏴요! 그러니 그쪽은……

"여름이 가려나 봐요."

나름 대사만 보면…… 참으로 감성 충만한 로맨스 소설 작가다운 샤방한 문장임이 틀림없었다. 그러나 늘 그렇듯 현실이란 그렇지 않았다. '폭풍 ㅅㅅ'의 여파는 그다지 오래가지 않았지만 그래도 뇌리에 강렬한 흔적을 남겨 줄 만큼 충격적이고 처절한 사건임은 틀림없었다. 그래서 이열치열이라고 저녁 메뉴는 한여름 보신 음식의 대표 주자인 삼계탕으로 정했다.

영화를 보고 나서 분명 좀 더 로맨틱한 레스토랑을 골라야 했었는지도 모를 일이지만.

물론 삼계탕집에도 시원시원한 알래스카의 바람을 쏟아 주시는 에어컨이 사방에 포진하고 있긴 했다. 그러나 뚝배기에서 설설 끓고 있는, 맛을 볼 수 있는 인간의 혀가 정말로 대단하다는 걸 절로 감탄하게 만드는 뽀얀 닭 육수와 각선미를 뽐내며 수줍게 두 다리를 꼬고 있는 영계를 정신없이 영접하고 나니 뻘뻘 땀을 흘릴 수밖에 없었다.

물론 배 속을 채우고 있는 쫀득한 찹쌀죽도 남김없이 먹어야 했다. 중간중간 혀를 마비시키는 청양고추도 쌈장에 푹푹 찍어 먹어 줬다. 그러고 나서 가게 문을 나서니 흐르던 땀이 증발하면서 서늘함을 느끼게 됐다. 이것이야말로 선조들로부터 대대로 내려오는 이열치열이 아닌가.

삼계탕집을 나서니 이제야 긴긴 해가 퇴근 준비를 하면서 기울고 있었다.

드디어 불토의 밤인가?

김밥을 말고 나서 긴긴 대낮의 시간을 뭘 하면서 보냈단 말인가. 불토를, 그냥 넘기기엔 아깝기만 한 불토를 뜨겁게 보낼 수 있는 빨간 딱지가 덕지덕지 붙은 그런 상상을 계획하면서 제 전업인 글 쓰는 일도 전폐하지 않았던가.

그러나 나이도 먹을 만큼 먹었고 부모님도, 서로도 공인한 사이니까 상관없다, 를 외쳤던 그녀의 머릿속과는 달리 뜨끈한 국물에 살짝 익어 버린 듯한 혀는 제대로 움직이지 못하고 있었다.

게다가 그녀가 잘못 고른 영화 장르도 한몫했을지 몰랐다. 좀 더 끈적한 애정 영화나 로맨스 영화를 골랐어야 했다. 유치찬란한 히어로물이나 액션 영화는 질색이었기 때문에 자동적으로 천만 관객을 불러 모았다는 한국 영화를 골랐지만 영화는 너무 웃겼다.

물론 뒷부분엔 한국 영화답게 억지 눈물을 짜 줘야 하는 곳도 있었지만 전체적으로 바닥에 떨어진 배꼽들 사이에 제 것을 찾아 봐야 할 만큼 박장대소가 터지는 영화였다. 그러니 영화를 보고 나서 허한 배 속을 뜨뜻한 삼계탕으로 채운 건 전혀 이상하지 않았다. 소주라도 한 잔 마셨어야 했는데 심히 후회스러웠다. 그러나 이미 상황은 종료되지 않았던가.

"음……. 배불러라. 다 먹었으니 집에 가죠."

젠장, 제기랄.

하다못해 호프집이라도 가야 하는 거 아니냐! 불토의 밤인데…… 월하노인이나 삼신할머니도 알코올이 들어가 줘야 술김에 일을 하는 거 아니냐고.

그러나 그건 그녀의 음흉한 생각일 뿐이었다. 힐끗 보기만 해도 그 뜨거운 삼계탕을 국물까지 다 마시면서 땀 한 방울 안 흘리는 허우대 멀쩡하고, 연예인이라면 평생 스캔들 한 번 안 날 것같이 단정단정함이 가득 밴—처음 눈앞에 나타났을 때 태연하게 남자 룸메이트를 자청하던 능글거림은 다 어디로 갔는지—멀끔한 승우의 얼굴을 보니 차마 입을 뗄 수가 없었다. 그넘의 빙수 사건만 아니었더라도!

후회막심이라 할지라도 어쩔 수 없는 거였다. 그러니 재빨리 상황 파악을 하고 다음 단계의 대응법을 찾아야 했다. 집에 가서 뭘 하지?

옷 벗기 고스톱이라도 쳐야 하는 건가?

그때, 상대에게서 전혀 엉뚱한 대답이 나왔다.

"그냥 집에 가게요?"

"네?"

이건 진짜 되물음이었다. 님, 지금 뭐라고 하셨어요?

"이렇게 날도 좋은데 그냥 집에 가게요? 게다가 집은 더운 데다 또 뭐……."

뒤에 생략된 말은 정원도 알 만했다. 정신없는 건 사실이니까. 그렇지만 뭐 또 호프집에 갔다 폭풍ㅅㅅ 2차를 하게? 막 뭐라 답하려는데 옆에서 천연덕스러운 말이 나와 그녀의 입을 막았다.

"외식했으니까 오늘은 외박합시다. 나 월급 탔거든요."

외박? 아니, 외식이 아니라 진짜 외박? 귀를 의심해야 했다.

"뭐라고요?"

정말이지 귀가 의심스러워서 되물었다. 뭔가 잘못된 거겠지. 저 얼굴의 저 입에서 그런 단어가…….

"외박요. 어디 좋은 데 없나?"

정원은 입이 귀에 걸리려는 걸 참아야 했다. 아니, 뭐 꼭 외박이란 게 불그죽죽한 빨간 표지를 떠올리게 하는 건 아니었지만, 그래도 만취 상태라고 하지만 이미 모텔도 간 사이 아닌가.

충동적으로 나온 말이었다.

솔직하고 괴상망측하지만 미워할 수 없는, 그래서 사랑스러운 여자를 내내 어둠 속에서 보고만 있어서 머리가 어찌 됐는지도 모르겠다 싶었다.

딱히 제게 주말이 있었던가? 미국이나 혹은 잠깐 벨기에팀에 있을 땐 레이싱팀 미캐닉이 고급 인력에다 고임금을 받는 직종이어서 넉넉한 주말을 즐기긴 했었다. 다만 공부하고 싶은 게 많아서 칼같이 주말에는 일을 쉬는 동료들과 달리 빈 가라지에서 혼자 기계를 만지고 뜯고 했었다.

그러나 한국팀은 전문 인력이 모자랐기 때문에 비록 치프 미캐닉의 자리에 있었지만 소소한 일도 다 해야 했고 가르쳐야 할 일도 많았다. 그러니 주말이고 평일이고 늘 일에 치여 살았다. 가끔 같은 계통에 일하는 여자 동료들이나, 혹은 그 동료들과 연관된 여자들의 대시를 받아 보기도 했지만 그땐 지갑 주머니에 늘 은주가 있었다.

정말 그녀를 사랑했을까? 그건 이성에 대한 사랑이기보다는 어쩌면 하느님이나 절대자에 대한 맹목적인 사랑 같은 부류였는지도 몰랐다. 그녀의 손을 잡거나 키스를 하고 싶다는 생각보다는 얼른 더 대단한 사람이 되어야 한다고 다짐을 했으니까. 어쩌면 그녀는 그것에 지쳤을 수도 있었다.

그는 마치 수도사처럼 엄격하게 제 스스로를 가두고 채찍질하는 데 익숙해져서 다른 사람들처럼 인간답게 사는 것에 서툴렀다. 하지만 그렇게 살 이유가 더 이상 존재하지 않았다. 이제 스스로 가두고 짓누르지 않아도 되는 거였다.

“음, 저기 어때요? 불도 반짝반짝하고 이름도…….”

승우의 손가락이 가리킨 야하디야한 건물을 보고 정원은 경악을 금할 수 없었다. ‘모텔 잠자리’라는 휘황찬란한 네온사인이 반짝이는 건물이 보였다. 모텔 잠자리? 날아다니는 드래곤 플라이? 아님 뭐…….

“아니, 지금 저기서 뭘…….”

“시원한 데서 씻고, 캔 맥주도 사서 마시고, 또…….”

아이고, 망측해라. 허우대 멀쩡해서 이렇게 음흉하다니! 엄청 바람직스럽네.

하지만 저도 모르게 얼굴이 붉게 물드는 건 어쩔 수 없었다.

"아우, 무슨 모텔이에요. 칙칙하게. 따라와요!"

그 만취의 날은 물론 빼야 했다. 그렇다면 오늘이야말로 첫날밤 아닌가. 첫날밤을 거실의 라꾸라꾸 침대에서 보낼 수 없는 것처럼, 잠자리 모텔의 둥그런 러브 침대에서 보낼 순 없는 거였다.

그래도 혹시나, 혹여나, 행여나, 어쩌면…… 하고 혼자 구시렁거리면서 극장 주변의 음식점과 함께 검색한 곳이 있었다. 그러나 설마 오게 될 줄이야. 혹시나 하면서 검색이라도 해 본 게 천만다행 아닌가. 역시 사람은 유비무환이라고 했어……. 정원은 스스로를 대견하게 여기면서 당당하게 걸음을 옮겼다.

"따라와요."

"네? 아……."

은은한 불빛이 우아함을 뽐내고 있는, 그다지 규모가 크지 않은 호텔이었다. 그러나 그녀는 잘 모르고 있었다. 말만 호텔이지 앞에 관광이 붙은, 실제 용도는 번화가에서 그나마 주머니 사정이 두둑한 커플들을 위한 '러브'라는 접두사가 슬쩍 가려진 건물이란 걸. 그러나 그녀가 검색해 본 바로는 가장 가까운 곳이었다. 게다가 외관도 깨끗하고 로비도 그럴듯했다.

저번처럼 시뻘건 조명과 스무 살쯤 되어 보이는 얼룩덜룩한 비단 붕어님들이 흐느적거리는 대형 어항 따위도 없었다. 위아래를 훑어보며 카운터를 지키는 흉측한 화장을 한 아줌마도 없었다.

"안녕하십니까? 무엇을 도와드릴까요?"

흘러나온 머리카락 하나 없이 완벽하게 뒤로 묶어 올려붙인 채 새빨간 립스틱을 칠한 어린 여직원이 부드러운 목소리로 물었다. 아무렴, 여자들이 원하는 건 이거지.

"방 하나 주세요."

그녀는 자신이 이런 것까지 해야 하나 싶은 목소리를 내는 걸 잊지 않았다.

"저기 결제는 제가……."

아까까지만 해도 뒤에 있던 승우가 나서자 앳된 얼굴의 프런트 캐셔가 한 톤 높은 목소리로 물었다.

"결제는……."

"잠깐만요."

정원이 사나운 목소리로 말을 막더니 돌아섰다.

"아니. 월세도 없는 사람이 이건 또 무슨 시추에이션이래요?"

"월급 들어왔습니다."

승우는 나름 자랑스럽게 말했다. 이런 일은 처음이었으니까. 솔직히 그동안 단 한 번도 금전적으로 문제가 있었던 적이 없었다. 그가 외국 땅에 나가 있는 것만으로도 집안은 평온했고, 금전적인 일은 전혀 생각해 본 적이 없었다. 게다가 학교를 졸업하고 나서는 소속해 있던 팀이 좋은 성적을 거둬 치프 미캐닉으로 이름이 높았기에 제가 연봉을 얼마나 받는지조차 신경 쓰지 않았다. 신물이 날 정도로 호텔 생활을 하지 않았던가. 다만 이런 러브호텔 같은 소박한 곳은 처음이었고 그 비용도 가늠이 안 가긴 했지만. 그래도 제가 한 달 동안 일한 월급 정도면 될 거라 생각했다.

"그게 얼만데요?"

옆에서 흥미진진한 표정으로 둘을 살피는 프런트 직원의 표정 따윈 무시하고 정색을 한 정원이 되물었다.

"음……. 그야 자세히 안 봐서 모르겠지만 그게……."

그는 주머니를 뒤졌다. 통장과 카드가 있긴 했지만 ATM 창구에 갔다 오지 않았으므로 금액이 찍혀 있지 않았다. 한심하다는 듯 그를 보고 있던 정원이 말했다.

"이봐요, 방금 월급 탔다고 호텔비를 내겠다구요? 그런 식으로 경제관념이 꽝인 남자, 영 아니거든요?"

호텔 로비에서 이게 무슨 상황이란 말인가.

"잔액 빵빵한 내가 낼 테니까 다음엔 그쪽에서 써요."

그러면서 카드를 내미는 정원을 보던 승우는 피식 새는 웃음을 참을 수 없었다.

다른 세상에서 살아 보려고 애쓰는 건 모험이나 다름없었다. 단 한 번도 이런 호텔의 프런트 앞에서 옥신각신해 본 적이 없었기에 이 모험이 나름 즐거웠다.

"그래요."

"음…… 뭐……."

더 이상 말을 잇지 못한 이유는 영수증에 찍힌 숫자보다 훨씬 그저 그런 객실 내부를 봤기 때문이었다. 술이 덜 깼지만 알록달록하고 다이내믹한 나머지 정신이 후덜덜했던 그 모텔 방보다…… 좀 점잖기만 한, 넓이는 더 좁고 매우 단정하기만 한 방을 보고 실망 비스무리한 걸 느낀 정원은 더 이상 말을 잇지 못했다.

"디럭스라더만……."

"뭐 생각보단 괜찮은데요."

저도 썩 그렇게 보이진 않았으나 얼굴에 실망감이 적나라하게 드러난 정원을 위로하기 위해서 그가 말을 이었다.

"생각해 보니까 세면도구도 안 가져왔어요."

"어메니티 있잖아요. 괜찮아요."

"네?"

허름한 외출복을 입은 남자의 입에서 나온 낯선 단어에 의아해진 그녀가 되물었다.

"욕실에 다 있을 거예요. 그리고 시원하긴 하잖아요."

에어컨 바람이 빵빵하게 나오고 있었다. 원래 에어컨 바람을 싫어하는 데다 극악의 열기 속에 단련된 그로서는 이런 인공적인 냉기가 반갑지 않았지만 볼이 퉁퉁 부어 있는 정원이 뭔가 만족했으면 하는 바람에 더듬더듬 말했다.

"호텔인데 뭐, 시원해야지. 아, 우리 그럼 한잔할까요? 호텔은 객실에 먹을 거 있잖아요. 어디 보자……."

텔레비전 옆에 있는 미니 냉장고를 열자 그 안엔 음료와 캔맥주 심지어 양주까지 가득 차 있었다. 그러나 맥주 캔에 써진 글자가 영 맘에 들지 않았다.

"아니, 호텔이라면서 이런 싸구려 맥주를…… 이거 다 돈 내야 하는 거죠?"

"그렇겠죠."

"대체 얼마야…… 이거 마트몰에서 시키면 1,500원도 안 하는데 보자…… 여기 가격표 있네. 에……."

그녀의 말꼬리가 줄어들었다. 아무래도 조짐이 좋지 않았다. 승우의 염려대로, 아니, 그 염려보다 더하게 갑자기 정원이 꽥 소리를 질렀다.

"뭐어어어?"

"왜요? 뭐 잘못됐어요?"

하도 크게 소리를 질러 대는 통에 방을 둘러보고 있던 승우가 놀라 다가왔다.

"이거 한 캔에 9천 원이래요. 이게 말이 돼요? 500밀리도 아니고 작은 건데!"

딱히 호텔 냉장고에 있는 음료의 가격을 생각하면서 마셨던 적은 없었던 것 같았다. 시중보다 비싸기야 하겠지 생각은 했었지만. 그게 그렇게 중요한 일인가 싶었다. 하지만 정원의 분노에 찬 얼굴을 보니 생각보다도 훨씬 더 심각한 일임이 분명해 보였다.

"내가 나가서 사 올게요. 밑에 편의점 많던데."

"에잇. 편의점도 비싼데."

"이건 내가 쏠 테니까 있어요. 갔다 올게요."

"하, 그럴까요?"

승우가 문밖으로 나간 뒤에야 정원은 분노를 사그라뜨리면서 자리에 주저앉았다.

"에휴. 내가 지금 뭐한 거야."

호텔 방이라니.

물론 소설 속에선 주구장창 써 왔었다. 돈이 만수르급은 아니어도 억수로 많은 남자와 빚 때문에 어쩔 수 없이 호텔 방에 가야만 했던 여자, 물론 설정상 곱게 돌려보내 줬다……였지만, 밀회의 장소로 혹은 오해의 여지가 있는 곳으로 주구장창 멋진 호텔을 검색해서 으리으리한 모습을 써 왔었다. 그래서 그녀의 별명이 럭셔리 명품 전용 작가였다. 그러나 그건 어디까지나 쉰내 풀풀 나는 개수대 앞에 포진하고 있는 컴퓨터 책상에서 클릭질만으로 만들어 낸 것들이었다.

럭셔리, 고급이 줄줄 흘러내리는 게 아닌 눈속임 같은 이런 호텔 방값도 이렇게 비싼데, 에서 한 번 좌절해 주시고, 별로 럭셔리하지 않음에 또 한 번 좌절, 냉장고 안 주전부리의 터무니없는 바가지스러운 가격에 완벽한 좌절이라니. 정원은 돈도 많은데 좀 더 좋은 데로 갈 걸 그랬나 싶다가도 무슨 하룻밤 자는데 어이없이 큰돈을 들여! 하는 결론을 내고는 화장실에 갔다.

남세스럽게도 욕실과 방이 붙어 한 면이 유리로 된 것을 보고는 다시 한 번 이 방의 용도를 실감하게 되었다. 감상이라도 하라는 거야? 다행히 블라인드가 있어 안이 보이는 불상사는 면할 수 있었지만, 갑자기 그녀의 머릿속에 떠오른 것은 이걸 걷어 놓으면 어떨까. 저 멋진 남자는 볼거리가 많을 테니까, 라는 어처구니없는 생각이었다.

"그럼 내가 먼저 씻고 있어야지."

"아니 방값도 비싼데 드라이어는 왜 이 모양이야!"

시원찮은 드라이어를 탓하고 있는데 삐리릭 문 열리는 소리가 났다.

"아, 편의점을 못 찾아서……. 늦었죠?"

"입구 옆 골목에 있던데……."

아무렇지도 않게 머리카락을 말리면서 대답했을 뿐이다. 왜 저 남자가 문간에 선 채 멍하니 욕실에서 드라이어에게 불평을 하고 있는 저를 쳐다볼까 하고 생각했을 뿐이었다.

삐리릭 등 뒤로 문이 자동으로 닫히는 소리가 나자 그제야 정신을 차린 승우가 여전히 멍한 표정으로 손에 잔뜩 든 비닐봉지를 탁자 위에 올려놓았다.

"맛있는 거 사 왔어요?"

머리카락을 말린 건 솔직히 할 일이 없어서였다. 호텔 방에 있는 텔레비전 따위는 안 본 지 오래됐으니까. 그나마 모텔과 호텔의 경계를 나타내 주는 뽀송뽀송한 샤워 가운을 입은 채 젖은 머리카락을 하고선 조르르 달려 나가 비닐봉지 안을 살피면서 정원이 아무렇지도 않게 말했다.

"승우 씨도 씻어요."

"……네?"

"와, 맛있는 거 많네. 맥주도 이렇게 많이 사 오다니!"

오로지 봉지 안에 있는 내용물에만 신경을 쓴 그녀가 한 말의 의미를 생각하다 멍하니 욕실로 가 버린 승우를 눈치채지 못한 정원은 맥주 캔을 따고는 안에 든 주전부리를 꺼내 흐뭇한 표정으로 의자에 앉다 물소리를 듣고 생각했다.

'아차!'

욕실의 블라인드를 걷어 놓지 않았다. 좋은 구경을 놓쳤구나.

늘 같은 집에 있어서일까. 정원은 아까까지만 해도 제 머릿속을 수놓던 19금스러운 빨간 딱지들을 다 잊어버리곤 요란한 물소리를 들으며 주전부리들을 종류별로 맛보는 데 정신을 쏟고 있었다.

쿵쿵거리는 심장 소리가 저 밖까지 들릴 것만 같았다.

그냥 해 본 말에 지나지 않았었다. 극장의 어둠 속에서 느꼈던 맑은 웃음소리를 좀 더 가까이에서 보고 싶었을 뿐이었다. 어차피 늘 같은 집에서 먹고 자고 했으니까. 차 안에서의 길눈은 밝은데 걸어 다니는 것에는 영 젬병인 그가 편의점을 찾아 헤매다 돌아왔을 땐 하도 헤매느라 시간을 잡아먹어서 미안했다.

그러나 들어오자마자 샤워 가운을 입은 정원이 젖은 머리카락을 말리는 것을 보자 갑자기 숨이 멎을 것 같았다. 시선을 돌리려고 내려다보았을 때 보인 하얀 가운 밑에 물기가 촉촉한 복숭아뼈는 문득 입을 맞추고 싶다는 생각이 들 만큼 예뻤다.

"휴……."

이 상태로 나갈 수 있을까.

"뭘 그렇게 오래 씻어요? 하긴 우리 집보다 욕실 상태가 좋긴 하니까……."

맥주 캔 하나를 비우고 두 번째 캔을 뜯어 반이나 마신 뒤였다. 평소에도 후다닥 씻는 그녀는 욕실에 지겹도록 오래 있는 룸메이트들을 이해할 수 없었다. 대체 뭘 하느라 한 시간씩 욕실에 있는 건지. 그건 이 남자도 못지않았다. 안에서 뭐 껍질이라도 벗기는 건가.

그러나 달깍 소리가 나서 한참 공허하게 돌리던 TV 채널을 꺼버리고 고개를 돌리던 그녀는 할 말을 잊어버리고 말았다. 말을 했다간 '딸꾹' 하는 소리가 붙을 뻔했다.

저도 똑같이 입었지만, 하얀 가운은 저 남자를 위한 것 같았다. 가운을 입고 머리카락이 젖은 채 나온 남자는…… 예술이었다. 아깝다. 블라인드를 올려놨었어야 하는 건데!

눈을 부릅뜨고 쳐다본 이유는 머릿속에 완벽하게 스캔을 해서 나중에 글을 쓸 때 써먹어야겠다 싶어서였다. 아, 저번에 쓴 것도 그렇게 독자들이 좋다고 난리였는데 부족했던 거였어. 이거 반만이라도……. 그러나 저를 빤히 쳐다보고 있는 남자의 눈에서 제 생각을 들킨 듯한 느낌이 든 정원은, 어느덧 앞에 다가온 그에게 겸연쩍게 맥주 캔 하나를 들어 내밀었다.

"엄청 시원해요! 시원하게 한 잔……."

그러나 그녀는 더 이상 말을 이을 수 없었다. 그녀의 손에 닿은 것은 남자의 손이 아니라 입술이었다.

"엇!"

정원의 손을 차갑게 했던 맥주 캔은 어느 순간 남자가 탁자 위에 내려놓았다.

파바바박!

머릿속에서 스파크가 튀는 소리를 들은 건, 아니 실제로 들린 적은 없으니까 느낀 건 지금이 처음이었다.

물기 젖은 남자의 입술이 그녀의 뺨에 닿았다. 역시 촉촉한 남자의 손이 그녀의 얼굴을 감쌌다. 그리곤 망설임 없이 그녀의 입술을 찾아 물었다. 금방 이를 닦았는지 싸하고 차가운 혀가 거침없이 밀고 들어와 그녀를 속을 휘저었다.

이건 뭐였을까. 그녀가 그토록 쓰려고 애쓰던 그 무엇이 아니었을까.

그러나 샤워 가운 안으로 파고 들어오는 차가운 손길 때문에 그녀는 정신이 아득해져서 아무것도 기억할 수가 없었다.

19

이분이 바로 오 선생?

"으윽!"

그의 몸에 온기가 가득했다. 맞닿은 입술과 엉켜 있는 혀, 그리고 손 아래 느껴지는 여자의 매끈한 쇄골과 그 밑에 은근한 둔덕의 체온이 그를 덥히고 있었다. 그녀의 작은 손에서 느꼈던 것처럼 타인의 체온이 이렇게 따뜻할 수 있다는 걸 그는 처음으로 느끼고 있었다.

사랑해, 미친 듯이 사랑한다. 이런 말과는 거리가 먼 관계지만 그녀라면 서로의 상처 난 몸을 핥으며 체온을 나누기에 충분했다. 손에 넘쳐 터질듯 느껴지는 그녀의 가슴을 그가 조금 더 힘주어 잡았다.

"으윽!"

괴상망측하게 사랑스러운 그녀의 입에서 정상적인 야릇한 신음 소리가 흘러나왔다. 젠장, 혹은 빌어먹을 같은 말을 기대했나? 저도 모르게 이상하다는 생각을 하며 그는 입술을 떼고 그녀를 내려다보았다. 눈을 꼭 감은 채 입술을 반쯤 열고 있는 얼굴은 흥분으로 홍조를 띠고 있었다. 함께한 시간이 그리 길지 않았음에도 불구하고 그녀의 엽기적인 행동에 길들여지고 전염된 게 확실했다. 자뻑마저도…….

"기대 이상으로 좋은가 보죠?"

그의 목소리에는 웃음이 가득했다. 스스로 놀랄 정도로. 순간 스쳐 지나가는, 그를 암울하게 만드는 사람들을 그녀가 발로 뻥뻥 차 버리고 구해 줄 거라는 착각이 들었다. 이내 말도 안 된다고 작게 고개를 저었지만.

키스할 때도 얌전하던 그의 아랫도리에 힘이 들어갔다. 이런 식으로 욕구를 느껴 본 건 실로 오랜만이었다. 아니, 은주와는 그런 관계가 아니었으니 처음이라고 할 수도 있겠다.

승우가 다시 반쯤 열린 정원의 입술을 물려고 할 때였다.

"내가 뭐하는 사람인 줄 알죠?"

따뜻한 입술로 달콤한 숨결을 내뱉으며 열렬히 응대할 줄 알았는데 들려온 건 엉뚱한 말이었다. 그녀가 뭐하는 사람이었더라? 쓰레기성애자? 택배 마니아? 원룸 관리인?

"아~ 알죠."

로맨스 소설 작가. 그것도 상을 받기까지 한.

승우가 대답하자 정원이 눈을 뜨며 물었다.

"뭐하는 사람인데요?"

"로맨스 소설 작가."

"맞아요."

그녀가 의미심장하게 웃었다. 눈치가 전혀 없는 사람이라면 그녀의 말뜻을 이해하지 못할 수도 있을지 모르겠지만 다행스럽게도 승우는 그렇지 않았다.

"로맨스 소설에서는 어떻게 하는데요?"

저를 천장에 매달아 놓고 채찍으로 때린다든가 하는 그런 일은 없을 테지. 이 여자라면 그럴 수도 있겠지만.

승우의 질문에 한참 생각에 빠져 있던 정원이 답지 않게 작은 목소리로 대답했다.

"로맨틱하며 환상적인, 격렬하면서도 지치지 않는……."

"차라리 채찍으로 때려요."

승우가 정원의 앞에서 처음으로 소리 내어 웃었다.

기대 이상으로 좋냐니? 남자의 자백에 아득하게 놓고 있던 정신이 번쩍 든 참이었다. 호텔비가 얼마야. 거기에 얼마나 기대했던 불토였던가. 이런 식으로 남자에게 온몸을 맡기는 걸로 끝낼 수는 없었다. 그러다 만에 하나 저는 하나도 느끼지 못하는 수도 있지 않은가! 그전에도 늘 그래 왔으니까. 남자가 손대자마자 훅 가 버리는 건 소설 속에서나 가능한 일이었다.

이 남자가 로맨스 소설을 막 찢고 나온 비주얼이라고 해도 그건 겉모습일 뿐. 모든 이들이 누누이 이야기하지 않던가! 속궁합은 다르다고. 물론 첫날부터 보여 준, 그가 사라지자마자 메모장을 켜고 묘사해야 했던 몸을 떠올리면 그렇지 않을 거란 생각은 있었다. 썩어도 준치라고. 그 정도 실한 몸이면 한 번도 저를 방문한 적이 없는 오 선생이 올지도 모르는 일이었다.

"로맨스 소설에서는 어떻게 하는데요?"

눈치 빠른 남자의 질문에 즉각 대답할 뻔했다. 물고, 빨고, 핥고, 박고……. 로맨스 소설 속에는 그것밖에 없다고. 하지만 이내 생각을 바꿨다. 차마 쓰지 못해서 그렇지 바라는 것은 어마어마하게 많잖아! 그녀는 로망일 수밖에 없는 말도 안 되는 대답을 하고 말았다.

"로맨틱하며 환상적인, 격렬하면서도 지치지 않는……."

"차라리 채찍으로 때려요."

무슨 소리야? 그의 말을 이해하며 반박하기도 전에 처음 듣는 웃음소리에 놀라고 그다음 번쩍 들리는 몸에 놀랐다.

승우가 그녀를 안아 들었다. 남세스럽기 짝이 없는 공주님 안기였다. 로맨틱함의 시작이었다. 정원은 그의 목에 팔을 감았다. 샤워 가운 사이로 그의 체향이 풍겨 나왔다. 분명 욕실에 구비되어 있는 같은 제품을 사용했는데도 그만의 향이 났다.

사람의 체향이란 참 신기했다. 그는 자동차 정비 일을 했었다고 했다. 지금은 택배 일을 하고 있다. 물론 그런 일을 한다고 해서 기름 냄새, 땀 냄새가 진동해야 하는 것은 아니지만, 뭐라고 할까……. 직업군에 맞지 않는 고급스러운 외모만큼이나 그에게서 나는 체향도 그랬다. 타 작가들의 19금 글이 비로소 이해가 되었다. 이런 향기가 나는 남자라면 하루 종일 핥아 댈 수 있을 것 같다는…….

출렁.

그의 향에 취해 있는 사이 그녀의 등 뒤로 푹신한 감촉이 느껴졌다.

'어머, 나 침대 위로 던져진 거야? 아이, 거칠기도 하지.'

그는 살짝 내려놓았지만 망상을 실현하고자 마음먹은 정원은 그렇게 느끼며 눈을 떴다. 젖은 머리카락은 어느덧 말랐는지 이마 위로 멋지게 흘러 내려왔다. 머리카락 사이로 승우의 눈빛이 보였다.

'야한 눈빛, 먹이를 노리는 야수 같아.'

이 또한 망상이리라.

정원이 초조한 듯 혀로 입술을 축이기가 무섭게 그의 입술이 포개어졌다. 그와 몇 번의 키스를 했던가……. 방금 전의 키스가 정신을 아득하게 만들었다면 지금은 좀 달랐다. 끈적이며 뜨거운……. 저절로 신음이 흐르며 허벅지 안쪽에 힘이 가득 들어갔다.

"당신이 원하는 걸 다 할 수 있을지는 모르지만……."

그러나 기대해도 좋아, 라는 뜻이 담긴 듯한 달콤한 목소리가 그녀를 뜨겁게 유혹했다.

"아아……."

당신이 못 하면 내가 해도 된다고는 차마 말하지 못하겠다. 그를 잡아먹을 생각만 하고 있었다는 말도.

정원의 이런 시커먼 마음을 아는지 모르는지 그의 손이 그녀의 샤워 가운을 벗겨 냈다. 그리고 작게 쿡 웃었다.

"샤워 가운 안에 속옷이라……. 좀 웃기잖아요."

"……어떻게 해야 할지 몰라서."

그녀가 생각해도 웃기긴 했다. 그래도 알몸으로 그를 마주하기엔 너무 목적에 충실한 듯 느껴졌다고나 할까? 우선은 뭐 맥주도 마시며 분위기를 잡을 생각이었으니까. 단지 샤워 가운이 예뻐서 입은 거지 그 안에 알몸으로 난 이미 준비됐단 말입니다, 라고 외칠 건 아니었다.

그러나 그런 멋쩍음을 느낄 사이도 없이 그의 손이 그녀의 브래지어를 벗겨 냈다. 차가운 공기 때문인지, 그를 의식해서인지 유두가 빳빳이 서는 것이 느껴졌다. 그리고 입술로만 맛보았던 그의 부드러운 입술도 함께.

"으흣. 아항."

그가 매끈한 가슴을 물고 빨고 할 때마다 그녀의 몸은 활어처럼 파닥거렸고 낯간지러운 신음 소리가 저절로 흘러나왔다. 미칠 듯했다. 승우의 입술과 혀, 그리고 이가 콤보를 이루며 그녀의 가슴에 스킬을 퍼부을 때마다, 그의 손이 몸을 부드럽게 쓸어내릴 때마다 간지러움이 발끝부터 머리끝까지 타고 흘렀다. 입술은 그렇다고 쳐도 굳은살이 박인 손이 이렇게 부드러울 수 있나? 거칠고 투박한 손길을 예상했지만 그건 완전한 오산이었다. 예상외의 손길이라 더욱 야릇한 기분이 밀려왔다. 당연하게 그녀의 은밀한 곳은 욱신거리며 젖어 들어갔다.

"천천히 준비되면 말해요."

그가 귓가에 속삭였다. 준비는 애저녁에 끝났다고 차마 이야기할 수 없었다. 좀 더 그의 손길을 느끼고 싶었다. 이 애타는 간지러움을 처음 느껴 본 그녀로서는.

정원이 온몸으로 말하는 뜻을 알아차린 그의 손이 그녀의 엉덩이 곡선을 따라 쓸더니 허벅지 안쪽으로 들어왔다. 저도 모르게 허벅지가 모아지고 힘이 들어갔지만 다리 사이로 들어온 그의 다리로 인해 살며시 벌어졌다. 그의 손이 은밀한 곳으로 미끄러져 들어왔다. 촉촉하게 젖어 그를 원하고 있다는 걸 순식간에 들켜 버렸지만 창피해할 겨를이 없었다. 색다른 쾌감에 정신이 없었으니까.

"아항. 으흣……. 거기…… 승우 씨."

그의 손이 짜릿한 감각을 주는 곳에서 멀어진다 싶어 다급하게 손을 잡아 이끌었다. 다시 머릿속이 하얘질 만큼 짜릿함이 밀려왔다. 지금까지 이런 쾌감을 느낀 적이 있었나 싶을 만큼 좋았다. 그런데 부족했다. 정원은 본능적으로 손을 뻗어 불끈거리는 그의 남성를 잡았다. 딱딱하고 뜨거웠다. 그녀만 원하고 있는 건 아닌 것 같아 정원은 용기를 냈다. 그의 실한 분신을 잡아 그녀의 은밀한 곳으로 이끌었다.

"빨리. 흣."

가쁜 호흡으로 목소리가 갈라져 나왔다. 분명 시간이 지나 오늘을 회상하면 창피함에 이불을 걷어차고 몇 번이고 하이킥을 할지 몰라도 지금은 그가 어서 이 부족함을 채워 주길 바랐다. 그리고 그 바람이 순간 이루어졌다. 좁은 입구를 통해 그가 안으로 쑥 들어왔다.

"아흑."

"으음."

두 사람이 동시에 신음을 흘렸다. 정원은 호흡까지 멈추었다.

'으아, 그냥 마냥 좋잖아. 뭐가 이래.'

생경한 기분이었다. 소설에서는 이런 기분을 뭐라고 표현할까? 그러다 문득 떠오른 낱말이 있었다.

'사랑?'

말도 안 돼. 그녀 스스로 어처구니없는 생각을 한다 싶을 때 그가 천천히 움직였다. 생각 따위를 왜 하냐고 질책하는 듯.

"하아……. 아응, 흣."

남자의 기분을 맞추기 위해 일부러 내는 소리가 아니었다. 살이 부딪히는 소리처럼 솔직하게 나왔다. 야동이고 소설이고 그녀의 지금 상태를 표현할 수가 있을까…….

"으음. 내 목 안아요."

시키는 대로 그의 목을 안자마자 그가 그녀의 등을 감싸며 일으켰다. 그와 마주 보며 앉고 말았다. 속이 가득 차며 압박되자 어찌할 바를 모르게 되었다. 그때, 그의 양손이 그녀의 엉덩이를 감쌌다.

"움직여 봐요."

"으읏……. 어떻게……."

정원이 고개를 젓자 그가 그녀의 엉덩이를 위아래로 움직였다.

"싫어. 싫어요."

그녀의 뜻 모를 비명에 그의 손이 움직임을 멈췄다.

"하아."

방광이 압박되는 듯한 느낌이 사라지자 정원은 안도했다. 그런데 그건 아주 잠시뿐. 그녀의 몸은 방금 전의 쾌감을 원하고 있었다. 그의 등에 무릎을 꽉 붙이고 그녀 스스로 움직이기 시작했다. 짜릿함이 척추를 타고 흘렀다. 원하던 쾌감, 한 번도 그녀를 방문한 적이 없던 오 선생이 찾아왔다. 숨이 저절로 넘어

가고 몸이 움찔거렸다.

그녀가 오 선생의 방문에 천국을 맛보느라 움직임을 멈추자 승우는 천천히 몸을 뉘였다. 처음과 완전히 뒤바뀐 자세였다. 정원은 다시 시작하는 심정으로 그의 몸 위로 고개를 숙여 키스하고 유두를 물었다.

남자도 여자와 마찬가지로 유두로 쾌감을 느낀다고…… 조사한 자료에는 그랬는데…….

"헉."

맞나 보다. 그의 입에서 그녀를 만족시키는 신음이 흘러나왔다. 정원은 허리를 쉴 새 없이 움직이며 그의 유두를 마음껏 물고 빨았다.

"으음……. 정원 씨……."

"으흣. 응."

"안 되겠어요. 사정할 것 같아."

"해요."

충분히 좋았으나 그는 아닌 모양이었다. 몸을 일으켰다. 스르륵 빠져나가는 그의 분신이 아쉽다 느끼기 무섭게 그녀의 몸이 뒤로 돌려졌다.

그의 손이 지그시 그녀의 등을 눌렀다. 자연스럽게 엉덩이를 들고 엎드린 자세가 되었다. 사각거리는 침대 시트에 얼굴을 묻자 뜨거운 그의 몸이 다시 안으로 들어왔다.

"헉!"

복부까지 압박되는 느낌에 숨이 꽉 막혔다. 그가 그녀의 허리를 잡고 다시 허리를 움직이기 시작했다.

"아앗, 으흣. 흑흑."

지독한 쾌감으로 고통스러울 정도였다. 그런데 그가 비명에 놀라 움직임을 멈추면 그녀가 아쉬워 스스로 움직였다.

그가 더는 참지 못하고 사정할 때, 그녀는 눈물과 땀으로 범벅이 되어 있었다.

몇 번인지 모르겠다. 까무룩 잠들었다 싶을 때 그의 손길에 다시 깨어나 사랑을 나누었다. 밤새 괴롭힌 건 그만이 아니었다. 원 없이 오 선생을 만났는데 더 만나고 싶었다. 대범하게 승우의 위로 올라가 그의 지친 분신을 입으로 깨워 다시 사랑을 나누었다. 사람들이 왜 미칠 수 있는지를 깨닫는 밤이었다.

✲ ✲ ✲

"저기 어딜 가려고……."

어제보다는 확실히 열기가 덜해졌다. 여름이 가나? 그러나 정원은 대낮의 햇살이 마치 어젯밤 니들이 한 일을 알고 있다는 시선으로 느껴졌는지 고개를 들지 못하고 있었다. 밤새 잠도 제대로 못 잔 데다 급격한 체력 고갈로 인해, 호텔과 안 어울리는 해장국집에서 해장국을 드링킹하고 집으로 온 직후였다.

그가 손에 들고 있던 비닐봉지를 내밀었다. 그 안엔 어제 불타는 밤을 위해 그가 편의점에서 털어 온 맥주와 남은 주전부리들이 들어 있었다. 얼마 먹지 않은 거였고 또 편의점표 주전부리가 얼마나 비싼지 알기 때문에 악착같이 챙겨 온 비닐봉지를 든 정원이 매우, 아주, 상당히 아쉬운 표정으로 물었다.

"오늘도 일하러 가요?"

그건 아니었다. 하지만 내일은 시간이 나지 않으니 오늘 가야 했다. 다만 후들거리는 다리가 견뎌 줄지 의문이긴 하지만.

"오늘 꼭 갔다 와야 해서 말입니다. 가서 좀 쉬어요."

"아니, 그게……."

사람을 이렇게…… 얼굴만 봐도 달아오르게 해 놓고 어딜 가려고!

그러나 첫날밤을 치른 새색시마냥 밝은 대낮을 배경으로 자꾸만 어젯밤의 풍경이 떠올라 얼굴도 들지 못하는 정원은 말을 채 잇지 못했다.

"아니……. 승우 씨도 좀…… 쉬어야 할 텐데."

"괜찮아요. 하여튼 나 좀 늦을지도 몰라요."

사실은 오늘 아침 일찍 내려갈 생각이었다. 여기서 영암까지는 꽤 거리가 머니까. 그러나 어제 제가 충동적으로 한 말 덕에 계획에 차질이 생기고 말았다. 그래도 뭐, 아직 늦진 않았으니까.

"아니, 왜요!"

은근히 꼬리가 길어지는 그녀의 목소리를 듣자니 또다시 제 배 속 어딘가가 근질거리긴 했지만 가야 했다.

"갔다 올게요. 올라가요."

"아잉……."

저도 모르게 흘러나오는 콧소리에 정원은 내심 당혹스러웠다.

승우는 굳은 얼굴로 택시에서 내렸다. 택시 요금이 이렇게나 많이 나올 줄은 몰랐다. 다시 한 번 제가 한 달 동안 그렇게 열심히 일했던 노동의 대가에 대해서 쓴웃음을 지었다. 그러다 눈앞에 있는 고층 건물을 보고는 또다시 고개를 저어야 했다.

자신이 어떤 건물, 어떤 집에서 살았는가에 대한 의견이나 생각 따윈 없었다. 그러나 그 생각은 몇 주 남짓한 낯선 생활에 의해 참으로 많이 바뀌게 되었다. 휴, 하고 한숨을 내쉰 그는 입구로 다가갔다.

"여기 입주자만 들어가실 수 있는데요."

허름한 옷을 입은 그를 보고 제복을 입은 사나워 보이는 중년의 남성이 말했다.

"2307호입니다."

"네?"

"2307호 산다구요."

"아, 네."

집은 의미가 없었다. 단지 이 건물의 차고에만 의미가 있었다. 한승제 부사장이 영암의 패독에서 생활하는 것을 보고 스폰 제의를 하면서 얻어 준 아파트였다. 말로 내뱉지는 않았지만 그도 승우가 단 하나뿐인 혈육이라는 걸 잘 알고 있었다.

그가 고생하는 게 안쓰럽기도 했고 또 스폰과 관련된 행정적인 일 때문에 승우가 서울에서 머물길 바랐는지 아파트를 마련해 주었다.

그가 이 아파트를 감사히 받은 이유 중 하나는 제 차를 둘 장소가 있었기 때문이었다. 레이싱용 차는 일반 도로에서 운행할 수 없었다. 그래서 차를 운반할 때는 트레일러가 있어야 했고 거기에 보조 차량과 함께 싣고 다니는 게 보통이었다.

벨기에에서 어마어마한 배송비를 지불하고 가져온 페라리는 그가 혼자 개조한 세상에 단 한 대밖에 없는 차였다. 레이싱용 F1 머신의 가격이 대당 백억대에 달하긴 했지만 그건 실제 도로에서는 사용할 수 없는 순수 트랙용 차량이었다.

그의 페라리는 도로에서 운행할 수 있는 운행용 차량임에도 불구하고 안에 엔진이나 부품은 특수 제작되거나 실험용 샘플 같은 트랙용이 혼용되어 있었다. 그렇기 때문에 그 가치는 가격으로 매길 수 없었다.

온전한 레이싱용 차량이 아니기 때문에 패독 안에다 보관할 수도 없었다. 그렇다고 그냥 노상 주차장에 주차해 놓기도 불안해 격리된 주차장이 필요했을 뿐이었다. 이 호화찬란한 아파트의 주거 공간과는 전혀 상관없이.

단지 영암까지 갈 차편이 없었을 뿐이었다. 버스나 기차 노선을 볼 줄 모르니 차로 갈 수밖에. 사고가 난 차를 봐야 했다. 뭔가 석연치 않은 부분이 많았다.

열심히 계단을 오르내리는 게 익숙해졌는지 23층까지나 되는 적막에 쌓인 엘리베이터 안이 왠지 갑갑스러웠다. 긴 복도에 드문드문 있는 문 사이로 기억 속의 번호를 찾아내고는 입력했다.

삐리릭 소리를 내더니 문이 열렸다. 한동안 인적이 없던 넓디넓은 공간은 사람이 없었다는 티를 내지 않고 쾌적하고 시원한 공기를 뿜으면서 그를 맞이했다. 아무래도 중앙에서 컨트롤되는 건물이라 사람이 있든 없든 냉난방이 되고 있었던 모양이었다.

사치스럽게도.

그는 그 사치스러운 공간 어디도 눈길을 주지 않고 콘솔 위에 있던 자동차 키만 들고 나섰다. 그가 이곳에 온 이유는 단지 그것뿐이니까.

20

판도라의 상자

아, 님은 갔습니다.

사랑하는 나의 님은 갔습니다.

야멸차게 맥주가 담긴 비닐봉지만 남기고……. 힝!

4층 계단을 오르는 게 이렇게 힘든 일인지 몸으로 가르쳐 준 남자는 어디론가 사라졌다. 이건 꿈인가?

땀을 뻘뻘 흘리며 올라온 제 집에서 정원은 다리에 힘이 풀려 그만 문간에 주저앉고 말았다. 눈에 보이는 늘 어수선한 아지트, 그녀에게 신세계를 보여 준 보기보다 힘(?) 좋은 남자는 마치 신데렐라처럼 어디론가 사라져 버려 텅 빈 공간뿐이었다.

그런데 눈에 띄는 게 있었다. 웬일로 문이 열려 있는 안방…… 그렇다 저 안방에는 침대가 있었다. 널찍한.

혼자 광란에 차 글을 쓰다 지쳐 쓰러져 잠드는 라꾸라꾸 간이 침대가 아닌. 두 사람이 오롯이 누워서 잘 수도 있고, 또 뭐 그

밖의 일도 할 수 있는 퀸 사이즈의 멀쩡한 침대가!

이러고 있을 때가 아니었다. 어떻게 그분을 영접했는데!

힘내자, 고정원!

"감독님!"

"어? 진짜 오신 거예요?"

"꺄악! 진짜 우리 한 감독님?"

우석이 놀라 벌떡 일어났다. 그와 동시에 팀 내 유일한 여성 미캐닉인 효진이 펄쩍 뛰며 달려드는 걸 승우는 간신히 피해야 했다.

"어떻게 오셨습니까?"

현재 감독을 맡고 있는, 며칠 전 승우를 만나러 왔던 조 감독이 굳은 인상으로 말했다.

"본사 스폰은 제대로 될 겁니다. 이번 대회까지는…… 하여튼 저번에 사고 차량 좀 다시 보려고요. 형식이 어디 있죠?"

"어? 형식이 오늘 일 있다고 안 나왔는데…… 그런데 한 감독님, 우리 같이 상해 가는 거 맞죠? 그러려고 다시 오신 거죠?"

효진이 옆에 와서 팔짱을 끼면서 말했다. 전 같으면 아무렇지도 않았을 텐데 승우는 슬그머니 팔을 빼면서 말했다.

"형식이한테 연락 좀 해요. 나와 보라고. 차 어디 있습니까? 손 안 댔죠?"

"차라뇨?"

"사고 났던 차 말이에요."

미캐닉에 성별 따위 구별해 본 적은 없었다. 다들 꺼리는 여성 미캐닉이었지만 실력 하나만 보고 팀에 합류를 허락했고 그만큼 성격도 털털하고 일하는 솜씨 하나만큼은 끝내주게 야무진 효진이었다. 갑자기 효진이 여자로 보인 건 아무래도 누구의 탓일 확률이 컸다.

그러나 상대는 아무렇지도 않은 듯 다시 승우의 팔에 매달리면서 말했다.

"그거 해체하려고 했었어요. 아무래도 스페어 머신이 부족해서. 상해 가서 몇 라운드까지 버틸지 알 수 없잖아요. 가뜩이나 스폰 줄인다는 말에 필요한 것도 구입 못 하고 있었거든요. 실은 월요일부터 작업 들어가려고 했는데."

"맞아. 월요일에 해체 작업 들어가려 했어."

저쪽에서 여전히 인상을 찌푸린 채 조 감독이 말했다.

"다행이네요. 제가 좀 볼 게 있어서요."

여전히 딱 붙어 있는 효진에게서 다시 팔을 빼며 승우는 사고차가 있는 곳으로 갔다.

정확하게 한 달 반 만이었다. 레이싱은 큰 대회마다 사상자가 출몰하는 고난도의 익스트림 스포츠임이 분명했다. 그래서 더욱더 정교한 미캐닉과 엔지니어가 필요했고, 고성능의 머신과 부품들이 개발되었다. 눈앞에 처참하게 찌그러진 채 앞좌석까지 엔진이 먹혀 들어간 머신은 그날의 어마어마한 사고를 그대로 박제해 놓은 듯했다.

"한 감독 차라며, 이거 어디까지 밟아도 되는 거야?"

한때 자신의 우상이었던, CK의 황태자인 '형'이 웃으면서 말했을 때 그는 장난삼아 대답했었다.

"밟고 싶은 대로 밟아 보십시오."

분명히 직접 다 점검했던 차였다. 그래서 자신 있게 대답할 수 있었다. 게다가 최고 속력인 320 근처에는 가지도 않았다. 너무 어마어마한 사고였고 그 여파가 커서 다시 차를 볼 생각을 못 했다. 아니, 그 차에 탄 사람이 너무 어마어마해서였을 것이다.

하필 전날 분량의 CCTV만 지워졌다는 우석의 말이 없었더라면 생각지도 못했을 것이다. 누군가가 차에 손을 댔을 거란 걸.

솔직히 지금도 믿기지는 않았다. 그러나 확인해야 했다. 그는 처참하게 뭉개진 차에 손을 대려다 얼른 뒤로 물러섰다. 정원이 사 준 이 옷을 더럽히면 안 되니까.

"우석아, 작업복 어디 있어?"

그가 큰 소리로 바깥을 향해 말했다.

"루룰루루루."

정원은 이럴 때 제가 음치인 게 참 한스러웠다. 그래도 그게 무슨 상관인가, 들을 사람이 없는 걸.

"음. 갈비는 대충 익었고, 아이, 장어라도 사러 가야 하는 거 아냐?"

곰팡이 핀 옷들이 복도에 산더미같이 쌓여 있었지만 그녀는 막 끓고 있는 냄비 속을 들여다보고 있었다.

피곤함이 몰려와도 쉴 틈이 어디 있는가. 해야 할 일이 태산 같았다. 저 곰팡이가 점령한 방을 러브 하우스로 변신시키려면 시간이 모자랐다. 거기에 틈틈이 주문한 재료들로 스태미나식도 마련 중이었다. 땀을 뻘뻘 흘리고 있었지만 그것은 중요하지 않았다.

"으흐흐흐흐…… 역시 고기를 먹어야 기운이……."

이 사이로 새는 웃음을 참을 수가 없었다.

아, 삶은 참 짜릿짜릿, 찌릿찌릿한 것이야.

"저번에 주문했던 침대 커버랑 이불이 어디 있을 텐데."

폭탄 세일이나 원 플러스 원이라면 별로 쓸모없는 것도 사 대는 쇼핑 중독이 득이 되고 실이 되는 순간이었다.

역시 유비무환이라니까. 그때 갑자기 전화벨이 울렸다. 다다다다 뛰어간 그녀가 냉큼 전화를 받았다.

"승우 씨?"

—왜? 한 서방 전화 기다렸어?

"아이고, 깜짝이야. 웬일이세요?"

익숙한 목소리에 놀란 정원이 말했다.

—더위가 한풀 꺾였다지만 아직도 서울은 덥지? 말복인데 한 서방 먹을 음식 좀 챙겨 보내려고. 아이스박스에 아이스 팩 잔뜩 넣을 건데도 날이 더워서 망가질까 봐 걱정이야. 월요일 날 아침에 보낼 테니까 잘 받았다가 맛있는 거 해 줘. 알았어?

"아우. 당근이죠. 알았어요!"

—집은 좀 치우는 거야? 그런 쓰레기장에서 뭐가 넘어가겠어?

"아니, 어쩜 그런 말씀을. 엄청 깨끗하거든요!"

정원이 발끈해서 소리쳤다. 지금 청소하느라 땀을 빼고 있는 걸 보여 줘야 하는 건지! 물론 전보다야 비교할 수 없이 깨끗해졌지만 구조적인 어수선함은 어쩔 수가 없었다. 그러나 뭐 노력 중이지 않은가?

—알았어. 잘 치우고 살아. 그리고 뭐…… 괜찮지?

박 여사의 말꼬리가 슬그머니 밑으로 내려가는 걸 느낀 정원이 더욱더 씩씩하게 대답했다.

"당연하죠!"

실은 그 인간을 만나기까지 했는데 아무렇지도 않았어, 라고 말해 주고 싶었지만 꾹 참았다. 그런 인간쓰레기에 대해 말을 해서 뭣하겠는가. 게다가 그런 인간은 이제 생각도 안 나는 걸.

—잘 지내고. 시간 되면 또 같이 내려와. 맛있는 거 해 놓을 테니까.

"걱정 마세요. 박 여사님!"

코끝이 괜히 찡해진 정원은 얼른 전화를 끊었다. 그리고는 아무렇지도 않다는 듯 환호성을 질렀다.

"월요일에 보양 음식 도착이라! 안방을 클리어해 볼까!"

괜히 므흣한 추억을 떠올려서 그런 건 아니라고 스스로에게 변명해 보았지만 그건 100% 거짓말일 확률이 높았다.

어디서부터 시작을 해야 할까.

차라는 건 수만 개의 부품이 모여서 하나의 완성체가 되는 복잡다단한 집합체였다. 그러나 그 하나하나의 부품 중에 쓸모없는 것은 없었다. 뭐가 문제였을까. 사고를 되짚어 봐야 했다.

한 바퀴를 돌고 두 번째 트랙을 돌면서 가장 급경사 부분에서 차가 갑자기 휘청거리더니 방호벽을 박고 두세 바퀴를 굴렀었다. 그때 바닥에 분명히 진한 스키드 마크가 그려졌었다.

한 부사장을 구한 후 차에 난 화재를 진압했었다. 그 뒤로는 계속 병원에 있다가 회장님의 추궁 때문에 패독 근처에도 가지 못하고 그 자리에서 나와야 했다. 그러니 사고 차량을 그 뒤로 본 적이 없었다.

화재가 나긴 했지만 엔진이 아니라 범퍼 부분이 심하게 마찰을 일으키면서 일어난 불꽃이어서 금방 꺼졌다. 머신의 앞부분만 시커멓게 그을려 있을 뿐이었다.

갑자기 차가 흔들렸고 헬멧에 붙은 마이크로 한 부사장이 뭐라 말도 하기 전에 비명 비슷한 소리만 들리다가 사고가 났다. 그러니까 사고를 미리 눈치챌 수 없었던 것이 분명했다. 그런 방법은 뭐가 있을까.

가장 간단한 방법은 브레이크 호스 파열이었다. 누군가 차에 손을 대서 망가뜨린다면 가장 쉬운 방법이 브레이크 파열이었고 그건 브레이크 호스에 살짝 칼집을 내는 것만으로도 가능했다.

다만 경주용 머신은 그것보다는 강도가 세야 했다. 리프트로 들어 올리면 좀 더 간단하게 살필 수 있겠지만 앞이 심하게 우그러져 있어 힘들 것 같아 그는 바닥에 누워 브레이크 오일 호스부터 살폈다.

심하게 그을려 있지만 호스는 멀쩡했다. 브레이크 오일 호스에 손을 댄다는 건 너무 초보적이고 티가 나는 방법이었다. 저라도 일부러 사고를 내려면 그런 짓은 하지 않았을 테고. 그럼 또 뭐가 있을까.

갑자기 떠오르는 게 있었다. 머신은 가속도가 엄청나서 프로 선수들은 스타트부터 속력을 가하지만 대부분의 아마추어들은 그 출력에 따른 중력 가속도를 버티지 못하기 때문에 출발을 한 후에 속도를 올리게 되어 있었다.

첫 바퀴는 그런대로 아마추어처럼 달리긴 했지만 두 번째 트랙부터는 이상하게 속력이 잘 나지 않았다. 사람의 본성이란 처음엔 트랙의 위치나 방향을 살피느라 속도를 내지 못하다가 다음 바퀴부터는 트랙에 익숙해진 만큼 그 속도감에 점점 속력을 올려 보기 마련이었다.

그러나 두 바퀴째에 속력이 조금씩 떨어지는 것 같아 이상하다 싶어 교신을 하려는 순간 차가 갑자기 방향을 잃고 흔들리기 시작했다.

'한 바퀴는 정상……. 두 번째 바퀴부터 문제가 있었다면…….'

승우는 머리를 굴렸다. 머신을 망가뜨리고 싶다면 무얼 어떻게 해야 할까. 브레이크 호스 파열은 누구나 살필 만큼 뻔한 거니까. 그리고 그렇게 했다면 첫 바퀴도 다 돌지 못했을 게 분명했다.

하이드로 백?

하이드로 백은 미국 밴딩스사에서 만든 진공 브레이크 상품명이지만 이제는 널리 쓰이고 있는 유압브레이크의 보조 장치였다. 하이드로 백에 문제가 생기면 엔진 속도가 올라갈수록 브레이크가 잡히면서 속도가 줄어들 수 있다. 그렇게 되면 라이닝과 브레이크 패드가 다 탔을 테니까…….

바닥에 누워 간신히 옆을 보았을 때 라이닝이 망가진 게 보이긴 했다. 그러나 그게 화재 때문인지는 한 번에 알기 힘들었다.

벌떡 일어난 그는 마스터 실린더를 열었다. 역시 오일과 차체가 불에 타 뭉개져서 한참이나 그것을 낑낑거리고 부수다시피 해야 했다. 실린더를 연 순간 그의 표정이 굳어졌다.

"역시……."

실린더는 분리되어 있었고 하이드로 백의 센터 볼트가 없었다. 센터 볼트를 조금만 빼서 헐겁게 만들어 놓으면 브레이크에 영향을 주게 된다. 그 상태로 가속해서 엔진 속도가 올라갈수록 브레이크가 안 듣고 결국 그 열을 이기지 못하고 라이닝과 브레이크가 파열되게 된다.

비록 한 달이나 지났지만 차의 모양새를 보니 앞뒤가 맞았다. 엔진은 멀쩡한데 라이닝과 엉망이 된 브레이크는 탄 흔적이 있었다. 좀 더 정밀한 검식을 한다면 파열 흔적을 충분히 찾을 수 있을 것 같았다.

마찰 때문에 앞부분에서 화재가 날 테니 이걸 가릴 수 있을 거란 것까지 생각해 냈을 테고 지금 차 모양은 그 생각대로 돼 있었다.

승우는 사고 전날 엔진 점검을 직접 했었고 분명히 센터 볼트를 다시 한 번 고정했던 기억이 있었다. 그가 고정시킨 방식으로는 아무리 달려도 이렇게 볼트가 빠져 없어질 리 없었다. 그러니 밤새 누군가 볼트를 살짝 풀었음이 분명했다. 이제 그게 누구인지 찾으면 되는 거였다.

누가 그랬을까. 팀의 패독에 들어올 수 있는 건 팀원들뿐이었다. 한가족 같은 미캐닉들인데……. 그 누구도 의심하고 싶지 않은데…….

재와 오일 자국이 잔뜩 묻은 작업복을 장갑으로 털면서 그가 작업실을 나섰다. 그리곤 저쪽에 모여 있는 사람들에게 물었다.

"형식이 어디 있습니까? 혹시 집 주소나 연락처 알아요?"

삐리리릭. 삐리리릭.

"여보세요? 누구 있습니까?"

전화를 계속 받지 않다가 드디어 전원이 꺼져 있다는 멘트에 불길한 예감이 든 승우는 무작정 주소만 들고 길을 나섰다. 미캐닉 일을 시작한 지 얼마 안 된 형식은 영암 패독 근처인 목포에 위치한 오피스텔에 살고 있었다. 그가 기억하기로 본가는 서울이었지만 기계공학을 전공하고 F1을 동경해서 이쪽에 발을 디딘 형식이었다.

면접에서 그 마음가짐을 높이 사서 어린 나이에 스태프의 일원이 된 케이스였다. 형식은 손이 빠르고 눈이 정확해서 일을 잘 배우는 축이었다.

하지만 저번에 저를 찾아온 것이 마음에 걸렸다. 형식이 CCTV 복원에 관해 뭔가 알아낸 건 아닌지, 혹은 무슨 일이 있는 건지 걱정이 되었다.

쇠문을 두드렸지만 일요일 오후의 나른한 복도는 조용하기만 했다. 정말 무슨 일이 있는 건 아닐까.

막 다시 벨을 누르려는 순간이었다. 철커덕 소리와 함께 빼꼼 문이 열렸다.

"누구…… 어……."

"윽……. 문 열어!"

놀란 형식이 문을 닫으려는데 손을 집어넣은 승우가 외쳤다.

"아……."

승우의 고함 소리를 듣고서야 술 냄새를 팍팍 풍기는 형식이 부스스한 얼굴과 시뻘건 눈을 하고선 힘없이 문을 열었다.

"뭐야? 대낮에. 어제 과음하고 출근 안 한 거야?"

"여긴 어떻게……."

문을 열고 들어간 승우는 혀를 찰 수밖에 없었다.

"아니, 이게 뭐야. 대체 무슨 일이야?"

그가 굳이 다른 스태프들의 반대를 무릅쓰고 초짜나 다름없는 형식을 뽑은 건 그의 결벽에 가까운 정리 정돈 습관 때문이었다.

수많은 부품이나 공구들이 온 사방에 널려 있는 가라지에서는 정리 정돈이 필수였고 그것이 몸에 밴 스태프라면 나중에 많은 도움이 될 것 같아서였다. 그리고 그의 그런 예상은 딱 맞아떨어졌었다.

매사에 단정한 형식이니 당연히 그가 사는 곳도 그럴 것이라 생각했다. 그러나 좁은 오피스텔은 한마디로 난장판이었다. 지독한 술 냄새가 가득 차 있었고 컴컴한 방 안에는 어지러이 술병이 놓여 있었다.

"무슨 일이야?"

"……."

평소의 영민했던 모습과 정반대로 멍한 표정의 형식은 아무런 대답도 하지 못하고 있었다.

"과음하고 오늘 일 재끼는 거야? 하도 전화가 안 돼서 무슨 일 있는 줄 알았잖아. 쉬어. 푹 자고 술 깨면 해장국 한 그릇 먹고 나와. 그럼 갈게."

할 말이 있었지만 이런 상태로는 말을 한다 해도 알아들을 것 같지 않았다. 막 몸을 돌려 나가려는데 갑자기 등 뒤에서 털썩 하는 소리가 났다.

"응?"

"감독님…… 아니, 형……."

"왜? 무슨 일인데?"

시간은 이미 자정을 넘어가고 있었고 여름의 끝을 알리려는 듯 비가 오고 있었지만 고속도로에는 여전히 차가 많았다.

자동차를 평생의 업으로 삼은 사람들끼리 운전대를 잡을 때가 가장 편하다고 농담 삼아 말하듯 승우에게 운전은 익숙한 것이었지만 오늘 하루는 너무나 길었다. 아니, 어제부터…….

차라리 몰랐던 게 나았을까? 그냥 다 내 잘못이라고 탓하고 책임지는 게 나았을까. 그는 속도감이 느껴지지 않는 차 안에서 힐끗 떠 있는 계기판 숫자를 보면서 속도를 줄였다.

빗길, 과속에 과로 운전이라……. 안 좋은 삼박자가 겹쳤으나 문제는 그게 아니었다.

"젠장……."

저도 모르게 욕설이 튀어나왔다. 판도라의 상자는 열라고 있는 거지만 열지 않느니만 못하다는 걸 다시금 깨달았기 때문이다.

"……미안해요. 아니, 죽을죄를 지었어요. 정말이지……."
"무슨 소리야. 형식이 네가 뭘 어쨌는데?"

술을 좋아하긴 했지만 제 앞가림은 깨끗하게 하는 녀석이었다. 그러나 형식의 방 안은 온통 굴러다니는 술병으로 가득했다.

"큰 시합 앞두고 이게 뭐하는 짓이야?"

다그칠 생각은 없었지만 이러다 죽겠다 싶을 만큼 엄청난 술병들을 보고 승우가 낮게 꾸짖었다.

"그게……."

갑자기 털썩 무릎을 꿇는 형식을 보고 당황한 승우가 말했다.

"술 먹는 거 가지고 그러는 게 아니라 본인이……."
"잘못했어요. 정말 말하려고 했었는데……."

승우는 갑자기 불길한 예감이 들었다. 혹시나 했었지만 그래도 용의 선상에서 가장 가까웠던 인물이 형식이 아니었나.

"아버지가 간이식을 하신다는데…… 보태 드린 게 없어서……. 제가 좋아하는 일이지만 돈이 안 되다 보니까……."

전문 프로팀이긴 했지만 수석 미캐닉이 아닌 이상 일을 배우는 게 목적이지 정비사보다 돈을 조금 더 받는 수준이었다. 물론 굵직한 경기에 나가서 좋은 성적을 거두면 팀 전체로 인센티브를 받긴 했다. 그래서 다들 일을 배워 본인의 숍을 차리거나 아니면 보수 좋은 외국팀으로 가길 원했다. 그나마 승우의 팀은 국내 팀들 중에서 대우가 좋은 편에 속했다.

그러나 그 영광은 레이서에게 돌아가지 말단 미캐닉에게까지 돌아가지는 않았다.

"큰누나가 전세금을 뺀다고 해서…… 그거 대신에……."

"네가 그런 거야?"

"흑……. 그냥 간단한 사고만 내면 된다고……."

승우는 할 말을 잃었다. 항상 제 곁에 있던 형식이 아니었던가.

"너무 마음에 걸려서…… 사실은 형 찾아가서 이야기하려고 했어요. 그런데 정말 도저히 못 하겠어서…… 몇 번이나……."

"……."

누가 시킨 거냐고 묻고 싶었다. 그러나 그것보다 그렇게 어려움에 처해 있었는데 저한테 이야기를 안 한 게 더 원망스러웠다.

"그런 일이 있었으면 나한테 말해도 됐잖아."

"제가 죽일 놈이에요. 병원에서 우연히 만나서……."

"누가? 누가 그랬는데? 한 상무가 그랬어?"

"아니, 그게 아니라……."

붉은색의 후미등들이 빗속에 가득히 어리다 점멸하고 있었다. 그도 속력을 늦췄다. 어느새 고속도로는 끝이 났고 톨게이트에는 늦은 밤길을 가는 차들이 줄지어 제 차례를 기다리면서 서 있었다.

화가 나는 게 아니었다. 차라리 화가 났으면 나았을까.

왜 제겐 다들 아무 말도 하지 않는 걸까.

형식이도 그런 일이 있었다는 걸 왜 제게 이야기하지 않은 걸까.

그리고…… 그녀도.

남들이 보기에 전 일을 해결할 능력도, 혹은 그럴 마음가짐도 없는 제 앞가림만으로도 허덕거리는 무능력자로 보였던가? 제게 주어지지 않은 것에 대해 욕심 없이 대했던 것, 제게 주어진 것에만 열심히, 묵묵히 하겠다는 생활신조는 그들에게 그냥 그런 무능력으로 보였었나. 그런 거였나.

톨게이트를 지나자마자 갑자기 피로가 확 몰려왔다.

그녀의 집 근처에 차를 세워 놓을 데가 없다는 이유만으로 그는 핸들을 돌려야 했다.

21
저 녀석은 완전 선수였다

“그래, 결혼식 준비는 잘돼 가고?”

“네, 회장님. 염려 덕분에 잘되어 갑니다.”

“그래, 잘했구나.”

창밖엔 여전히 쨍쨍한 여름 햇살이 쏟아지고 있었지만 휘황찬란한 한정식이 정갈하게 차려진 별실 내부는 쾌적하기 그지없었다. 조용한 가야금 산조가 식사를 거스르지 않을 만큼 적막을 지우고 있었고 달그락거리는 비싼 그릇들이 부딪치는 소리만 간간이 났다.

“우리 은주 아주 인물이 피는구나. 시집갈 때가 되서 그런가?”

“별말씀을요.”

수줍게 얼굴을 붉히는 그녀 대신 옆에 앉은 승수가 대답했다.

“후……. 우리 승제 괜찮아지면 옆에서 잘 보필해라. 너희들이 잘해 줘야 한다.”

백발이 하얀 노인이 젓가락을 놓으면서 말했다. 그 덕에 눈치를 보고 있던 두 사람도 슬그머니 수저를 내려놓았다.

"당연하죠."

"괜히 그런 사고를 쳐서는!"

갑자기 좋았던 분위기가 싸해졌다.

"그게 다 승우 때문이니까……."

"그 녀석은 말도 꺼내지 마라."

추상같은 목소리에 승수는 이내 입을 다물었다.

"한 부사장님 금방 괜찮아지실 거예요. 좋은 소식 들려오고 있던데요, 뭐."

은주가 조용히 한마디를 건넸다.

"그래야지. 에잇. 너희들 식사 마저 해라. 난 다른 일정이 있어서 먼저 일어나마."

"네, 회장님."

하얀색 원피스를 곱게 차려입은 은주와 역시 정장을 잘 차려입은 승수가 일어나 한 회장의 비위를 맞췄다.

회장이 나가자 승수가 은주의 안색을 살폈다.

"어디 안 좋아? 아까부터 먹는 것도 별로 시원치 않고."

"그냥 더위를 먹었나 봐요. 뭐, 회장님 앞에서 긴장해서도 그렇고."

"우리도 나가자."

먼저 나서는 승수의 뒤를 따르면서 은주는 힐끗 뒤를 돌아보았다. 화려하게 차려진 값비싼 음식이 채 손도 대지 않은 채 커다란 상에 펼쳐져 있었다.

여기까지가 최선일까? 아니, 이제부터 시작이다.

한 부사장이 귀국했다는 이야기가 들렸지만 어떤 상태인지는 알려지지 않았다. 그 어떤 비선을 써도 알 도리가 없었다. 미국으로 갈 때만 해도 심각했었는데 갑자기 상태가 좋아질 수 있을까?

할 수만 있다면 한승제를 제 다리로 삼았어야 했다. 그러나 그건 택도 없었다.

"난, 너 같은 것들의 속성을 알고 있어. 앞에서는 예쁜 척, 고상한 척. 그러나 뒤에선 제 애미, 애비 탓을 하면서 얼빠진 놈을 물어 꿰차려고 애쓰지. 네 반반한 얼굴로 승우 곁에서 알짱거리는가 본데, 그만하는 게 좋을 거다."

내가 뭘, 너희 형제들에게 뭘 어쨌는데!

나도 너희 같은 것들에게 관심 따위 없어. 다만 너희 뒤에 후광처럼 빛나는 부모들이 물려준 대단한 금수저가 부러웠을 뿐이라고. 별다른 노력도 없이 태어나자마자 황태자가 된 것들이 뭘 알아! 그런 대단한 사람들의 노리개가 되어 반쪽짜리 피를 가진 우리 같은 애를 만들어 내는 그런 힘없는 여자들의 삶을 니들이 어떻게 아냐고.

한승우는 그녀와 같은 부류였다. 다만 힘 없고 별 볼 일 없는 중소기업 대표의 사생아인 그녀와 달리 그는 대기업 회장의 숨겨진 아들이었다. 같은 반쪽짜리 피여도 차원이 다른 그는 수많은 아이들 사이에서 빛이 날 만큼 잘났고 또 그만큼 반듯했다.

태어나면서부터 번쩍거리는 간판을 달고 태어나 거만하게 구는 그의 형과는 달리.

그게 불쌍하기도 했고 또 매력적이기도 했다. 착하고 법 없이도 살 만큼 바른 아이였으니까.

그가 절 좋아한다는 건 무척이나 긍정적인 일이었다. 한땐 그게 정말 좋았던 적도 있었다. 그러나 그건 순간이었다. 점점 나이가 들면서 좀 더 다른 게 필요해졌다. 멸시당하는 친모와 별 시답지도 않은 자리에서 저희 모녀를 괴롭히는 사람들에게 복수하고 싶었다. 그때부터 그녀는 옆에 있는 남자들을 자꾸만 바꾸게 되었다. 다행히 그녀는 어머니로부터 뛰어난 외모를 물려받았고 그걸 이용하는 법을 잘 알았다.

마치 동정녀인 마리아를 숭상하듯 일방적이고 변함없는 애정을 표현하는 승우 따위 중요하지 않았다. 그가 어떤 일을 하든 대단한 회장님의 후계자 자리를 넘보는 게 아니라면 다 필요 없는 거니까.

그가 경쟁하기를 포기하고 제 길을 가겠다고 이야기하기 전까진 그래도 참을 수 있었다. 그러나 엉뚱한 일을 하겠다고 제게 수줍게 고백했을 때, 한승우가 가지고 있던 마지막 매력조차 사라졌다. 그리고 한승제가 그렇게 변함없는 멸시와 모멸감을 주지 않았더라면 저는 결코 별 볼 일 없는 한승우의 사촌인 한승수를 선택하지 않았을 것이다. 그래도 한 회장의 조카니까. 아들 둘이 없어지면 그나마 가까운 피붙이에게 정을 쏟을 게 분명하지 않은가.

일을 꾸미게 된 건 아주 우연이었다. 그녀는 그게 신이 제게 기회를 준 것이라 생각했다. 이제는 늙고 병들어 병원에 입원해 있는 친모를 찾아간 병원에서 우연히 아는 사람을 본 건 제게 온 천운이었다.

"우리 전에 본 적 있지 않아? 혹시 한승우 감독이랑 같이 있던 스태프 아니었나? 어디 가족이 아프신 거야?"

일부러 그렇게 각본을 짜려고 애쓴 것도 아니었다. 아주 우연이었다. 운명이 그렇게 될 수밖에 없었던 거였다. 그리고 그건 반쯤 성공했다.

승우의 빈자리를 승수가 꿰찼고, 이제부터 잘만 하면 적어도 한 회장의 왼팔 역할 정도는 하게 될 수 있었다. 제게 운명의 여신이 고개를 돌려 준 것이었다.

미래는 어떻게 될지 아무도 모른다. 그녀가 보기에도 승수는 한 회장의 두 아들에게 확실히 밀리는 축이었다. 그러나 그는 꽤 쓸 만했고 무엇보다 제게 흠뻑 빠져 있었다.

한승우를 이용해서 한승제 부사장을 치워 버린다면 그야말로 일은 가장 깔끔하고 깨끗하게 끝나는 거였다.

모든 일은 차곡차곡 진행되어 가고 있었다.

✿ ✿ ✿

어쩔시구리구리구리…….

"아니 이런 일이!"

어제의 감동을 이기지 못하고 연재 글을 미친 듯이 쓰던 정원이 시계를 본 순간 절로 입에서 나온 말이었다. 어쩔시구리, 대체 몇 시야? 벌써 12시를 넘기고 있었다. 게다가 창밖에는 여름의 끝을 알리는 듯 비까지 쏟아지고 있었다.

전화를 해 봐야 하나? 그 알량한 자존심으로 전화가 오겠지 하고 기다린 게 벌써 이 시각이었다.

"이제 외박을 해?"

오늘, 아니지 12시 지났으니까 어제부로 우린 진짜 얼레리한 사이가 된 거 아니야? 그런데 만 하루도 지나기 전에 외박이라니.

참을 '인' 자를 수만 번 쓴 정원은 이미 식어서 기름이 낀 갈비가 담긴 냄비를 흘끗 쳐다보다 전화를 걸었다.

"어쩔시구리?"

전화기의 전원이 꺼져 있다는 낯선 여자의 목소리에 또다시 분노할 수밖에 없었다. 그 산더미 같은 옷들을 그 더위에 헌옷 수거함까지 가서 미련 없이 던져 넣고 혹시나 싶어 봉지도 뜯지 않았던 스팀 청소기로 땀을 뻘뻘 흘려 가면서 침대 청소까지 했다.

게다가 제습기로 물기를 말리고 정신없는 창고 방을 다 뒤져 새 침대 커버까지 씌워서 완벽한 러브 룸으로 탄생시키고 그 기나긴 여름밤을 기다렸건만! 그 방에서 러브를 불태울 남자가 어딜 갔단 말인가. 차라리 그런 맛(?)이나 보여 주지 말든지!

"아, 뭐야. 진짜……."

그러나 정원의 말꼬리는 금세 사그라들었다. 대지를 녹일 듯 내리쬐던 햇살과 그로 인해 익은 밤공기가 만들어 낸 열대야를 갑자기 사라지게 만든 빗소리가 왠지 불안하게 들렸기 때문이었다.

"연락이라도 좀 하든지……."

✲ ✲ ✲

눈을 뜨자마자 느낀 건 당혹스러움이었다.

여기가…… 어디지?

그러다 곧 거창하고 고급스러운 소파가 있는 화려한 거실을 보고 눈을 번쩍 뜨고 일어나 앉았다.

정원의 원룸이 있는 곳은 극악한 주차 공간 때문에 대낮에도 택배 차량조차 들어가기가 힘들었다. 그러니 밤이 되면 그야말로 주차 지옥이었다. 차를 둘 곳이 없다는 이유만으로 그는 자신의 아파트로 왔고, 너무 피곤한 나머지 좀 씻으면 정신을 차릴 것 같아서 샤워를 하고 나온 후 그만 소파에 앉아 잠이 들고 말았던 것이다.

훤하게 뜬 아침 해는 그를 당황하게 만들었다. 재빨리 휴대폰을 살폈지만 이미 배터리가 방전되어 꺼진 상태였고 이곳에 충전기가 있을 리 없었다.

"걱정할 텐데……."

어제 모든 일을 처리할 수 있을 거라 생각한 게 좀 무리긴 했다. 전라도에 있는 영암까지 가는 데만 네 시간 반이 넘는데 하루 만에 갔다 올라온다는 게 생각처럼 쉽지 않을 거라 예상했지만 이런 일까지 있으리라곤 미처 몰랐다.

그는 다시 일어나 욕실로 향했다. 벗어 놓은 옷을 집어 들었지만 어제 일 처리를 하느라 왔다 갔다 하는 통에 땀에 젖은 옷은 영 상태가 좋지 않았다. 한숨을 내쉬고는 세탁물 함에 넣었다. 아직도 정기적으로 도우미가 왔다 가는지 집은 마치 어제 나선 것처럼 깨끗하기만 했다.

차 때문에 이 집에 왔지만 나설 땐 또다시 차 키를 들어야 했다. 아예 없다고 생각했을 땐 견딜 수 있었는데 그 먼 거리를 도저히 택시나 다른 것을 타고 갈 생각이 들지 않았다. 사람이란 게 이렇게 간사하다니…….

밤새 내린 비 덕분인지 후덥지근한 열기가 훅훅 밀려들어 오던 바깥 공기는 어느새 숨 쉴 만해졌다. 그에게 가장 이상했던 여름이 가고 있는 걸까. 그러나 그는 더 이상 생각하지 않고 차에 올랐다. 오늘도 해야 할 일이 너무 많았기 때문이었다.

이상한 오전이었다.

늘 헐떡거리면서 불쾌감에 저절로 눈뜨게 만드는 끈적거리고 후끈한 열기가 없어진 그런 아침……이라기엔 시간이 좀 지났지만. 하여튼 지금까지와는 매우 다른 하루였다.

보통 가출을 한 아이의 부모는 처음에는 이 자식 들어오기만 해 봐라, 문이라도 열어 주나, 하다가 하루쯤 지나면 오기만 하면 3박 4일 동안 우선 좀 맞고, 그다음엔 정신교육을 단단히 시켜서 다시는 그런 생각 못 하게 해야지, 라고 여기다가 좀 더 시간이 지나면 무사히 들어오기만 해라 제발, 로 바뀌고 만다고 했다.

가출한 자식은커녕 외박했다고 구박할 남편도 아닌, 그렇다고 아예 남도 아닌 남자를 기다리면서 드는 온갖 생각은 요 몇 년 그저 가상의 러브러브한 세상에서만 살아와 단순해진 정원의 머릿속을 초토화시키고 있었다.

'내가 너무 기대 이하였나? 너무 밝혔나? 그래서 오만 정이 뚝뚝 떨어져 버렸나? 남자들은 밀당하는 여자가 매력적이라고 여기지, 그렇게 좋다고 덤비고 난리치는 여자는 질색인 걸까? 내가 뭘 잘못했나? 자려는 그를 오 선생에 취해서 괴롭힌 게 그렇게 싫었나? 아니, 설마 그럴 리가…… 본인도 좋아하지 않았어? 아, 몰라 몰라 몰라…….'

사념으로 밤을 새고 팅팅 부은 얼굴로 냉장고에 넣어 뒀던 갈비에 하얗게 낀 딱딱한 기름들을 걷어 내면서 정원은 요 근래에 느껴 본 적 없는 묘한 감정에 휩싸였다.

말은 그렇게 했지만, 저 같은 여자를 좋다고 할 사람이 누가 있을까 싶었다. 택배 총각도 한 번 하고 나니까 흥미가 뚝 떨어져 버린 거 아닐까. 사실 서울 하늘 밑에 갑부집 딸들은 널렸을 것이다. 제가 아무리 이런 서울 한복판에 시설 좋은 원룸 건물이 있고, 제주도에 펜션을 하는 부모가 있다 하더라도 많고 많은 금수저, 다이아 수저들에 비하면 보잘것없지 않은가.

저 정도 페이스에 저 정도 몸매에 저 정도의 밤 기술(?)을 가진 택배 총각이라면 아마 택배 일을 하다가도 잡아 끌어갈 돈 많은 여자들이 사방에 널려 있는 게 아닐까.

젠장……. 장장 1년 반의 진 빠지는 연애 끝에 처절하게 차인 것도 억울하지만 단 몇 주 만에 이렇게 화끈하게 차이는 건 더 어이없네.

주인 없는 빈방에는 속옷과 간단한 옷가지가 든 가방 하나와 펼쳐 보지도 않은 여름 이불, 그리고 제가 사 준 유행 지난 양복 한 벌이 덜렁 걸려 있을 뿐이었다. 솔직히 버리고 간다고 해도 전혀 하등의 상관없는 물건들뿐이었다.

젠장……. 이젠 별게 다 속을 뒤집네.

제집 답지 않게 너무나 깨끗하고 단정한 거실과 샛노란색의 커버로 산뜻해진 퀸 사이즈의 침대가 떡하니 놓여 있는 안방을 보자 정원은 갑자기 구토가 밀려왔다.

'나쁜 놈…….'

그때였다. 덜컥 문소리가 나더니 익숙한 목소리가 들렸다.

"미안해요. 휴대폰 배터리가 방전돼서 연락을 못…… 읍."

달려드는 몸통과, 복부를 강타한 주먹과, 그리고 목을 끌어안은 한쪽 팔과 말을 막은 입술. 대체 이것들을 동시에 할 수 있는 여자는 뭔가…….

외박한 남편은…… 아니고 동거인(?)은 우선 혼나야 했다. 하지만 벌로 강타한 복부는 보기보다 탄탄한 복근에 막혀 버렸다. 이러다간 또 어디로 가 버릴지 모른다는 두려움에 목을 확 끌어안아 버린 다른 쪽 팔도 그럴 수 있었다.

그러나 이 주뎅이부터 튀어 나가는 불끈불끈한 욕구는 대체 뭔가? 왜 늦었냐고 따지기라도 하는 게 망할 주뎅이의 의무이자 본분 아니었나?

왜 이렇게 됐는지 순간적으로 머릿속이 하얗게 바래 버린 것 같았다. 단지 얽혀 든, 바싹 말라 있다가 어디서 이런 수분—실은 뭐 타액이겠지만—이 퐁퐁 솟아났는지 미스터리하게 촉촉하다 못해 끈적거리는 두 남녀의 혀는 온갖 이야기를 다 쏟아 내고 있었다. 그러나 그건 느낌일 뿐 격렬하게 얽힌 혀는 두 사람의 사지가 서로의 온몸을 더듬게 조종하고 있었다.

쾅!

어설프게 열렸던 문이 요란한 소리를 내며 닫히지 않았다면 두 사람은 현관에서 탈의를 하고 바로 얼레리를 했을지 몰랐다.

동시에 뒤를 돌아보느라 입술이 떼어지자 그제야 두 사람은 제 구실을 하기 위해 정신을 차렸다. 그리고 흐트러지려 했던 옷매무새도 다듬었다.

젠장. 어쩜 이 짧은 순간에 이성을 잃을 수가 있는 건지…….

"뭐예요? 대체!"

순서가 매우 바뀌긴 했지만 그래도 할 말은 해야 했다.

그러나 이미 정원의 입술은 흠뻑 젖어 있었고, 막 격렬한 키스를 하다 만 그녀의 흐트러진 모습은 그제의 불타는 밤을 다시 떠올리게 하는 승우의 어느 한쪽에 매우 급격하게 피를 몰리게 했다.

"그게……."

뭐라 말을 해야 하는데 손부터 나갔다. 대화보다 아까 하던 것이 더 중요했다. 그러나 눈가까지 촉촉해진 채 고분고분 그 손길에 응할 생각이었던 정원의 레이더에 다른 이물질이 감지되었다.

"에?"

격한 거부반응이 든 목소리와 함께 뒤로 한 발 물러나는 그녀의 의아한 몸짓이 그의 손길이 허공을 스치게 만들었다.

"왜요?"

"옷도 갈아입었네?"

정원의 말에 더욱더 가시가 돋쳤다.

아무리 은둔형 히키코모리나 호딩 환자같이 쓰레기 더미 속에서 나가지 않고 살았다 할지라도, 그녀의 본업은 키보드 워리어, 즉 로설 작가였다. 그녀의 마우스는 온갖 명품 브랜드와 화려뻔쩍한 딴 세계를 끊임없이 캐고 뒤져 댔다.

물론 그녀가 결제하는 물건들은 이월 초특가 상품이거나 반짝 세일, 계절을 잊은 폭탄 세일, 원 플러스 원 상품들이었지만 보는 눈은 있었다.

승우가 아무거나 손에 걸리는 대로 입고 나왔다 해도, 전문 가사도우미의 손에 잘 손질된 바탕이 고가인 옷은 티가 나기 마련이었다. 게다가 모델 뺨치는 훌륭한 옷걸이에 멋지게 디스플레이되어 있으니 그 옷이 뿜어내는 아우라는 수십 배 증폭돼 있었다.

그러나 승우는 그냥 옷이 없어서 아무 생각 없이 집히는 대로 입고 나왔을 뿐이니 그녀의 이 반응을 이해할 수 없는 노릇이었다.

"아, 어제 입었던 옷이 너무 땀에 젖어서."

"그래서 새로 사서 입고 왔다는 거예요? 외박을 하고?"

"아…… 그게."

이게 무슨 문젯거리가 되는 걸까. 그의 머리로는 이해하기 힘들었다. 그러나 생각해 보니 사실대로 설명하기도 애매했다.

멀쩡한 집을 놔두고 정원의 집에 살아야 했던…… 그 상황을 어디까지 어찌 설명해야 하는 걸까.

"하, 이 남자 정말 미스터리하네. 대체 어젠 어디 갔다 온 거죠? 내가 알아야 하는 거 맞죠?"

그게 뭐가 그렇게 중요한지 그는 이해하기 난감했지만 마치 눈에서 불이라도 날 듯한 정원을 안정시켜야 한다는 생각이 들었다.

"그게…… 전에 일하던 데서 문제가 생겨서 거기 갔다 오느라 늦었어요. 좀 멀었거든요. 게다가 비도 오고……."

뭔가 흡족하지 않았다. 아니, 매우 부족했다. 이대로 용서하기엔 제 달아오른 속이 너무 보였다.

"우리, 음……. 이제 시작이잖아요. 시작부터 이러면 되겠어요?"

"뭐 문제 있어요? 난 이야기했는데……. 이게 다예요. 일하던 데서 문제가 생겼고 거기가 너무 먼 데다 시간이 많이 걸렸을 뿐이에요."

"연락은 왜 안 했어요?"

정원은 승우의 잘난 얼굴과 괜찮은 옷 때문에 훨 잘나 보이는 매우…… 덮침스러운 몸을 무시하려 애쓰면서 되물었다.

"휴대폰 배터리가 나가서요. 좀 갈아야겠네요."

그 덕에 문간에서 벗어난 승우는 방에 들어가 배터리를 꺼내 갈아 끼우고 전원을 켰다. 그걸 보고 있던 정원이 한마디 더 하려는데 전원이 켜지자마자 휴대폰이 요란하게 울리기 시작했다.

낯선 번호를 보고 인상을 찡그린 그가 전화를 받았다.

"여보세요?"

통화를 방해할 순 없어 머릿속으로 물을 말을 생각 중인데 승우의 얼굴이 굳어졌다.

"네. 곧 가겠습니다."

승우가 전화를 끊자마자 정원이 소리쳤다.

"이봐요!"

휴대폰을 뒷주머니에 넣은 승우가 부르르 떨고 있는 정원에게 재빨리 다가왔다.

"아니, 말을 해야…… 읍."

와락 정원의 가느다란 허리를 껴안은 그가 한쪽 손으로 얼굴을 감싸더니 그녀의 입술을 깊이 물었다. 그리곤 거침없이 그녀의 입안으로 혀를 밀어 넣었다. 마치 그젯밤 침대 위에서처럼 깊고 거칠게 그녀의 입안을 혀로 휘저었다. 그러나 곧 그 거친 움직임은 부드러워졌다.

열 마디, 백 마디 말보다 더 부드러운 입술과 혀는 정원의 안에서 그녀를 쓰다듬고 있었다. 매끄러운 입술이 기다림으로 바싹 말라 버린 그녀의 속을 흠뻑 적시고 달콤하게 속삭이듯 서성이더니 마무리를 하듯 빨아들였다.

곧 아쉬운 듯 떨어진 그의 입술이 그녀의 귓가에서 서성이더니 속삭이듯 말했다.

"당신이 날 믿든 안 믿든 난 이제 당신 남자고, 당신은 내 여잡니다. 오늘은 꼭 일찍 오도록 할게요."

정원이 뭐라 더 말을 하기도 전에 재빠른 택배 총각은 다다다 소리를 내면서 계단을 내려가고 있었다.

마치 무엇에 홀린 것 같은 그런 느낌이었다.

젠장……. 저 반짝거리는 입술에 대체 뭘 발라 놔서 이렇게 제 뇌가 흐물흐물 녹아내리는지 알 수가 없었다.

저 택배 녀석……. 완전 선수였구나.

22
문 닫고 할게요

내비게이션이 가리키는 곳은 의외로 매우 한적한 교외였다.

오랜 더위를 식힌 비가 내린 직후라 먼지가 씻겨 내려간 새파란 길가의 무성한 나무들이 산뜻해 보일 정도였다. 한적한 도로를 달리고 있는 그의 페라리 F12 베를리네타는 외관만 멀쩡했지 속은 전혀 다른 차였다.

그러나 그것도 요란한 스폰 랜더링을 장착한 다른 경주용 머신에 비해서 멀쩡한 것이었지 금속광택의 투톤 연보라색의 랩핑은 눈에 확 띌 만했다.

게다가 그 무시무시한 가격에 비해서 차는 에어컨이나 뒷자석이 없었고 강도를 위한 기둥인 레이싱용 필러가 덧대어진 채 롤케이지를 한 풀버킷 시트와 여섯 개의 안전벨트가 장착되어 있었다.

그러나 오히려 트랙에서는 운행할 수 없는 묘한 차였다. 어마어마한 엔진을 달고는 있었지만 그것의 10분의 1의 출력도 사용할 수 없게 조정되어 있어서 그런 무시무시한 차들에서 나는 과장된 소음 따위는 전혀 없었다.

창문을 활짝 연 채 그는 휴대폰의 내비게이션이 가리키는 방향대로 운전을 하고 있었다.

다디단 주인 여자의 매끄러운 몸에서 나는 향기조차 떨쳐질 만큼 그 전화 속 메시지는 대단한 위력을 발휘하고 있었다.

—목적지에 도착했습니다.

기계음이 그의 차를 멈추게 만들었다.

은혜 요양 병원.

광합성을 하기엔 아직 무리인 여름의 끝자락스러운 기온 때문에 그늘에 옹기종기 모여 있는 휠체어에 탄 노인들이 전혀 어색하지 않을 그런 명칭이었다. 이곳에 정말 그가 있을까.

텅 빈 주차장의 한쪽 구석 나른하게 서 있는 구급차 옆에 어울리지 않는 보라색 스포츠카를 댄 그는 차에서 내려섰다. 그리고 다시 한 번 문자에 찍힌 주소를 확인했다. 거기엔 그냥 은혜 병원이라고 찍혀 있었다.

그는 깊은 숨을 들이쉬고 막 정오를 향해 다시 열기를 쏟아내는 햇살 사이로 걸어 들어갔다.

대체 뭐가 문제란 말인가.

이틀 동안 달인 소갈비는 물어뜯을 것도 없이 입에서 녹아내리고 있었다. 약간 졸아든 탓에 심심하던 간도 딱 맞게 되었다. 그러나 그녀는 맛을 느끼지 못하고 있었다.

대체 그놈의 뭘 믿고 그런 행동을 했단 말인가. 생각해 보면 대체 어디서 뭘 하는지, 어떤 집안의 자식인지, 가족 관계가 어떤지 하나도 모르고 있었다.

그냥 한 달 전에 바뀐 택배 기사라는 거, 정비업을 했고 정비소를 차리는 게 꿈이라는 거. 그거 외에는 아무것도 모르고 있었다.

그러나 그놈은 제 모든 것을 속속들이 다 알고 있지 않은가. 심지어 남에게 말하기 꺼려했던 제 상처까지도.

이거 정말 무슨 영화에나 나온 남파 간첩이 아닐까? 아니면 뭐 정력이 넘치는 뱀파이어인가?

아는 거라곤 그저 매우 실한 몸을 가지고 있고, 그에 못지않게 밤일을 잘한다는 것밖에는……. 에잇, 남세스럽게.

젠장.

게다가 말도 잘한다. 내 여자라니.

"어휴!"

대사로 쓰기도 오글거리는 내용이었다. 그러나 문제는 제 귓가에 닿을 것 같던 그 뜨거운 열기가 훅훅 쏟아지는 남자의 입술에서 나온 소리가 전혀 오글하고는 거리가 멀었다는 점이었다. 그러니 결론은 그 순해 보이던 자식이 선수가 맞다는 거였다.

어쩐지 여자 혼자 사는 집에 룸메이트로 들어오겠다고 뻔뻔하게 서 있던 것부터 평범하지 않았다.

"바보 아냐!"

거기에 속다니. 그러나 문제는 여전히 빈방을 힐끗거리면서 저 방의 주인이 얼른 돌아와 주길 바란다는 거였다. 그리고 이왕이면 돌아와서 더…… 뭔가를 해 주길 원하고 있다는 거였다. 대낮에 얼굴에 열이 확 오르도록.

"아, 젠장!"

그러나 해는 여전히 중천에 떠 있고 휴대폰은 침묵 중이며 발소리는 들리지 않았다.

안내된 곳은 맨 꼭대기 층의 구석방이었다. 전형적인 노인들의 요양 병원임이 틀림없었지만 그래도 시설은 좋아 보였다. 이런 곳에 그가 있는 걸까.

그러나 맨 꼭대기 층에 도착하자 확신이 들었다. 7층 건물의 꼭대기에는 복도가 전부 유리로 되어 있었다. 그리고 이쪽 끝과 저쪽 끝에 문이 딱 두 개밖에 없었다.

간호사는 맨 끝에 있는 문으로 그를 안내했다. 그리고는 조용히 시선 밖으로 사라졌다.

문 안쪽은 널찍하고 수수한 별장의 거실 같은 분위기였다. 깨끗한 벽에 화사한 그림과 단정하고 편안해 보이는 소파, 테이블, 그리고 간단한 음료수를 마실 수 있는 바와 안쪽에 침실이나 욕실 등으로 보이는 문이 있었다.

승우는 창가 쪽에 서서 인기척을 느끼고 그곳을 쳐다보았다.

"왔구나. 우리 한 달 만인가?"

익숙한 목소리였다.

"괜……찮으신 겁니까?"

제 목소리가 떨리는 건 저 사람 때문에 생긴 수많은 일 때문이었다.

"아직 완전하지는 않지만, 그래도 한 달 전보다야 나아졌지."

휠체어에 앉아 있었지만 환자복을 입은 것도 아니었다. 평범한 면바지와 셔츠 차림의 남자는 별다르게 나빠 보이지 않았다. 휠체어에 앉아 있다는 것 빼고는 다른 점이 없어 보였다.

"한…… 부사장님. 미국에 가셨다고 들었는데……."

"요즘은 미국보다 우리나라 의술이 더 좋거든. 얼굴이 좀 상했네. 다른 일 하고 있었다면서? 그동안 잘 지낸 거야?"

한승제가 마치 진짜 친형제처럼 물었다. 승우가 미친 듯이 택배 상자들을 나르면서 잊고 싶었던 것은 그에 대한 죄책감이었다.

"그동안 여기 계셨던 겁니까?"

"그게 주변 소식들을 알기 더 쉬우니까. 한 감독은 무슨 막노동판에 갔다더니 그새 얼굴이 그렇게 상한 건가?"

나름 제 흔적을 지웠다지만 완벽하지는 못했던 모양이었다.

"제가 책임지기로 했으니까요. 책임지고 물러나는 조건으로 회장님께서 블루윙스의 후원을 끊지 않기로 했으니 당연한 겁니다."

"회장님이 직접 그렇게 말씀하셨나?"

"……."

회장님이 불같이 화를 내는 것만 보았지 실은 그 책임 전가는 전해 들은 사실이었다.

누가 왔었지? 잘 기억도 나지 않았다. 누군가 그 어수선한 틈에 와서 책임을 져야 할 사람이 있어야 한다고 했다. 그래서 그 책임을 제가 졌을 뿐이었다. 그랬었다.

승우는 그제야 뭔가 좀 아귀가 맞아떨어지는 기분이었다.

이 모든 게 그냥 우연하게 일어난 사고가 아니었다는 걸.

"내가 그 차를 타 볼 거란 건 누구나 다 알 수 있었지. 너와 나의 관계도 그렇고, 내가 준 레이싱 면허를 가지고 있다는 것도 그렇고. 네가 세계 최고 수준의 치프 미캐닉이면서 엔지니어라는 건 다 알려진 거니까. 아무리 머리가 나쁜 놈이라도 그 정도 생각은 할 수 있어. 그러니 그 사실을 알고 있는 사람이 그다음엔 무슨 생각을 할까?"

"……."

지금 생각해 보니 그랬다. 그러나 왜…… 대체 무슨 이유로. 그녀가…….

"너도 알고 있지? 누구 짓인지."

갑자기 휙 하고 승우에게 무엇인가가 날아왔다. 그는 무의식적으로 제 앞으로 던져진 것을 받았다. 딱딱한 플라스틱 조각. 평범한 USB였다.

"블루윙스의 정비실에 설치된 두 대의 CCTV 영상이 담긴 메모리 스틱이야. 거기 나온 사람이 누군지는 네가 더 잘 알 테고. 그 조형식이라는 직원의 계좌에 꽤 큰 금액이 송금됐고, 그 금액은 그의 아버지 병원비를 정산하는 데 쓰였지. 그리고 그것은 어디서 인출됐는지 모르게 전액 현금으로 서울의 모 지점에서 입금됐어. 굳이 그 사람을 찾아내서 대체 누가 너더러 이런 짓을 하라고 했냐고 물어

볼 필요도 없을 만큼 어이없이 간단해서 말이지. 여러 번 해 본 솜씨 같더군. 그러나 그걸 못 찾아낼 나도 아니고."

갑자기 가슴 한구석이 욱신거리는 느낌이었다. 승우는 제가 느낀 당황스러움이나 분노보다는 갑자기 한승제의 날카로운 눈썰미에 잡힌 은주가 가여워졌다. 앞으로 그녀는 대체 어떻게 되는 거지.

"내가, 그 애한테 여러 차례 경고했어. 네 곁에 얼쩡거리지 말라고."

"네? 무슨 말씀이십니까?"

"그 애가 네 곁을 맴돈 게 순수한 의도였을 것 같아?"

한승제의 목소리가 청량한 실내에 날카롭게 울렸다. 두 사람의 나이 차이는 그렇게 많지 않았지만 그는 늘 다른 세상의 사람 같았었다. 순간 평소에 느끼고 있던 거리감보다 더한 이질감이 느껴졌다. 아주 멀리, 그리고 아주 높이 있는 그런 사람으로.

"은주도 처음부터 그런 나쁜 마음을 갖지는 않았을 겁니다. 아마 누군가에게 이용을 당해서……."

"그래서 내가 경고한 거야. 네게 손대지 말라고."

"무슨 소리십니까?"

은주가 저를 피한 게 한승제 때문이란 말인가?

"네가 그렇게 순수한 마음만 있으니까. 그리고 네가 그런 마음만을 가지고 있길 원했으니까."

이건 또 무슨 소리인가. 승우는 뭐라 말을 해야 할지 알 수가 없었다.

"그때, 널 성북동에서 처음 봤을 때. 난 네가 부러웠어."

대체 저 사람이 무슨 소리를 하는 건가 싶어 승우는 잠자코 있어야 했다.

부럽다니. 당신이…… 날? 대체 왜?

"아마 네가 여섯 살인가 그랬을 거야. 마치 하늘에서 내려온 천사 같던 네 어머니를 닮아서 넌 정말 이 세상에 사는 사람 같지 않아 보였지. 내 어머니가 왜 너희 모자를 그토록 미워하는지 그 이유를 당장에 알 만큼 말이야."

승제는 피식 웃음을 지었다.

"그맘때가 아버지가, 그러니까 회장님이 IMF 사태를 겪으면서 세경건설이 휘청거릴 때였을 거야. 그러니까 대외적으로도 골아픈 때에 너희 존재는 눈엣가시였을 게 분명했지. 그래서 오히려 그 반발로 내 친어머니는 날 더욱더 엄격하게 키우려고 애썼을 테고. 무엇 하나 내 마음대로 할 수 있는 게 없었어. 하나부터 열까지 수십 명의 가정교사들이 들러붙어서 나에게 종용했거든. 넌 세경의 황태자니까 당연히 그걸 견뎌야 한다고. 하지만 넌 거기에 철저히 소외됐지. 난 그게 불만이었어. 분명히 너도 이 집안 아들인데 말이지."

이 집안의 아들이라……. 참 생경한 단어였다. 제게 그 단어가 가당키나 했나?

"난 누구보다도 내 어머니의 말을 잘 따랐지. 난 나름 착한 아이였으니까. 그리고 이 어마어마한 것들이 내 것이 될 것임을 알았으니까 잠자코 열심히 길을 따라 걸었어. 그 어떤 것들도 내게 거치적거리지 않게 말이지. 그러니까 그것들이 네게 손을 뻗치려 하더군. 유별난 우리 집안이나 이 난리지 솔직히 다른 집안에선 배다른 형제란 말 자체가 어색할 지경으로 다들 잘 지내니까."

참…… 딴 세상 이야기 같았다. 그냥 고요한 집 안에서 혼자 놀고, 혼자 학교를 다니고 그리고 조금 큰 다음부터는 늘 기숙학교에서 살아왔던 제게 저것은 딴 세상이었다.

"내가 그런 손짓들을 잘라 버렸지. 그러나 은주는 예외였어. 유일하게 네가 그 애만은 물리치지 않았으니까."

그랬었나? 제 곁엔 아무도 없었다. 말을 걸어 주고, 제 말을 들어 준 건 은주뿐이지 않은가.

"그러나 걘 출신부터가 너무 바닥이었어."

바닥? 카스트제도는 사라졌고 학교에서 구구절절이 천부인권이니 인간 평등이니를 배우는 세상이었다. 그런데도 바닥 출신이란 게 아직도 존재하다니.

그러나 승우는 단 한마디도 승제의 말에 뭐라 토를 달지 못했다. 그냥 잠자코 듣고 있을 뿐이었다.

"그 애가 내게도 꼬리를 쳤다는 걸 넌 몰랐겠지. 올라가지 못할 나무는 쳐다보지도 말았어야지. 그 어린것이 당돌하게도."

승우는 여전히 굳은 표정으로 승제를 쳐다보기만 했다.

"순진하고 착하기만 한 네게 고개를 돌렸지. 그러나 그어진 선을 넘을 때 내가 가차 없이 경고했다. 그 경고에 제 풀에 지쳐 다른 먹잇감을 물러 사라진 거지."

은주가 갑자기 유학을 갔던 게 그것 때문이었나? 음악엔 도통 관심이나 재능이 없어 보이던 그녀가 갑자기 영국으로 유학을 간다고 했을 때 의아하긴 했지만 그런 위치에 있는 아이들이 밟는 수순이었기 때문에 그런가 보다 했을 뿐이었다.

저는 그저 늘 그냥 체념과 상실 속에서 아무런 저항도 하지 못하고 앞으로 떠밀려 가기만 했었다. 그 이유도, 영문도 알 자격 없이.

"난, 네가 아무 의미 없이 조용히 사는 게 싫었다. 그래서 네가 갑자기 학위를 내치고 그 바닥에 뛰어들었을 때 기뻤어. 거기서 이름을 떨칠 땐 네가 부러웠다."

그가 뭐라 말하든 이젠 상관없었다. 그건 당신의 감정이고 당신의 생각일 뿐이니까. 물에 떠 있는 백조를 우아하고 멋지다고 느낄 뿐, 그 백조는 물에 떠 있기 위해 미친 듯이 갈퀴로 물속을 젓고 있음은 모를 테니까.

"사고는 오히려 잘된 거야. 내제돼 있던 반역자를 처단할 수 있는 기회가 된 거니까. 난 국내 스피드 산업의 엄청난 잠재력을 믿고 있어. 우리 그룹에서 하고 있는 엔터테인먼트 사업의 가장 큰 기반이 될 게 분명해. 그걸 말아먹고 있는 승수는 아마 곧 그 자리에서 물러나게 될 거야. 내가 잠시 자리를 비운 사이에 갖게 된 새 명패를 닦으면서 행복해하고 있겠지만 말이야."

승제는 혼자 재밌다는 듯 웃었다. 그러나 승우는 그 웃음에 동조할 수 없었다. 은주는 어떻게 되는 거죠, 라고 묻고 싶었다. 그러나 늘 그래 왔듯 그는 단 한마디도 할 수 없었다.

"은주는 승수를 사다리 삼아 기어 올라가고 싶겠지만 그는 절대 사다리가 될 만한 깜냥이 없어. 그리고 날 이렇게 만든 대가는 곧 지불하게 될 거야. 승수가 모를 리 없거든. 아마 벌써부터 숨이 막혀 올걸?"

승제는 아무렇지도 않다는 듯 또다시 웃으면서 말했다. 그러나 승우는 온도가 잘 조절된 쾌적한 실내에서 모골이 송연해지는 한기를 느꼈다.

두 사람은 '같은 집안의 아들' 이지만 어쩌면 그가 말했듯 출신부터가 다른 듯했다. 그들은 그냥 서로 다른 존재였다.

"왜 아무 말도 없어?"

그제야 승제가 침묵만 지키고 있는 승우에게 되물었다.

"그럼…… 전 이제 뭘 하면 되는 겁니까?"

"좋은 질문이야. 넌 네가 하던 일을 하면 돼. 네게 날개를 달아 줄 테니까. 이젠 회장님이나, 무시무시한 어머니의 시대는 끝났어. 내 세상이 올 거거든. 넌 네가 하는 일에서 최고가 되면 돼. 난 널 이용해서 더 큰 사업을 할 거니까. 그러니까 당장 상해에서 좋은 결과를 만들어 내. 모든 지원은 최고로 해 줄 테니."

승우는 갑자기 피가 후루룩 끓어오르는 것 같았다.

그래, 싸움은 너희들끼리 해. 너희들끼리 배신자를 처단하고, 사업을 확장하고, 서열 싸움을 하고, 세대교체를 하라고. 난 내가 하고 싶은 걸 할 테니까. 세계 최고의 머신으로 세계 최고의 차를 만들어 낼 테니까.

이름 모를 선물 님은…… 이제 절필을 해야 하는 건가.

정원은 껌뻑거리는 커서를 쳐다보면서 망연자실해 있었다.

어마어마한 대기업을 거느린 젊은 총수, 아니면 굴지의 건설회사 사장의 사생아, 존스홉킨스 출신의 신경외과 의사, 그도 아니라면 브로드웨이의 어마어마한 뮤지컬 총디렉터……도 코

웃음 치던 그녀였다. 보조 비서, 평범한 사보를 만드는 계약직 직원, 간병인, 무명 코러스 걸들도 다 그런 남자들을 꿰차고 있는데.

하얀 화면에 무수히 박혀 있는 글자들은 현실에 욕구불만이었던 불쌍한 히키코모리 처녀의 불순한 망상일 뿐이었다. 그것에 열광하는 아줌마들 또한 육아의 현실과 팍팍한 삶에서 오는 일탈이 하고 싶었을 뿐일 테지.

현실은? 재벌은 개뿔. 몸만 든든한 개뿔도 없는 총각이라니.

보증금 500만 원도 없는 이 남자 정말 괜찮은 걸까?

솔직히 이런 생각은 전혀 하지 않고 있었다. 성실하고 착하고 잘생기고 부모님이 좋아하고 게다가 힘 좋고……. 그럼 다라고 생각했는데 연재를 쓰던 글을 다시 열어 보니 이게 제대로 한 선택인가 싶었다.

그렇게 좋아하는 벤츠나 아우디 같은 건 둘째 치고라도 솔직히 저도 벌어 놓은 거 하나 없는, 그냥 로또처럼 생긴 상금이 제 인생의 다인 한심한 백수 아닌가.

앞으로 대체 둘이 뭘 해 먹고 살지? 나이 든 부모님 밑에서 금수저는 못 돼도 스댕 수저나 빨면서 살아야 하나 하는 생각까지 들었다.

이게 다 그 입만 뻔지르르한 선수 때문이다. 이런 잡생각을 못 하게 옆에 딱 붙어 혼을 빼 주든지 해야 하는 거 아냐? 연락이라도 제대로 하든지.

여전히 죽은 듯 침묵을 지키고 있는 휴대폰은 솔직히 오기로 뒤집어 놓은 게 맞았다. 어제 연락 두절로도 모자라 외박까지 했으면 오늘은 연락해야 하는 거 아냐? 내 거라며! 내가 네 거라며!

"정원 씨!"

문소리가 나더니 익숙한 목소리가 들렸다. 호랑이도 제 말하면 나타난다더니! 아니다. 그 말은 어폐가 있었다. 왜냐하면 하루 종일 이 호랑이 생각만 했으니까. 하루 종일 그를 생각한 걸 들키기라도 한 듯 놀란 정원이 오히려 퉁명스럽게 말했다.

"이제 일 끝난 거예요?"

평소보다 늦은 퇴근이었다. 일이 많았나?

"아, 아뇨. 저 당분간 택배 일 안 해요."

생각해 보니까 오늘 엄마가 보낸 보양식을 다른 사람이 들고 왔었다. 분명히 그의 회사였는데.

"그새 잘린 거예요?"

"아, 그게 아니라 전에 하던 일을 좀 마무리해야 해서……."

심히 택배 기사나 정비소 직원과는 거리가 있어 보이는 잘난 외모와 그에 더한 번듯한 옷차림 때문에 정원은 승우의 말이 의심스러웠다. 그 탓에 오늘 아침처럼의 찐한 해우도 깜빡 잊어버리고 말았다.

오히려 그게 잘된 건지도 모른다. 제가 별로 좋은 기분이 아니라는 걸 알려 줘야 할 테니까.

그러나 그 생각은 제 입에서 자동으로 나온 말 때문에 순식간에 좌절되고 말았다.

"저녁은 먹었어요?"

이미 끼니때가 지난 시간이었다.

"네."

아무렇지도 않은 듯한 저 표정이 아주…… 미워 죽겠네. 제길, 이 고정원이는 하루 종일 아무것도 못 하고 엉뚱한 생각만 했는데, 저렇게 태평하고, 저렇게 밥도 잘 먹고……. 젠장.

"씻어요."

정원은 겨우 한마디를 내뱉었다. 하루 종일 저 남자의 정체는 뭔가, 앞으로 어쩔 것인가, 버르장머리를 어떻게 고칠 것인가에 대한 충분한 고찰을 했다. 그러니까 제 머릿속에서 나온 계산대로 해야 하는 건데…….

"대신 벌로 나올 땐 아무것도 입지 말아요!"

같은 소리나 하고 있다니!

"아, 좀…… 아, 아!"

"아파요?"

묻고 있었지만 움직임은 멈추지 않았다. 아직 아프다고 대답하지는 않았으니까.

"아니, 좋아서…… 좀만 더……."

창피하지만 그래도 의견을 명확하게 전달해야 했다. 그러자 그의 입에서 의기양양한 대답이 나왔다.

"걱정하지 말아요."

"아아악!"

정원의 날씬한 허리를 꽉 쥔 채 격렬한 허릿짓을 하던 그의 입에서 막 신음 소리가 새어 나올 때쯤이었다.

띵똥. 띵똥. 띵똥.

신경질적인 초인종 소리가 미친 듯이 울리기 시작했다.

"어?"

"뭐죠?"

놀란 승우가 그녀의 몸에서 제 물건을 쑥 빼냈다.

아, 제기랄. 직전이었는데!

침대 헤드를 두 손으로 잡은 채 엎드려 있던 정원이 고개를 들었다. 땀으로 반짝거리는 매끈한 등줄기를 잡아 이끌어 준 승우가 다시 울리는 초인종 소리에 옷을 찾아 입으려는데 정원이 말했다.

"아랫집인가? 내가 나가 볼게요. 그대로 있어요."

정원이 아무렇지도 않게 벌떡 일어나 땀에 젖어 미끈거리는 늘씬한 나신 위에 한참이나 저 멀리 떨어져 있던 반바지와 티셔츠만 주워 입자 놀랜 승우가 말했다.

"아니, 속옷은……."

"금방 올 텐데요, 뭐."

정원은 아무렇지도 않다는 듯 땀에 젖어 흐트러진 머리카락을 뒤로 넘기고는 여전히 미친 듯이 울리는 초인종 소리가 나는 현관으로 나갔다. 그러면서 벌거벗은 승우가 있는 안방을 누가 볼세라 문을 쾅 닫고는 쿵쿵거리면서 걸어갔다.

쾅쾅, 문 두드리는 소리와 초인종 소리가 동시에 울리고 있었다. 정원은 불투명한 유리문 너머로 보이는 실루엣을 확인하곤 벌컥 문을 열었다.

"왜요? 이 밤중에 시끄럽게!"

지금 어떤 상황인데 이걸 훼방 놓는 인간이 누군지 어디 두고 보자는 듯 사납게 물었다. 아니나 다를까 바로 아래층에 사는 여자였다. 저번에도 변기에 물이 새네, 벌레가 위에서 내려오네, 말이 많던 직장을 다니는 여자였다.

"이봐요, 주인아줌마!"

여자도 골이 잔뜩 난 듯 씩씩거리면서 말했다.

"나 아줌마 아니거든요? 그리고 이 밤중에 왜 난리예요?"

정원은 분명히 자신이 꽃다운 처녀임을 밝혔지만 아랫집 여자는 인정하기 싫은 모양이었다.

"아니, 아줌마 왜 그래요? 지금 집에 회사 프로젝트 때문에 직원들 와서 같이 일하는데 시끄러워 죽겠잖아요."

시끄럽다니? 텔레비전도 없고 지금은 컴퓨터도 껐는데?

"무슨 소리예요? 아니, 그쪽이나 여러 사람 그렇게 데려와도 되는 건가?"

"무슨 혼자 사는 여자가 야동을 그렇게 크게 틀어 놔요? 이어폰 없어요? 전에도 진짜 밤새 시끄럽더니. 왜 그래요? 남자가 없어서 욕구불만인가? 좀 작작 틀어야지. 취미 생활하는 것까지 뭐라고 하기 그런데 제발 볼륨 좀 죽이라고요. 네? 아주 직원들 있는데 얼굴을 들 수가 없잖아요!"

뭐? 야동?

그제야 정원의 얼굴에 열이 확 올랐다. 안방 에어컨이 고장 나서 너무 더운 나머지 창문을 열어 놨는데……. 며칠 전 호텔 생각만 하다 보니 집에 그런 멀쩡한 침대가 있었던 기억이 까마득한지라 이곳이 제 집인 것도 잊어버리고 있었다.

아, 젠장!

"그렇게 방구석에서 서라운드로 야동 틀어 놓으면 남자가 생긴데요? 네? 어휴. 진짜 쓰레기처럼 해 놓고 사니 남자가 생길 턱이 있나!"

아니, 이 여자가 지금 뭐래? 정원이 막 한마디 쏘아붙여 주려는데 갑자기 등 뒤에서 익숙한 체취가 확 피어올랐다. 혹시나 안쪽이 보일까 싶어 빼꼼 열고 있던 현관문이 휙 열렸다.

"아줌마, 지금 뭐라고 하셨어요?"

외간 남자의 목소리에 문간에서 실랑이를 벌이던 두 여자가 동시에 놀라 고개를 돌렸다. 그리곤 두 여자의 입에서 동시에 묘한 소리가 터져 나왔다.

"헉!"

"오메!"

"남자가 왜 없는데요?"

땀에 젖은 머리카락을 한 채 번들거리는 벗은 상체에 십일자 복근이 선명한, 헐렁한 반바지를 입었음에도 불구하고 실랑이 중이던 두 여자의 혼이 훽 하고 허공으로 승천할 만큼 온몸에서 섹시와 퇴폐와 야시꾸리함이 동시에 줄줄줄 쏟아지는 남자가 삐뚜름한 표정으로 서서 묻고 있었다.

"아……. 저, 저기."

뭐라 말을 하고 싶은데 턱이 빠진 것처럼 이상한 소리만 내고 있는 아랫집 여자를 향해 승우가 정원의 어깨를 감싸면서 대답했다.

"문 닫고 할 테니까 올라오지 마세요."

으헐.

동시에 두 여자의 얼굴에 복잡한 감정이 피어올랐다. 부끄러움인지, 혹은 부러움인지, 혹은 자신만만함인지, 그도 저도 아니라면 기대 만발이라든지…….

23

누구냐, 넌?

"언제쯤 되나요?"

"3일 후에 오시면 됩니다."

"아……. 네."

요 근래 들어, 그러니까 정확히 5년 만에 처음으로 구청이란 델 와 본 정원은 주섬주섬 꺼냈던 사진들을 종이봉투에 넣고는 가방을 챙겨 들었다. 여권이라니. 비행기는 부모님이 제주로 터전을 옮긴 뒤로 자주 탔었다. 뭐, 자주라 해도 1년에 한두 번 정도? 그렇지만 해외는 가 본 적이 없었다. 그런데 난데없이 해외여행이라니.

"오늘…… 아마 못 올지도 몰라요."

"또 외박이라고요?"

절대 용서할 수 없다는 말이 이마 위로 불쑥 튀어 올라왔다.

젠장, 또 그넘의 외박이라니!

"전에 하던 일을 다시 하기로 했어요. 그런데 좀 멀어서……."

"아니, 대체 어딘데요? 어디 지방에 있는 정비 공장에서 일했던 거예요?"

말도 안 돼. 이 상태로 어딜 가겠다고.

승우는 버럭 성질을 내는 정원이 오히려 사랑스러웠다. 일도 일이지만, 대체 이 여자를 떼 놓고 어찌 살 수 있을까.

물론 제 성격상 지금 계단을 내려가서 공영 유료 주차장에 잘 모셔 놓은 베를리네타에 올라타면 잠시 이 생각을 접을 수는 있을 것이다. 그러나 지금 제 앞에서 얼굴을 붉히는 정원의 뽀얀 숨결 한 조각만으로도 그는 온몸의 피가 푸르르 끓어오를 것만 같았다.

"네. 지방인 데다 좀 많이 멀어요. 그리고 일도 많고."

"아니, 연봉을 수억 준대요?"

억하심정에 정원이 꽥 소리를 질렀다. 그녀의 말에 승우는 고개를 갸웃거렸다.

제 연봉이 수억이 되던가? 미화로만 계산을 했었는데 따져 보니 그런 것 같기도 했다.

"수억 벌면 외박해도 돼요?"

"아, 진짜!"

승우의 머릿속은 생각도 못 한 채 정원은 짜증이 벌컥 났다.

"당장 그만둬요! 내가 당장 이 집 팔아서 차려 줄 테니까!"

그녀의 앙탈에 그는 웃음이 터지고 말았다. 그 몇백억짜리 가라지를?

"아니, 뭐 웃으면 용서할 것 같아요? 어디냐고요. 그 공장인지 정비소인지! 차 고치는데 외박씩이나……."

"전라도예요. 영암이라고. 가는 데만 네 시간 반 걸려요. 내가 거기 수석 치프고. 그나저나 정원 씨, 여권 있어요?"

전라도라니……. 얼마나 대단한 공장이기에, 라고 생각하는 그녀의 생각을 뚝 자른 단어였다.

여권이라니.

"여권은 왜요?"

"없죠? 없으면 만들어 놔요. 곧 필요하니까."

그놈의 여권이라는 생소한 단어 때문에 정원은 승우를 놓치고 말았다. 젠장, 이번엔 잡아서 꽁꽁 묶어다 침대에 붙들어 매 놓았어야 했는데……. 그리곤……. 그다음에 떠오르는 망상들은 멀쩡한 햇살이 쏟아져 내리는 대낮에 되짚기에도 민망한 것이라 생각조차 생략해야 했다. 대체 이 대단한 정비공께서는 뭘 하시는 분이란 말이냐!

그러나 정원은 저도 모르게 택시를 잡아타고는 가락동 농수산시장을 외치고 있었다. 역시 정력에는 장어만 한 게 없으니까.

"브라보! 이제 정상화되는 겁니까?"

"언제 정상이 아닌 적 있었나? 스폰은 정상화됐으니까 바로 대회 준비 들어가고 사고 차량은 분해해서 쓸 수 있는 부품만 전부 추려 놓도록 해. 상윤이랑 현수는 트레일러하고 화물기 스케줄 체크하고. 모자란 것들은 바로 SIC(상해 인터내셔널 서킷)에서 수취할 수 있게 주문하고. 리스트 뽑아 와 봐."

"한 감독!"

현재 팀을 맡고 있는 조 감독이 볼멘소리로 외쳤다.

"제가 직을 물러나긴 했지만, 이번 성적에 팀의 존폐 여부가 달려 있으니까 직함 같은 건 무시합시다. 대신 전폭적인 지원을 약속받았으니까 모두 열심히 노력하는 걸로 해요. 그리고 스페어 차량 몇 대나 있습니까? 사고 난 거 빼고 나면 수량이 안 되는 거 같은데."

개점휴업 상태였던 블루윙스의 가라지 안은 긴장감마저 돌고 있었다.

"무리예요. 우리 모두 손 놓고 있었다고요. 당장 대회가 코앞인데……."

세컨 치프인 우석이 어이없다는 듯 말했다.

"안 되는 것도 되게 해야지. 차 모자라면 내 차도 넣을 테니까. 조효진, 주차장에 있는 거 끌고 와."

승우가 주머니에 있던 키를 던졌다. 허공에서 차 키를 캐치한 효진이 소리쳤다.

"진짜요? 진짜 감독님 베를리레타를 트랙에 내놓으시겠다고요?"

"필요하면 써야지 뭐. 가져오기나 해."

"오케이!"

"언제 우리가 호락호락한 적 있었어? 닥치는 대로 하는 거지. 자, 고고!"

문제가 있었다.

그것도 심각한 문제가. 갑자기 생각이 나서 미친 듯이 생강을 실처럼 얇게 썰어 밀폐 용기에 넣은 뒤 잘 재워진 장어가 든 통 옆에 두고 돌아선 정원은 제가 근 2년을 함께한 라꾸라꾸 침대가 없어져 컴퓨터 책상만 덩그러니 놓여 있는 휑한 거실을 멍하니 쳐다보았다. 심지어 그 컴퓨터 책상조차 한쪽 벽에 붙여 놓아서 거실은 그야말로 망망대해가 되어 있었다.

오늘 하루 종일 저 컴퓨터 책상의 복잡한 케이블을 정리하고 두께 20㎝의 먼지를 닦아 없애고 침대를 접어 창고 방에 밀어 넣고, 그리고 그 사이사이 장어를 손질하고 갈비탕용 갈비의 핏물을 뺐다.

그러다 긴긴 여름 해가 저 버렸고 이제는 서늘하다는 착각이 들 만큼 낯선 공기가 스며드는 밤이 되었지만 제 집은 냉장고 돌아가는 소리뿐 적막이 가득했다.

이 고급 정비공은 또 외박인 거야?

심각하게 대화라도 해 봐야 했다. 그러나 그 너무 잘난 얼굴을 보기만 하면 마치 바나나 껍질을 벗기듯 몸에 걸쳐진 옷에 손이 가고, 그다음엔…….

만날 정신이 나가 버리니 대체 무슨 정상적이고 심각한 대화를 한단 말인가.

난 정말…… 그렇게 밝히기만 하는 여자였나?

딱히 대답을 할 수 없었다. 그렇지 않다고 딱 부러지게 말할 자신이 없으니까. 젠장.

정원은 고민 끝에 전화기를 들었다. 얼굴을 안 보면 대화가 가능할 테니까.

한참 동안 지겨운 전자음이 나더니 지칠 무렵 삐리릭 하는 소리가 났다.

—정원 씨? 나도 막 전화할 참이었는데.

"……!"

아, 젠장. 이젠 목소리만 들어도 목이 메다니. 정말 미친 거 아닌가?

—정원 씨? 왜요? 어디 아파요?

아프지, 아프다마다. 저 짐들을 다 치우고 청소하고 난리를 쳤으니 삭신이 쑤시지……. 그러나 그의 목소리를 듣자마자 찌륵하고 통증이 오는 곳은 다른 곳이었다.

"아뇨. 바빠요?"

—앉을 시간도 없어요.

그러나 목소리는 밝아 보였다.

"그래서…… 안 와요?"

이런 이야기를 하려고 한 건 절대 아니었다. 그러나 그의 목소리만 들어도 속이 울렁거리는 걸 어쩌란 말인가.

—미안해요. 내가 지금 몸이 열 개라도 모자랄 지경이라. 주말에나 잠깐 시간이 날 거 같아요.

뭐야, 젠장. 전 같으면 됐다, 그만둬라 할 텐데.

그러나 그냥 있을 수가 없었다.

"거기 어디예요? 못 오면 내가 가면 되잖아요!"

말해 놓고 나니 갑자기 기분이 나아졌다.

맞아. 못 오면 내가 가면 되지. 이 남자 기운 나게 일행들 도시락도 빽적지근하게 싸서…….

—너무 멀어요. 그리고 너무 바쁘고…….

아무렇지도 않다는 듯 웃으면서 말하는 게 더 미웠다.

"아니, 그 먼 델 왜 가 있는 건데요!"

저도 모르게 소리를 빽 지르고 말았다. 그 덕에 움찔했는지 저쪽에선 그제야 미안하다는 듯 말했다.

—여긴 내가 없으면 안 되거든요.

그건 나도 마찬가지거든!

✿ ✿ ✿

이건 무슨 도깨비놀음도 아니고…….

눈만 뜨면 이놈의 정비공인지 택배 기사 쫄따구인지 오늘로 쫑이다……를 외치고 멀쩡하게 살려고 애썼다. 하지만 으슥한 밤중에 슬쩍 한 통 걸려 오는 '뭐해요?' 하는 전화에 또 흐물흐물 녹기를 대체 며칠째란 말인가.

정원은 당장 '쫑, 디엔드, 종결이다'를 외쳤지만 제 의지와는 상관없는 손발은 바쁘기 그지없었다.

무슨 귀신 씻나락 까먹는 소리도 아니고 승우는 웬일로 오전 댓바람에 전화를 해서 말했다.

—저녁 5시 비행기니까 짐 싸요. 2시까지 데리러 갈 테니. 한 일주일쯤 있을 건데 대충 싸요. 필요한 건 가서 사면 되니까.

그나마 제주도를 들락거린 탓에 캐리어가 있긴 있었다. 하지만 대체 뭘 싼단 말이냐? 둘이 같이 갈 거니까. 전에 사 뒀던 승우의 옷가지와 제 옷가지 조금, 그리고 가짓수 얼마 없는 화장품 등등을 대충 쑤셔 넣고, 혹시 모르니 노트북도 챙겨 문단속을 하고 나니 얼추 만나기로 한 시간이 돼 가고 있었다.

삐리리.

전화벨이 울리자마자 정원은 전화를 받았다. 시계는 1시 57분을 가리키고 있었다.

—내려와요.

잉? 진짜인가?

나름 보름 동안 이리저리 사 댄 옷이 많아서 그나마 나풀거리는 원피스를 입고 낑낑거리면서 캐리어를 들고 내려온 정원은 어이가 없어서 말이 안 나왔다.

"그러고 비행기 타려고요?"

상해에 간다고 하니 두 시간밖에 걸리지 않겠지만 그래도 첫 해외여행이었다. 대체 왜 가는지는 모르겠지만, 뭐 유능한 정비사는 정비소 주인이 관광이라도 보내 주나 보다 싶은데, 제 남자가 딴 건 몰라도 옷걸이 하나는 어마무시하게 쓸 만하기 때문에 그에 걸맞게 보이기 위해 나름 화장에도 신경을 쓰고 샤방하게 차려입고 나온 터였다.

그러나 제 앞에 서 있는 사람은…… 어디 진짜 차 밑에서 바로 꺼내 온 지대로 된 정비공이란 걸 온몸으로 보여 주는 모습이었다. 정비소에서 입는 작업복은 아니었다. 그러나 대체 어디서 났는지 궁금하기 짝이 없는 허름한 반팔과 반바지에 부스스한 머리카락은 나오기 직전에 바로 감은 듯해 보였다. 게다가 시뻘겋게 충혈된 눈과 버석한 얼굴까지.

“그럼 양복이라도 입고 타게요? 빨리 와요. 오랜만에 보니까 엄청 예쁘네요.”

하지만 승우는 히죽 웃으면서 말했다.

“거기 대체 왜 가는데요? 그리고 공항버스 타려면 큰길까지 가야 해요. 아, 김포 아니고 인천이죠?”

“저거 타고 갈 건데요?”

그녀의 캐리어를 받아 든 승우가 손으로 가리켰다.

“네?”

그의 손이 가리키는 방향을 보던 정원이 다시 말했다.

“네에에에?”

원룸 1층에는 차 네 대를 주차할 수 있는 주차장이 있었다. 그러나 말이 네 대지 그려진 주차 선은 경차용이 분명했다. 게다가 그 네 대 분량도 늘 차 있기 마련이었고 건물 때문에 차를 돌리기가 너무 힘든 구조였다. 한마디로 건축 허가를 내기 위한 눈가림용 주차장이었다.

그래서 택시도 골목 어귀까지밖에 오지 못했고 택배 차량들은 아예 큰길가에 세우고 손수레를 끌고 와야 하는 마의 구간이었다. 그런데 승우의 손끝이 가리킨 골목 어귀에는 멀쩡하게 차 한 대가 서 있었다.

그 차를 보고 눈이 휘둥그레진 정원의 말문을 막은 건 운전석에서 내린 멀쩡하게 말끔한 양복을 입은 남자가 한달음에 승우의 손에서 제 캐리어를 받아 트렁크에 넣는 걸 보고서였다.

“이, 이게…….”

"늦겠어요. 얼른 타요."

키보드 워리어에 사치 방탕한 재벌남들을 주로 써 대는 로설 작가이기에 타 본 적은 없어도 벤츠니 아우디니 BMW니 하는 비싼 차들은 줄줄 꿰고 있는 그녀였다. 사장님들이 가장 애용한다는 벤츠 뒤에 떡하니 쓰여 있는 숫자는 그녀가 알고 있는 벤츠 중 최고 사양을 가리키는 게 아닌가.

"이, 이게."

"내 것은 아니지만 타고 가라고 준 거니까 타고 가면 돼요."

한승제 부사장의 전폭적인 지원을 받고 있는 승우였다. 그러니 본인의 전용 차량을 공항까지 타고 가라고 내준 게 이상할 것은 없었다. 게다가 그가 다루는 차량의 가격은 이런 양산용 고급 차에 비할 바가 아니었다. 그러니 그의 눈에는 럭셔리 벤츠나 택시용 그랜저나 굴러가는 건 매한가지인 그냥 승용차일 뿐이었다.

"어……."

입을 다물지 못하는 정원을 끌고 차에 태운 승우는 골목을 나가기도 전에 정원의 입에 입을 맞췄다.

"보고 싶어 죽는 줄 알았습니다."

"읍……. 아니, 저기……."

문 닫고 하겠습니다, 이후로 이 정비공 총각의 뻔뻔함은 익히 알고 있었으나 이건 너무한 거 아닌가?

놀라 사색이 된 정원은 허벅지를 타고 오는 승우의 손길에 기겁해 그의 손을 붙잡고 운전하는 사람의 눈치를 살폈다. 그러자 승우가 다시 히죽 웃더니 말했다.

"아, 미안해요. 씻는다고 씻었는데 기름 자국이 안 지워져서……. 손 지저분해서 그런 거죠?"

하얀 이를 드러내며 웃는 그를 보고 정원은 속으로 외쳤다.

그게 아니잖아, 이 사람아!

"그런데 대체 상해는 왜 가는 거예요?"

가장 궁금한 건 그거였다. 그러나 대답해야 할 사람은 말이 없었다. 끊임없이 전화 통화를 하느라 전화기에서 손을 못 떼던 그는 비행기 좌석에 엉덩이를 대자마자 곯아떨어졌기 때문이었다.

아니, 이게 무슨 일이람. 나름 기상천외한 에피소드와 허를 찌르는 이야기를 만들어 내는 작가였지만 이 미스터리한 택배기사이자 정비공께서 대체 무슨 일을 하는지는 도저히 상상할 수 없는 노릇이었다. 게다가 화려뻔쩍한 일등석이라니.

"회사에서 비용 대 주거든요. 신경 쓰지 마요."

이 말 한마디로 끝이었다. 아니, 이 정비공은 정말 롤스로이스나 마이바흐 전문 수리공이란 말인가? 그러나 그 의문의 주인공은 완전히 기절 상태였다. 안전벨트를 매고 좌석을 완전히 눕힌 채 가끔 코끝에 손을 갖다 대 숨은 쉬는지 확인해 봐야 할 정도로 죽은 듯이 잠들어 있을 뿐이었다.

뭐, 그래도 저를 데리고 가는 걸 보니……. 뭔가가 있겠지.

잠든 그의 얼굴만 봐도 흐뭇한 건 중병임에 틀림없었다. 까칠한 이 잠든 얼굴이라도 실컷 봐 둬야 할 것만 같았다.

국제선이라지만 수속 시간을 빼곤 제주도에 가는 것보다 차 한 잔 마실 시간 정도만 더 간 어이없이 짧은 비행이었다.

비행기에서 내려 한참 수속을 밟고 있을 때였다. 정비사의 화려한 영어 실력을 멍하니 쳐다만 봐야 했던 정원은 점점 제가 미궁 속으로 빠져 들어가는 것만 같았다. 아니 무슨 정비사가…….

막 짐을 찾아 나서려는데 결정적인 한 방이 터졌다.

"감독님! 큰일 났어요. 우리 타이어가 제대로 안 들어 왔대요. 우리뿐만 아니라 다른 쪽도 난리가 났어요!"

잉? 웬 감독?

쫓아오며 말을 하던 남자가 정원을 보더니 한마디 했다.

"어? 이분이 감독님 애인?"

그러나 대답할 새 없이 휴대폰을 빼 든 승우가 말했다.

"다 안 들어온 거야, 아니면 우리만 문제인 거야? 대체 일을 어떻게 하는 건지!"

제가 알던 그 남자가 맞나? 정원은 눈을 다시 떠야 했다. 비행기 안에서 잠만 퍼질러 자던 남자는 급하게 어디론가 전화를 하더니 소리치기 시작했다.

"What' s the problem? Only punish my team(문제가 뭡니까? 우리 팀에만 불이익을 주는 겁니까)?"

"아……. 저기……."

정원이 이 사태에 대해서 뭐라 해야 할지 말도 못 하고 있는 사이 격렬한 통화를 끝낸 승우가 마치 아무 일도 없었다는 듯

쫓아온 남자에게 말했다.

"말해 놓은 가이드 어디 있어?"

"금방 올 거예요. 아, 저기 왔네."

남자가 가리킨 곳에는 눈을 어디에 둬야 할지 모를 정도로 짧은 미니스커트와 탱크 탑을 입고 나이트에서나 볼 듯한 요란한 화장을 한 여자가 한 15cm쯤 되는 통굽 힐을 신고 다가오고 있었다.

"어머. 안녕하세요! 반가워요! 데이먼 한? 이렇게 실물을 보게 되다니! 페니 정이에요. 이번에 저도 대회에……."

"이분 안내 좀 잘 부탁해요. 내가 바빠서. 정원 씨, 이분 따라가면 될 겁니다. 그럼 난 사고가 좀 있어서……."

"승우 씨!"

정원이 채 소리치는 게 끝나기도 전에 승우는 다른 남자와 함께 낯선 차를 타고 사라졌다.

아니, 이게 뭐야. 이 먼 타국까지 와서.

"저기 데이먼의 걸 프렌드라고 하셨죠? 당신은 완전히 행운아예요."

정원은 영 발음도 이상한 요상한 여자가 제게 말을 거는 게 기분 나빴지만 어쩔 수 없었다. 온통 요란한 중국어가 난무하는 낯선 곳에 혼자 버려진 그녀로서는 지푸라기라고 하기에도 찝찝한 이 여자를 따라가야만 했다.

"리허설하다 바로 와서 의상이 좀 그렇죠? 이해해 주세요. 우선 호텔로 가죠. 호텔까지 안내해 달라고 부탁했으니까."

"저기요. 잠시만요……. 대체 저 남자한테 뭐라고 한 거죠?

데이먼?"

머리가 터질 것 같았다. 모든 것이 말이 안 되는 상황이었다. 저 남자는 그냥 좀 잘생기고 힘 좋은 택배 직원, 그리고 자동차 정비사일 뿐이지 않은가?

그러나 서너 시간 전부터 일어난 일련의 사건들. 그러니까 기사가 딸린 고급 벤츠라든지, 일등석 비행기라든지, 이 요란 빽적지근한 여자 가이드라든지……. 뭔가 제가 늘 쓰던 소설 속의 일비스무리한 게 일어나고 있었다. 내가 꿈을 꾸고 있나?

"데이먼에게 데이먼이라고 부른 게 문제 있어요? 아, 다른 한국 이름이 있나 봐요? 하여튼 당신은 럭키 걸임이 분명해요. 최고의 치프 미캐닉을 보이 프렌드로 뒀으니까."

"예? 뭐라고요?"

"게다가 끝내주게 생겼잖아요."

그건 사실인데 왜 네가 그 이야기를 하는 건데?

홍끼아오? 제대로 읽을 수도 없었지만 뒤에 붙은 힐튼호텔이라는 명칭은 정상적인 영어임에 분명했다. 새로 생긴 게 분명해 보이는 화려 번쩍한 호텔의 꼭대기 층에 정원을 올려다 준 이 정신없는 의상의 여자는 호텔 내에 있는 전화기를 가리키더니 말했다.

"9번 누르고 트랜스퍼 코리아, 하면 한국어 가능한 직원을 연결해 줄 테니까 거기에 불편한 점 말하세요. 펜트하우스 손님이니까 그 정도는 기본일 거예요. 그리고 만약에 쇼핑이 하고 싶다면……."

"잠시만요."

제가 객실료를 냈던 그 러브호텔하고는 비교도 할 수 없는 삐까뻔쩍한 호텔의 광활한 객실에 멍하니 서 있던 정원은 손을 들어 기분 나쁜 여자의 말을 중단시켰다. 점점 가관도 아니지 않은가.

"네? 뭐 궁금하신 점이라도."

"아까 말했던 그 치프……. 그게 뭐하는 거예요? 혹시 그 치프?"

피가 무서워서 메디컬 소설은 못 쓰지만 그래도 남의 글을 봐서 내공은 있었다. 치프라 함은 의학 드라마에 등장하는 레지던트 다음의 단계로 앞에 '미친' 이라는 접두사가 붙는 그런 직책 아니었나?

"치프 미캐닉요? 지금 열리는 상해 FRC에 참가한 블루윙스팀의 감독이자. 음…… 수석 정비사라고 해야 하나? 아, 한국어가 좀 딸려서요. 뭐라 해야 할지 모르겠네."

"에프…… 알, 뭐요?"

"페라리 레이싱컵요. 상해 인터내셔널 서킷에서 하는 페라리 레이싱이에요. 어머, 진짜 아무것도 모르시는 거예요?"

"페라리? 그 비싼 스포츠카 페라리요?"

"진짜 모르셨나?"

정원의 눈썹이 찡그려졌다. 페라리? 축구 선수 호날두가 타고 가다 대파했는데 사람은 하나도 안 다쳤다는 전설의 차? 노옵션이 3~4억씩 한다는 그 페라리? 그걸로 경주를 한다고? 그런 차의 수석 정비사라고? 이 택배 총각이?

마치 망치로 뒤통수를 한 대 맞은 듯 멍한 정원에게 짙은 화장을 한 노출 만땅의 여자가 윙크를 하면서 말했다.

"데이먼 차 고치는 솜씨 말고 다른 건 어때요? 역시 끝내주죠?"

24
잠시 흙속으로 놀러 나온 진주

"패독은 좋은 데 배정 받았고요. 피트도 위치 좋아요. 다만 옆이 독일팀이네요."

독일은 강력한 우승 후보였다. 그 옆에 자리를 배정했다는 건 블루윙스의 예선 성적을 반영했다는 이야기였다.

"타이어는?"

"오는 중이고 오면 바로 예열 들어갈 겁니다."

"수화물 확인하고 머신들은 이상 없지?"

"네."

어수선하기 그지없었다. 다른 팀들도 다들 부품과 머신들이 들어오는 중이라 트레일러가 피트 앞을 가득 채우고 있었다.

CK엔터테인먼트와 다른 스폰서의 렌더링이 빼곡하게 랩핑된 푸른색의 페라리 네 대가 내려왔다. 그러자 일행들은 모두 차를 밀어 피트 안에 넣기 바빴다. 후진해서 넣어야 하는 차를 일일이 사람들 손으로 밀어 넣고 있었다. 차에 후진 기어가 있긴 했지만 세팅된 트랜스미션을 보호하기 위해서였다. 차란 본시 사람의 이동을 위한 도구일 뿐이지만 이 장소에서는 전혀 그렇지 않았다.

"마이클은?"

"선수 브리핑 준비한다고 했는데…… 아, 저기 있습니다. 갔다 오시죠."

승우는 허름한 반바지와 티셔츠 위에 엔지니어용 유니폼을 찾아 입으면서 프린트된 가이드북을 읽느라 정신이 없었다.

전망은 정말이지 끝내줬다.

그러나 정원은 그걸 보고 있지 않았다. 가져온 노트북을 설마 꺼낼 일이 있을까 생각했지만 그녀는 내내 모니터에서 눈을 떼지 못하고 있었다.

최초의 한국인 치프 미캐닉 데이먼 한 — 레이싱의 본고장 디트로이트를 장악하다.

정원의 얼굴은 굳어 있었다.

비록 소설 속이라지만 저도 간접 체험으로는 별걸 다 해 봤다 생각했다. 뮤지컬 디렉터라든지, 재벌의 주식 싸움을 위해 주식 공부를 한 적도 있었고, 변호사나 경찰 업무를 취재한 적도 있었다. 그러나 이런 세상은 처음이었다.

칼텍 기계공학과 박사 출신의 동양인이 북미 최고 팀의 치프 미캐닉이 되기까지…….

구글 번역기를 돌려서 말이 안 되는 해석을 띄엄띄엄 봐야 하긴 했지만 지금보다 훨씬 조각같이 잘나고 심지어 뽀송뽀송하기까지 한 사진 속의 남자는 분명히 같이 비행기를 타고 온, 옆에서 떡실신한 채 잠이 들었던 정비공이 틀림없었다.

"칼텍? 칼텍 공학박사 출신이라고?"

미국 최고의 공과대학인 MIT와 쌍벽인 캘리포니아 공과대학 출신이라고? 한때 물리학자 리처드 파인만에게 푹 빠져 있던 정원에게 그가 석좌교수로 활동했던 칼텍은 그의 저서에서도 자주 언급되어서 가끔 제 소설 속 남자 주인공의 긴 가방끈을 설정하는 데도 도움을 줬던 어마어마한 학교였다.

헐……. 진짜 거기 출신인 거야? 그리고 레이싱 카 정비사라고?

"하! 이럴 수가!"

기막혀하며 기사를 읽어 내려가던 정원의 눈에 '0'이 잔뜩 붙은 숫자가 들어왔다.

"계약금이…… 어…… 어어……!"

잘난 외모만 뜯어먹고 살아도 그럭저럭 괜찮을 거라 생각했다. 무거운 생수 통을 번쩍번쩍 들고 다니는 걸 보고 힘은 좋을 거라 생각했으니까. 그리고 실제로 힘 좋은 걸 몸소 체험하고 나니 내가 먹여 살릴게, 넌 밤에만 힘을 내거라, 그까짓 거! 하고 생각이 바뀌었다. 그런데 이게 뭔가? 이건 횡재가 아니라 로

또에 당첨된 거 아냐?

"으히히힛! 이게 뭐야!"

정원은 저도 모르게 망망대해 같은 침대에 벌렁 뒤집어 누워 버리고 말았다. 머리 위로 화려하게 장식된 천장이 보였다. 그야말로 특급 호텔의 스위트룸 아닌가?

"아하하하하!"

정원의 괴상한 웃음소리가 호텔 방 안에 울려 퍼졌다.

✿ ✿ ✿

상해 인터내셔널 서킷은 5,541km 길이에 코너가 총 열여섯 개로 이루어져 있었다. 헤르만 틸케가 디자인한 이 서킷은 엔지니어 3천 명이 18개월 동안 작업해 막대한 공사비가 든 것으로 유명했다. 그만큼 역동적인 경기를 할 수 있는 무시무시한 서킷에는 2, 3번 코너에 급격한 코너링이 있었고 마의 11번 코너는 상습 사고 구간이었다. 직선코스는 다른 코스보다 길고 반듯해서 속도를 내기에 충분했다.

페라리 단 한 기종으로 레이싱을 하는 원메이크 레이스는 솔직히 광고 목적이 큰 경기였다. 원래 페라리가 F1의 주 제작사이기 때문에 그 규모는 날로 커졌고 상해 인터내셔널 서킷 측에서는 국제적인 F1 정기 레이싱을 개최하기 위해 그 규모를 더욱더 크게 만드는 데 일조하고 있었다.

서킷은 온통 페라리의 상징색이자 중국이 좋아하는 붉은색으로 물들어 있었고 온 사방에 페라리의 상징인 야생마 로고가 휘

날리고 있었다. 그런 서킷에서 연습 주행을 돌고 있는 레이서 마이클의 헬멧과 차에 설치된 여섯 개의 카메라로 노면 상태와 코너링 각도, 그리고 경기의 전반적인 프로그래밍을 위한 상태를 모니터링 중인 승우의 얼굴에는 긴장감이 가득했다.

그는 패독 내에 설치된 임시 모니터들의 상태를 확인하면서 마이크 버튼을 눌렀다.

"좀 더 속력을 내 봐. 코너에서 바짝 돌지 말고 이번에는 좀 바깥으로. 두껍게."

역동적인 레이싱을 위해서 특별히 디자인된 서킷이었다. 다들 연습 주행이라 속도를 내고 있지는 않았지만 그 무시무시한 커브의 각도에 신경이 곤두서 있었다.

"이번 대회에선 그래도 업그레이드를 많이 허용하고 있는 것 같아요. 라페라리에서 새로 만든 엔진이나 인테이크 선전 차원인지."

"그러게."

무심한 말과는 다르게 빽빽하게 적혀 있는 규정집을 쉴 새 없이 넘기면서 모니터링 중인 승우의 얼굴은 편해 보이지 않았다.

"게다가 저녁부터 비 예보가 있어서 아무래도 내일 우중 경기가 될지도 모르겠습니다. 좋지 않아요."

옆에 있던 수석 엔지니어가 굳은 목소리로 말했다.

"우리한테만 비가 오는 게 아니니까. 다행일지도 모르지요."

승우가 대답했다.

패독 바깥의 후덥지근한 공기에는 잔뜩 습기가 녹아 있었다. 상해에 온 지 벌써 4일째. 정원과 같이 오긴 했지만 제대로 얼굴

한 번 보지 못했다. 물론 숙소로 정해 놓은 곳이 서킷에서 가장 가까운 곳이긴 했지만 한참 떨어져 있는 데다 점검해야 할 것이 너무 많아서 하루에 두어 시간 눈 붙이기도 힘들었다.

드디어 내일이 예선이었다. 모든 만반의 준비를 끝냈다. 그러나 내일 비가 온다면 아침부터 정신없어질 것이 분명했다.

가이드로 붙여 준 페니는 디트로이트에서 같은 한국인이라는 점 때문에 금세 친숙해진 레이싱 걸 출신의 모델이었다. 어쩌다 그녀가 상해 서킷에 있으면서 이번 대회에도 참가할 거라는 걸 알게 돼서 가이드를 부탁하긴 했지만 대체 정원과 어떻게 지냈는지 알 만큼 한가하지 못했다.

그동안 같이 있어 주지 못해 미안해서 정원에게 같이 가자고 한 건데 이 낯선 타국의 호텔에서 대체 혼자 뭘 하고 있단 말인가.

"조 감독, 나 잠깐 두어 시간만 자리 비울 테니까. 일 있으면 연락 줘."

"어딜 가려고요?"

"금방 올게."

비가 오고 있었다.

젠장맞을 비였다. 이젠 하다하다 비까지 오다니. 정신없는 페니인지 폐계인지 하는 여자가 설치는 게 꼴 보기 싫어서 어제부터 하루 종일 호텔 방에 처박혀 있는 중이었다. 그 전날에는 페니와 상해 관광을 위해 쇼핑센터를 돌아다녔는데 원래 오프라인 쇼핑과 거리가 먼 그녀로서는 쇼핑보다 데이먼에 대한 이야기를 듣는 것에 만족해야 했다. 그래서 어제부터는 머리가 아프니, 소화가 안 되니, 하는 핑계로 방에 처박혀 있었다. 호텔에서 호사스럽게 룸서비스로 별미를 맛보면서 노트북을 끼고 있는 게 훨씬 나았다.

방금 전에도 양꼬치를 룸서비스로 시켰고, 곧 꽃 장식이 화려 번쩍한 호사스러운 플레이팅에 어이없는 양의 꼬치 몇 개가 탁자 위에 세팅되었다. 그러나 막상 그걸 혼자 먹을 생각을 하니 기분이 팍 상해 괜히 저답지 않게 샤워를 하면서 울분을 달랬다.

그러다 욕실에서 나와 여전히 눈앞에 펼쳐져 있는 걸 새삼스럽게 계산하다 말고 외쳤다.

젠장, 이게 다 얼마야?

이것이야말로 진정한 호사 아닌가? 화려 뻔쩍한 욕실에서 샤워를 하고 에어컨이 빵빵한 스위트룸에서 룸서비스 안주라니!

그것도 제 돈은 하나도 안 들이고! 아니지, 내가 네 거고, 네가 내 거니까 네 돈은 내 돈이지. 아니다, 아니야. 상해 일정 모두 그가 하는 일을 스폰해 주는 대기업에서 대는 거라고 했으니까 제 돈은 하나도 안 들인 것이 맞았다. 흐미, 무지 헷갈리네.

정원은 고개를 절레절레 흔들곤 '양꼬치엔 칭따오'를 외치며 냉장고에서 맥주를 꺼내 창가로 갔다. 실오라기 하나 걸치지 않은 몸은 오늘로써 독수공방 4일째가 되어 가기에 부끄럽지 않았다. 사실 승우가 룸메이트로 오기 전, 그 더러운 원룸에서 귀차니즘으로 에어컨을 켜지 않았던 시절에는 거의 매일 밤 이 비슷한 헐벗은 모습으로 지냈다. 물론 홈쇼핑에서 맘에 드는 속옷을 발견해 장만한 이후로는 가끔 다른 모습이기도 했지만…….

정원은 옷과 함께 창피함도 벗어 던진 걸 합리화하며 창가에 비친 제 모습을 보았다. 이런 말을 하긴 쑥스럽지만 몸매 하나는 갑이었다. 어떻게 운동 하나 하지 않고 이런 몸매를 유지할 수 있는지……. 박 여사가 우쭐해할 테지만 타고난 건 어쩔 수 없다, 라는 생각이 들었다.

"이런 몸이 그립지도 않은 거야!"

누군가를 향해 외친 정원은 시원한 냉장고에서 나왔다고 땀을 삘삘 흘리는 맥주를 따서 입에 가져갔다. 그러다 옛 추억에 피식피식 웃음이 났다. 나중에 승우가 오면 물어봐야겠다. 그때 맥주를 사러 편의점을 찾으면서 무슨 생각을 했었는지. 맥주 외에 여분의 콘돔을 산 저의는 무엇이었는지…….

"아잉, 뭐긴 뭐야 맘먹은 거지. 호호호호."

정원은 그날의 일을 떠올리며 미친 듯이 웃었다. 하지만 미친 듯한 웃음도 잠시일 뿐. 비 오는 밤, 상해의 최고급 호텔 방에 몸매 갑인 여자 혼자 덩그러니 남겨져 있다는 사실에 시무룩해지고 말았다. 맛도 더럽게 없는 맥주를 한 번에 마셔 버린 정원은 양꼬치 따위는 무시하고 상해의 야경이 한눈에 보이는 창문에 이마를 대고 한숨을 쉬었다.

"흙 속의 진주인 줄 알았더니, 진주가 잠시 흙 속으로 놀러 온 거였어. 아니, 그렇다 해도 이럴 수 있나? 머무는 내내 므흣한 일들만 가득할 이런 초울트라 고급 호텔 방에 나 혼자 놔두다니! 이걸 글로 쓰면 올라올 댓글이 뻔하다. 이름 모를 선물님, 남주는 언제쯤 고자 탈출하나요? 호텔은 그러라고 있는 게 아닙니다. 침대가 가구가 아니듯이…….”

정원은 드디어 미쳐 가고 있었다. 혼자 생각하다 못해 크게 중얼거리기까지 하고 있었다.

창문에 이마를 댄 그녀는 비 때문에 운치까지 더해진 상해의 야경을 뚫어지게 보았다. 짝퉁을 좋아하는 중국다운 유럽풍의 건축물들. 저 사이를 유럽의 미남들에게도 전혀 꿇리지 않는 택배 기사를 가장한 정비공과 한 우산 속에서 나란히 걷는다면 얼마나 좋을까!

“에이씨. 꿩 대신 닭이라고! 이 대단한 상해 거리에 한승우를 대신할 인물이 없으랴! 인구가 10억인데! 호텔에서 독수공방은 쫑이다! 삐뚤어질 테야! 헉!”

미친 듯이 발광하던 정원은 갑자기 귓가에 닿는 뜨거운 숨결에 숨을 들이켜고 그대로 굳어 버렸다.

“찾을 수 없을 거야!”

제기랄. 말하면서 나도 그런 생각이 들었다고!

“맘먹은 거 맞아요. 물론 지금도.”

존대와 반말이 공존하는데 거부감이 전혀 들지 않았다. 그가 연상이어서 그런 게 아니라 너무 섹시해서.

“당신이, 당신 몸이 그리워 못 참겠어서 이렇게 달려왔잖아요.”

정원은 다리가 후들거렸다. 귓가에 허스키하게 속삭이는 그의 말 하나하나가 예술이었다.

이 몸이 그리워서 참지 못해서 달려왔다니! 어라, 뭐야?

“당신 언제부터 여기에? 흡!”

혼자 중얼거리는 걸 그가 다 들었음이 분명한데 쪽팔림을 확인하는 건 다음 기회로 미루어야 했다. 정원의 등에 몸을 찰싹 밀착하며 귓가에 더운 숨결을 내뱉던 그가 거칠게 그녀의 얼굴을 돌려 키스했으니까. 뜨거운 입술은 허기져 있었다. 그는 그녀의 입술을 빨고 깨물었다. 이대로 그에게 삼켜지는 게 아닌가 싶을 정도의 키스였다.

입술이 막 쓰린데 이 달콤함은 뭐람. 정원의 몸이 저절로 배배 꼬이고 있었다.

"한 시간밖에 여유가 없어."

방금 전까지 허겁지겁 키스를 하던 남자가 맞나 싶을 정도로 헐떡이는 숨을 내뱉는 정원의 입술 위로 떨어지는 목소리는 여유만만했다.

'선수 맞다니까!'

이런 정원의 생각을 승우가 이내 확인시켜 주기 시작했다.

"흣. 승우 씨……."

정원의 목덜미로 옮겨 간 그의 입술이 그녀의 등 계곡을 따라 아래로 내려갔다. 뜨거운 숨결은 어찌 견딘다 해도 유려하게 움직이는 혀는 어찌해야 하는지…….

"어멋."

그가 그녀의 몸을 홱 돌려 버렸다. 그리고 거칠게 그녀를 창으로 밀어붙였다. 창문의 냉기가 그대로 등에 와 닿았다. 그런데 차갑다고 느낄 수가 없었다. 그의 입술과 손이 그녀를 금세 뜨겁게 만들었으니까.

"저기, 승우 씨 거긴!"

탄력 있는 가슴에 머물러 있던 그의 입술이 어느새 그녀의 은밀한 부위로 내려왔다. 이미 젖어 버린 그곳을 그의 혀가 밀고 들어왔다.

할짝, 그녀의 생애 단 한 번이라도 이런 소리를 이렇게 선명하게 들어 본 적이 있을까! 당황하다 못해 스파크가 나간 전구처럼 앞이 깜깜해졌다. 허벅지를 오므리며 그를 막아 보려 했으나 부질없었다. 여섯 개들이 생수를 한쪽 어깨에 지고 두 계단씩 오르는 남자 아니었던가!

정원은 생경한 행위에 대한 부끄러움을 버리고 허벅지에 힘을 뺐다. 그의 손길이 지나가는 곳마다 부드러워졌다.

그가 그녀의 양쪽 엉덩이를 잡아 자신의 얼굴 쪽으로 좀 더 가까이 끌어당겼다.

"아하."

뜨거운 몸의 열기를 밖으로 빼듯이 그녀의 입에서 쉴 새 없이 신음이 흘렀다. 그가 몸을 일으켰다. 욕구로 번들거리는 눈을 예쁘게 휜 그가 그녀에게 키스하며 허벅지 사이로 다리를 밀어 넣었다. 내 존재를 잊지 않았겠지? 하고 외치는 그의 실한 남성이 꼿꼿이 그녀를 찔러 댔다. 이제 곧 그가 안으로 들어온다는 생각만으로 그녀는 짜릿해졌다.

그 짜릿함에 정신이 아득해지기 바로 직전이건만, 고정원의 입은 생각과 다르게 엇박자를 탔다.

"이제 그만해요. 야경 볼 거예요."

"큭큭. 당신 진짜."

"뭐가요?"

이놈의 입이 방정이지. 천국의 문 앞에서 죽어도 천국은 안 갈 거라고 버티는 거랑 뭐가 다르담. 눈을 땡그랗게 떴지만 후회하는 중이었다.

"그렇게 야경이 보고 싶다면 어쩔 수 없지."

아아. 그토록 기대하는 오 선생은 갔습니다, 라는 아쉬움은 오래가지 못했다. 불판 위에 오징어처럼 그녀의 몸이 다시 한 번 뒤집혔다. 비에 젖은 유럽풍 건물과 노란색 조명이 선명하게 눈에 들어왔다. 그리고…….

"하앙."

그의 실한 물건은 그녀의 안으로.

"나 때문에 팀 전체가 일을 멈추고 있어요. 사실 이러면 안 되는데 당신이 미친 듯이 그리워서……."

밭은 호흡 소리와 함께 내뱉는 그의 말이 달콤하기 그지없었다. 여기서 무얼 하고 있는지 모르겠지만 저 하나만을 위해 모든 걸 스톱시켰다는 그의 말이 오 선생을 만나는 행위보다 더 짜릿했다.

승우의 움직임이 빨라졌다. 창 쪽으로 밀려가는 정원의 몸이 짜증스러운 듯 그는 그녀의 잘록한 허리를 한 손으로 감고 자신 쪽으로 바짝 당겼다. 그가 더 깊숙이 안으로 들어왔다. 그로 꽉 찬 안은 뜨거웠다. 그리고 그의 움직임이 보다 격렬해지고 빨라지자 그녀의 몸 이곳저곳에서 스물스물 쾌감이 피어올랐다. 그 쾌감이 갑작스럽게 한자리로 모이더니 팟, 하고 터졌다.

"아아."

그도 그녀와 같았을까? 승우가 그녀의 허리를 끌어안은 채 격렬한 움직임을 멈추고 몸을 떨었다. 그리고…….

"시간 남았어요. 야경 계속 보고 싶어요?"

"아아, 승우 씨."

정원이 나른한 몸을 겨우 추스르며 그의 입술에 키스했다.

"야경 질리네요. 여기 욕실 무지 예쁜 거 모르죠?"

"그래요?"

승우가 웃으며 그녀를 안아 욕실로 향했다.

✿ ✿ ✿

비가 쏟아져 내리고 있었다. 윙윙거리면서 푸른 포장에 쌓여 예열 중인 타이어 곁에는 후끈거리는 열기가 오르고 있었다.

"하필 날씨하곤……."

다른 팀도 마찬가지라고 말하긴 했지만 역시 좋지 않은 건 사실이었다. 패독엔 온통 페라리 천지였다. 페라리 원메이크 레이싱이지만 경기 방식은 F1 방식을 그대로 따르고 있었다.

서킷에서 누가 먼저 305km를 완주하는가로 승부를 내는 것이었다. 즉 경기가 시작되고 305km가 지난 뒤에 서킷의 바퀴 수, 랩(Lap)을 가장 먼저 완주한 사람이 승리하는 것이었다. 상해 서킷 한 바퀴가 5.541km이니까 쉰다섯 바퀴를 돈 다음에 승부가 판가름 나는 것이다.

1단계 예선에서 모든 선수가 15분간 자유 주행을 하다 가장 늦은 랩타임 여섯 명이 최하위에서 역순으로 올라가고 5~10분 여유 시간 후에 1단계에서의 하위 선수를 걸러 낸다. 나머지 선수가 15분 동안 2단계 예선을 치르고 다시 5~10분 여유 시간 뒤에 남은 열 명의 선수가 최종적으로 자유 주행을 하게 된다.

그 3단계에서 상위 선수 10위까지만 결승 때 폴 포지션(가장 앞자리)을 차지하게 되므로 세 번째 예선이 가장 중요했다. 그러나 그 전단계에도 이미 쟁쟁한 팀들이 벼르고 있는 터라 우승 후보 안에 들기는 했어도 예선 통과조차 예측이 불가능했다. 게다가 이렇게 기상이 좋지 않을 때는 더욱더 긴장해야 했다.

피트에서는 엔진 점검이 한창이었다. 엔진은 한두 경기를 소화한 후에 완전히 분해되어서 오버홀하거나 새로운 것으로 교체하기 때문에 내구성보다는 순간적인 출력을 중요시하도록 되어 있었다. 그걸 얼마나 빨리 분해하고 재조립하는가가 중요한 관건이었다. 중간에 얼마든지 사고가 날 수 있기 때문에 최대한 모든 부품을 순식간에 교체할 수 있도록 준비해야 했다.

감독인 승우는 레이서가 어떤 방법으로 다른 차들을 제압하고 가장 적은 랩타임을 끊을 수 있을지를 구상해야 했다. 물론 조 감독도 옆에 있었지만, 상해 서킷을 가장 잘 아는 사람은 승우였다.

"최대한 미끄러지지 않도록 조심해."

"네."

마이클이 긴장한 채 머신으로 들어갔다. 윙윙거리는 차체는 마치 괴물 같은 숨결을 토해 내면서 경기장으로 들어가고 있었다.

페니는 9층 버튼을 눌렀다. 이미 엘리베이터 안에는 잔뜩 차려

입은 사람들로 가득했다. 차에서 내려 건물 안으로 들어서는 30초 동안 맞은 비에 새 옷이 축축해진 게 기분 나빴다. 바깥이 훤히 보이는 전망용 엘리베이터였지만 사람들이 가득해서 잔뜩 흐린 풍경만 보일 뿐이었다.

엘리베이터에 탄 사람들은 다들 복장이 화려했다. 정원도 페니 정과 함께 상해의 눈이 휘둥그레지는 명품 백화점에서 고른 미니 드레스를 입은 채였다. 속도가 빠른 엘리베이터는 금방 부드러운 소리를 내며 문이 열렸다. 그러자 사람들이 급하게 내리더니 붉은색 양탄자가 깔린 복도를 지나 어디론가로 향했다.

"늦었네요. 빨리 가요."

페니를 따라 문을 열고 들어서자 광활한 긴 공간이 나타났다. 넓은 홀 같기도 하고 호텔 연회장 같기도 했다. 천장에는 둥근 장식이 있고 폭은 그다지 넓지 않았는데 양면이 전부 유리로 되어 있었다.

"여긴 상해 인터내셔널 서킷의 VIP 전망대에요. 밑으로 서킷의 직선주로하고 출발선이 있죠."

가운데는 마치 칵테일 파티장처럼 핑거 푸드들이 차려져 있었고 샴페인과 음료도 있었다. 모여 있는 사람들이 모두 예복이나 칵테일 드레스 차림이어서 이곳이 자동차 경기장인지 파티장인지 헷갈릴 지경이었다.

"이 VIP 전망대 입장료가 한화로 400만 원이에요. 멋지죠?"

라는 말을 안 했더라면 대체 뭐하자는 건가 했을 게 분명했다. 후, 400만 원이라니. 물론 그 가격도 회사에서 지불하는 거겠지만. 그 덕분에 제가 입은 미니 드레스도 유별나지 않아 보여 다행이었다.

그러나 차려입은 사람들은 음식이나 그 밖의 것들에는 관심이 없어 보였다. 다들 바깥쪽 유리를 내려다보고 있을 뿐이었다. 그 때문에 정원은 음식에 관심이 있었지만 하는 수 없이 창가 쪽으로 향했다.

웅웅거리는 소리는 실제론 들리지 않았지만 벽에 붙은 수많은 모니터에서 화면과 함께 동시에 울리고 있어 마치 차 옆에 있는 기분이 들었다.

발밑으론 2열을 지어 서 있는 알록달록한 차들이 웅웅거리며 있었고 어마어마한 관중석은 비가 오는데도 불구하고 사람들이 가득 차 있는 데다 온통 시뻘건 색으로 물결치고 있었다. 화면에는 늘씬한 레이싱 걸들이 야한 복장으로 서 있었고 스피커에서는 영어와 중국어로 온통 떠들어 대느라 난리였다.

차들이 미친 듯이 질주하기 시작했다. 저 중에 승우의 팀을 어떻게 찾나……. 한동안 멍하니 아래를 내다보는데 페니가 소리쳤다.

"선두에 나서고 있어요. 파란색이에요!"

쉴 새 없이 차들이 굉음을 내면서 서킷을 질주하고 있었다. 몇 바퀴 돌지 않아 커브 구간에서 차들이 엉켜 뒤집혔고, 우비를 입은 스태프들과 미캐닉들이 뛰어나가고 아수라장 속에 다른 차들은 다시 질주를 했다.

모니터를 들여다보고 있는 승우의 눈에는 긴장감이 서렸다. 차가 피트에 들어오길 기다리는 미캐닉들은 연장을 손에 쥔 채

비를 맞고 서 있었다. 쌩하는 굉음과 함께 몇 대의 머신들이 눈앞을 스치고 지나갔다.

모니터에 쓰인 숫자들을 보는 승우의 얼굴이 점점 펴지고 있었다. 벌써 한 시간째 차들은 서킷을 질주했고 머신이 앞을 지날 때마다 관객들은 지치지도 않고 빗속에서 환호성을 질러 댔다.

순식간에 피트 인을 해서 엔진과 타이어를 교체하고 다시 서킷으로 질주하는 차들을 보면서 승우는 이제야 만족감을 드러냈다. 랩타임이 상위권에 들어간 게 확인됐기 때문이다.

어차피 결승 풀 포지션 안에만 들면 그땐 새 경기를 하는 것이므로 안전하게 들어오기만 하면 되는 거였다. 마이클이 탄 머신이 마지막 바퀴를 도는 순간이었다.

"조심해!"

"앗!"

"젠장! 마이클!"

"꺄악!"

모니터를 보고 있던 승우와 스태프들이 미친 듯이 빗속으로 뛰기 시작했다.

25
넌 네가 하는 일에서 최고가 되면 돼

완전히 분해된 차체에 리프트로 엔진이 내려왔다. 순식간에 엔진이 제자리에 놓이고 숙련된 미캐닉들이 달려들어 고정시켰다. 핸들도 없고 오로지 앙상한 프레임 위에 좌석만 들어 있는 차체에 서너 명이 붙어서 작업을 하고 있었다.

"상태는?"

"어깨가 탈골됐어요."

"젠장!"

"응급처치 받고 의무실에 있어요."

"알았어. 가자고. 조립은 자정까지 끝내."

승우가 비옷을 들고 나서는데 효진이 그를 붙잡았다.

"이거 뒤에 배선이 완전히 다르던데. 어떡해요?"

"아, 내가 따로 선을 따 놓은 게 있어. 그거 다 무시하고 드러내. 출력 낮추려고 한 건데 본 적 없어?"

"처음 보는데……."

"그냥 다 들어내고 인테이크로 연결하면 돼. 금방 갔다 올 테니까 하고 있어."

"네."

다들 손이 안 보일 정도로 일을 하고 있는 사이로 보이지 않는 먹구름이 패독에 짙게 깔렸다.

"저 정도는 경미한 사고라서 늘 일어나요. 걱정 안 해도 돼요. 사람이 다친 것도 아닌데요, 뭐. 결승에 진출했으니까 내일이 중요하죠. 오늘 푹 자고 내일 더 예쁘게 하고 오세요. 분명히 데이먼의 팀이 우승할 테니까. 옆에서 승리의 키스하는 모습이 찍히려면 예쁘게 하고 와야겠죠?"

페니의 말 덕분에 정원은 놀란 가슴을 진정시킬 수 있었다. 튀는 파란색에 한국 브랜드가 커다랗게 쓰여 있어서 다행히 눈으로 그의 팀 차를 찾아서 열심히 응원을 했었다.

그러나 한 시간쯤 계속 차들이 돌고 있자 슬슬 가운데 놓인 맛난 음식과 샴페인에 눈을 돌렸다. 어차피 운전면허도 없어 차가 잘 가나 보다 할 뿐.

막판에 사람들이 몰려들어 환호성을 지르는 것을 듣고 이제 끝났나, 하고 구경을 하고 있는데 갑자기 차 몇 대가 엉켜서 사고가 났다. 그런데 문제는 그 차들 중 하나가 그녀가 눈으로 쫓던 차라는 거였다.

"꺄악!"

정원이 소리를 질렀지만 옆에서 구경하던 페니는 아무렇지도 않다는 듯 모니터를 보더니 별일 아니라고 이야기해 주었고 그 덕에 그녀는 안심하고 숙소로 돌아올 수 있었다.

화장을 지우고, 샤워를 하고, 어제처럼 당혹스러운 불상사를 겪지 않기 위해 샤워 가운을 입고 내일의 메이크업을 위해 팩을 하면서도 정원의 생각은 문 쪽에 가 있었다.

오늘도 혹시 한 시간쯤은 짬을 내지 않을까 하고.

그러나 그건 괜한 기대였다. 두꺼운 창밖으로 젖은 상해의 밤은 깊어 갔고, 정원은 얼굴에 팩도 떼지 못하고 침대에 나른하게 몸을 누운 채 잠들었다.

하지만 아직도 불이 환하게 켜진 서킷의 패독에는 꺼질 리 없는 불야성이 계속되고 있었다.

✿ ✿ ✿

날이 밝았다.

줄기차게 내린 비 덕에 오히려 날씨는 이맘때 상해의 날씨답지 않게 선선해져 있었다. 그야말로 뿌연 안개 속에 펼쳐진 광대한 서킷을 달리기에 가장 최적의 날씨임에 틀림없었다.

머신에는 돌아가면서 쪽잠을 잔 미캐닉들이 들러붙어 최적의 컨디션을 만들어 내려고 노력하고 있었고 그것은 다른 패독에서도 마찬가지였다.

차가운 샌드위치는 그나마 샷을 추가한 뜨거운 커피 덕에 목구멍에 넘길 수 있었다.

"마이클은 괜찮을까?"

"그다지…… 어깨가 부어서 형편없어요. 부딪치면서 탈골된 걸 어제 맞추긴 했는데 인대를 다친 것 같더라고요. 아무래도 병원에 가 봐야 할 것 같은데 본인이 괜찮다고 우겨서 의무실에서 하루를 보내긴 했어요. 의사 소견으로는 경기는 무리일 것 같다고 하던데요."

승우의 얼굴이 굳어졌다. 이번 경기의 유력한 우승 후보인 세계 최고의 레이서 마이클 왕은 중국계이긴 했지만 같은 동양인이었고 블루윙스 창단 때 꽤 대단한 금액으로 스카우트한 케이스였다. 블루윙스와 성장을 같이했고 F1 전문 레이서이긴 했지만 이번 페라리 레이싱 예선에서도 세계 최고의 드라이빙 솜씨를 보여줬었다.

그러나 문제는 유럽 쪽에서 활동하던 그였기에 상해 서킷이 낯설었다는 점이었다. 그래도 프로답게 잘 적응하고 좋은 기록을 보였었는데 결정적인 실수 때문에 사고를 당하게 된 것이었다.

어제는 그 11번 커브에서 수많은 사고가 일어났었다. 아마 서킷을 디자인한 디자이너나 엔지니어들도 그것을 충분히 감안해서 만든 게 틀림없었다. 거기에 궂은 빗줄기가 더해지니 이런 사고가 일어난 것이었다.

"그럼 어쩌지?"

"준우가 지금 서킷 연습 주행 등록하러 갔습니다."

스페어 레이서도 있기 마련이었다. 그러나 이건 F1 경기가 아니었기 때문에 스페어 레이서에 대한 준비는 하지 않았었다. 게다가 세컨 레이서인 준우도 유럽의 서킷만 돌았지 상해는 처음이었다.

그때 옆에 있던, 블루윙스의 감독이었으나 얼결에 뒷자리로 물러나게 된 조 감독이 물었다.

"한 감독, 라이센스 어디까지야?"

"네?"

인상을 쓰고 있던 승우가 되물었다.

"벨기에에서 GP2 드라이버 따지 않았었나?"

"그거야……."

"A—1 준비하려다 사고당해서 포기했다고 들었는데?"

처음 포뮬러1을 대한 후 기계에 흥미가 있어 미캐닉 공부를 하긴 했지만, 남자라면 누구나 한 번쯤 무시무시한 머신에 올라 보고 싶은 게 인지상정이었다. 그래서 연습을 했고 나름 소질도 있었다.

다만 정식 F1 선수가 되려면 필요한 드라이빙 라이센스를 취득하는 게 보통 어려운 일이 아니었다. 선수가 취득해야 하는 슈퍼A 라이센스는 한국 땅에서는 취득 자체가 불가능했다.

그러나 승우는 슈퍼A 전단계인 A—1 취득 전에 F1 머신의 테스트 드라이버로 활동한 적이 있었다. 테스트 드라이버가 되기 위해서 딴 카트용 G드라이버는 있었지만 테스트 드라이버 시절에 큰 사고를 당한 뒤로 레이서의 꿈은 접은 채 미캐닉으로 완전히 전향했다.

"그건 그때 일이고……."

"상해 서킷 돌아 보지 않았어?"

"서킷 만들어진 해에 한 번 돌아봤을 뿐입니다. 벌써 7~8년이 다 되어 가는데……."

"준우보단 낫겠지. 준우 11번 커브 돌다 사고 나면 어쩔 건데?"

"……."

그의 말은 사고 다발 지역이니 네가 사고를 당하는 게 낫지 않느냐고 들릴 수도 있었다. 11번 커브가 마의 구간인 건 확실했다. 유럽의 다른 서킷과는 비교도 할 수 없을 만큼.

세컨 레이서인 준우는 이제 막 A라이센스를 준비하고 있는 국내 유일의 유망주였다. 블루윙스가 궁극적으로 지향해야 할 건 이런 이벤트성 원메이크 레이싱이 아니라 세계적 권위가 있는 F1 경기 아닌가.

팀의 간판 레이서인 마이클의 현 상태야 재활 치료를 하면 나아질 사소한 부상이었다. 다만 지금 경기를 하기에 힘들 뿐. 준우는 앞으로 더 큰 무대를 향해 가야 할 레이서였다.

물론 이 경기가 그에게 좋은 경험이 될 수도 있었다. 그러나 전혀 예상치 못하게 직면한 이 순간에는 선택을 해야만 했다. 그 기회를 정당하게 줘야 하는 건가? 아니면 만약에 대비해야 하는 건가.

"어쩔 거야?"

조 감독이 물었다.

눈앞에 완전히 다른 차가 되어 있는 제 베를리네타가 웅웅거리면서 움찔거리고 있었다. 그것은 당장이라도 서킷을 향해 쏘아져 나갈 듯 신음 소리를 냈다.

날씨가 좋아졌다.

중국은 공기가 안 좋다더니 상해의 하늘은 어제 내린 비 덕분에 새파란 바탕에 드문드문 구름이 떠 있었다.

뭐, 새로 산 드레스가 이것뿐이니까.

어제 입었던 짧은 검은색 드레스를 입은 정원은 누가 알아볼 리 없겠지만 머리를 예술적으로 틀어 올리고 아침 내내 곱게 화장까지 했다.

그리곤 호텔 조식으로 빵빵해진 배를 드레스 아래에 꾹꾹 눌러 담고 힐까지 신은 채 경기장으로 향했다.

어제는 비가 와서 옷이나 머리가 젖을까 신경도 안 쓰고 뛰었다지만 오늘은 날씨가 좋아 차에서 내려 VIP용 전망대로 갈 때까지 마치 축제장 같은 분위기를 구경할 수 있었다.

어딜 가나 미모와 몸매가 꿀리지 않는다고 생각하고는 있었지만 정원은 과하게 쭉쭉 빵빵하고 눈을 어디다 둬야 할지 모를 것같이 노출투성이인 옷을 입고, 한 번 삐끗했다간 발모가지가 성치 않을 만큼 무시무시한 통굽 구두를 신고, 거의 분장 수준의 화장을 한 레이싱 걸들이 길가에 가득한 것을 바라봤다.

게다가 제가 글로 쓰기만 했던 요란한 스포츠카들도 길가에 죽 늘어서 사람들의 플래시 세례를 받고 있었다.

축제장 같은 분위기 속에서 정원처럼 점잖게 차려입은 사람들은 붉은 융단이 깔린 곳으로 부지런히 가고 있었다. 그녀도 두리

번거리면서 그곳에 합류했다. 오늘은 그 폐계 정인지가 일이 있다고 혼자 올라가라고 했기 때문이었다. 그 탓에 코딱지만 한 클러치 백에 무시무시한 VIP 전망대 입장용 카드까지 챙겨 와야 했다.

어차피 옆에 있어 봤자 정신만 사나운 여자, 있으나 마나이니 차라리 잘됐다고 생각했다.

드디어 마지막 날이 아닌가? 오늘 경기가 끝나면, 저 치프 미캐닉인지 뭔지 하는 대단한 정비공 오라버니를 보겠지.

뭐, 설마 오늘 우승이니 뭐니 해서 거하게 파티를 하느라 늦는다 해도 적어도 내일은 보겠지…….

정원은 그거 하나뿐이었다. 왜 자신을 그렇게 속였느냐, 잘난 정비공이란 걸 귀띔이라도 해 줬으면 그렇게 구박은 하지 않았을 텐데 등등. 머릿속으로야 할 말이 백 마디, 천 마디였지만 아마 그 잘난 얼굴과 그 잘난 몸뚱이를 대하면 분명히 그런 말들은 모조리 구천에 떠도는 먼지가 될 게 분명했다.

어쨌든 빨리 끝났으면 좋겠고 이왕이면 1등을 하면 좋겠다 싶을 뿐이었다.

스피커를 통해 울리는 요란한 중국어와 거창한 영어에 정원은 귀가 따가울 지경이었다.

"젠장, 한국 사람은 없나?"

어처구니없어 하며 조그마한 치즈 케이크 조각을 들면서 구시렁거렸을 때였다.

"한국에서 오셨습니까?"

근사한 남자의 목소리가 들렸다.

—코너는 어때?

“그냥 그래.”

스피커 저쪽에서 웃음소리가 들렸다. 밍밍한 대답과는 달리 기어를 급격하게 바꾸고 핸들을 돌리자 요란한 굉음이 났다. RPM이 순식간에 치솟는 것을 보고 승우는 다시 액셀러레이터를 밟았다.

평소에도 제 차는 그 대단한 페라리라는 이름에 걸맞지 않게 딱딱한 핸들에 편의 시설 하나 없이 삭막했었다. 그러나 지금은 그런 계기판마저 다 들어내 버렸고 복잡한 케이블과 선수 보호용 망, 전자장치, 그리고 삐죽한 쇠막대기로 된 기어만 나와 있을 뿐이었다.

—오케이. 철수.

“오케이.”

온몸에 서킷의 진동이 느껴졌다. 덜컹거리는 제 차는 완전히 다른 괴물이 되어 있었다. 거의 10년 만인데 이 무슨 말도 안 되는 상황인지. 저도 당황스러울 뿐이었다.

“수작 거는 건 아닌데 어디서 뵌 분 같아요.”

그렇게 말해 놓고도 그럴 리 없다는 게 너무 명확해서 이건 수작임에 분명하다고 스스로 인정할 수밖에 없었다. 제가 쓰는 소설 속에서나 키 185cm 이상의 남자가 존재한다는 것을 잘 알고 있는 정원은 어쩌다 건진 한승우라는 로또 같은 남자 말고 이 먼 타국 땅에서 이리 잘난 남자와 말을 섞게 됐다는 것 차제가 신기했다.

새카만 색조의 고급 슈트—그렇다. 이건 분명히 슈트였다. 양복 따위가 아니라—를 입은 장신의 잘난 남자는 샴페인 잔을 들고 있었다. 다만 흠이라고 생각되는 건 한쪽 손에 짚고 있는 장식마저 화려해 보이는 지팡이와 불편해 보이는 걸음걸이였다.

"얼마 전에 교통사고를 당해서 말이죠."

정원의 시선을 느낀 남자가 근사한 목소리로 대답했다.

"아, 죄송해요. 그럴 생각은 아니었는데."

그녀는 제 시선 때문에 상대가 그런 말을 한 것 같아 미안해졌다.

"괜찮습니다. 이제 경기가 시작될 것 같은데요."

사람들이 유리로 된 가장자리로 모여 들었다. 정원과 의문의 남자도 마찬가지였다.

"한국분이니까 당연히 블루윙스를 응원하시겠죠?"

"블루윙스 말고도 한국팀이 두 개나 더 있는 걸 모르시나 보죠?"

남자의 말이 비웃음처럼 들렸다.

그러든지 말든지. 괜히 오기가 난 정원이 말했다.

"블루윙스의 치프 미캐닉이 제 애인이라서요. 그쪽은 다른 팀을 응원하시는 거예요? 그럼 우린 적이네요."

잘난 남자는 정원의 말에 피식 웃기만 했다.

윙윙거리는 굉음이 들렸다. 줄지어 선 차들이 출발했지만 총알처럼 튀어 나가지는 않았다. 롤링스타팅 방식이라 한 바퀴는 타이어 예열을 위한 연습 주행이었다. 한 바퀴를 돌고 나서 그 다음이 진짜 스타팅이었다.

—조심해.

"됐어."

경기만 놓고 본다면 F1에 비해 별거 아니었다. 단순히 광고 차원의 경기니까. 멋진 페라리만 보여 주면 다니까. 그러나 중요한 건 여기서 시선을 모을 수 있어야 했다. 그래야 다음을 기약할 수 있었다.

실로 몇 년 만인지 알 수 없었다. 이 헬멧에 달린 마이크에 대고 지시 사항을 떠드는 게 원래 제 소임이었다.

그러나 지금 온몸에 느껴지는 서킷의 진동과 차의 열기는 평온하던 제 피를 끓어오르게 만들고 있었다. 제가 최고의 드라이버가 아니더라도, 제 차는 최고가 아닌가. 그러니까 이 정도쯤은…….

순식간에 5km의 서킷이 끝나고 거대한 관중석과 그곳을 가로지르는 9층 높이 두 개의 전망대가 눈에 들어왔다. 정원도 아마 저기서 저를 보고 있을 것이다.

스타팅 라인이 다가왔다. 그전에 추월은 금지되어 있었다. 서킷을 돌던 차들이 일제히 속도를 높이는 게 느껴졌다. 그도 스위치들을 켜고 기어를 올렸다.

선이 타이어 밑으로 지나가는 순간, 그는 있는 힘껏 액셀러레이터를 밟았다. 어마어마한 중력이 온몸을 내리눌렀고 그의 머신은 총알처럼 직선주로를 달렸다.

"꺄아!"

총알같이 스타팅 선을 질주하는 차들을 보고 저도 모르게 소리를 지른 정원은 옆에서 자신을 보고 있는 남자의 시선을 느끼곤 고개를 돌렸다.

짜식, 예쁜 건 알아 가지고. 전 같으면 그 시선을 접수해 주겠지만 지금은 임자가 있는 몸이라서.

차들의 엄청난 굉음이 모니터에 달린 스피커를 통해서 느껴졌다. 아득하게 장난감같이 알록달록한 차들이 꼬불꼬불한 도로를 돌고 있었다. 어제도 봤지만 저 상태로 한 시간은 돌고 있을게 분명했다.

결승전이라지만 아무것도 모르는 정원의 눈에는 어제와 똑같은 광경일 뿐이었다.

슬슬 맛있는 거나 먹으러 가 볼까. 입장료가 400이라는데 그래도 4만 원어치는 먹고 가야지.

"경기가 재미없으신가 보네요."

정원의 시선이 흩어진 걸 눈치챈 남자가 옆에서 신경을 건드렸다.

"계속 열심히 돌고 있을 거니까. 그리고 여기서 제가 빅토리를 외친다고 해서 저 밑에 들리기나 하겠어요? 조용히 보고 있는 거죠. 좀 비켜 주실래요?"

정원은 뒤에 진열된 핑거 푸드가 더 중요했다. 그러나 그녀를 막고 있는 남자는 비켜 줄 생각이 없는 모양이었다.

"응원하고 있는 팀 레이서가 바뀌었던데 아십니까?"

"아, 그래요?"

그게 뭐가 중요한가. 철수가 운전을 하든 영수가 운전을 하든 제가 하등의 영향을 줄 수 없는 것 아닌가. 그건 그렇고 좀 비켜 주실래요, 라고 말하려던 찰나였다. 손에 든 샴페인을 한 모금 마신 잘난 남자가 말했다.

"새로 바뀐 레이서가 팀 내에서 급조한 미캐닉이라더군요. 이런 경우는 참 드물어서."

'그게 뭐 문제 있어요?' 라고 쏘아붙이려다 정원은 유일하게 저 자동차 경주 대회에서 아는 단어인 미캐닉이라는 말이 나오자 귀를 쫑긋거렸다.

"미캐닉은 타이어 바꾸고, 기계 고치는 사람 아니에요? 엄청 많잖아요."

그나마 며칠 호텔에서 독수공방하면서 알게 된 사실들이었다. 경기에 참가하는 미캐닉의 숫자가 어마어마하게 많다는 걸.

"그런데 지금 직선주로를 들어오고 있는 저 머신에 탄 레이서 이름이 데이먼 한이라고 모니터에 뜨는군요. 혹시 들어 보셨습니까?"

"네에?"

아웃 라인을 뺏는 게 만만치 않았다. 이론적인 것은 머릿속에 가득 들어 있었다.

그러나 어마어마한 속력이 주는 가속도는 익숙지 않았다. 가끔 제 차를 바라보면서 한 번쯤 미친 듯이 서킷을 달려 보고 싶다는 생각을 하긴 했었다.

순간적으로 기어를 바꾸고 옆을 지나치는 차를 아슬아슬하게 피한 승우의 머신이 이내 그 차를 추월했다. 아직도 남은 랩 수는 20여 바퀴. 선두 그룹과 하위 그룹이 눈에 띄게 나눠지고 있었다.

만약 모니터를 보고 있었으면 자신은 감독으로서 뭐라고 할 것인가. 좀 더 인 라인을 차지하고 커브에서 안정적인 드라이빙을 하라고 이야기할 게 분명했다. 그럼 제가 그렇게 하면 되는 거였다. 이 경기에 사활을 걸었다.

하찮은 페라리 레이싱이지만 모두의 꿈인 다음 F1을 위해서는 제 한 몸이 여기서 부서지더라도 꼭 선두에 서야 했다. 그래야 다음 챔피언십에 나갈 수 있으니까.

"넌 네가 하는 일에서 최고가 되면 돼."

아무리 최고의 미캐닉과 엔지니어가 있더라도 레이서가 그 머신을 가지고 승리하지 않으면 그걸 증명할 방법이 없다. 이 차가 최고라면 누가 타더라도 가장 빠를 것이다.

마치 찜통이라도 되는 듯 뜨거운 열기가 가득 찬 머신의 내부에는 굉음이 진동을 하고 있었다.

"아악! 말도 안 돼!"

랩타임 따위를 셀 줄 모르는 정원은 바싹 유리벽에 붙어 눈으로 파란색의 차를 좇았다.

저 차에 그가 타고 있다고? 차 고치는 사람이라며! 어제 사고가 났다던데…… 저러다 오늘도 사고 나는 거 아니야?

승우의 머신이 급격한 커브를 아슬아슬하게 돌 때마다 정원의 심장은 과하게 피를 내뿜었다. 다른 차를 치고 나갈 땐 절로 박수가 나왔고, 다른 색의 차가 파란 차를 추월할 땐 저도 모르게 과격한 욕설이 튀어나왔다.

한마디로 지금 입고 있는 드레스 같은 우아함 따위는 어디로 갔는지 찾아볼 수 없었다. 그런 정원을 옆에서 물끄러미 바라보고 있는 낯선 남자는 의미심장한 미소를 지을 뿐이었다.

마지막 순간이 다가오고 있었다. 남은 랩 수는 줄어들고 있는데 제 앞에 질주하는 차들의 숫자는 좀처럼 줄지 않았다. 특단의 방법이 필요했다.

패독에서 제가 마이크를 들고 모니터를 보고 있다면 뭐라고 했을까. 마지막에 승부수를 내. 마지막 급커브에서 앞에 있는 차들을 다 잡아야 해. 잡지 않으면 안 돼…….

미친 듯이 떨리는 차의 핸들을 다잡은 승우는 급커브가 나오자 그대로 기어를 집어넣으면서 오히려 액셀러레이터를 밟았다.

유리벽에 딱 붙어 저도 모르게 소리를 지르고 있는 정원의 뒤에 선 남자는 오히려 평온하게 모니터를 보고 있었다. 실제로 아래의 경기 장면을 보는 사람, 아니면 그와 같이 모니터를 보는 사람도 다들 긴장한 기색이 역력했다.

이제 이 긴 레이스의 마지막이 다가오고 있었다. 여기저기서 감탄의 소리가 나오고 있었고 장내 방송이 영어와 중국어로 동시에 나오느라 소란스러워졌다.

"브라보!"

그와 동시에 각국어로 떠드는 소리가 요란했다. 그 순간 정원의 발밑으로 차들이 굉음을 내며 지나갔다. 뭐가 어찌 된 걸까?

정원은 고개를 돌려 난리가 난 모니터를 쳐다봤다. 얼핏 제 뒤에 서 있던 의문의 남자가 사라진 게 느껴졌다.

26
돈은 내가 벌 테니까,
그런 거 하지 말아요

젠장! 죽을힘을 다해 밟았는데…….

서킷장 안의 열기는 폭발 직전 같았다. 차들이 뿜어내는 매연, 굉음, 관중석이 진동할 것 같은 환호성, 곧 터져 버릴 것 같은 계기판의 온갖 숫자들은 시뻘건 불빛으로 극에 치달았음을 경고하고 있었다.

귀청이 떨어져 나갈 것 같은 소음과 함께 그는 다리에 힘이 빠져 버렸다.

간신히 힘을 내서 기어를 바꿀 수 있었지만 중력을 거스를 만큼 속도를 내던 머신은 탄성으로 인해 앞으로 계속 나가고 있었다.

―수고했어. 그 정도면.

제가 했어도 똑같은 말을 했을 것이 분명했기에 이어 마이크에서 들리는 소리에 대답하지 않았다. 윙윙거리는 머신이 점점 속도를 늦추었고 그럴수록 더욱더 바깥의 요란한 소리는 커졌다.

아쉬웠다. 헬멧에서 쏟아지는 물들은 범벅이 된 땀이 분명했지만 그게 다는 아닌 것 같은 느낌이었다. 팔이 욱신거리는 게 느껴졌다. 부서졌던 오른팔 뒤꿈치 뼈가 그때의 사고를 기억하는 모양이었다.

차는 완전히 멈추었다. 역시 제가 할 일은 이게 아니었던 모양이었다.

"꺄오! 멋져라!"

"한 감독님 다시 뛰셔도 되겠어요!"

"수고했어!"

"멋지십니다!"

그 누구도 아쉬워하는 사람은 없었다.

문이 열리자마자 훅훅거리는 열기가 뿜어져 나왔지만 다들 아랑곳하지 않고 땀에 젖어 마치 물속에서 나온 듯한 그를 얼싸안고 소리쳤다. 이러다 헹가래로 하늘로 날아갈 것 같아 손길을 피해야 했다.

"정말 대단해!"

아쉬운 건 그 혼자뿐이었다.

"아니 이게 어찌 된 거야?"

혼자 떠들고 있었지만 옆에 있던 그 의문의 남자는 사라졌다. 누가 이야기 좀 해 줘! 정신없이 떠드는 모양새로 봐서는 누가 우승을 한 건지 알 수가 없었다.

바로 발밑으로 순식간에 지나가 버린 차들을 쫓다 보니 경기는 끝났고, 유일한 한국 사람인 그 의문의 남자가 이야기를 좀 해 줬으면 좋겠다 싶어 찾아 봤지만 눈에 띄질 않았다.

밖을 내다보니 엉켜 있는 듯한 차들과 사람들의 환호성이 진동하고 시뻘건 바탕에 노란 말이 그려진 깃발이 미친 듯이 나부꼈다.

장내에는 영어와 중국어로 광분한 장내 아나운서들의 외침이 계속되고 있었다. 정신이 없는 정원은 모니터를 봐야 했다. 온 사방에 걸린 모니터 화면에 자막이 나오고 있었다. 아…….

2nd Blue Wings.

그리고 막 새파란 레이서복을 입은 남자가 땀에 젖은 헬멧을 벗어 던지면서 손을 흔드는 게 보였다. 언뜻 아는 사람같이 보였다. 그러나 그건 아주 잠깐, 다시 어지러이 다른 사람들이 나오고 랩타임별로 숫자들이 뜨기 시작했다.

그러니까 2등은 한 거지?

정원은 저도 모르게 다리가 풀려 주저앉을 뻔했다.

카레이서 애인이라니……. 이건 몹쓸 짓이었다. 멋은 개뿔…… 심장에 매우 안 좋은 직업임에 틀림없다. 당장 그만두라고 해야지.

정원은 곱게 한 화장이 엉망이 되는 것도 모르고 흐르는 눈물을 두 손으로 훔쳐 대고 있었다. 그녀가 서 있는 곳은 까마득한 9층 전망대였다.

지금 저 화면 속에 있는 그는 어디 있는 걸까. 당장에 봐야 하는데…….

대체 어딜 가야 저 남자가 있는 거냐구!

셔터가 요란하게 터지자마자 폭발하는 듯한 샴페인 샤워가 시작되었다. 헐벗은 레이싱 걸들이 소리치면서 옆으로 나섰고 이미 땀으로 젖어서 축축한 레이싱복에는 다시 끈적한 샴페인 줄기가 쏟아져 내렸다.

과하게 요란한 우승컵에 가득 찬 샴페인을 마시는 최종 우승자는 올해 유럽 선수권을 휩쓴 신인이었다.

바로 옆에 선 승우의 얼굴에 이제야 웃음이 돌았다. 우승하면 좋았겠지만 그래도 준우승까지도 광고 효과를 기대할 수 있었다.

제가 전문 선수였다면 이런 생각까지는 하지 않았을 것이다. 감독이라는 자신의 원래 직책이 이런 상황에서도 계산을 할 수밖에 없게 만들고 있었다.

라페라리 북미 법인인 마르코 마티아치 사장 겸 CEO가 내미는 준우승컵과 동그라미가 잔뜩 달린 상금 패널을 들고 사진 촬영을 했고, 또다시 샴페인 샤워가 시작됐다. 물론 주 플래시는 우승자에게 터뜨려지고 있었다.

"진짜 준우승까지 할 줄은 몰랐어. 다시 선수로 뛰어도 되겠던데?"

조 감독이 승우의 어깨를 두드렸다.

"마지막 출력이 모자랐어. 인테이크가 문제였던 것 같아."

치프 미캐닉다운 멘트였다.

"됐어. 우리 머신은 끝내줬어. 몇 년 동안 핸들 안 잡았던 사람이 잡아도 그만큼 속력이 나오는 머신이 어디 흔해? 그냥 그만큼 잘한 거라니까!"

승우의 투덜거림에 웃으면서 대답하던 조 감독이 갑자기 정색을 했다.

"한 감독……. 저 사람 혹시……. 한 부사장님?"

검은색 슈트를 입은 남자가 손을 내밀었다. 그러나 승우는 그 손을 잡을 생각도 없이 지팡이를 짚고 있는 다른 손을 쳐다볼 뿐이었다.

"괜찮으신 겁니까?"

"괜찮으니까 왔겠지. 수고했어. 그런데 누가 경기에 나가라고 했나?"

"아…… 그게……."

직접 머신을 탄 것에 대해서 후회한 적은 방금 전까지 없었다. 그냥 제가 손을 놓은 지 오래돼서 우승을 놓쳤다는 아쉬움밖에는.

그러나 한승제 부사장이 직접 이 자리에 나타날 줄은 몰랐다. 그리고 그의 입에서 그런 소리가 나올 줄도 미처 몰랐다.

"사고는 나 하나면 되는 거 아닌가?"

잠시 정적이 흘렀다. 그러나 승우는 가만히 있을 수 없었다.

"그건 일부러……."

"나한테도 그랬으니까 너한테도 그럴 수 있는 거지."

'한 감독'이 아닌 '너'란 명칭이 뭔가 묘하게 박혀 왔다.

"앞으론 절대 그런 일 없습니다."

그 사고는 제 불찰이었다. 누군가 차에 손을 대게 만든 것도, 그 누군가의 형편을 미리 살피지 못한 것도 다 제 잘못이니까.

"저 위에서 네 걱정하는 여자는 생각도 안 하는 거야?"

마치 농담처럼 이어진 말에 그제야 승우는 긴장을 풀었다.

"아…… 만나셨습니까?"

"눈에 너무 띄니까."

그제야 승우는 그녀를 생각해 냈다. 그 대단한 성격의 여자가 이 사실을 알고 있다면 방방 뛰고 난리일 게 눈에 선했다.

"수고했어. 물론 우승을 했다면 더 좋았겠지만."

승제가 다시 손을 내밀자 승우는 그제야 땀과 샴페인으로 끈적거리는 손을 내밀어 맞잡았다.

"귀국하면 나는 그룹 사장으로 취임하고 CK엔터테인먼트 상무는 다른 사람이 맡게 될 거야. 엔터테인먼트 사업부 자체가 내 밑으로 들어와서 확장될 예정이고."

이걸 어찌 해석해야 할까. 한참 침묵에 잠겨 있던 승우가 입을 열었다.

"은주는…… 어떻게 되는 겁니까?"

"증거가 있으니까 제가 한 일에 합당한 책임을 지겠지."

"그냥…… 이번 한 번만 눈감아 주시면 안 될까요?"

전혀 생각 밖의 승우의 부탁에 승제의 눈썹이 미미하게 찡그려졌다.

"왜? 그런 애한테 아직도 미련이 있는 거야? 죄를 지었으면 죗값을 치러야 다시는 그런 일을 꾸미지 않지."

주변이 소란스러운데도 승제의 목소리는 또렷하고 차가웠다.

"미련 따윈 없습니다. 하지만 왜 그랬는지는 이해할 수 있을 것 같으니까요."

승우의 목소리는 의외로 평온했다.

"그러다 또 그런 일을 꾸미면? 그땐 어쩔 건데? 이게 보이지도 않아?"

한승제가 제 손에 들려 있는 지팡이를 들어 보였다.

"넌 목숨이 아홉 개라도 될 것 같아?"

"이미 모든 걸 잃지 않았습니까? 그것보다 더한 형벌이 또 있을까요? 다음이란 게 있다면 그때 손을 쓰십시오. 그땐 저도 가만히 있을 테니까."

"넌, 그게 문제야. 세상 그렇게 살면 안 돼."

승제의 차가운 충고는 사실일지도 모른다. 그러나 그는 모를 것이다. 그렇게 살 수밖에 없는 사람들의 삶을.

"알고 있습니다."

힝!

삐리릭 소리와 함께 커다란 텔레비전이 꺼져 버렸다. 그 와중에 텔레비전이 한국산인 게 뿌듯하다니. 참…… 할 일이 없나 보다.

할 일이 없었다. 벌써 자정이 다 된 시간. 마치 지난 열두 시간이 몇 년이나 지난 듯한 느낌이었다. 열 몇 시간 전엔 어땠지?

몇 년을 집 안에만 틀어박혀 있던 그녀였다. 그런데 갑자기 비행기를 타고 낯선 곳으로 날아와 광활한 호텔 방에서 호화찬란하게 숙식을 해결하면서 한 번 들어가는데 400만 원씩이나 하는 전망대에서 썩어 문드러지도록 비싼 페라리 경주를 구경하다니.

그때 제 발아래 보였던 사람들은 아마 그녀가 지난 5년 동안 본 사람들을 모두 합친 숫자의 몇백 배는 될 것 같았다.

첫날은 그렇다 치고, 둘째 날엔…… 그 어마어마한 차를 타고 무려 대회의 준우승씩이나 한 남자가 제 셋방에 사는 남자라니. 진짜 말도 안 되는 소리지.

좋아, 좋다고. 셋방 남자가 그야말로 거지 코스프레 중인 왕자였다고 쳐. 드라마틱하게 차를 고치다가 갑자기 대타로 뛰어서 2등씩이나 했다고 쳐. 물론 이게 완벽한 소설이면 당연히 1등을 해서 난리가 나야 했지만, 2등도 그게 어디야.

그 서킷이란 델 돌던 차가 몇십 대던데.

하여튼 그랬다고 치자. 그럼 그다음은? 아니, 뭐 가이드까지 붙여 줄 정도고 제 돈도 아니고, 몰래 데려다 놓은 것도 아니고, 회사 돈으로 저를 이런 데다 모셔 놨음 대놓고 저 여자 있습니다, 하고 광고한 거 아닌가?

그럼 1등을 하든 2등을 하든, 뭐 참가상만 탔다 해도 뒤풀이를 하는지 뭘 하는지 모르겠지만 날 데려가야 하는 거 아니냐고!

어디 대폿집에서 잔치를 하거나 삼겹살 파티를 하면 하여튼 음치지만 제가 저 남자 여친입니다, 한 곡조 뽑겠습니다, 하고 노래라도 부를 텐데 이게 대체 뭐냐고…….

여자가 들어가면 안 되는 그렇고 그런 데서 아가씨들이라도 불러서 거하게 노는 거야?

오늘따라 정성 들여 했던 메이크업이란 게 감동에 못 이겨 판다같이 변한 뒤라 호텔에 들어오자마자 싹싹 지워 버려야 했다. 그 김에 향기가 썩어 문드러질 것 같은 그 잘난 어메니티들로 샤워도 빡빡했다. 그리고 남세스럽게 맨몸에 뽀송뽀송한 샤워 가운만 입은 채 레디 한 게 벌써 몇 시간째란 말이냐.

젠장.

전화는 먹통이고, 연락처라곤 알지 못했다. 다시 그 경기장인지 서킷인지 간다 해도 어디가 어딘지 모르고.

진짜 오기만 해 봐라. 오늘은 정말로 그 잘난 얼굴이나 잘난 몸뚱이에 혹해서 정신줄 놓는 짓은 하지 않을 테다.

그러나 그건 제 희망 사항일 뿐이었다. 띵동 하고 벨이 울리자마자 정원은 마치 바람처럼 문으로 뛰어갔다.

* * *

"음……."

"왜요?"

정원은 저도 모르게 벌떡 몸을 일으켰다.

"몇 시……예요?"

겨우 눈을 뜬 승우가 푹 가라앉은 목소리로 말했다.

언제 깨어날까, 깨워야 하는 거 아니야? 잠만 자는 귀신이 붙었나…….

그녀의 머릿속에 맴돌던 수만 가지 말들이 순식간에 증발되어 버리고 말았다.

"무슨 상관이에요? 더 자요."

증발도 모자라서 이런 소리까지 하다니. 맘으로는 후회했지만 어쩔 수 없었다.

"흠……."

반쯤 눈을 도로 감은 그가 피식 웃었다.

아, 참 잘생겼다. 누가 물은 것도 아닌데 그를 보니 절로 튀어나오는 말이었다.

넓은 침대에 똑바로 눕지도 못하고 헤드 반대쪽으로 커다란 베개를 안고 엎드린 채 잠들어 있던 승우가 반쯤 눈을 뜬 건 잠든 지 정확히 스물두 시간 만이었다.

밤 12시쯤 술 냄새를 풀풀 풍기며 들어온 그가 실실 웃으면서 겨우 샤워를 마치고 나와 침대에 엎어지자마자 바로 곯아떨어져 버린 걸 보고 정원은 뭐라 말을 할 수가 없었다.

등 뒤의 덜 닦은 물기를 닦아 주고 젖은 머리카락을 닦아도 그는 마치 시체처럼 꿈쩍도 하지 않았다.

매끈한 등줄기가 훤히 드러나 있었지만, 특히 그 아래도 비슷한 사정이었지만 그걸 보고도 어찌할 도리가 없었다. 그 잘난 사지가 달린 몸뚱이가 꿈쩍도 없이 깊은 잠에 빠져 버렸기 때문에.

그대로 해가 뜨자 룸서비스로 브런치를 시켜 먹고 무료하게 있다가 연재분 글을 써서 올린 뒤에도 그는 조금의 뒤척임도 없이 잠에서 깨나지 못했다.

간간이 마치 그림 구경을 하듯 침대 밑에 주저앉아 잠든 그의 얼굴을 빤히 관찰하면서 귓가 옆에 점이 두 개나 있다든지, 엄청나게 긴 속눈썹에 놀란다든지, 입술 아래 미세한 상처가 있다는 것을 알아내곤 혼자 즐거워하기도 했다.

혹시 낮에 일어나면 보여 주려고 VIP용 전망대에 갈 때 입었던 드레스를 입고 메이크업을 하기도 했었다.

그러나 곧 해가 지고 나서 답답해 싹 씻어 버리고 말았지만. 혼자 그렇게 시간을 보내는 와중에도 그는 여전히 잠만 자고 있었다.

그렇지만 정원은 그를 깨울 수 없었다. 너무 달고, 너무 곤히 잠들어 있어서.

해가 지고 저녁이 가고 밤이 왔다. 이제 밤도 가고 자정이 되어 가려 하는 즈음에 겨우 한쪽 눈을 뜬 그가 물었다. 몇 시냐고.

"무슨 상관이에요."

눈 반쪽만 더 떠 봐라. 당장 덮쳐 버릴 테다. 아니, 잡아먹을 것이다……라고 단단히 마음을 먹은 게 생각나 정원은 혼자 피식 웃을 수밖에 없었다.

"나…… 오래 잤죠?"

이제 다른 쪽 눈까지 뜬 그가 더욱더 가라앉은 목소리로 물었다. 왜 제 속이 울렁거리는지 모르겠다 싶은 정원이 대답했다.

"뭐, 그닥."

얼마나 피곤하면 저럴까 싶은 생각에 정원은 다시 살그머니 그의 옆으로 가 엎드렸다. 달큰한 체취가 풍겼다. 아마 땀 냄새겠지만 정원에겐 마치 향수 냄새처럼 느껴졌다.

"그만 자야 되는데……."

"알긴 아네."

계속 재워야겠다고 생각은 하고 있었지만 그래도 그가 깨나 말을 하는 게 좋았다.

"흐……."

그가 눈을 감은 채 웃었다. 살짝 올라가는 입꼬리가 정말 섹시했다. 아 이대로 확.

"나…… 봤어요?"

"아뇨."

그녀의 단호한 대답에 그제야 눈을 뜬 그가 되물었다.

"왜요?"

"안 보였어요."

그녀다운 대답에 그는 피식 웃고 말았다.

"9층에서 차에 탄 사람이 보이면 내가 무슨 원더우먼이게요?"

그쯤 되니 승우는 웃느라 완전히 잠을 깰 수 있었다.

"약속해요."

"뭘요?"

엎드려 있던 그가 베개를 안고 고개를 세웠다. 맨 등줄기에 어깨 근육이 드러났다 사라졌다. 그 동작만 했는데도 정원은 저도 모르게 꿀꺽하고 침이 넘어갔다.

"다신 운전하지 말아요."

"응? 왜요?"

"개뿔도 없이 몸만 있는 사람이 그것도 망가지면 어쩌려고 그래요?"

굳이 그의 매끈한 등줄기를 겨냥한 말은 아니었다. 그러나 듣는 사람은 그게 아니었던 모양이었다. 이제는 킥킥거리며 웃음을 참아야 했다. 한참 만에 승우가 대답했다.

"내가 강아지도 아닌데 무슨 뽈이 있다고."

"아, 진짜. 작가님 앞에서 무슨 그런 말장난을!"

"차 타면 돈 엄청 잘 버는데…… 알고 있어요? 스포츠 선수 중에서 가장 돈 많이 버는 게 골프 선수나 복싱 선수가 아니라 바로 카레이서인 거 말이에요. 차 고치면 얼마 안 줘요."

아, 젠장. 갈등되네. 박세리나 박은비보다 잘 번다고?

그러나 반짝이는 이 잘난 남자의 몸에 단 하나의 생채기도 용서할 수 없었다. 암, 그렇고말고.

"택도 없어요. 돈은 내가 벌 테니까 그런 거 하지 말아요."

"아, 우리 작가님이 버실 건가요?"

"당연하죠. 내가 12세 관람가로도 상금 3천을 거머쥔 여자예요. 이젠 19금 작가로 거듭날 거거든요. 어설프게 글 쓰는 사람들 다 죽었다고 봐야죠."

의기양양한 정원의 말에 그는 웃음기를 거두곤 몸을 일으켜 앉았다.

물론 샤워를 하고 그녀의 당부 엔드 경고처럼 그대로 침대로 직행한 게 틀림없었다. 매끈한 맨몸은 새삼스럽게도 여전히 섹시했다.

"아니에요. 앞으로도 배울 게 많아요. 고정원 작가님은."

힐끔거리던 정원이 몸을 일으켰다.

"그래요? 그럼 좀 배워 보죠. 앞으로 벌이를 위해서."

그녀는 제가 입고 있던 샤워 가운을 여민 허리끈을 풀었다. 그러자 그 안에서 매끄러운 맨몸이 드러났다. 그런 그녀의 허리를 잡아끄는 승우의 손길은 뜨겁기만 했다.

에필로그 — 그녀의 원대한 노후 계획

뚫어지게 화면을 쳐다보고 있는 얼굴은 심각했다.

이젠 제법 사람 사는 집 같아져서 가끔 깜짝깜짝 놀라게 되는 넓은 거실 바닥은 티 없이 깨끗했다. 어쩌다 제 인생이 그렇게 됐는지 깨달을 새도 없이 변한 공간에서 그녀는 눈 하나 깜짝하지 않고 커다란 모니터에 시선을 멈추고 있을 뿐이었다. 제 본업인 집필 따위도 내팽개친 채.

—정말 맛있겠죠? 이만복 대가의 탕수육을 집에서 맛보실 수 있다는 건 정말이지 행운이 아닐 수 없습니다. 저번 방송에서도 3천 세트 바로 매진됐고요, 지금도 주문 전화 엄청납니다. 먹어 보신 분들이 또 주문하시거든요!

그 옆의 듀얼 모니터 화면에는 방금 쇼핑 호스트 옆에서 조신하게 탕수육에 소스를 뿌리고 있던 하얀 조리사 옷을 입은 대가의 사진이 떠 있었고 커다란 글씨로 기사 제목이 보였다.

중식 대가 이만복 씨, 각종 TV 출연에 힘입어 홈쇼핑에서 대박을 터뜨리다. 3개월 매출 80억의 신화…….

"80억…… 꿀꺽."

저도 모르게 침이 리얼하게 넘어가고 있는 걸 느끼곤 정원은 다시 화면을 클릭했다.

—네네! 지금 동파육 포함된 패키지, 매진 직전입니다. 예약이 밀려서 갈 수 없는 이 대가의 식당에서 직접 팔고 있는 음식들을 가정에서 간편하게 즐겨 보시기 바랍니다! 이만복, 이 세 글자가 바로 믿고 먹을 수 있는…….

"정원 씨!"

덜컥하는 소리와 함께 낯익은 목소리가 들리자 굳어 있던 정원의 인상이 미묘하게 일그러졌다.

"지금이 몇 시예요?"

물으면서도 좀 묘한 기분이었다.

이건 뭐…… 한 10년 차 부부에게서나 나오는 멘트 아닌가?

"음……. 아마 늦었겠죠."

팍팍 풍겨 오는 술 냄새로 보건대 아마 어디다 술을 쏟은 모양이었다. 저 남자의 주량을 잘 알고 있는 그녀로서는 이 냄새는 결코 저 남자가 마시고 멀쩡하게 4층까지 걸어올 만한 알코올 양이 아닌 게 분명했기 때문이었다.

"뒤풀이 참 징하게 하네요."

상해에서 귀국한 지 4일째였다. 다른 걸 바란 건 아니었지만 4일 내내 이 모양이라니. 그러나 지금은 화낼 타이밍이 아니었다. 그게 문제가 아니었으니까.

"그러게요. 협력 업체들이 많아서 보는 사람마다 한잔하자는 통에……. 뭐하고 있었어요? 글 쓰셨나? 나 씻고 올게요. 나한테 술 냄새 엄청 나는 것 같아요."

"그러든지!"

달칵하고 문 여는 소리가 등 뒤에서 났을 때 정원이 한마디 덧붙였다.

"벌줄 생각 없으니까 옷 가지고 들어가요."

"정원 씨! 그게 무슨 소리예요. 당연히 벌 받아야지."

벌로 생각하지 않는 모양이었다. 아니, 그 반대로 생각 중인가?

"진지하게 할 이야기가 있단 말이에요. 나올 때 복장 단정. 명심해요."

"화 많이 났어요?"

벌 받는 것보다 더 무서운 모양이었다.

"옷! 똑. 바. 로 입고 와요."

정원은 한 자, 한 자 힘주어 말했다.

셋방 총각은 좀 엉뚱하긴 했지만 착한 남자였다. 그녀가 열광

하던 나쁜 남자가 아니라. 그 증거로 그녀의 앞에 앉아 있는, 머리카락에 물기가 뚝뚝 떨어지는데도 그는 단정하게 반바지를 입고 있었다. 물론 윗옷은 벗은 채.

이건 분명히 작심을 한 게 틀림없었다. 저를 유혹해서 제 잘못을 무마시키려는 게 틀림없었다. 굳이 전체 탈의를 하지 않아도 제가 흔들린다는 걸 아는 사악한 심보가 있는 게 틀림없었다. 그러니…… 이건 생각해 보면 착한 게 아닐 수도 있었다. 그래도 뭐 옷은 입고 나왔으니까. 정신이 사납지만 말은 꺼낼 수 있었다.

"미안해요."

저 잘난 얼굴에 살살 눈웃음까지 치고 있었다.

알코올이 약한 남자가 슬쩍 취한 채 폴폴 샤워 폼 냄새를 흘리면서 윗옷을 벗고 눈앞에 앉아 있었다. 이건 뭐 제가 부처님이 아니고서야 정신 통일이 될 상황이 아니었다. 그러나! 지금 중요한 게 뭔가. 앞으로의 미래를 생각해야 했다. 정신 차리자!

"그럼 이제 택배 일은 그만두는 거예요?"

"본의 아니게 그렇게 됐어요. 영업 소장님이 꼭 다시 오라고 하긴 했는데……. 아부다비 경기가 채 석 달도 안 남아서 준비하려면 빠듯하거든요. 아무래도 다시 그쪽으로 나가 봐야죠."

"음……. 차에 타는 건 아니죠?"

"그럼요. 포뮬러 머신은 전문 드라이버가 타야죠. 난 그 K1 면허도 없어요."

그러면서 슬금슬금 다가오는 건 뭔가. 정원은 제가 앉아 있던 바퀴 달린 의자를 뒤로 쭉 뺐다.

"그럼 됐고."

"정원 씨이."

말꼬리가 길어지고 있었다. 한눈에 봐도 평범한 모양새가 아닌 반바지 앞섶이 눈에 들어왔지만 정원은 모른 척했다.

"그럼 이제 다시 치프 미캐닉인 거예요?"

"뭐 그런 셈이죠. 감독 겸, 미캐닉 겸, 엔지니어 겸……. 원래 큰 팀은 다 따로 있는데 우리나란 아직 거기까진 안 돼서. 그냥 겸사겸사 닥치는 대로 다 해요."

"그게 곧 정비사인 거죠? 고급?"

"뭐, 그런 셈이죠. 그런데 그게 왜 중요해요?"

슬쩍 일어난 그가 다시 다가오는 걸 보고 정원이 싸늘하게 말했다.

"그냥 앉아요. 할 말 아직 안 끝났으니까."

"거기 너무 멀어서 그렇죠? 그럴 줄 알고 우리 가라지 용인으로 옮기기로 했어요. 용인 서킷은 시설은 별로지만 그래도 서울하고 가까우니까 좋잖아요. 얼마 안 걸려요. 내가 그렇게 하자고 했어요. 잘했죠?"

오늘따라 그는 물렁물렁 흐물흐물 상태가 좋지 않았다. 알코올 냄새와 샤워 폼이 섞인 남자의 맨살 냄새가 폴폴폴 풍겨 오고 있었다.

안 돼, 정신 차려! 정색을 한 정원이 말했다.

"이번에 준우승한 거 매스컴에 많이 났죠?"

"뭐 그랬을 거예요. 스폰서가 이걸 계기로 사업 확장을 하기로 해서 일부러 더 뿌린 것도 있고. 그래서 텔레비전 출연도 하게 생겼어요."

"으잉? 어딜요?"

"케이블 방송에서 영국 BBC 따라 하는 차에 관한 프로가 있는데 그 프로그램 제작사가 우리 스폰 하는 기업이라 잠깐 인터뷰 비슷하게 해서 나간다고……. 아후, 죽겠어요. 마다할 수도 없고."

"오……."

우선 놀랜 후에 갑자기 후회와 함께 걱정이 밀려들었다.

저 얼굴에 텔레비전 출연까지 하다니. 위험해……. 그러나 달리 생각해 보면 더 좋은 기회였다. 제가 계획 중인 원대한 사업에 공짜 광고라.

"저번에 그랬죠? 차 고치면 얼마 못 번다고."

슬금슬금 다가온 승우의 손등을 찰싹 때리자 불시에 공격을 당한 그가 히죽 웃으면서 말했다.

"뭐 솔직히 레이싱 경기의 꽃은 레이서니까 돈이야 레이서가 많이 벌죠. 그에 비하면 미캐닉이야."

워낙 돈 문제에 관심이 없는 그라 그게 중요한 건지는 잘 모르겠다 싶었다.

적어도 택배 기사보다야 많이 버니까. 얼마를 벌든 아무 상관이 없으니 생각해 본 적도 별로 없었다. 실은 이번에 받은 상금도 어디에 썼는지 모르게 사라졌으니까.

뒤풀이다, 직원들 성과급이다, 정식 스태프가 되지 못한 채 같이 가서 노력했던 인턴급 직원들 수당이다 해서 다 챙겨 주고 연일 회식을 하다 보니 호지부지 다 사라져 버렸으니 뭐라 할 말은 없었다.

"그럼 미캐닉이란 직업은 전망이 있는 거예요?"

"전망요? 글쎄요……. 그런 건 생각해 본 적이 없어서."

"정년퇴직 같은 게 있느냐, 아니면 뭐 기계의 장인이라서 나이 먹어서도 할 수 있는 거냐 그런 거 말이에요."

"음……. 일이 힘드니까 나이 들면 하기 어렵겠죠. 게다가 매년 새로운 엔진이 나오고 부품이 나오고 하니까 기술 습득도 꾸준히 해야 하고……. 나이 먹으면 아무래도 필드에서 하긴 힘들죠."

유럽에는 중년의 미캐닉이나 엔지니어가 더러 있었지만 불행하게도 한국에선 제 나이 또래가 고참급이었다. 솔직히 그것도 좋아서 하는 것뿐이지 노후에 대해 생각해 본 적은 없었다.

"진짜 뭐……노후 대책 따윈 없는 거네."

"그건 그때 가서 생각하고 지금은……."

찰싹. 다시 다가온 그의 손등을 매섭게 때려 주고는 정색을 한 정원이 말했다.

"아니죠. 우리 노후를 생각해야죠. 메뚜기도 한철이라고."

"아니 벌써 왠 노후가 필요해요? 오늘 밤이 중요하지……."

저 잘난 얼굴에 음흉함을 덮어쓰려 했지만 바탕이 너무 잘나서 음흉함이라는 부정적인 단어는 잘난 그의 얼굴 덕에 섹시함이라는 긍정적인 단어로 바뀌고 말았다. 불공평하게도 세상은 그런 거였다. 잘생기면…… 다니까.

그러나 여기서 지면 안 되는 거였다.

"그거야 이따 생각할 일이고."

물론 그녀는 오늘 밤이 중요하다는 그의 말을 부정하고 싶지 않았다.

"그럼요?"

"우리 노후를 좀 설계합니다. 자자, 한승우 씨는 가진 거라곤 그 기술하고 잘난 얼굴뿐이잖아요?"

뭔가 더 있을 것 같은데 뾰족하게 떠오르지 않았다. 약간 억울하긴 했지만 뭐 상관없었다. 이 여자의 말에 괜히 토를 달아서 미운털이 박히긴 싫으니까.

"그래서요?"

"그걸 이용하자는 거죠."

"음……."

여자가 대체 뭔 소리를 하는지 잘 모르겠다. 그러나 이야기를 들어 줘야 그다음 진도를 나갈 것 같아서 조신하게 꿈틀거리는 다른 부분을 눌러 가면서 여자의 말을 경청하려 애썼다.

"음. 우리도 체인 사업을 하는 거예요. 치프 미캐닉이라면서요. 요즘 자동차 몇천만 대 시대잖아요. 정비소도 많은데…… 정비소 체인점을 차리자는 거죠. 치킨집처럼. 승우 씨 얼굴을 넣어서. 우리나라 대표 레이싱팀의 치프 미캐닉이 보증하는 정비소! 어때요?"

"네에?"

어이가 없어서 뭐라 더 말을 붙이지도 못하고 있는데 정원은 원대한 꿈을 풀기 시작했다.

"음, 정비소는 단가가 높다고 치고…… 내가 검색해 보니까 뭐 좀 많이 들긴 하데요. 그게 좀 과하다 싶으면 작은 거부터 하자고요. 음, 자동차 소모품에서 가장 저렴하면서 가장 잘나가는 게 바로 워셔액이더라고요. 블루윙스의 세계적인 치프 미캐닉인 데이먼 한이 보증하는 워셔액! 그거부터 시작해서 뭐 와이퍼라든지, 부동

액, 나아가서 엔진오일……. 그런 소모품을 점령하자는 거죠. 인터넷 같은 데서 얼마든지 선전을 할 수도 있는 거고. 성공하면 마트 진열대도 쫘악 점령하는 거예요! 바탕이야 훌륭하니까 얼굴만 넣어도 잘 팔릴 거란 말이죠."

"아니, 왜……."

"이게 사소해 보여도 장난 아니란 말이죠. 요즘 요리 프로에 나오는 중식 요리사가 있는데. 와, 인스턴트 자장면, 짬뽕에 얼굴 넣어서 파니까 날개 돋친 듯이 팔리더라고요. 홈쇼핑에 직접 나와서 팔더니 3개월에 80억을 벌었대잖아요. 뭐 깨닫는 거 없어요? 자, 봐 봐요. 우리나라 사람들치고 차 없는 사람이 어디 있어요? 집은 없어도 차는 있다잖아요. 그런데 그 차들에 워셔액이나 와이퍼, 엔진오일을 5%만 점령한다고 해 봐요. 진짜 끝내주지. 그러고 나서 정비소 쪽으로 손을 뻗쳐서……."

"저기…… 잠깐만요. 지금 그 생각하느라 이러는 거예요?"

어이가 없어서 승우가 얼굴 근육에 경련을 일으키는 걸 보고도 한번 시작한 정원의 원대한 꿈 설명은 계속됐다.

"이거 뭐 따로 광고할 필요도 없잖아요? 케이블 프로그램에 잔뜩 나왔겠다. 공중파에도 슬쩍 나왔겠다, 날로 먹는 거라고요. 업체 선정은 내가 알아보면 될 거고. 승우 씨는 그냥 유니폼 간지 나는 거나 쫙 입고 폼 재고 사진만 찍으면 된다 이거죠. 아, 그리고 그 뭐였죠? 그 차에 도배했던 스폰 기업……?"

알고 있는 거니까 대답은 해 줘야 했다. 체념한 듯 승우가 대답했다.

"CK그룹요?"

"맞다. CK! 원래 거기 조미료 만들던 데 아니에요? 요즘 영화랑 음악 쪽 진출하더니 드디어 자동차 쪽도 손을 뻗었잖아요. 이왕이면 그쪽에다 얼굴 좀 팔면 되겠네. 그쪽 스폰받는다면서요. 그런 대단한 그룹의 총수 아들쯤 되면 그딴 일은 할 필요도 없겠지만 우리 같은 바닥 인생은 그렇게 대기업 이용해 먹어야 하는 건데……."

"저기, 정원 씨!"

무심코 한 말이 틀림없겠지만 그녀의 말 중간중간에 나온 단어가 그를 심히 찔리게 했다. 굳이 그게 아니더라도 그녀의 원대한 사업 계획에 아무래도 브레이크를 걸어야만 할 것 같아 승우가 급하게 말을 끊었다.

"왜요? 뭐 불만 있어요? 다 우리 둘이 잘 먹고 잘 살자는 건데. 뭐 문제 있어요?"

문제는 그게 아니지 않은가. 생각해 보니 어차피 정원도 알아야 할 일이었다. 결혼하고 같이 살 건데 가족 관계를 알리는 건 당연한 것이 아닌가.

한숨을 내쉰 승우가 입을 열었다.

"저기…… 그 CK그룹 말이죠."

"왜요? 거기에 못 팔까 봐요? 내가 알아서 할게요. 가서 담판을 지어서 이런 대단한 광고 모델을……."

"그게 아니라. 내가 말 안 한 게 있는데요."

"아, 뭐요?"

자꾸 자신의 원대한 계획에 브레이크를 거는 이 남자가 짜증스러워 정원이 거세게 항의하듯 되물었다.

"저기, 내가…… 그 집 아들이에요."

"뭐요? 무슨 집요?"

"그…… CK 한 회장님……의 작은아들이…… 나예요."

"네에?"

어이없어진 정원의 눈은 곧 튀어 나올 것처럼 커졌다.

그러나 승우는 그것마저도 제 잘못인 것만 같았다. 하지만 그건 사실이니까.

"그다지 대접받지는 못하지만. 사연이 좀 있어요. 어쨌든 결론은 내가 그 회장님 아들인 건 맞아요. 물론 CK하고 상관은 없지만 말이죠. 그러니까 거기에 뭐 CF를 찍는다는지 그런 건……."

"어……."

정원은 요즘 이 남자 때문에 할 말을 잊는 경우가 자주 있었다. 그래서 이번에도 별다르진 않을 거라 생각하고 있었는데. 이건 뭐, 뭐냐? 그 대단한 CK그룹의 과장님 아들도 아니고, 그 회장님의 아들이라고? 저번에 뉴스에 나온 거 보니까 나이도 엄청 많던데 할아버지도 아니고 아버지?

그 말로만 듣던 금수저…… 아니, 이 정도면 다이아몬드 수저? 아니 지금 이게 무슨 상황이래냐.

"나 그 집안하고는 별로 왕래 안 해요. 난 그저……."

정원은 멍했지만 멍하면 안 됐다. 지금 이 상황을 재빨리 파악해야 했다. 1,300원짜리 워셔액에 얼굴 사진을 넣어서 1,500원으로 파는 게 문제가 아니었다. 지금 뭐라고? 그 온 사방에 포진해 있는 CK그룹의 회장의 아들이 지금 눈 앞에서 웃통 벗고 저를 어쩌지 못해서 안달이 난 이 남자라고? 아…… 이런, 젠장할!

적막 속에 한참의 시간이 흘렀다. 실은 승우도 이런 식으로 말을 꺼낼 거라 생각한 적이 없어서 뭐라 말을 하지 못하고 있었다. 그 적막을 깨고 마치 생각났다는 듯 정원이 입을 열었다.

"음……. 피곤하겠어요? 그죠?"

그깟 80억에 눈이 먼 내가 바보였던가?

"그거야…… 매우 피곤하긴 하죠."

상황 파악 끝난 건가? 결코 이 남자가 돈을 어마어마하게 버는 레이싱계의 치프 미캐닉이라서 그런 게 아니었다. 또한 뭐 알고 보니 놀랄 노 자지만 재벌집 아들이어서도 아니었다. 분명히 말하건데 자신은 이 남자가 개뿔도 없는, 그러니까 보증금 500만 원도 없는 택배 기사일 때 눈 질끈 감고 선택했을 뿐이었다.

물론 생긴 게 멀쩡한 게 결정에 큰 역할을 한 건 틀림없었다. 그건 박 여사님도 마찬가지니까. 겪어 보니(?) 생각보다 훨씬 괜찮아서 혼자 이불을 뒤집어쓰고 히죽히죽 웃은 것도 사실이다.

그리고 나중에 알게 된 건 뭐…… 이왕이면 다홍치마라고 좋은 게 좋은 거라고 생각할 뿐이다. 그 다홍치마에 금박도 좀 있고 꽃무늬에 박힌 게 다이아더라…… 하는 행운이야, 제가 지난 5년 동안 조신하게 집 안에서 환경오염에 일조하지 않고 많은 독자들의 심금을 녹인 꿀(?) 같은 글을 쓰면서 조용히 산 것에 대한 조금 과분한 대가라고 여기면 되지…… 않나?

하여튼, 지금이 중요한 거지.

"뭐, 꼭 그런 건 아니지만."

불행하게도 고정원이란 여자는 너무 오래 혼자 칩거하고 살아서인지 표정을 감추는 것 따위를 잘 못했다. 승우는 갑자기 확 달라진 정원의 얼굴 표정에 웃음이 삐져나올 것 같았지만 꾹 참고 이 재밌는 여자가 대체 무슨 말을 할지 기다렸다.

"전에 뭐…… 그렇게 갑자기 그 무서운 차도 타고…… 아, 그 고속으로 달리는 차 컨트롤하는 게 그렇게 힘들다면서요?"

"그렇죠. 그래서 면허 따기가 힘든 거고 레이서가 귀한 대접을 받는 거죠. 경주용 차는 무조건 빨리 달리는 게 목적이라 에어컨도 없고, 사람 편하라고 있는 기계장치 따위도 없거든요. 게다가 시속 300이 넘으니까 레이서한테 가중되는 중력도 어마어마하죠. 비행기 조종사만큼 압력을 받을걸요."

원메이크 경기라 제가 탄 건 양산용 차였고 포뮬러 카에 비하면 그다지 심한 건 아니었다. 그러나 그녀의 표정을 보니 극한 직업이라는 걸 말해 줘야 하는가 싶어 열심히 설명했다.

"아, 힘들겠구나."

심각한 표정인 정원의 얼굴에 덕지덕지 붙어 있던 워셔액이나 와이퍼는 다 사라진 지 오래였다. 승우는 다시 비어져 나오려는 웃음을 참아야 했다.

"내가 원래 마사지를 좀 하거든요. 전에 우리 부모님이랑 같이 살 때 필살기로 삼았을 정도라서…… 요즘 고생하는데 한번 해 줘야지 하긴 했어요. 그런데 일찍 들어오질 않으니."

"아, 그랬구나. 그럼 뭐 좀 해 주려고요?"

"내가 또 거기에 뭐…… 좀 더 얹어서……."

"얹어서 뭘요?"

"그…… 뭐냐. 섹시 퇴폐 마사지라고 해야 하나?"

"아……."

승우의 얼굴에 미소가 번졌다.

"날도 선선한데…… 들어가죠? 그게 좀 공간도 필요하고……. 푹신한 침대도 필요하고……."

휘리릭, 분신술을 써도 그것보다 빠를 순 없을 것이다. 눈앞에 있던 상의 탈의한 고객님께서 순식간에 사라지셨다.

"손님은 준비됐습니다!"

방 안에서 들리는 소리에 정원은 두 손을 맞잡아 깍지를 끼고 쭉 폈다. 손에서 나는 우두둑 소리를 들은 그녀가 씨익 웃음을 지으면서 중얼거렸다.

"아, 금수저도 아니고 다이아 수저란 말이지."

"빨리 오세요!"

안에서 노랫소리가 들려왔다.

그러나 아직 준비가 덜 끝났다. 정원은 그가 언제 올 줄 몰라서 그냥 쟁여만 놨던, 아까 낮에 다른 택배 총각이 가져다준 상자를 꺼냈다. 그 안에는 용도가 뻔해 보이는 레이스가 가득한 속옷들이 가지런히 들어 있었다.

"음, 마사지는 아직 배송 준비 중이에요. 배송은 좀 이따 시작됩니다. 으흐흐, 흐흐."

정원의 목소리가 한층 더…… 음흉해져 가고 있었다.

—Fin

작가 후기

드디어 여섯 번째 책이 나왔습니다.

작년에는 참 여러 가지 일이 있었어요. 그래도 그것들이 다 좋은 일이어서 다행이었습니다. 그리고 그 일의 마무리와 시작을 이 예쁜 새 책과 함께하게 되어서 기쁩니다.

엄마가 아이 열을 낳을 때 열마다 각각의 이야기가 있듯이 저도 많지는 않지만 나온 책들마다 구구절절 사연이 있었습니다. 늘 그렇듯 이 〈배송 준비 중〉도 참 사연도 많고 말도 많았습니다.

〈배송 준비 중〉이 처음 모습을 드러낸 건 무려 2012년 7월로 거슬러 올라갑니다. 그땐 제가 한창 〈애인〉이란 정말 우울하고 슬프고 두 주인공이 고생고생하는 그런 이야기를 쓰고 있을 때였는데 너무 극에 달한 두 사람의 고통 속에 제가 친한 친구 작가와 함께 우연하게 이야기를 하다 나온 게 이 글이었습니다.

난 택배 기사 이야기 〈배송 준비 중〉, 넌 사설 경비 업체 이야기인 〈출동 준비 중〉 이렇게 글을 써서 누가 더 댓글이 많이 달리나 내기하자는 참 어처구니없는 농담 중에 나온 글이었습니다.

그때 한참 연재를 하던 모 사이트에 둘 다 올렸었는데 당연히 제가 전작 때문에 조회수가 많았던 터라 그 내기는 이겼지만 다른 글을 완결하느라 그냥 첫 편 올리고 잊어버렸던 글이었습니다.

그런데 얼마 후에…… 그 사이트 독자 의견란에 독자들 간 보는 작가가 있다는 제보가!

첫 편 올리고 조회수 저조하면 글 안 올리는 작가가 있더라……. 아무 생각 없이 클릭해서 보니 바로 제 이야기였습니다. 이럴 수가!

바로 해명글을 올리고 난리를 치긴 했는데. 미운털만 박혔던 이 글은 또다시 한 1년 있다가 다른 사이트에 공모전에 넣고 세 편쯤 쓰고는 기어이 연중 공지를 올리고 말았습니다.

저를 아시는 분은 아시다시피 주인공들 고생시키고 좋은 시절 하나도 없는 암울한 글을 쓰기로 유명해서요.

워낙에 그런 심각한 글만 쓰니까 제 글 평을 보면 이 작가 글은 각오하고 봐야 한다, 취향 타는 작가다 하는 소리가 많아서 전 그런가 보다 생각만 하고 있었습니다.

그러다 어느 날 제가 쓰다 만 글들을 보고 있는데 아, 이게 너무 재밌는 거 아닙니까? 많은 작가님들이 '내 글 구려' 병에 걸려서 내 것만 재미없다고 슬퍼하시는데 저는 그것과는 정말 완전 반대인 불치병 '내 거가 잴 잼나' 병이라 이거 잼난데 왜 안 썼지?

하다가 연재를 했는데 덜컥 책으로 내자는 이야기를 듣고선 전작 〈오후〉 준비하면서 이건 언젠간 쓰겠지 하고 있었던 글입니다.

이 글이 재밌는 게 앞에 3분의 1은 3년 전에 쓴 거고, 중간 3분의 1은 한 편을 보름이나 한 달에 한 편 쓰고, 나머지 3분의 1은 딱 출간 날짜 받고 하루에 한 편씩 썼다는 어마어마한 비밀이…….

하여튼 이 글은 제가 로코를 쓸 수 있느냐 마느냐를 가름 지어 준 글인 거 같아요. 써 놓고 보니 참 그걸 판단하기도 모호하다는.

이 글은 제 전작 〈마장동〉처럼, 거지인 줄 알았던 왕자의 이야기입니다. 그런 콘셉트를 잡기만 해서 디테일한 사실들이 실은 정말 허구입니다. 평소에 제가 차에 대한 관심이 많아서 주인공을 택배 차 엄청 잘 모는…… 카레이서로 하려고 했다가 그건 좀 심한 거 같아서 미캐닉으로 했는데요.

처음 구상할 때는 너무 오래전이라, 나중에 글 쓸 때 찾아보면 되겠지 했던 게 실제로 글을 쓰면서 공부를 해 보니 카레이서의 세계란 게 참으로 어마어마한 세상이라. 아시는 분들이 보면 이게 대체 뭐꼬? 하고 반문을 하실 정도로 부실한 글이 돼 버렸습니다.

이 글에서 나온 페라리 상해 레이스는 우리나라 연 모 탤런트가 실제로 가서 준우승을 했었던 경기입니다. 그런데 아무리 찾아봐도 그 경기 내용이 없어서 경기 내용은 F1, 즉 포뮬러 카레이싱의 규칙을 따 왔습니다. 그리고 제가 개인적으로 알고 있는 경주용 차 미캐닉이나 감독들 블로그에서 많이 차용해 왔지만 사실하고는 전혀 다릅니다. 잘 아시는 분은 너그러이 이해해 주시기 바랍니다.

제 개인 카페에 제 글의 팬이신 독자님이 유일하게 이 글을 안 읽으시길래 왜, 재미없나요? 했더니 주인공이 로설 주인공답지 않아요, 택배 기사는 싫어요……. 하시더라고요. 저도 솔직히 이렇게 착하고 별로(?) 가진 것 없는 남주는 처음이었습니다. 그러나 나름대로 재미있는 글을 썼다고 생각하고 있어요. 읽으시는 분들도 그런 유쾌함을 잠깐이나마 느껴 주시면 다행이라고 생각합니다.

그리고 많은 분들이 하셨던 이야기가 왜 이 작가의 글엔 권선징악이란 게 없는가, 악역들이 벌을 받고 망하는 부분이 없나 하는 불평이었습니다. 뭐 솔직히 제가 앉아서 몇 글자 쓰기만 하면 되는 건데 그걸 굳이 쓰지 않는 이유는, 현실에 그런 일이 없는 게 억울해서라고나 할까요?

오만과 편견의 유명한 악녀 변희정이 더 좋은 남자를 만난다거나, 혹은 연서를 괴롭혔던 전남편이 물론 내연녀한테 차이긴 했지만 쫄딱 망해 버리는 내용이 없다는 게 불만이셨던 분들이 많으셨는데 그건, 그 글을 쓰는 아줌마의 투철한 현실 비판 정신이라고 생각해 주셨으면 합니다. 나쁜 놈들이 꼭 벌을 받지는 않더라, 소설에서도 그래야 하는데 끝까지 저렇게 내버려 두는 건 오히려 꼬인 속셈으로 현실을 풍자한 거더라…… 하고 이해해 주시기 바랍니다.

이 글에 나오는 은주와 그의 남편도 굳이 구속시키거나 화가 나서 차 타고 나가다 전복되지 않은 건 오히려 회장님 옆에 빌붙어서 더욱더 잘 먹고 잘 살았을지도 모르는 리얼한 현실(?)을 그대로 반영한 것이란 걸 잠깐 생각해 주셨으면 해요.

아, 정말 이상한 작가 맞죠?

끝으로 글을 쓸 때 항상 희생 정신의 숭고함(?)을 보여 주는 제 옆지기와, 훌쩍 커 버린 아들래미 원범이, 그리고 표지에 도움을 준 착한 딸래미 혜슬이에게 변함없는 하트 발사해 주시고요. 멀리서 절 응원해 주시는 Y 작가님, 그리고 이 글의 결정적인 씬에 도움을 주신 가까이 사시는 H 작가님께 다시 한 번 감사 말씀드립니다.

또한 이 험난한 길 같이해 주신 봄 미디어 관계자분들도 이 까다로운 언재호야를 위해서 애써 주신 데 대해 진심으로 감사드립니다.

—언재호야 올림.